HUDSON PUBLIC LIBRARY

3 7411 00067 7464

HUDSON, MA 01749

D0637697

A CONFRARIA

WITHDRAWN

POR FIC GRISHAM
Grisham, John.
A confraria

HUDSON PUBLIC LIBRARY
WOOD SQUARE
HUDSON, MA 01749

DEMCO

OCT 0 1 2003

HUDSON PUBLIC LIBRARY
WOOD SQUARE
HUDSON, MA 01749

John Grisham

A CONFRARIA

Tradução de
AULYDE SOARES RODRIGUES

Rio de Janeiro - 2000

47049510

Título original
THE BRETHREN

Copyright © 2000 *by* Belfry Holdings, Inc.

Todos os direitos reservados

Este romance é uma obra de ficção. Quaisquer referências
a acontecimentos, firmas, organizações e lugares reais
pretendem apenas dar à ficção um sentido de realidade
e autenticidade. Qualquer semelhança com pessoas reais,
vivas ou mortas, é mera coincidência.

Direitos mundiais para a língua portuguesa
reservados com exclusividade à
EDITORA ROCCO LTDA.
Rua Rodrigo Silva, 26 – 5º andar
20011-040 – Rio de Janeiro – RJ
Tel.: 507-2000 – Fax: 507-2244
e-mail: rocco@rocco.com.br
www.rocco.com.br

Printed in Brazil/Impresso no Brasil

preparação de originais
MAIRA PARULA

CIP-Brasil. Catalogação-na-fonte
Sindicato Nacional dos Editores de Livros, RJ

G888c	Grisham, John, 1955– A confraria / John Grisham; tradução de Aulyde Soares Rodrigues. – Rio de Janeiro: Rocco, 2000
	Tradução de: The brethren ISBN 85-325-1163-5
	1. Ficção norte-americana. 1. Rodrigues, Aulyde Soares. II. Título.
00-0768	CDD – 813 CDU – 820(73)-3

UM

Para a sessão semanal do tribunal, o bobo da corte vestia seu pijama grená velho e desbotado, sapatos aveludados cor de lavanda sem meias. Ele não era o único interno que passava o dia de pijama, mas ninguém mais ousava usar sapatos cor de lavanda. Seu nome era T. Karl e antes de ser preso era proprietário de bancos em Boston.

O pijama e os sapatos não eram tão estranhos quanto a peruca. Era repartida no meio e caía em camadas de cachos sobre as orelhas, em três direções, que desciam até os ombros. Era cinza brilhante, quase branca, e feita como as perucas dos magistrados ingleses de séculos atrás. Um amigo de fora da prisão a comprara numa loja de fantasias de segunda mão, em Manhattan, no Village.

T. Karl a usava no tribunal com grande orgulho e, por mais estranho que fosse, com o tempo tornou-se parte do espetáculo. De qualquer modo os outros internos mantinham distância de T. Karl, de peruca ou não.

De pé, atrás da pequena mesa dobrável na lanchonete da prisão, ele bateu um martelo de plástico, pigarreou e anunciou, com grande dignidade:

— Ouçam todos, ouçam todos, ouçam todos. O Tribunal Inferior do Norte da Flórida declara aberta a sessão. Por favor, queiram levantar-se.

Ninguém se mexeu, ou, pelo menos, ninguém se esforçou para se levantar. Trinta prisioneiros, em vários estágios de repouso, nas cadeiras da lanchonete, olhavam para o bobo da corte, alguns conversando, como se ele não existisse.

T. Karl continuou:

— Que todo aquele que procura a justiça aproxime-se para ser sacaneado.

Ninguém riu. Foi engraçado há meses, quando T. Karl fez a brincadeira pela primeira vez. Agora era apenas outra parte do espetáculo. Ele se sentou cuidadosamente, certificando-se de que os cachos enormes sobre seus ombros ficassem bem visíveis, depois abriu um grosso livro de capa de couro que servia para registrar oficialmente os autos da corte. Levava muito a sério seu trabalho.

Três homens entraram na lanchonete, vindos da cozinha. Dois calçavam sapatos. Um comia um biscoito salgado. O homem descalço estava com as pernas finas nuas até os joelhos, aparecendo sob o manto. Eram macias e sem pêlos e muito queimadas de sol. Tinha uma grande tatuagem na barriga da perna esquerda. Era da Califórnia.

Os três usavam mantos velhos de coro de igreja, verde-claros com guarnição dourada. Eram da mesma loja que a peruca de T. Karl e foram presentes dele no Natal. Era assim que ele mantinha seu posto de secretário oficial da corte.

Alguns assobios e apupos da platéia, quando os juízes atravessaram o chão de ladrilhos, vestidos com seus trajes completos, os mantos ondulando. Tomaram seus lugares atrás de uma mesa de armar, perto de T. Karl, mas não muito perto, de frente para o público. O gorducho e baixo sentou-se no meio. Joe Roy Spicer era seu nome e ocupava o posto de presidente do Supremo Tribunal. Na sua vida pregressa, o juiz Spicer fora juiz de paz no Mississippi, eleito pelo povo do seu pequeno condado e preso quando os federais descobriram que estava se apossando dos lucros do bingo de um clube de religiosos.

— Por favor, sentem-se — ele disse. Ninguém estava de pé.

Os juízes ajeitaram as dobras dos mantos, para que caíssem adequadamente à sua volta. O assistente do diretor do presídio ficou de um lado, ignorado pelos prisioneiros, perto de um guarda uniformizado. A Confraria reunia-se uma vez por semana, com aprovação da prisão. Ouviam depoimentos, mediavam disputas, resolviam pequenas brigas entre os rapazes e vinham a ser um fator de estabilização entre os prisioneiros.

Spicer consultou a agenda, uma folha de papel caprichosamente escrita a mão por T. Karl, e disse:

— Está aberta a sessão.

À sua direita estava o californiano, o meritíssimo Finn Yarber, sessenta anos, terminando de cumprir dois dos cinco anos a que foi condenado por sonegação de impostos. Uma vendeta, ele dizia ainda para quem quisesse ouvir. Uma campanha de um governador republicano que conseguiu convocar os eleitores para um comício, com o objetivo de tirar o presidente do Supremo Yarber da Suprema Corte da Califórnia. O ponto alto do comício foi a oposição do juiz Yarber à pena de morte e sua extrema habilidade em atrasar o máximo possível toda execução. O povo queria sangue e a votação extraordinária foi um sucesso. Eles o jogaram na rua, onde vagou por algum tempo, até a Receita Federal começar a fazer perguntas. Formado por Stanford, foi indiciado em Sacramento, sentenciado em San Francisco e agora cumpria a pena na prisão federal, na Flórida.

Preso há dois anos, Finn lutava ainda contra a amargura. Acreditava na própria inocência, sonhava com o dia em que venceria seus inimigos. Mas os sonhos começavam a enfraquecer. Passava um bocado de tempo na pista de corrida, sozinho, tomando sol e sonhando com uma outra vida.

— O primeiro caso a ser julgado é o de Schneiter versus Magruder — Spicer anunciou, como se se tratasse de um importante julgamento antitruste.

— Schneiter não está aqui — Beech disse.

— Onde ele está?

— Na enfermaria. Pedra na vesícula, outra vez. Eu acabo de vê-lo.

Hatlee Beech era o terceiro membro do tribunal. Passava a maior parte do tempo na enfermaria por causa de hemorróidas, ou dor de cabeça ou gânglios inflamados. Beech tinha cinqüenta e seis anos, o mais moço dos três, e com nove anos de pena ainda por cumprir, estava convencido de que ia morrer na prisão. Fora juiz federal no leste do Texas. Um conservador rigoroso que conhecia muito o Evangelho e gostava de citar passagens durante os julgamentos. Já tivera na vida ambições políticas, uma bela família e dinheiro proveniente do truste de petróleo da família da mulher. Tinha também um problema com bebida, que ninguém conhecia, até ele atropelar dois trilheiros em Yellowstone. Ambos morreram. O carro que Beech dirigia era de uma jovem mulher com quem ele não era casado. Ela foi encontrada nua no banco da frente, bêbada demais para andar.

Eles o condenaram a doze anos.

Joe Roy Spicer, Finn Yarber, Hatlee Beech. O Tribunal Inferior do Norte da Flórida, mais conhecido como a Confraria, em Trumble, uma prisão federal de segurança mínima, sem cercas, sem torres de guarda, sem arame farpado. Se você tiver de cumprir uma pena, cumpra numa prisão federal, em um lugar como Trumble.

— Devemos julgar à revelia? — Spicer perguntou a Beech.

— Não, deixe para a próxima semana.

— Tudo bem. Acho que ele não vai a lugar algum.

— Eu faço objeção ao adiamento — Magruder disse, do meio da platéia.

— É uma pena — Spicer lamentou. — Vai continuar na próxima semana.

Magruder ficou de pé.

— É a terceira vez que é adiado. Eu sou o queixoso. Eu o processei. Ele corre para a enfermaria toda vez que há um julgamento.

— Por que estão brigando? — Spicer perguntou.

— Dezessete dólares e duas revistas — T. Karl explicou.

— Tudo isso? — Spicer disse. Dezessete dólares era sempre motivo para processo em Trumble.

Finn Yarber já estava entediado. Passou uma das mãos na barba rala e grisalha e raspou as unhas da outra sobre a mesa. Depois estalou os dedos dos pés, ruidosamente, apertando-os contra o chão, num pequeno e eficiente exercício. Irritante para quem ouvia. Na sua vida pregressa, quando tinha títulos — Sr. presidente da Suprema Corte da Califórnia —, quase sempre presidia o tribunal com sapatilhas de couro, sem meias, para exercitar os dedos dos pés durante as aborrecidas argumentações.

— Continue — ordenou.

— Justiça atrasada é justiça negada — Magruder alegou, solenemente.

— Ora, isso é original — ironizou Beech. — Mais uma semana e julgamos Schneiter à revelia.

— Está decidido — Spicer disse com enfática determinação.

T. Karl fez uma anotação na agenda. Magruder sentou-se furioso. Tinha registrado a queixa no Tribunal Inferior, entregando a T. Karl um sumário de uma página com suas alegações contra Schneiter. Só uma página. A Confraria não tolerava papelada. Uma página e você tinha seu dia na corte. Schneiter replicou com seis páginas de invectivas, todas riscadas por T. Karl como irrelevantes.

As regras eram mantidas de modo simples. Queixas curtas. Nenhuma averiguação de provas. Justiça rápida. Decisões na hora e todas definitivas, quando ambas as partes se submetiam à jurisdição da corte. Sem apelações. Não tinham onde fazer. As testemunhas não juravam dizer a verdade. A mentira era prevista. Afinal, estavam na prisão.

— Qual é o caso seguinte? — Spicer perguntou.

Depois de hesitar por um segundo, T. Karl respondeu:

— É o caso Whiz.

Tudo ficou em suspenso por um momento, então as cadeiras de plástico da lanchonete foram rapidamente arrastadas para a frente numa ofensiva ruidosa. Os internos se aproximavam até T. Karl anunciar:

— Já estão perto demais! — E os homens recuaram até ficar a seis metros da mesa do juiz.

"Devemos manter o decoro!", ele proclamou.

O caso Whiz há meses agitava Trumble. Whiz era um jovem escroque de Wall Street que havia fraudado alguns clientes. Quatro milhões de dólares jamais foram encontrados e a lenda dizia que Whiz tinha conseguido mandá-los para o exterior do país, quando já estava em Trumble. Faltavam seis anos para cumprir a pena e teria quase quarenta anos quando chegasse a condicional. Todos supunham que ele estava cumprindo sua pena tranqüilamente até o dia glorioso em que fosse libertado.

jovem ainda, e saísse num jato particular para uma praia onde o dinheiro o esperava.

Dentro da prisão, a lenda só cresceu, em parte porque Whiz vivia isolado e passava longas horas do dia estudando finanças e gráficos e lendo impenetráveis publicações econômicas. Até o diretor tentou convencê-lo a partilhar informações sobre o mercado.

Um ex-advogado, conhecido como Rook, conseguiu de alguma forma se aproximar de Whiz e o convenceu a partilhar uma parte de seus conselhos com um clube de investimentos, que se reunia uma vez por semana na capela do presídio. Em nome do clube, Rook estava agora processando Whiz por fraude.

Rook sentou-se na cadeira das testemunhas e começou sua narrativa. As regras normais de procedimento e evidência foram dispensadas, de modo que a verdade pudesse chegar rapidamente, sob qualquer forma.

— Então, eu chego para o Whiz e pergunto o que ele acha da ValueNow, uma nova empresa online sobre a qual eu li na *Forbes* — Rook explicou. — Era uma empresa de capital aberto e eu gostei da idéia. Whiz disse que ia verificar para mim. Não tive nenhuma resposta. Então, voltei a ele e disse: "Ei, Whiz, o que me diz da ValueNow?" E ele disse que achava que era uma empresa sólida e que as ações iriam subir.

— Eu não disse isso — Whiz aparteou rapidamente. Estava sentado no lado da sala, sozinho, braços cruzados sobre o espaldar de uma cadeira na sua frente.

— Sim, você disse.

— Não disse.

— Bom, de qualquer modo, volto para o clube e digo a eles que Whiz recomendava o negócio, e decidimos comprar algumas ações da ValueNow. Mas não é qualquer um que pode comprar, porque a oferta é fechada. Volto para Whiz e digo: "Olhe, Whiz, será que você podia puxar alguns cordões com seus colegas de Wall Street e nos conseguir algumas ações da ValueNow?" E Whiz diz que acha que pode.

— Isso é mentira — defendeu-se Whiz.

— Quieto — ordenou o juiz Spicer. — Você terá sua oportunidade.

— Ele está mentindo — Whiz disse, como se houvesse uma regra contra a mentira.

Se Whiz tinha dinheiro, ninguém podia saber, pelo menos não dentro da prisão. Sua cela de dois e meio por três era vazia a não ser por uma pilha de publicações sobre finanças. Não tinha aparelho de som, ventilador, livros, cigarros, nenhum dos bens adquiridos por quase todos na prisão. Isso só reforçava a lenda. Era considerado um miserável, um homenzinho estranho que economizava cada centavo e estava sem dúvida escondendo tudo fora do país.

— Seja como for — Rook continuou —, resolvemos nos arriscar e apostar alto na ValueNow. Nossa estratégia era liquidar nossos títulos e ações e consolidar tudo.

— Consolidar? — perguntou o juiz Beech. Rook falava como um administrador de carteira de valores que trabalhava com milhões.

— Isso mesmo, consolidar. Fizemos todos os empréstimos possíveis com amigos e com a família e conseguimos perto de mil paus.

— Mil dólares — repetiu o juiz Spicer. Nada mau para um trabalho dentro da prisão. — Então, o que aconteceu?

— Eu disse para o Whiz que estávamos prontos para o negócio. Será que ele podia comprar as ações? Isso foi numa terça-feira. A oferta seria na sexta-feira. Whiz disse "tudo bem". Disse que tinha um colega na Goldman Sux, ou coisa parecida, que podia cuidar disso pra gente.

— Isso é mentira — Whiz exclamou, do outro lado da sala.

— De qualquer modo, na quarta-feira eu vi Whiz no pátio e perguntei pelas ações. "Sem problema", ele disse.

— Isso é mentira.

— Tenho uma testemunha.

— Quem? — perguntou o Juiz Spicer.

— Picasso.

Picasso estava sentado atrás de Rook, bem como os outros seis membros do clube de investimentos, e acenou relutantemente com a mão.

— Isso é verdade? — Spicer quis saber.

— É sim — Picasso respondeu. — Rook perguntou pelas ações. Whiz disse que ele ia comprar. Sem problema. Picasso havia testemunhado em vários casos e foi apanhado em mentiras mais vezes do que todos os outros prisioneiros.

— Continue — Spicer disse.

— Bem, na quinta-feira não consegui encontrar Whiz em lugar algum. Ele estava se escondendo de mim.

— Eu não estava me escondendo.

— Na sexta-feira, as ações começam a ser negociadas. Oferecidas a vinte paus cada uma, o preço que podíamos ter pago se o Sr. Wall Street, ali, tivesse cumprido sua promessa. Abriu a sessenta, passou a maior parte do dia em oitenta e fechou a setenta. Nossos planos eram vender o mais depressa possível. Podíamos ter comprado cinqüenta ações a vinte, vendido a oitenta e sair do negócio com três mil dólares de lucro.

A violência era rara em Trumble. Três mil dólares não levavam ninguém à morte, mas alguns ossos podiam ser quebrados. Whiz estava com sorte até então. Não houve nenhuma tocaia.

— E você acha que Whiz lhe deve esse lucro perdido? — perguntou o ex-presidente do Supremo Finn Yarber, puxando as sobrancelhas.

— Pode estar certo que sim. Ouça, o que faz o negócio feder mais ainda é que Whiz comprou a ValueNow para ele.

— Isso é uma maldita mentira — Whiz disse.

— Cuidado com o linguajar, por favor — disse o juiz Beech. Se você quiser perder uma causa perante a Confraria, basta ofender Beech com um linguajar inconveniente.

Os boatos de que Whiz havia comprado as ações para si mesmo começaram com Rook e seu bando. Não tinham prova, mas a história era irresistível e foi repetida pela maioria dos prisioneiros, tantas vezes que acabou virando um fato. Tudo se encaixava.

— Isso é tudo? — Spicer perguntou a Rook.

Rook queria contar mais coisas, mas a Confraria não tinha paciência com litigantes tagarelas, especialmente ex-advogados que lembravam ainda seus dias de glória. Havia pelo menos cinco deles em Trumble e pareciam estar o tempo todo no tribunal.

— Acho que sim — Rook disse.

— O que você tem a dizer? — Spicer perguntou para Whiz.

Whiz ficou de pé e deu alguns passos para a mesa. Olhou furioso para seu acusador, Rook, e para seu bando de fracassados. Então, dirigiu-se à corte.

— Qual é o ônus da prova aqui?

O juiz Spicer imediatamente abaixou os olhos e esperou ajuda. Como juiz de paz, não tinha competência legal. Tinha o primeiro grau incompleto, trabalhara durante vinte anos na loja de artigos rurais do pai. Era daí que tinham vindo os votos. Spicer se baseava no bom senso, que muitas vezes contradizia a letra da lei. Qualquer questão teórica ficava a cargo dos dois colegas.

— É o que determinarmos — o juiz Beech disse, esperando um debate com o corretor da bolsa sobre as regras e os procedimentos da corte.

— Prova clara e convincente? — perguntou Whiz.

— Pode ser, mas não neste caso.

— Além de qualquer dúvida razoável?

— Provavelmente não.

— Preponderância da evidência?

— Agora você está chegando perto.

— Pois então, eles não têm prova — disse Whiz sacudindo a mão no ar como um ator canastrão de novelas na TV.

— Por que você não se limita a contar seu lado da história? — perguntou Beech.

— Seria um prazer. A ValueNow era uma oferta de online padrão, muita agitação na imprensa. Sim, Rook falou comigo, mas quando consegui dar os telefonemas a oferta estava fechada. Liguei para um amigo e ele me disse que não era possível nem chegar perto das ações. Até os maiorais estavam de fora.

— Muito bem, como é que isso acontece? — quis saber o juiz Yarber.

Fez-se silêncio na sala, Whiz falava de dinheiro e todo mundo estava ouvindo.

— Acontece sempre na IPO. É a oferta pública inicial.

— Sabemos o que é IPO — Beech disse.

Spicer certamente não sabia. Não acontecia muito disso na região rural do Mississippi.

Whiz relaxou um pouco. Ele podia deixá-los presos às suas palavras por um momento, ganhar esse caso aborrecido e voltar para sua caverna ignorando todos eles.

— A IPO da ValueNow estava sendo controlada pela empresa de investimentos Bakin-Kline, uma organização pequena de San Francisco. Cinco milhões de ações foram oferecidas. A Bakin-Kline basicamente vendeu previamente todas as ações para seus clientes preferenciais e amigos de modo que as grandes empresas de investimentos não tiveram nenhuma oportunidade. Acontece sempre.

Os juízes e os prisioneiros, até o bobo da corte, prestavam atenção a cada palavra.

Ele continuou:

— É tolice pensar que um caipira, na prisão e expulso da Ordem dos Advogados, lendo um número velho da *Forbes*, possa de algum modo comprar mil dólares da ValueNow.

Naquele momento, parecia realmente uma tolice. Rook começou a se enfurecer, sentindo que os membros do seu clube começavam a pôr a culpa nele.

— Você comprou alguma ação? — perguntou Beech.

— É claro que não. Nem cheguei perto. Além disso, a maioria das empresas de alta tecnologia e online são criadas com dinheiro duvidoso. Eu sempre fico longe delas.

— O que você prefere? — Beech perguntou, rapidamente, dominado pela curiosidade.

— Valor. A longo prazo. Não tenho pressa. Ouça. Isto é um caso fictício inventado por alguns caras que estão atrás de grana fácil. — Indicou com um aceno Rook, que estava afundando na cadeira. Whiz parecia perfeitamente digno de crédito.

O caso de Rook baseava-se em rumores, especulação e a corroboração de Picasso, um mentiroso notório.

— Você tem alguma testemunha? — Spicer perguntou.

— Não preciso de nenhuma — Whiz disse, sentando-se.

Cada um dos juízes rabiscou alguma coisa num pedaço de papel. As deliberações eram rápidas, veredictos instantâneos. Yarber e Beech passaram seus papéis para Spicer, que anunciou:

— Por dois votos contra um, decidimos pela inocência do réu. Caso encerrado. Quem é o próximo?

Na verdade, a decisão foi unânime, mas todo veredicto era oficialmente de dois contra um. Permitia assim a cada um dos três espaço para sair do anzol, se houvesse confronto mais tarde. No entanto, a Confraria era muito considerada em Trumble. Suas decisões eram rápidas e justas, na medida do possível. Na verdade, eram extremamente precisas considerando os testemunhos truncados que geralmente ouviam. Spicer havia presidido pequenos casos durante anos, nos fundos da loja da família, no campo. Podia reconhecer um mentiroso a cento e cinqüenta metros de distância. Beech e Yarber passaram a vida nos tribunais e não toleravam as táticas costumeiras de longos argumentos e adiamentos.

— Por hoje é tudo — T. Karl informou. — Está encerrada a sessão.

— Muito bem. O tribunal entra em recesso até a próxima semana.

T. Karl levantou-se de um salto, os cachos do cabelo vibrando sobre os ombros, e declarou:

— Tribunal em recesso. Todos de pé.

Ninguém se levantou, ninguém se moveu quando a Confraria saiu da sala. Rook e seu bando confabulavam, sem dúvida planejando o próximo processo que abririam. Whiz saiu rapidamente.

O assistente do diretor e o guarda saíram sem que fossem notados. O julgamento semanal era um dos melhores espetáculos em Trumble.

DOIS

Embora tivesse trabalhado no Congresso por quatorze anos, Aaron Lake dirigia pessoalmente seu carro em Washington. Não queria e nem precisava de um motorista, um assistente ou um guarda-costas. Às vezes um estagiário andava no carro com ele, tomando notas, mas na maior parte do tempo Lake gostava da tranqüilidade de dirigir no trânsito da capital, ouvindo violão clássico no estéreo. Muitos dos seus amigos, especialmente os que chegavam ao status de presidente ou de vice-presidente de empresa, tinham carros maiores com motoristas. Alguns tinham até limusines.

Não Lake. Era perda de tempo, de dinheiro e de privacidade. Se chegasse a um cargo mais elevado, não ia querer o peso de um motorista amarrado no seu pescoço. Além disso, gostava de estar só. Seu escritório era um verdadeiro hospício. Cinqüenta pessoas quicavam pela sala, atendendo telefones, abrindo arquivos, servindo o povo da sua terra natal, o Arizona, que o tinha mandado para Washington. Outras duas pessoas só faziam levantamento de fundos. Três estagiários conseguiam entupir mais ainda os corredores estreitos e tomar mais tempo do que mereciam.

Ele vivia sozinho em sua viuvez e gostava muito da pequena casa que tinha em Georgetown. Vivia discretamente, uma vez ou outra comparecendo a um evento social de que ele e a mulher costumavam gostar em outros tempos.

Seguiu pelo Cinturão, o tráfego lento e cauteloso por causa da neve moderada que caía. Foi liberado rapidamente pela segurança da CIA em Langley e com prazer viu uma vaga no estacionamento, à sua espera, com dois seguranças em trajes civis.

— O Sr. Maynard o espera — um deles disse muito sério, abrindo a porta do carro, enquanto o outro apanhava sua pasta. O poder tinha seus pontos altos.

Lake não conhecia bem o diretor da CIA em Langley. Haviam conversado umas duas vezes no Congresso, há alguns anos, quando o pobre homem podia ainda se mover. Teddy Maynard estava em uma cadeira de rodas e sofria de dores constantes, e até senadores eram conduzidos a Langley quando ele precisava deles. Em quatorze anos, havia telefonado uma dúzia de vezes para Lake, mas Maynard era um homem muito ocupado. Os casos menos graves eram geralmente tratados por seus colegas.

As barreiras da segurança caíam aos poucos na frente do congressista, à medida que ele avançava para as profundezas da sede da CIA. Quando chegou à sala de Maynard, caminhava mais empertigado, com um leve meneio de arrogância. Não podia evitar. O poder era embriagador.

Teddy Maynard queria falar com ele.

Na sala, ampla e sem janelas, conhecida extra-oficialmente como *bunker*, o diretor estava sozinho, olhando para uma tela grande onde aparecia o rosto do congressista Aaron Lake. Era uma foto recente, tirada numa cerimônia formal para arrecadação de fundos, há três meses, onde Lake tomou meio copo de vinho, comeu galinha assada, nada de sobremesa, foi para casa dirigindo seu carro, sozinho, e caiu na cama antes das onze horas. A foto era interessante porque Lake era muito atraente — cabelo ruivo-claro quase sem fios brancos, não tingido, farta cabeleira, olhos azul-escuros, queixo quadrado, dentes realmente bonitos. Tinha cinqüenta e três anos e estava envelhecendo muito bem. Exercitava-se trinta minutos por dia num remador e seu colesterol era de 160. Não descobriram nenhum mau hábito. Gostava da companhia de mulheres, especialmente quando era importante ser visto com uma delas. Costumava sair com uma viúva de sessenta anos, em Bethesda, cujo falecido marido fizera uma fortuna como lobista.

Seus pais estavam mortos. Seu único filho era professor em Santa Fé. Sua mulher, depois de vinte e nove anos de casado, morreu em 1996 de câncer no ovário. Um ano depois, seu *spaniel* de treze anos morreu também e o deputado Aaron Lake, do Arizona, ficou realmente só. Era católico, não que isso tivesse mais importância agora, e ia à missa pelo menos uma vez por semana. Teddy apertou um botão e o rosto desapareceu da tela.

Lake era desconhecido fora do Cinturão, especialmente porque controlava seu ego. Se aspirava a um posto mais alto, era uma aspiração muito bem guardada. Seu nome foi mencionado uma vez como candidato potencial ao governo do Arizona, mas ele gostava muito de Washington. Adorava Georgetown — a multidão, o anonimato, a vida da cidade —, bons restaurantes, livrarias sempre lotadas e os bares com café expresso. Gostava de teatro e de música e quando sua mulher era viva não perdiam nenhum recital no Kennedy Center.

No Capitólio, Lake era conhecido como um congressista brilhante e dedicado, articulado, ferozmente honesto e leal, extremamente consciencioso. Como seu distrito abrigava quatro grandes fábricas de armamento para o governo, tornou-se especialista em material bélico. Era presidente do comitê do Congresso voltado para assuntos militares e foi nesse cargo que conheceu Teddy Maynard.

Teddy apertou o botão outra vez, e lá estava o rosto de Lake. Para um veterano de cinqüenta anos de guerras da inteligência, Teddy raramente sentia um frio no estômago. Tinha se desviado de balas, se escondido debaixo de pontes, congelado nas montanhas, envenenado dois espiões checos, matado a tiros um traidor em Bonn, conhecia sete idiomas. Lutou na guerra fria, tentou evitar a seguinte, tinha mais aventuras do que dez agentes combinados, mas ainda assim, olhando para o rosto inocente do deputado Aaron Lake, ele sentiu um frio no estômago.

Ele — a CIA — estava prestes a fazer algo que a agência jamais havia feito.

Começaram com cem senadores, cinqüenta governadores, quatrocentos e trinta e cinco congressistas, todos os prováveis suspeitos, e agora só havia um. O deputado Aaron Lake, do Arizona.

Teddy apertou o botão e a imagem desapareceu. Suas pernas estavam cobertas com uma manta. Vestia-se do mesmo modo todos os dias — uma suéter azul-marinho com decote em V, camisa branca, gravata-borboleta discreta. Levou a cadeira de rodas para perto da porta e se preparou para o encontro com o candidato.

Durante os oito minutos que teve de esperar, serviram a Lake café e ofereceram um doce, que ele declinou. Tinha um metro e oitenta e cinco de altura, pesava oitenta e cinco quilos, era exigente com a aparência e se tivesse aceito o doce, Teddy ficaria surpreso. Ao que sabiam, Lake jamais comia açúcar. Nunca.

O café estava forte e enquanto o tomava devagar, fez uma revisão dos fatos. O objetivo da reunião era discutir o fluxo alarmante de artilharia no mercado negro, nos Bálcãs. Lake havia preparado dois memorandos, trabalhando até de madrugada nas oito páginas com espaço duplo. Não sabia ao certo por que o Sr. Maynard queria vê-lo em Langley para discutir esse assunto, mas resolveu estar preparado.

Uma cigarra discreta soou, a porta se abriu e o diretor da CIA entrou com sua cadeira, coberto com a manta e aparentando cada dia dos seus setenta e quatro anos. Seu aperto de mão era firme, provavelmente por causa do esforço de empurrar a cadeira. Lake o seguiu e entraram na sala, deixando os dois *pit bulls* de formação universitária montando guarda na porta.

Sentaram-se a uma mesa comprida que ocupava todo um lado da sala, onde a parede branca servia de tela, um de frente para o outro. Depois de breves trocas de gentilezas, Teddy apertou um botão e outro rosto apareceu. Outro botão e as luzes quase se apagaram. Lake adorou — era só apertar pequenos botões e apareciam imagens de alta tecnologia. Sem dúvida a sala estava equipada com material eletrônico capaz de monitorar seu pulso a noventa metros de distância.

— Reconhece esse homem? — Teddy perguntou.

— Acho que sim. Creio já ter visto esse rosto antes.

— É Natli Chenkov, um ex-general. Hoje membro do que sobrou do parlamento russo.

— Também conhecido como Natty — Lake disse, com orgulho.

— Ele mesmo. Comunista da linha dura, com estreitos laços com os militares, inteligente, ego enorme, muito ambicioso, implacável e no momento o homem mais perigoso do mundo.

— Eu não sabia disso.

Outro botão, outro rosto, um rosto de pedra sob um enfeitado chapéu militar.

— Este é Yuri Goltsin, segundo em comando do que sobrou do Exército russo. Chenkov e Goltsin têm grandes planos. — Outro botão, um mapa de parte da Rússia, ao norte de Moscou.

— Estão armazenando armas nesta região — Teddy disse. — Na verdade estão roubando as armas do próprio Exército da Rússia, porém, o mais importante, estão comprando no mercado negro.

— De onde vem o dinheiro?

— De toda a parte. Estão trocando petróleo por radares de Israel. Estão traficando drogas e comprando tanques chineses através do Paquistão. Chenkov tem ligação com alguns mafiosos, um dos quais recentemente comprou uma fábrica na Malásia onde tudo que fabricam são rifles de assalto. É muito sofisticado. Chenkov tem cabeça, um QI muito alto. Provavelmente é um gênio.

Teddy Maynard era um gênio e, se concedia esse título para outra pessoa, então o congressista Lake tinha de acreditar.

— Então, quem será atacado?

Teddy ignorou a pergunta, porque não estava pronto para responder.

— Veja a cidade de Vologda. Fica a cerca de novecentos quilômetros a leste de Moscou. Na semana passada, rastreamos sessenta Vetrovs até um depósito nessa cidade. Como você sabe, o Vetrov...

— Equivale ao nosso Tomahawk Cruise, com mais trinta centímetros de comprimento.

— Exatamente. No total foram trezentos que eles levaram para Vologda nos últimos noventa dias. Está vendo a cidade de Rybinsk ao norte de Vologda?

— Famosa por seu plutônio.

— Toneladas de plutônio. O bastante para fazer dez mil ogivas nucleares. Chenkov, Goltsin e sua gente controlam toda a área.

— Controlam?

— Sim, através de uma rede de mafiosos locais e unidades do Exército. Chenkov tem seu pessoal posicionado.

— Posicionado para quê?

Teddy apertou outro botão e a parede ficou vazia. Mas as luzes continuaram baixas, de modo que quando ele falou, no outro lado da mesa, estava quase totalmente na sombra.

— O golpe é iminente, Sr. Lake. Nossos piores temores estão virando realidade. Cada aspecto da sociedade e da cultura russa está se quebrando e desmoronando. A democracia é uma piada. O capitalismo, um pesadelo. Pensamos que poderíamos transformar o maldito lugar num gigantesco McDonald's, mas foi um desastre. Os trabalhadores não estão sendo pagos e têm sorte por terem um emprego. Vinte por cento da população estão desempregados. Crianças estão morrendo porque não existem remédios, nem para muitos adultos. Dez por cento do povo não têm onde morar. Vinte por cento morrem de fome. A cada dia as coisas pioram. O país foi pilhado pelos mafiosos. Achamos que pelo menos quinhentos bilhões de dólares foram roubados e retirados da Rússia. Não há solução à vista para a situação. É o momento perfeito para um novo homem forte, um novo ditador que prometa restaurar a estabilidade do povo. O país está implorando liderança e o Sr. Chenkov resolveu que isso compete a ele.

— E ele tem o exército.

— Tem o exército e tudo o mais de que precisa. O golpe será incruento porque o povo está preparado para ele. Apoiarão Chenkov. Ele conduzirá o desfile na Praça Vermelha e os Estados Unidos que não se atrevam a interferir. Seremos os bandidos outra vez.

— Então a guerra fria está de volta — Lake disse, as últimas palavras em tom mais baixo.

— Não vai ter nada de fria. Chenkov quer expandir para recapturar a velha União Soviética. Precisa desesperadamente de dinheiro, por isso simplesmente vai tomando, sob a forma de terras, fábricas, petróleo, colheitas. Vai iniciar pequenas guerras localizadas, que vencerá com facilidade. — Apareceu outro mapa. Fase Um do novo mundo foi apresentada a Lake. Teddy não poupou palavras. — Suspeito que ele vai passar o rolo compressor nos Estados do Báltico, derrubando governos na Estônia, Letônia, Lituânia etc. Então, irá para o antigo bloco do Leste e fará um acordo com alguns dos comunistas de lá.

O congressista não sabia o que dizer, vendo a expansão da Rússia. As predições de Teddy eram tão certas, tão precisas.

— E os chineses? — Lake perguntou.

Mas Teddy não tinha acabado com a Europa Oriental. Apertou outro botão, o mapa mudou.

— É aqui que nós somos atraídos para a coisa.

— Polônia?

— Isso mesmo. Acontece sempre. A Polônia é agora um membro da OTAN, por alguma maldita razão. Imagine só! A Polônia assinando para nos proteger e a toda Europa. Chenkov solidifica o antigo território da Rússia e lança um olhar cobiçoso para o Ocidente. O mesmo que Hitler, só que ele olhava para o leste.

— Por que ele ia querer a Polônia?

— Por que Hitler queria a Polônia? Ficava entre ele e a Rússia. Hitler odiava os poloneses e estava pronto para começar uma guerra. Chenkov não dá a mínima para a Polônia, ele só quer controlar. E quer destruir a OTAN.

— Está disposto a arriscar uma terceira guerra mundial?

Botões foram apertados, a tela virou uma parede outra vez, as luzes voltaram ao normal. Os audiovisuais tinham terminado e estava na hora de uma conversa mais séria ainda. A dor atacou as pernas de Teddy e ele não pôde evitar uma careta.

— Não posso responder — ele disse. — Nós sabemos um bocado. mas não sabemos o que o homem está pensando. Ele está se movendo silenciosamente, posicionando gente, arrumando as coisas. A guerra não é completamente inesperada, você sabe.

— Claro que não. Tivemos esses mesmos cenários nos últimos oito anos, mas sempre há esperança de que não aconteça.

— Está acontecendo, deputado. Chenkov e Goltsin estão eliminando seus oponentes, neste minuto.

— Qual é a agenda?

Teddy mudou de posição debaixo da manta, tentando fazer parar a dor.

— É difícil dizer. Se ele for esperto, o que certamente é, vai esperar que comecem os protestos violentos de rua. Creio que daqui a um ano, Natty Chenkov será o homem mais famoso do mundo.

— Um ano — Lake murmurou, como se acabasse de ser sentenciado à morte.

Durante uma longa pausa ele contemplou o fim do mundo. Teddy o deixou pensar nisso. O frio no estômago de Teddy estava muito menor agora. Gostava muito de Lake. Era sem dúvida um belo homem, articulado e inteligente. Sua escolha fora certa.

O homem era elegível.

Depois de uma rodada de café e um telefonema que Teddy teve de atender — era o vice-presidente —, continuaram a pequena conferência. O congressista estava satisfeito por Teddy dispensar tanto tempo para ele. Os russos estavam vindo, entretanto Teddy parecia perfeitamente calmo.

— Não preciso dizer o quanto estamos militarmente despreparados — ele disse, muito sério.

— Despreparados para o quê? Para a guerra?

— Talvez. Se estivermos despreparados, pode muito bem haver uma guerra. Se estivermos fortes, evitaremos a guerra. Neste momento, o Pentágono não pode fazer o que fez na guerra do Golfo, em 1991.

— Estamos com setenta por cento — Lake disse com autoridade. Estava em seu território.

— Setenta por cento nos levarão à guerra, Sr. Lake. A uma guerra que não podemos vencer. Chenkov está gastando cada centavo que pode roubar em novos armamentos. Nós estamos cortando orçamentos e esvaziando as forças armadas. Queremos apertar botões e lançar bombas inteligentes, para que nenhum sangue americano seja derramado. Chenkov terá dois milhões de soldados famintos, ansiosos para lutar e morrer, se for necessário.

Por um breve momento, Lake se sentiu orgulhoso. Tivera a coragem de votar contra o último orçamento que diminuía as despesas das forças armadas. O pessoal na sua terra natal ficou preocupado.

— Você não pode denunciar Chenkov agora? — perguntou.

— Não. De modo nenhum. Temos um excelente serviço de inteligência. Se reagirmos a ele, Chenkov saberá que sabemos. É o jogo da espionagem, Sr. Lake. É cedo demais para fazer dele um monstro.

— Então qual é o seu plano? — Lake perguntou, ousadamente. Era muita presunção perguntar sobre os planos de Teddy. A reunião preencheu sua finalidade. Mais um congressista suficientemente informado. A qualquer momento pediriam a Lake para se retirar, para que outro presidente de algum comitê pudesse entrar.

Mas Teddy tinha grandes planos que estava ansioso para compartilhar.

— As eleições primárias de New Hampshire serão daqui a duas semanas. Temos quatro republicanos e três democratas, todos dizendo as mesmas coisas. Nenhum candidato quer aumentar o orçamento das forças armadas. Temos um superorçamento, milagre dos milagres, e todos têm centenas de idéias de como gastá-lo. Um bando de imbecis. Há poucos anos tínhamos enormes déficits no orçamento e o Congresso gastava dinheiro mais depressa do que o tempo que levava para ser impresso. Agora, há um superávit orçamentário. Eles estão se fartando.

Lake desviou os olhos por um segundo, depois resolveu deixar passar.

— Desculpe — Teddy disse, arrependido. — O Congresso, como um todo, é irresponsável, mas temos vários ótimos congressistas.

— Não precisa me dizer isso.

— Seja como for, o campo está cheio de um bando de clones. Há duas semanas, tínhamos diferentes candidatos com muitos pontos nas pesquisas. Estavam se difamando e se esfaqueando, tudo em benefício do maior dos quarenta e quatro estados do país. É bobagem. — Teddy fez uma pausa, uma careta e tentou mudar a posição das pernas inúteis. — Precisamos de alguém novo, Sr. Lake e pensamos que esse alguém seja o senhor.

A primeira reação de Lake foi conter uma risada, o que ele fez, limitando-se a sorrir, depois tossiu. Tentou se compor e disse:

— Deve estar brincando.

— Sabe que não estou brincando, Sr. Lake — Teddy disse secamente, e não havia dúvida de que Aaron Lake tinha caído em uma armadilha.

Pigarreou e completou o ato de se compor.

— Tudo bem, estou ouvindo.

— É muito simples. Na verdade, é a simplicidade que torna a coisa bela. É tarde demais para você se candidatar por New Hampshire, e, de qualquer modo, isso não importa. Deixe que o resto da alcatéia se engalfinhe. Espere até terminar tudo e então surpreenda todo mundo candidatando-se à presidência do país. Muitos vão perguntar: "De onde saiu esse Aaron Lake?" E isso é ótimo. É o que queremos. Logo ficarão sabendo.

"A princípio, sua plataforma terá apenas um programa. Tudo relativo aos gastos com as forças armadas. Você é o catastrofista, com toda sorte de previsões sinistras sobre o quanto nossos militares estão enfraquecidos. Vai conseguir a atenção de todos quando pedir o dobro para os gastos militares."

— O dobro?

— Funciona, não funciona? Consegui sua atenção. Duplique esses gastos durante seus quatro anos de mandato.

— Mas, por quê? Precisamos de um orçamento maior para os militares, mas duas vezes mais é um excesso.

— Não se estivermos enfrentando outra guerra, Sr. Lake. Uma guerra na qual apertaremos botões e lançaremos milhares de mísseis Tomahawk, valendo um milhão cada disparo. Que diabo, quase acabamos com eles no ano passado, na confusão dos Bálcãs. Não podemos encontrar um número suficiente de soldados, marinheiros e pilotos, Sr. Lake. Sabe disso. As forças armadas precisam de toneladas de dinheiro para recrutar homens jovens. Estamos com falta de tudo — soldados, mísseis, tanques, aviões, cargueiros. Chenkov está construindo agora. Nós não. Estamos ainda reduzindo os gastos e, se continuarmos assim por outro governo, estamos mortos.

Teddy ergueu a voz, quase com raiva, e, quando disse "estamos mortos", Aaron Lake quase sentiu a terra tremer, bombardeada.

— De onde vem o dinheiro? — perguntou.

— Dinheiro para quê?

— Para as forças armadas.

Teddy bufou, com desprezo, depois disse:

— Do lugar que sempre vem. Será que preciso lembrar, senhor, que temos um superávit?

— Estamos muito ocupados gastando esse excedente.

— É claro que estão. Escute, Sr. Lake, não se preocupe com o dinheiro. Logo depois que anunciar sua candidatura, faremos o povo americano morrer de susto. No começo, vão pensar que está meio louco, um caipira do Arizona que quer fazer mais bombas. Mas terão um choque. Criaremos uma crise no outro lado do mundo e, de repente, Aaron Lake será chamado de visionário. A hora certa é tudo. Você faz um discurso sobre o quanto nossa posição está fraca na Ásia. Pouca gente escuta. Então, criamos uma situação que faz o mundo parar e, de repente, todos querem falar com você. Vai ser assim durante toda a campanha. Vamos criar a tensão deste lado. Publicaremos relatórios, criaremos situações, manipularemos a mídia, embaraçando nossos oponentes. Francamente, Sr. Lake, não acho que será tão difícil.

— Fala como se tivesse experiência da coisa.

— Não. Temos feito algumas coisas fora do comum, tudo para proteger este país. Mas nunca tentamos influenciar uma eleição presidencial — Teddy disse, como se estivesse arrependido.

Lake empurrou a cadeira devagar, levantou-se, esticou os braços e as pernas e caminhou ao longo da mesa, até a extremidade da sala. Seus pés estavam mais pesados. O pulso disparado. A armadilha foi armada e ele foi apanhado.

Voltou para a cadeira.

— Eu não tenho dinheiro suficiente — ele disse, no outro lado da mesa. Sabia que Teddy já havia pensado nisso.

Teddy sorriu e inclinou a cabeça, fingindo que pensava no assunto. A casa de Lake em Georgetown valia 400 mil dólares. Tinha quase essa quantia em fundos mútuos e mais 100 mil em ações municipais. Não tinha grandes débitos. Tinha 40 mil na conta da sua reeleição.

— Um candidato rico não seria atraente — Teddy disse, e apertou outro botão. As imagens voltaram à parede, bem definidas e coloridas. — Dinheiro não será problema, Sr. Lake — ele disse, com voz muito mais branda. — Faremos com que os empresários do setor de defesa paguem. Veja isto — sacudiu a mão direita no ar, como para indicar a Lake para onde devia olhar. — No ano passado, a indústria aeroespacial e a de defesa fizeram quase duzentos bilhões em negócios. Tomaremos apenas uma fração disso.

— Que fração?

— Quanto você precisar. Podemos arrecadar cem milhões de dólares deles.

— Não se pode esconder cem milhões de dólares.

— Não aposte nisso. E não se preocupe. Nós nos encarregaremos do dinheiro. Você faz os discursos, os filmes de propaganda política e dirige a campanha. O dinheiro vai chover. Quando novembro chegar, os eleitores americanos estarão com tanto medo do Armagedon que não vão se importar com quanto você gastou. Vai ser uma vitória esmagadora.

Então, Teddy Maynard estava oferecendo uma vitória esmagadora. Num silêncio atônito, Lake olhou para todo aquele dinheiro mostrado na parede — 194 bilhões de dólares das indústrias da defesa e aeroespacial. No ano anterior, o orçamento das forças armadas fora de 270 bilhões de dólares. Aumentando para 540 bilhões em quatro anos os empresários engordariam outra vez. E os trabalhadores! Os salários subiriam incrivelmente! Emprego para todos!

O candidato Lake teria os votos em massa dos executivos que tinham o dinheiro e dos sindicatos. O choque inicial começou a diminuir e a simplicidade do plano de Teddy ficou clara. Arrecadar o dinheiro daqueles que teriam o lucro. Assustar os eleitores, durante a campanha. Vencer por maioria esmagadora. E, fazendo isso, salvar o mundo.

Teddy o deixou pensar por um momento e depois disse:

— Faremos a maior parte através dos comitês de ação política. Os sindicatos, engenheiros, executivos, alianças comerciais — não há falta de grupos políticos já inscritos. E formaremos alguns outros.

Lake já estava formando. Centenas de comitês, todos com mais dinheiro do que qualquer eleição já havia visto. O choque desapareceu por completo, substituído pela pura excitação. Mil perguntas passavam por sua mente: Quem vai ser meu vice-presidente? Quem vai coordenar a campanha? E o chefe do Estado-maior? Onde fazer a propaganda?

— Pode funcionar — ele disse, já controlado.

— É claro que vai funcionar, Sr. Lake. Confie em mim. Há algum tempo estamos planejando isso.

— Quantas pessoas sabem do plano?

— Poucas. O senhor foi escolhido cuidadosamente, Sr. Lake. Examinamos vários candidatos em potencial e seu nome ia sempre para o topo da lista. Verificamos seu passado.

— Bem tedioso, não é?

— Acho que sim. Mas seu relacionamento com a Sra. Valotti me preocupa. Ela é duas vezes divorciada e gosta de analgésicos.

— Não sabia que eu tinha um relacionamento com a Sra. Valotti.

— Foi visto com ela recentemente.

— Vocês estão me vigiando, não estão?

— Esperava menos do que isso?

— Acho que não.

— O senhor a levou a uma festa para arrecadação de fundos para as mulheres oprimidas do Afeganistão. Dá um tempo. — As palavras de Teddy de repente ficaram curtas e cheias de sarcasmo.

— Eu não queria ir.

— Pois então não vá. Fique longe dessa baboseira. Deixe isso para Hollywood. Valotti nada mais é do que um problema.

— Mais alguém? — Lake perguntou, na defensiva. Sua vida particular tornara-se tediosa depois da morte da mulher. De repente, ficou orgulhoso dela.

— Na verdade, não — Teddy disse. — A Sra. Benchly parece ser bem estável e uma bela companhia.

— Ah, muitíssimo obrigado.

— Vai ser importunado com a questão do aborto, mas não será o primeiro.

— É um assunto gasto — Lake disse. E estava cansado de tratar dele. Foi favorável ao aborto, contra o aborto, leniente com os direitos de reprodução, duro com os direitos de reprodução, defendeu a livre escolha, a criança, foi antifeminista, pró-feminista. Nos seus quatorze anos no Congresso foi perseguido por todo o campo minado do aborto, ferido em cada movimento estratégico.

O aborto não o assustava mais, pelo menos não no momento. Preocupava-se muito mais com o fato de a CIA farejar seu passado.

— E quanto ao GreenTree? — perguntou.

Teddy sacudiu a mão direita, como se não fosse nada.

— Coisa de vinte e dois anos atrás. Ninguém foi condenado. Seu sócio faliu e foi indiciado, mas o júri o inocentou. Vai aparecer, tudo vai aparecer. Mas francamente, Sr. Lake, trataremos de desviar a atenção de certas coisas. Há uma vantagem em entrar no último minuto. A imprensa não terá tempo para desenterrar toda sujeira.

— Sou solteiro. Nunca elegemos um presidente solteiro.

— O senhor é viúvo, era marido de uma senhora encantadora, muito respeitada aqui e na sua cidade natal. Não será problema. Confie em mim.

— Então, o que o preocupa?

— Nada, Sr. Lake. Nada mesmo. O senhor é um candidato sólido, muito elegível. Criaremos os assuntos e o medo e levantaremos o dinheiro.

Lake levantou-se outra vez e andou pela sala, passando a mão no cabelo, coçando o queixo, tentando clarear a mente.

— Tenho centenas de perguntas — ele disse.

— Talvez eu possa responder algumas. Vamos conversar outra vez amanhã, aqui, à mesma hora. Pense no assunto, Sr. Lake. O tempo é crucial, mas suponho que um homem precisa de vinte e quatro horas para tomar esse tipo de decisão. — Teddy sorriu quando disse isso.

— Uma ótima idéia. Deixe-me pensar no assunto. Terei uma resposta amanhã.

— Ninguém sabe desta nossa pequena conversa?

— É claro que não.

TRÊS

Em termos de espaço, a biblioteca de obras de direito ocupava exatamente um quarto dos metros quadrados da biblioteca de Trumble. Ficava em um canto, separada por uma parede de tijolos vermelhos e vidro, feita com bom gosto com o dinheiro dos contribuintes de impostos. Dentro, enfileiravam-se estantes cheias de livros muito usados e quase sem espaço para se passar entre elas. Em volta da sala havia mesas repletas de máquinas de escrever, computadores e material de pesquisa suficiente para encher qualquer biblioteca de uma grande empresa.

A Confraria administrava a biblioteca. É claro que podia ser usada por todos os prisioneiros, mas, por determinação não-escrita, era preciso permissão para ficar algum tempo. Talvez não permissão, mas pelo menos um aviso.

O juiz Joe Roy Spicer, do Mississippi, ganhava quarenta centavos por hora para varrer o chão e arrumar as mesas e as estantes. Também esvaziava o lixo e seu trabalho era, de modo geral, considerado porco. O juiz Hatlee Beech, do Texas, era o bibliotecário oficial e a cinqüenta centavos por hora era o mais bem pago. Ele era exigente no que dizia respeito a "seus livros" e muitas vezes implicava com Spicer por causa deles. O juiz Finn Yarber, antes da Suprema Corte da Califórnia, recebia vinte centavos a hora como técnico de computador. Seu salário era o mais baixo, porque ele sabia muito pouco sobre computadores.

Num dia comum, os três passavam entre seis e oito horas na biblioteca de direito. Se um detento tivesse algum problema jurídico, simplesmente marcava hora com um dos membros da Confraria e visitava sua pequena sala. Hatlee Beech era especialista em sentenças e apelações. Finn Yarber era responsável por

processos de falências, divórcios e guarda dos filhos. Roy
Spicer, sem ser formado em direito, não tinha especialidade.
Nem queria ter. Ele se encarregava das sobras.

Regras estritas proibiam que a Confraria cobrasse pela
consultoria jurídica, mas as regras estritas pouco ou nada significavam. Afinal, eles eram condenados por fraude e podiam
receber algum dinheiro por fora e assim todo mundo ficava feliz.
A revisão de sentenças era uma mina de ouro. Cerca de um
quarto dos prisioneiros que chegavam a Trumble haviam sido
condenados erroneamente. Beech podia rever as fichas de um
dia para o outro e encontrar a saída. Um mês atrás, conseguira
anular quatro anos da pena de um jovem sentenciado a quinze.
A família concordou em pagar e a Confraria ganhou cinco mil
dólares, o maior honorário já recebido. Spicer arranjou o depósito secreto por meio do advogado da família em Neptune Beach.

Havia uma pequena e atulhada sala de reunião nos fundos da
biblioteca de direito e quase invisível da sala principal. A porta
tinha uma grande janela de vidro, mas ninguém se dava ao
trabalho de olhar para dentro. A Confraria se isolava para
negócios especiais. Chamavam-na de sala de audiências.

Spicer acabava de se encontrar com o seu advogado, que
levou uma correspondência muito boa. Fechou a porta e tirou um
envelope da pasta. Acenou com ele para que Beech e Yarber o
vissem.

— É amarelo — ele disse. — Não é uma gracinha? É para
Ricky.

— De quem? — Yarber perguntou.

— Curtis, de Dallas.

— O banqueiro? — Beech quis saber, todo excitado.

— Não, Curtis é dono de joalherias. Ouçam. — Spicer
desdobrou a carta, também em papel macio e amarelo. Sorriu,
pigarreou e começou a ler: "Caro Ricky. Sua carta de oito de
janeiro me fez chorar. Li três vezes. Pobre garoto. Por que o
mantêm preso?"

— Onde ele está? — perguntou Yarber.

— Ricky está em uma clínica luxuosa de recuperação de
drogados, paga por um tio rico. Internado há um ano, está livre

das drogas e completamente reabilitado, mas o pessoal terrível que dirige o lugar só vai dar alta em abril, porque estão recebendo vinte mil dólares por mês do tio rico, que quer que ele fique lá e nunca manda nenhum dinheiro para as despesas dele. Estão lembrados disso?

— Agora eu lembro.

— Você ajudou com a história. Posso prosseguir?

— Por favor, prossiga.

Spicer continuou a ler:

— "Estou tentado a voar até aí para enfrentar essa gente perversa pessoalmente. E seu tio, que vergonha! Gente rica, como ele, pensa que pode somente mandar dinheiro sem se envolver. Como já contei, meu pai era muito rico, e a pessoa mais miserável que conheci. Ele me comprava coisas — objetos temporários que nada significavam quando desapareciam. Mas nunca teve tempo para mim. Era um homem doente, como seu tio. Estou anexando um cheque de mil dólares para o que você precisar comprar.

"'Ricky, mal posso esperar para ver você em abril. Já disse para minha mulher que vai haver uma mostra internacional de diamantes nesse mês, em Orlando, e ela não está interessada.'"

— Abril? — perguntou Beech.

— Isso mesmo. Certamente Ricky vai ter alta em abril.

— Não é uma gracinha? — Yarber disse, com um sorriso. — E Curtis tem mulher e filhos?

— Curtis tem cinqüenta e oito anos, três filhos adultos, dois netos.

— Onde está o cheque? — perguntou Beech.

Spicer tirou o cheque da carta e passou para a segunda página.

— "Precisamos ter certeza de que você pode me encontrar em Orlando" — ele leu. — "Está certo de que terá alta em abril? Por favor, diga que sim. Penso em você todas as horas do dia. Sua foto está escondida na gaveta da minha mesa e, quando olho nos seus olhos, sei que devemos ficar juntos."

— Doentio, doentio, doentio — Beech disse, ainda sorrindo. — E ele é do Texas.

— Tenho certeza de que há uma porção de garotos gracinhas no Texas — Yarber disse.

— E nenhum na Califórnia?

— O resto é só lixo — Spicer disse, lendo rapidamente o resto da carta. Teria muito tempo para ler com calma depois. Ergueu o cheque de mil dólares para os colegas. No tempo devido, seria levado para fora dali por seu advogado que o depositaria na sua conta secreta.

— Quando vamos pegá-lo? — Yarber perguntou.

— Vamos trocar mais algumas cartas. Ricky precisa compartilhar mais suas dores.

— Talvez um dos guardas possa bater nele, ou coisa assim — Beech disse.

— Eles não têm guardas — explicou Spicer. — É uma clínica chique, lembra? Eles têm conselheiros.

— Mas é uma casa de detenção, certo? Isso significa portões e cercas, portanto devem ter um ou dois guardas. E se Ricky fosse atacado no chuveiro ou no vestiário por algum valentão que queria seu corpo?

— Não pode ser uma agressão sexual — Yarber disse. — Isso pode assustar Curtis. Ele pode pensar que Ricky apanhou uma doença, ou coisa assim.

E a ficção seguiu por mais alguns momentos, criando mais desgraças para o pobre Ricky. Sua foto fora roubada do quadro de avisos de um prisioneiro, copiada em uma impressora pelo advogado da Confraria e mandada para mais de doze companheiros de prisão, por toda a América do Norte. Mostrava um universitário sorridente, com capa e capelo, segurando um diploma. Um jovem muito bonito.

Ficou resolvido que Beech se encarregaria da nova história durante alguns dias, depois escreveria um rascunho da próxima carta para Curtis. Beech era Ricky e naquele momento o personagem inventado escrevia uma das suas histórias de desgraça para oito almas que se preocupavam com ele. O juiz Yarber era Percy, também um jovem internado por causa de drogas, agora limpo, prestes a ter alta e à procura de um queridinho mais velho com quem passar um bom tempo. Percy tinha cinco anzóis na água e estava começando a recolher o molinete.

Joe Roy Spicer não escrevia muito bem. Ele coordenava a limpeza, ajudava com a ficção, mantinha a continuidade das histórias e se encontrava com o advogado que trazia a correspondência. E cuidava do dinheiro.

Tirou outra carta da pasta e anunciou:

— Esta, meritíssimo, é de Quince.

Tudo parou e Beech e Yarber olharam para a carta. Quince era um banqueiro rico de uma pequena cidade de Iowa, de acordo com as seis cartas trocadas com Ricky. Como o resto, eles o encontraram nos classificados pessoais de uma revista gay agora escondida na biblioteca de direito. Foi seu segundo achado, o primeiro tendo desconfiado e desaparecido. A foto de Quince, tirada por ele mesmo, era um instantâneo perto de um lago, mostrando um homem de cinqüenta e um anos, sem camisa, a barriga saliente, os braços magros, o cabelo começando a desaparecer — rodeado por toda a família. Não era uma boa foto, sem dúvida escolhida porque seria difícil identificá-lo se alguém tentasse.

— Quer ler, Ricky, meu garoto? — Spicer pediu, dando a carta para Beech que a apanhou e examinou o envelope. Branco, sem remetente, datilografado.

— Você leu? — Beech perguntou.

— Não. Vá em frente.

Beech tirou a carta do envelope, uma folha de papel branco com parágrafos apertados, espaço um, escrita numa velha máquina. Pigarreou e leu.

— "Querido Ricky. Está feito. Não posso acreditar que fiz, mas está feito. Usei um telefone público e uma ordem de pagamento para que nada possa ser rastreado — acho que a minha pista está limpa. A empresa que você sugeriu em Nova York foi ótima, muito discreta e de grande ajuda. Tenho de ser franco, Ricky, eu quase morri de medo. Fazer a reserva para um cruzeiro gay é uma coisa que nunca pensei fazer. E quer saber de uma coisa? Foi fantástico. Estou tão orgulhoso de mim mesmo. Temos uma suíte no navio, mil dólares por noite, e mal posso esperar."

Beech parou e olhou por cima dos óculos de leitura que ele usava na metade do nariz. Os dois amigos sorriam, saboreando as palavras. Ele continuou:

— "Zarpamos no dia dez de março, e eu tive uma idéia maravilhosa. Chegarei a Miami no dia nove, por isso não teremos muito tempo para estar juntos e nos apresentar. Vamos nos encontrar no navio, na nossa suíte. Chegarei lá primeiro, para examinar tudo, pôr o champanhe no gelo e esperar por você. Não vai ser divertido, Ricky? Teremos três dias só para nós. Minha idéia é que não vamos sair do quarto."

Beech não se conteve e sorriu e de algum modo conseguiu fazer isso balançando a cabeça enojado, depois continuou:

— "Estou tão excitado com nossa pequena viagem. Finalmente resolvi descobrir quem sou realmente e você me deu a coragem para dar o primeiro passo. Mesmo sem conhecê-lo, Ricky, jamais poderei agradecer o suficiente.

"Por favor, responda imediatamente e confirme. Tenha cuidado, meu Ricky. Amor, Quince."

— Acho que vou vomitar — Spicer disse, mas sem convicção. Tinha muito que fazer.

— Vamos começar a extorsão — propôs Beech. Os outros concordaram.

— Quanto? — perguntou Yarber.

— Pelo menos cem mil — sugeriu Spicer. — Sua família é proprietária de bancos há duas gerações. Sabemos que o pai ainda é ativo nos negócios, por isso temos de calcular que o velho vai ficar maluco se o filho for descoberto. Quince não pode ser deserdado da fortuna da família, portanto ele pagará o que pedirmos. É uma situação perfeita.

Beech já estava tomando notas. Yarber também. Spicer começou a andar de um lado para outro, como um urso tocaiando a presa. As idéias vinham devagar, a linguagem, as opiniões, a estratégia, mas não demorou muito para a carta tomar forma.

Beech leu o rascunho:

— "Querido Quince. Foi tão bom receber sua carta de 14 de janeiro. Estou feliz por ter reservado lugar no cruzeiro gay. Parece divino. Mas há um problema, não vou poder estar lá, por algumas razões. Uma delas é que só vou ser solto daqui a alguns anos. Estou numa prisão, não em tratamento para me livrar das drogas. E não sou gay, muito longe disso. Tenho mulher e dois filhos e no momento eles estão tendo dificuldades financeiras porque estou aqui na prisão e não posso manter a família. É aí que você entra, Quince. Preciso de um pouco do seu dinheiro. Quero 100 mil dólares. Podemos chamar de um cala-boca. Você manda e eu esqueço o negócio de Ricky e do cruzeiro gay e ninguém em Bakers, Iowa, vai ficar sabendo de nada. Sua mulher, seus filhos, seu pai e o resto da sua rica família jamais saberão sobre Ricky. Você não manda o dinheiro, e eu inundo sua pequena cidade com cópias das suas cartas.

"Isto é uma extorsão, Quince, e você foi apanhado. É cruel e desprezível e criminoso, mas não me importo. Preciso do dinheiro e você tem."

Beech parou e olhou em volta para aprovação.

— Que maravilha! — exclamou Spicer, já gastando a grana.

— Que terrível — disse Yarber. — E se ele se matar?

— Isso é uma vaga suposição — Beech opinou.

Leram a carta outra vez, depois discutiram sobre se era a hora certa. Não mencionaram a ilegalidade do ato, nem a punição se fossem apanhados. Esses argumentos tinham sido resolvidos há meses, quando Joe Roy Spicer os convenceu a juntarem-se a ele. Os riscos eram insignificantes quando comparados ao potencial de lucro. Os Quince, que seriam apanhados, não iriam correr para a polícia e dar queixa de extorsão.

Mas não tinham chantageado ninguém ainda. Correspondiam-se com uma dúzia mais ou menos de vítimas em potencial, todos homens de meia-idade que cometiam o erro de responder a um anúncio simples:

Rapaz de vinte e poucos anos procura
cavalheiro discreto de mais ou menos
quarenta ou cinqüenta para se corresponder.

Um pequeno anúncio pessoal com letras miúdas nos classificados de uma revista gay e Spicer se encarregava de separar o joio do trigo e descobrir um alvo rico. No começo, achou o trabalho nojento mas divertido. Agora era um negócio, porque estavam para extorquir cem mil dólares de um homem completamente inocente.

Seu advogado ficaria com um terço, a comissão habitual, mas assim mesmo uma porcentagem frustrante. Não tinham escolha. Ele era um parceiro importante no jogo.

Trabalharam durante uma hora na carta para Quince, depois resolveram deixar para o dia seguinte a redação final. Havia outra carta de um homem com o pseudônimo de Hoover. Era a segunda, escrita para Percy, e em quatro parágrafos falava sobre observação de pássaros. Yarber seria obrigado a estudar o assunto antes de responder como Percy, professando grande interesse. Evidentemente, Hoover tinha medo da própria sombra. Não revelou nada pessoal e não havia indicação de dinheiro.

A Confraria resolveu dar mais corda a ele. Falar sobre pássaros e depois levá-lo ao assunto de contato físico. Se Hoover não mordesse a isca e não revelasse alguma coisa sobre sua situação financeira, desistiriam dele.

Na administração federal de penitenciárias, em Washington, Trumble era oficialmente chamada de campo. Isso significava que não havia cercas em volta do complexo, nem arame farpado, nenhuma torre de vigia, nenhum guarda com rifle para atirar nos fugitivos. Um campo significava segurança mínima, de modo que um prisioneiro podia simplesmente sair se quisesse. Havia mil homens detidos em Trumble, mas poucos fugiam.

Era melhor do que muitas escolas públicas. Dormitórios com ar-condicionado, lanchonete limpa, que servia três refeições completas por dia, sala de ginástica, bilhar, cartas, basquetebol, voleibol, pista de corrida, biblioteca, capela, ministros religiosos, conselheiros, pessoas que cuidavam dos casos dos prisioneiros, ilimitadas horas de visitas.

Trumble era tão boa quanto possível para prisioneiros, todos classificados como de baixa periculosidade. Oitenta por cento estavam ali por crimes relacionados com drogas. Cerca de quarenta por cento por roubar bancos, sem machucar ou assustar realmente ninguém. O resto era de colarinhos-brancos cujos crimes iam desde pequenos golpes até o Dr. Floyd, um cirurgião cujo consultório havia fraudado o plano de saúde Medicare em mais de 6 milhões de dólares havia mais de duas décadas. A violência não era tolerada em Trumble. Ameaças eram raras. Havia regras suficientes e a administração tinha pouco trabalho para fazer com que vigorassem. Se você fazia alguma coisa errada, era mandado para uma prisão de segurança relativa, com arame farpado e guardas rigorosos.

Os prisioneiros de Trumble contentavam-se em se comportar e contar seus dias, de acordo com a lei federal.

Nunca se ouviu falar de atividades criminosas dentro da cadeia, até a chegada de Joe Roy Spicer. Antes da sua prisão, Spicer ouvira falar do golpe Angola, assim chamado por causa da infame penitenciária estadual da Louisiana. Alguns detentos dessa prisão haviam aperfeiçoado o esquema da extorsão de gays e antes de serem apanhados tinham conseguido extorquir 700 mil dólares das vítimas.

Spicer era de um condado rural, perto da divisa da Louisiana, e o golpe Angola ficou famoso nessa parte do estado. Ele jamais pensou em aplicar o golpe. Mas certa manhã acordou em uma prisão federal e resolveu explorar cada alma da qual pudesse se aproximar o bastante.

Caminhava na pista todos os dias à uma hora da tarde, geralmente sozinho, sempre com um maço de Marlboro. Quando foi preso há dez anos não fumava, agora sua média era de mais de dois maços por dia. Então, andava para minorar o estrago que o cigarro provocava nos seus pulmões. Em trinta e quatro meses andou dois mil quilômetros, e perdeu dez quilos, embora provavelmente não pelo exercício, como gostava de dizer. A proibição da cerveja era responsável pela perda de peso.

Trinta e quatro meses andando e fumando. Faltavam ainda vinte e um meses.

Noventa mil dólares do dinheiro do bingo estavam literalmente enterrados no seu quintal. A quatrocentos metros de casa, perto de um depósito de ferramentas — sepultados num cofre de concreto feito em casa, cuja existência sua mulher desconhecia.

Ela o ajudou a gastar o resto do roubo, um total de 180 mil dólares, embora os federais tivessem encontrado só a metade dele. Compraram um Cadillac e voaram de Nova Orleans para Las Vegas, primeira classe. Iam aos cassinos de limusine e se hospedavam nas melhores suítes.

Se lhe sobravam alguns sonhos, um deles era ser jogador profissional, com base em Las Vegas, mas conhecido e temido em todos os cassinos do país. Vinte-e-um era seu jogo e, mesmo tendo perdido toneladas de dinheiro, estava ainda convencido de que podia vencer qualquer casa de jogo. Havia cassinos no Caribe que ele não conhecia. A Ásia estava esquentando. Viajaria pelo mundo na primeira classe, com ou sem a mulher, hospedando-se em suítes luxuosas, pedindo serviço de quarto e aterrorizaria qualquer carteador bastante tolo para lhe dar as cartas.

Apanharia os 90 mil no quintal, acrescentaria os ganhos com o golpe Angola e se mudaria para Las Vegas. Com ou sem a mulher. Há quatro meses sua mulher não ia a Trumble, embora antes disso costumasse visitá-lo de três em três semanas. Tinha pesadelos nos quais ela aparecia cavando o quintal, à procura do dinheiro enterrado. Estava quase convencido de que ela não sabia, mas tinha dúvidas. Duas noites antes de ser mandado para a prisão, Spicer bebeu demais e disse alguma coisa sobre os 90 mil dólares. Não lembrava exatamente o que tinha contado.

Acendeu outro Marlboro, no primeiro quilômetro. Talvez ela tivesse um namorado agora. Rita Spicer era uma mulher atraente, um pouco gorducha mas nada que 90 mil dólares não pudessem esconder. E se ela e o novo amante tivessem encontrado o dinheiro e já o estivessem gastando? Um dos seus piores e repetidos pesadelos era a cena de um filme — Rita e um desconhecido com pás cavando como idiotas, debaixo de chuva. Por que a chuva, ele não sabia. Mas era sempre à noite, no meio de uma tempestade. À luz dos relâmpagos ele os via chapinhando no quintal, cada vez chegando mais perto do depósito de ferramentas.

Em um dos sonhos o novo namorado misterioso dirigia uma máquina de terraplenagem, removendo pilhas de terra por toda a fazenda de Spicer, enquanto Rita, perto, apontava para lá e para cá com a pá.

Joe Roy desejava ardentemente o dinheiro. Podia senti-lo nas mãos. Roubaria e extorquiria o máximo possível enquanto contava seus dias em Trumble, depois resgataria a grana enterrada e iria para Las Vegas. Ninguém na sua cidade natal teria o prazer de apontar e dizer num murmúrio: "Lá vai o velho Joe Roy. Acho que saiu da prisão agora." Nada disso.

Ia viver uma vida e tanto. Com ou sem a mulher.

QUATRO

Teddy olhou para os vidros de remédio alinhados na beirada da mesa, como pequenos carrascos prontos a acabar com seu sofrimento. York, sentado na sua frente lendo algumas anotações, disse:

— Ele ficou no telefone até três horas da madrugada, falando com amigos no Arizona.

— Quem?

— Bobby Lander, Jim Gallison, Richard Hassel, o grupo de sempre. O pessoal de dinheiro que o apóia.

— Dale Winer?

— Sim, também — York disse, admirado com a memória de Teddy.

Teddy estava com os olhos fechados, massageando as têmporas. Em algum lugar entre elas, bem no fundo do cérebro, ele sabia os nomes dos amigos de Lake, dos seus contribuidores, dos seus confidentes, dos que trabalhavam com ele e dos seus antigos professores do colégio. Tudo muito bem arrumado, pronto para ser usado, se fosse preciso.

— Alguma coisa fora do comum?

— Não. Na verdade, nada. Só as questões esperadas de um homem que contempla uma mudança tão inesperada. Seus amigos ficaram surpresos. Até chocados e de certa forma relutantes, mas vão contribuir.

— Perguntaram sobre dinheiro?

— É claro. Ele foi vago, disse que não seria problema. Eles não acreditaram muito.

— Ele guardou nossos segredos?

— Sem dúvida.

— Ficou preocupado com a possibilidade de nossa escuta?

— Acho que não. Deu onze telefonemas do escritório e oito de casa. Nenhum dos celulares.

— Faxes? E-mail?

— Nenhum. Passou duas horas com Schiara, seu...

— Chefe da equipe.

— Certo. Basicamente planejaram a campanha. Schiara quer que ele seja candidato. Gostariam de Nance, de Michigan, para vice.

— Não é má escolha.

— Parece bom. Já estamos investigando. Divorciou-se quando tinha trinta e três anos, mas isso foi há trinta anos.

— Não é problema. Lake está pronto para assumir esse compromisso?

— Ah, sim. Ele é um político, não é? Foram prometidas a ele as chaves do reino. Já está redigindo discursos.

Teddy tirou um comprimido de um vidro e engoliu sem nenhum líquido. Fez uma careta, como se o gosto fosse amargo. Alisou as rugas da testa e disse:

— York, diga-me que não estamos deixando passar nada desse cara. Nenhuma sujeira.

— Nada, chefe. Examinamos sua roupa suja durante seis meses. Não há nada que possa nos prejudicar.

— Ele não vai casar com alguma tola, vai?

— Não. Sai com várias mulheres, mas nada sério.

— Nada de sexo com estagiárias.

— Nada. Ele está limpo.

Repetiam um diálogo que já travaram inúmeras vezes. Uma vez mais não fazia mal.

— Nenhum negócio escuso de sua vida pregressa?

— Esta é a vida dele, chefe. Não há nada para trás.

— Bebida, drogas, barbitúricos, jogo na Internet?

— Não, senhor. Ele é muito limpo, sóbrio, correto, brilhante, bastante notável.

— Vamos falar com ele.

Aaron Lake foi outra vez levado à mesma sala nas profundezas de Langley, dessa vez guardada por três belos jovens, como se o perigo espreitasse em cada canto. Andou mais depressa ainda do que na véspera, a cabeça mais erguida. As costas eretas. Sua estatura crescia a cada hora.

Mais uma vez cumprimentou Teddy, apertando a mão calosa, depois seguiu a cadeira com a manta até o *bunker* e sentou-se do outro lado da mesa. Gentilezas foram trocadas. York observava de uma sala no corredor, onde três monitores exibiam as imagens de câmeras ocultas, transmitindo cada palavra, cada movimento. Ao lado de York havia dois homens que ganhavam a vida analisando fitas de pessoas, observando como falavam, como moviam as mãos e os olhos, a cabeça e os pés, tentando detectar o que elas realmente queriam dizer.

— Você dormiu bem a noite passada? — Teddy perguntou, com um sorriso.

— Sim, na verdade dormi — Lake mentiu.

— Ótimo. Suponho então que está decidido a aceitar nossa proposta de negócio.

— Negócio? Não pensei que fosse exatamente um negócio.

— Ah, sim, Sr. Lake, é exatamente um negócio. Prometemos fazer com que seja eleito e o senhor promete dobrar os gastos com a defesa e nos preparar para a Rússia.

— Então, negócio fechado.

— Ótimo, Sr. Lake. Estou muito satisfeito. Será um excelente candidato e um ótimo presidente.

As palavras soaram nos ouvidos de Lake e ele mal podia acreditar, presidente Lake. Presidente Aaron Lake. Naquele dia andou de um lado para o outro no escritório até as cinco horas da manhã, tentando se convencer de que a Casa Branca estava sendo oferecida a ele. Parecia fácil demais.

E, por mais que tentasse, não podia ignorar tudo que acompanhava isso. O Gabinete Oval. Todos aqueles jatos e helicópteros. O mundo inteiro para viajar. Centenas de assistentes à sua disposição. Jantares de estado com os mais poderosos do mundo.

E, acima de tudo, um lugar na História.

Ah, sim, negócio fechado.

— Vamos falar sobre a campanha — Teddy disse. — Acho que deve anunciar sua candidatura dois dias depois de New Hampshire. Deixe a poeira assentar. Deixe que os vencedores tenham seus quinze minutos de glória e que os perdedores joguem mais lama, depois anuncie.

— É muito rápido — Lake disse.

— Não temos muito tempo. Ignoramos New Hampshire e nos preparamos para o Arizona e para Michigan, em 22 de fevereiro. É imperativo que você ganhe nesses dois estados. Se ganhar, estará estabelecido como um sério candidato e se encaminha então para o mês de março.

— Eu estava pensando em anunciar minha candidatura no meu estado natal, em algum lugar de Phoenix.

— Michigan é melhor. É maior, cinqüenta e oito delegados, comparados com vinte e quatro do Arizona. Espera-se que vença em casa. Se ganhar no Michigan no mesmo dia, então será um candidato que deve ser levado em conta. Anuncie em Michigan primeiro e algumas horas depois no seu distrito.

— Uma ótima idéia.

— Há uma fábrica de helicópteros em Flint, a D-L Trilling. Tem um grande hangar, quatro mil operários. O CEO é um homem com quem posso falar.

— Faça a reserva — Lake disse, certo de que Teddy já tinha falado com o executivo.

— Pode começar a filmar a propaganda depois de amanhã?

— Posso fazer qualquer coisa — Lake disse, acomodando-se no banco do passageiro. Estava ficando óbvio saber quem dirigia o ônibus.

— Com sua aprovação, contrataremos um grupo consultor de fora para a propaganda e a publicidade. Mas temos gente melhor aqui e não vai custar nada. Não que dinheiro seja problema, sabe.

— Acho que cem milhões devem cobrir tudo isso.

— Devem. De qualquer modo, começamos a trabalhar na propaganda da TV hoje mesmo. Acho que você vai gostar dos filmes. São terrivelmente sinistros — a debilidade das nossas forças armadas, toda espécie de ameaças do estrangeiro.

Armagedon, esse tipo de coisa. Vão fazer o povo morrer de medo. Mostraremos seu nome e seu rosto e algumas breves palavras e em pouco tempo será o político mais famoso do país.

— A fama não vai ganhar as eleições.

— Não. Não vai. Mas o dinheiro sim. O dinheiro compra a televisão e as pesquisas e é disso que precisamos.

— Eu gostaria de pensar que a mensagem é o importante.

— Sim, é, Sr. Lake, e nossa mensagem é mais importante do que cortes nos impostos, ação positiva, aborto, confiança nos valores da família e todas as outras coisas que estamos ouvindo. Nossa mensagem é de vida e morte. Nossa mensagem mudará o mundo e protegerá nossa riqueza. Isso é tudo que realmente nos importa.

Lake balançava a cabeça, concordando. Proteger a economia, manter a paz, e os eleitores da América elegem qualquer um.

— Tenho um bom homem para dirigir a campanha — Lake disse, ansioso para oferecer alguma coisa.

— Quem?

— Mike Schiara, meu chefe de equipe. É meu conselheiro mais próximo, um homem em quem confio totalmente.

— Alguma experiência em nível nacional? — Teddy perguntou, sabendo muito bem que Schiara não tinha nenhuma.

— Não, mas é muito capaz.

— Isso é ótimo. A campanha é sua.

Lake sorriu e inclinou a cabeça, concordando. Era bom ouvir isso. Estava começando a duvidar.

— E o vice-presidente? — Teddy perguntou.

— Tenho dois nomes. O senador Nance, de Michigan, é um velho amigo. Há também o governador Guyce, do Texas.

Teddy recebeu os nomes com cautelosa consideração. Na verdade, não eram más indicações, mas Guyce não servia. Fora um playboyzinho que em seus tempos de universidade ficava andando de skate e depois dos trinta só se preocupava em jogar golfe. Tempos depois torrou uma fortuna do dinheiro do pai para comprar a mansão de governador que usaria durante quatro anos. Além disso, não precisavam se preocupar com o Texas.

— Gosto de Nance — Teddy disse.

Então será Nance, Lake quase disse.

Falaram sobre dinheiro durante uma hora, a primeira leva do comitê de ação política e como aceitar instantaneamente milhões sem levantar muitas suspeitas. Depois a segunda leva dos empresários do setor de defesa. Depois a terceira leva de dinheiro e outras fontes não identificáveis.

Haveria uma quarta leva, que Lake jamais saberia. Dependendo das pesquisas, Teddy Maynard e sua organização estariam preparados para literalmente esvaziar caixas de coleta de dinheiro nos corredores de sindicatos, igrejas negras e das associações de veteranos de guerra brancas, em lugares como Chicago, Detroit e Memphis. Em todo o centro-sul. Trabalhando com pessoas locais já identificadas, estariam preparados para comprar todos os votos que encontrassem.

Quanto mais Teddy pensava no seu plano, mais convencido ficava de que a eleição seria ganha pelo Sr. Aaron Lake.

O pequeno escritório de advocacia de Trevor ficava em Neptune Beach, algumas quadras distante de Atlantic Beach. Mas ninguém podia dizer onde acabava uma praia e começava a outra. Jacksonville ficava dezesseis quilômetros a oeste, avançando para o mar a cada minuto. O escritório era um apartamento de verão adaptado e da sua varanda nos fundos Trevor via a praia e o mar e ouvia as gaivotas. Era difícil acreditar que alugava aquele lugar há doze anos. No começo, gostava de se esconder na varanda, longe do telefone e dos clientes, olhando para as águas mansas do Atlântico a duas quadras de distância.

Trevor era de Scranton e, como os pássaros da neve, finalmente se cansou de olhar para o mar, vaguear pela praia e atirar migalhas para as aves. Agora preferia perder tempo trancado no escritório.

Trevor tinha horror de tribunais e juízes. Embora isso fosse incomum e de certa forma honroso, criava um estilo diferente de advocacia que o relegava ao trabalho burocrático — negócios imobiliários, testamentos, leasings, zoneamento —, todas as pequenas áreas mundanas e entediantes da profissão, as quais ninguém jamais ensinou a ele na faculdade. Ocasionalmente lidava com casos de drogas, nada que envolvesse julgamento, e foi um dos seus infelizes clientes de Trumble que o apresentou ao meritíssimo Joe Roy Spicer. Em pouco tempo, tornou-se o advogado oficial dos três — Spicer, Beech e Yarber, a Confraria, como até Trevor se referia ao grupo.

Ele não passava de um pombo-correio, nada mais e nada menos. Ele pegava as cartas deles disfarçadas de documentos legais, portanto protegidas pelo privilégio advogado-cliente, e as levava para fora da prisão. Não dava conselhos a eles e eles não pediam nenhum. Controlava sua conta em um banco no exterior e se encarregava dos telefonemas das famílias dos clientes aprisionados em Trumble. Era um testa-de-ferro dos seus pequenos negócios sujos e assim evitava tribunais, juízes e outros advogados, o que lhe convinha perfeitamente.

Participava também do golpe que certamente os levaria a uma condenação se fossem apanhados, mas isso não o preocupava. O golpe Angola era perfeitamente brilhante porque as vítimas não podiam apresentar queixa. Por um pequeno honorário, com potencial de recompensa, ele entraria no jogo da Confraria.

Saiu do escritório sem falar com a secretária e entrou no seu Volks 1970, reformado, sem ar-condicionado. Seguiu pela First Street, na direção de Atlantic Boulevard, vendo o mar através dos chalés e das casas. Vestia uma velha calça cáqui, camisa branca de algodão, gravata-borboleta amarela, um casaco azul de listras, tudo muito amarrotado. Passou pelo Pete's Bar and Grill, o bar mais antigo naquelas praias e seu favorito, mesmo depois que os estudantes o descobriram. Tinha uma conta pendurada de 361 dólares, quase tudo de cerveja e daiquiris de limão, que realmente queria pagar.

Virou para oeste em Atlantic Boulevard e começou a enfrentar o trânsito de Jacksonville. Xingou a rua, o congestionamento e os carros com placas do Canadá. Depois pegou a saída ao norte, passou pelo aeroporto e logo chegou aos campos planos da Flórida.

Cinco minutos depois estacionou em Trumble. Era de se admirar o sistema federal, ele pensou outra vez. Um amplo estacionamento perto da entrada, terreno bem ajardinado pelos prisioneiros e prédios modernos e bem cuidados.

Disse "Olá, Mackey" para o guarda branco na porta e "Olá, Vince" para o guarda negro. Rufus, no balcão de recepção, passou a sua pasta pelos raios X, enquanto Nadine cuidava da papelada da sua visita.

— Como vão os peixes? — perguntou para Rufus.

— Não estão mordendo — Rufus disse.

Nenhum advogado na curta história de Trumble havia visitado a prisão tanto quanto Trevor. Tiraram sua foto outra vez, carimbaram as costas da sua mão com tinta invisível e o conduziram através de duas portas e por um corredor curto.

— Oi, Link — ele disse para o outro guarda.

— ... dia, Trevor — Link respondeu. Link cuidava da área dos visitantes, um grande espaço aberto, com uma porção de cadeiras estofadas e máquinas automáticas de venda encostadas na parede, um playground para crianças e um pequeno pátio externo onde duas pessoas podiam fazer piquenique e partilhar o momento. Era muito limpo e brilhante e estava completamente vazio. Era um dia de semana. O movimento acontecia nos sábados e domingos, mas no resto do tempo Link observava uma área vazia.

Foram para a sala dos advogados, um dos vários cubículos privativos com portas que fechavam e janelas através das quais Link podia vigiar, se quisesse. Joe Roy Spicer estava esperando e lendo a seção de esportes do jornal, verificando os resultados do basquete universitário, no qual tinha apostado. Trevor tirou da pasta duas notas de vinte dólares e entregou para Link. As câmeras de circuito fechado não podiam captar o movimento quando feito no lado de dentro da porta. Como parte da rotina, Spicer fingiu não ver a transação.

Então a pasta foi aberta e Link fingiu que a estava examinando, sem tocar em nada. Trevor tirou um envelope grande e maciço selado e marcado com letras grandes "Documentos legais". Link apertou o envelope para ter certeza de que eram só papéis e não uma arma ou um vidro de comprimidos e devolveu. Já tinham feito isso dezenas de vezes.

O regulamento de Trumble exigia a presença do guarda na sala quando os papéis fossem retirados e os envelopes abertos. Mas as duas notas de vinte fizeram com que Link ficasse do lado de fora e se postasse na porta, porque não havia nada para guardar no momento. Sabia que cartas eram trocadas e não se importava. Desde que Trevor não levasse armas ou drogas, Link não se envolveria. O lugar tinha tantos regulamentos idiotas. Encostou na porta, e em pouco tempo estava mergulhando em uma das suas sonecas, uma perna esticada, a outra dobrada.

Na sala dos advogados, poucas tarefas legais estavam sendo feitas. Spicer continuava absorto na contagem dos pontos. A maioria dos prisioneiros recebia alegremente as visitas. Spicer só tolerava a sua.

— Ontem à noite o irmão de Jeff Daggett me telefonou — Trevor disse. — O garoto de Coral Gables.

— Sei quem é — Spicer falou, finalmente, abaixando o jornal porque havia dinheiro no horizonte. — Pegou doze anos por tráfico de drogas.

— Esse mesmo. Seu irmão diz que existe um juiz federal dentro de Trumble que viu seu processo e acha que ele pode diminuir alguns anos da sentença. Esse juiz cobra honorários, por isso Daggett telefona para o irmão, que telefona para mim.

— Trevor tirou o casaco azul amarrotado e o jogou numa cadeira. Spicer odiava a gravata-borboleta dele.

— Quanto podem pagar?

— Vocês falaram de honorários? — Trevor perguntou.

— Beech talvez tenha falado, eu não sei. Tentamos pedir cinco mil para uma redução de vinte e cinco por cento. — Spicer falava como se tivesse prática em direito criminal de anos de trabalho nos tribunais federais. A verdade era que a única vez que ele viu uma sala de tribunal foi quando foi sentenciado.

— Eu sei — Trevor disse. — Não tenho certeza se eles podem pagar cinco mil. O garoto teve um defensor público.

— Pois então tire quanto puder, mas consiga pelo menos mil adiantados. Ele não é um mau garoto.

— Você está ficando mole, Joe Roy.

— Não, estou ficando mais cruel.

E de fato estava. Joe Roy era sócio-gerente diretor da Confraria. Yarber e Beech tinham o talento e a prática, mas se sentiram humilhados demais com sua prisão para ter qualquer ambição. Spicer, sem nenhuma prática e pouco talento, tinha poder de manipulação suficiente para manter os colegas na linha. Enquanto eles se lamentavam, ele sonhava com a sua volta à liberdade.

Joe Roy abriu uma pasta e tirou um cheque.

— Aqui estão mil dólares para depositar. Veio de um correspondente do Texas, chamado Curtis.

— Qual é seu potencial?

— Muito bom, eu acho. Estamos prontos para extorquir Quince, do Iowa. — Joe Roy tirou um belo envelope cor de lavanda fechado e endereçado para Quince Garbe, em Bakers, Iowa.

— Quanto? — Trevor perguntou, apanhando o envelope.

— Cem mil.

— Nossa!

— Ele tem e vai pagar. Dei a ele as instruções para a remessa. Avise o banco.

Em vinte e três anos de prática de advocacia, Trevor nunca recebera honorários nem perto de 33 mil dólares. De repente, podia ver o dinheiro, tocá-lo e, embora procurasse não fazer isso, começou a gastá-lo — 33 mil para não fazer nada, a não ser pôr cartas no correio.

— Acha mesmo que vai funcionar? — ele perguntou, mentalmente pagando a conta do Pete's Bar e dizendo aos cobradores do cartão de crédito para enfiar esse cheque eles sabiam onde. Ficaria com o mesmo carro, seu adorado Fuscão, mas talvez instalasse ar-condicionado.

— É claro que sim — Spicer disse, sem nenhuma dúvida.

Spicer tinha mais duas cartas, escritas pelo juiz Yarber, como Percy, na clínica de reabilitação. Trevor as guardou na pasta antecipando o melhor.

— O Arkansas joga com o Kentucky esta noite — Spicer disse, voltando ao jornal. — Estou querendo apostar. O que você acha?

— O Kentucky é muito bom quando joga em casa.

— Você vai nessa?

— E você?

Trevor tinha um bookmaker no Bar de Pete, e, embora ele jogasse pouco, tinha aprendido a seguir os palpites do juiz Spice.

— Vou apostar cem no Arkansas — Spicer disse.

— Acho que também vou fazer isso.

Jogaram vinte-e-um por meia hora, com Link ocasionalmente olhando para dentro e franzindo a testa em desaprovação. Jogo de cartas era proibido durante a visita, mas quem se importava? Joe Roy jogava duro porque estava treinando para sua nova carreira de jogador profissional. Pôquer e canastra eram os jogos favoritos na prisão e Spicer geralmente tinha problema para encontrar um oponente para o vinte-e-um.

Trevor não era muito bom, mas estava sempre disposto a jogar. Na opinião de Spicer era a única qualidade que o salvava.

CINCO

O lançamento da candidatura teve a atmosfera festiva de uma comemoração da vitória. Com flâmulas em vermelho, branco e azul, faixas penduradas no teto e banda de música ecoando no hangar. Os quatro mil funcionários da D-L Trilling foram obrigados a comparecer, e para elevar seu ânimo foi prometido um dia inteiro de folga. Oito horas pagas, de um salário médio de 22,40 dólares, mas a diretoria não se importava porque tinham encontrado o homem. O palco rapidamente armado também estava coberto de flâmulas e lotado com os executivos da empresa, todos sorridentes e batendo palmas com entusiasmo enquanto a música levava a multidão ao frenesi. Até três dias antes, ninguém tinha ouvido falar em Aaron Lake. Agora ele era seu salvador.

Sem dúvida ele parecia um candidato, com um novo corte de cabelo mais curto, sugerido por um consultor, e um terno marrom-escuro, sugerido por outro. Só Reagan podia usar ternos marrons e ganhou duas eleições por maioria esmagadora.

Quando Lake finalmente apareceu e caminhou decidido para o palco, apertando vigorosamente as mãos dos diretores da empresa, que nunca vira antes, os operários deliraram. A música foi cautelosamente diminuída por um consultor de som, membro de uma equipe de som que Lake havia contratado para o evento por 24 mil dólares. Dinheiro não era problema.

Os balões de ar caíam como maná. Alguns eram estourados pelos operários, como foram mandados, e assim, por alguns segundos, o hangar parecia viver a primeira onda de um ataque. Preparem-se para isso. Preparem-se para a guerra. Lake Antes Que Seja Tarde Demais.

O CEO da Trilling o abraçou como se fossem irmãos, quando, na realidade, se conheciam há duas horas. O CEO então encaminhou-se para o palco e esperou acabar o barulho. Consultando notas, enviadas por fax no dia anterior, recitou uma longa e generosa apresentação de Aaron Lake, futuro presidente. Seguindo a deixa, os aplausos o interromperam cinco vezes.

Lake acenou como um herói vencedor e esperou na frente do microfone. Então, no momento exato, deu um passo à frente e disse:

— Meu nome é Aaron Lake e sou candidato à presidência.

— Mais aplausos trovejantes. Mais banda de música. Mais balões caindo.

Quando achou que bastava, lançou seu discurso. O tema, a plataforma, a única razão para sua candidatura era a segurança nacional. Lake martelou vigorosamente a espantosa estatística provando o quanto o atual governo havia desprestigiado as forças armadas. Nenhum outro assunto era na verdade tão importante, ele disse com autoridade. Se formos atraídos para uma guerra que não podemos ganhar, esqueceremos as desgastadas brigas sobre aborto, racismo, controle de armas e impostos. Preocupados com os valores da família? Comecem a perder seus filhos e filhas em combate e veremos famílias com problemas verdadeiros.

Lake saiu-se muito bem. O discurso foi escrito por ele, revisado pelos consultores, retocado por outros profissionais e na véspera, tarde da noite, entregue a Teddy Maynard, em Langley. Teddy aprovou com pequenas alterações.

Teddy, coberto com a manta, assistia ao espetáculo com orgulho. York estava com ele. Silencioso, como sempre. Os dois muitas vezes ficavam sozinhos, olhando para a tela, vendo o mundo ficar cada vez mais perigoso.

— Ele é bom — York disse, em voz baixa.

Teddy assentiu balançando a cabeça e até se dignou a sorrir de leve.

No meio do discurso, Lake ficou maravilhosamente furioso com os chineses.

— Por mais de vinte anos, permitimos que roubassem quarenta por cento dos nossos segredos nucleares! — ele disse e os operários vaiaram.

"Quarenta por cento!", ele gritou.

Eram quase cinqüenta, mas Teddy preferira amenizar um pouco a porcentagem. A CIA tinha sua parte de culpa no roubo dos chineses.

Por cinco minutos, Aaron Lake fustigou os chineses e seu roubo e o crescimento sem precedentes de seu poderio militar. A estratégia era de Teddy. Usar os chineses para assustar os eleitores americanos, não os russos. Não os faça desconfiar. Proteja a ameaça real até mais tarde, na campanha.

O cálculo do momento foi perfeito. Na conclusão a casa veio abaixo. Quando prometeu dobrar o orçamento da defesa nos primeiros quatro anos do seu governo, os quatro mil empregados da D-L Trilling que fabricavam helicópteros militares explodiram em aplausos e gritos frenéticos.

Teddy assistia em silêncio, orgulhoso da sua criação. Conseguiram suplantar o espetáculo de New Hampshire, simplesmente ignorando-o. O nome de Lake não estava na lista e ele era o primeiro candidato em décadas a se orgulhar desse fato. "Quem precisa de New Hampshire?", ele havia dito. "Eu fico com o resto do país."

Lake terminou no meio do aplauso trovejante e apertou outra vez as mãos de todos que estavam no palco. A CNN voltou aos estúdios, onde os comentaristas passariam quinze minutos contando aos telespectadores o que acabavam de ver.

Na sua mesa, Teddy pressionou botões e a imagem na tela mudou.

— Aqui está o produto acabado — ele disse. — A primeira parcela.

Era a propaganda eleitoral na televisão do candidato Lake que começava com uma fileira de generais chineses muito sérios, rígidos, assistindo a uma parada militar, vendo passar os armamentos pesados.

"Você pensa que o mundo é um lugar seguro?", uma voz sonora e ameaçadora perguntava para a câmera. Então, cenas rápidas dos atuais homens loucos do mundo, todos vendo os desfiles de seus exércitos — Hussein, Kadhafi, Milosevic, Kim, da Coréia do Norte. Até o pobre Fidel Castro, com seu exército de maltrapilhos desfilando em Havana, tinha uma fração de segundo no espetáculo televisivo. "Nossos militares não podem fazer agora o que fizeram em 1991, na guerra do Golfo", a voz dizia, sinistramente, como se outra guerra já tivesse começado. Então a explosão do cogumelo atômico, seguida por milhares de indianos dançando nas ruas. Outra explosão e os paquistaneses dançavam ali perto.

"A China quer invadir Taiwan", dizia a voz, enquanto milhões de soldados chineses marchavam em cadência perfeita. "A Coréia do Norte quer a Coréia do Sul", prosseguia, enquanto tanques passavam pela tela. "E os Estados Unidos são sempre o alvo fácil."

A voz passou rapidamente para algumas escalas acima e a propaganda mudou para uma audiência no Congresso, com um general coberto de medalhas fazendo uma palestra para um subcomitê. "Vocês, o Congresso", ele dizia, "gastam menos do que gastavam há quinze anos. Esperam que estejamos preparados para a guerra na Coréia, no Oriente Médio, e agora na Europa Oriental, mas seu orçamento continua a diminuir. A situação é crítica." A imagem desapareceu. Nada, apenas a tela vazia. Então a primeira voz disse: "Há doze anos havia duas superpotências. Agora, não há nenhuma." O belo rosto de Aaron Lake apareceu e a propaganda terminou com a voz dizendo: "Lake Antes Que Seja Tarde."

— Acho que não gostei muito — York disse, depois de uma pausa.

— Por quê?

— É tão negativo.

— Ótimo. Faz você se sentir desconfortável, certo?

— Muito.

— Ótimo. Vamos inundar a televisão durante uma semana e desconfio que os números das pesquisas de Lake vão crescer. A propaganda vai fazer o povo se encolher e o povo não gosta disso.

York sabia o que vinha depois. O povo sem dúvida ia se encolher e não ia gostar da propaganda, depois ficaria apavorado e Lake, de repente, se tornaria um visionário. Teddy trabalhava com o terror.

Havia duas salas de televisão em cada ala, em Trumble, pequenas e vazias, onde podiam fumar e assistir ao que os guardas queriam que assistissem. Sem controle remoto — no começo tentaram, mas dava muito trabalho. As discussões mais acirradas aconteciam quando os prisioneiros não podiam concordar com o programa escolhido. Então, os guardas passaram a fazer a seleção.

O regulamento não permitia televisão particular.

O guarda de serviço gostava de basquete. Havia um jogo entre as universidades na ESPN e a sala estava lotada. Hatlee Beech detestava esportes e estava sentado sozinho em outra sala, assistindo a um seriado banal depois do outro. Na época em que ele trabalhava no tribunal doze horas por dia, nunca assistia à televisão. Quem tinha tempo? Tinha escritório em casa, onde ditava seus pareceres até tarde, enquanto todo o mundo estava grudado no horário nobre. Agora, assistindo àquela bobagem sem sentido, compreendia como foi feliz durante tantos anos.

Acendeu um cigarro. Desde seus tempos na universidade que não fumava e nos primeiros dois meses em Trumble resistiu à tentação. Agora, ajudava a suportar o tédio. Mas era só um maço por dia. Sua pressão subia e descia. Havia doença cardíaca na família. Aos cinqüenta e seis, com nove anos de pena para cumprir, sairia dali num caixão. Estava certo disso.

Três anos, um mês, uma semana e Beech estava ainda contando os dias que passavam, comparando com os que faltavam. Quatro anos atrás, estava construindo sua reputação como um sério e promissor juiz federal. Quatro anos difíceis. Quando ia de um tribunal para o outro, no leste do Texas, levava um motorista, uma secretária, um auxiliar e um delegado federal. Quando entrava na corte as pessoas se levantavam respeitosamente. Os advogados o tinham em grande conta por sua integridade e dedicação. Sua mulher era uma pessoa desagradável, mas com a fortuna do petróleo da família dela, ele conseguia uma convivência pacífica. O casamento era estável, não exatamente caloroso, mas com três ótimos filhos na universidade tinha motivo para orgulho. Haviam superado tempos difíceis e estavam resolvidos a envelhecer juntos. A mulher tinha o dinheiro. Ele tinha o status. Juntos, criaram uma família. Para onde mais poderiam ir?

Certamente não para a prisão.

Quatro anos miseráveis.

O vício da bebida surgiu do nada. Talvez pela pressão do trabalho, talvez para escapar da implicância da mulher. Durante anos, depois da faculdade, ele bebeu pouco, socialmente, nada sério. Certamente não como hábito. Certa vez, quando os filhos eram pequenos, sua mulher os levou para passar duas semanas na Itália. Beech ficou sozinho, o que lhe agradou bastante. Por algum motivo, que nunca descobriu, ou não lembrava, começou a beber bourbon em grande quantidade e nunca mais parou. O bourbon tornou-se importante. Tinha a bebida em seu escritório em casa e a levava para o quarto tarde da noite. Dormiam em quartos separados, por isso raramente era apanhado.

A viagem para Yellowstone tinha por objetivo uma conferência jurídica de três dias. Conheceu uma jovem num bar em Jackson Hole. Depois de beberem durante horas, resolveram passear de carro. Enquanto Hatlee dirigia, ela tirou a roupa, mas só por tirar. Sexo não foi cogitado e naquele momento ele estava completamente desarmado.

Os dois trilheiros eram da capital, estudantes universitários voltando de um passeio. Os dois morreram na hora, no acostamento de uma estrada estreita, atropelados por um motorista bêbado que não os viu. O carro da jovem foi encontrado em uma vala com Beech segurando com força a direção, incapaz de se mexer. A mulher estava nua e inconsciente.

Beech não se lembrava de nada. Quando acordou, horas mais tarde, viu pela primeira vez o interior de uma cela.

— É melhor se acostumar — o xerife disse com desprezo.

Em vão, Beech cobrou todos os favores e mexeu todos os pauzinhos imagináveis do seu círculo de influência. Dois jovens estavam mortos. Fora apanhado com uma mulher nua. Sua mulher tinha o dinheiro do petróleo, por isso os amigos fugiram como cães assustados. No fim, ninguém se animou a defender o meritíssimo Hatlee Beech.

Teve sorte de pegar só doze anos. As associações de mães e de universitários protestaram na frente do tribunal por ocasião da sua primeira aparição oficial. Queriam prisão perpétua. Para o resto da vida!

O meritíssimo Hatlee Beech enfrentou duas acusações de homicídio culposo, e não havia defesa possível. Havia álcool suficiente no seu sangue para matar até quem estivesse por perto. Uma testemunha disse que ele corria em disparada no lado errado da pista.

Pensando bem, teve sorte de o crime ter sido em território federal. Do contrário teria sido mandado para alguma penitenciária estadual onde as coisas seriam muito mais duras. Digam o que disserem, os federais sabiam como administrar uma prisão.

Fumava sozinho na sala escura, assistindo às comédias do horário nobre, escritas por gente de doze anos e nos intervalos havia uma propaganda política, muito comum naqueles dias. Era uma que Beech jamais havia visto, pequenos segmentos ameaçadores com uma voz cavernosa fazendo previsões catastróficas, se não nos apressássemos a fabricar mais bombas. Era muito bem-feita, durava um minuto e meio. Custava os tubos e passava uma mensagem que ninguém queria ouvir. Lake Antes Que Seja Tarde.

De onde saiu esse tal de Aaron Lake?

Beech conhecia política. Era a sua paixão no passado e em Trumble era tido como um homem que vivia de olho em Washington. Era um dos poucos que se importava com o que acontecia lá.

Aaron Lake? Beech nunca ouvira falar no sujeito. Que estranha estratégia, entrar na campanha como um desconhecido, depois de New Hampshire. Nunca faltam palhaços que querem a presidência.

A mulher de Beech o abandonou antes de ele se declarar culpado das duas acusações de homicídio culposo. Naturalmente ela ficou mais furiosa por causa da mulher nua do que pelos jovens mortos. Os filhos ficaram do lado dela porque era onde estava o dinheiro e porque o pai não soubera fazer a coisa direito. Foi uma decisão fácil para eles. O divórcio foi homologado uma semana depois que ele chegou a Trumble.

O filho mais novo foi visitá-lo duas vezes em três anos, um mês e uma semana. As duas visitas foram às escondidas da mãe. Ela proibiu os filhos de ir a Trumble.

Depois ele foi processado pelas duas famílias das vítimas por homicídio culposo. Sem amigos dispostos a defendê-lo, ele tentou não ir para a prisão. Mas não havia muito para defender. O tribunal de justiça o condenou a uma indenização de cinco milhões de dólares. Ele apelou, já em Trumble, perdeu e apelou outra vez.

Na cadeira ao seu lado, perto dos seus cigarros, estava um envelope levado por Trevor, o advogado. O tribunal havia rejeitado sua apelação final. O julgamento estava agora gravado na pedra.

Na verdade, não importava, porque ele também entrou com um pedido de falência. Datilografou o pedido pessoalmente na biblioteca de direito, enviou ao mesmo tribunal no Texas, onde era, antes, um deus.

Condenado, divorciado, expulso da ordem dos advogados, aprisionado, processado, falido.

A maioria dos fracassados de Trumble suportava o tempo de prisão porque suas faltas eram leves. A maioria era de criminosos reincidentes que estouraram suas segundas e terceiras chances. Quase todos gostavam do maldito lugar porque era melhor do que qualquer outra prisão em que tinham estado.

Mas Beech perdeu muito, caiu demais. Quatro anos atrás tinha uma mulher com milhões, três filhos que o amavam e uma grande casa numa pequena cidade. Era juiz federal, cargo vitalício designado pelo presidente, ganhava 140 mil dólares por ano, muito menos do que os royalties do petróleo que a mulher recebia, mas assim mesmo um bom salário. Fora convocado a Washington duas vezes em um ano para reuniões no Departamento de Justiça. Beech era importante.

Um velho amigo advogado foi visitá-lo duas vezes, a caminho de Miami, onde estavam seus filhos, e ficou o tempo suficiente para contar as novidades. A maior parte não valia nada, mas havia um boato de que a ex-Sra. Beech estava saindo com alguém. Com alguns milhões e quadris esguios era só uma questão de tempo.

Outra propaganda eleitoral. Lake Antes Que Seja Tarde, outra vez. Essa começava com um filme de imagens granuladas mostrando homens armados no deserto. Esquivando-se e atirando, numa espécie de treinamento. Depois o rosto sinistro de um terrorista — olhos e cabelos negros, evidentemente um extremista islâmico — dizia, em árabe com legenda em inglês: "Mataremos americanos onde os encontrarmos. Morreremos na nossa guerra santa contra o grande Satanás." Depois flashes rápidos de prédios em chamas. Bombardeio de uma embaixada. Um ônibus cheio de turistas. Os destroços de um avião espalhados num pasto.

Apareceu um belo rosto, o Sr. Aaron Lake. Olhou diretamente para Hatlee Beech e disse: "Sou Aaron Lake e você provavelmente não me conhece. Sou candidato a presidente porque estou com medo. Com medo da China, da Europa Oriental e do Oriente Médio. Com medo de um mundo perigoso. Com medo do que aconteceu às nossas forças armadas. No ano passado o governo federal teve um superávit enorme, mas gastou menos na defesa do que em quinze anos. Somos complacentes porque temos uma economia forte, mas o mundo de hoje é muito mais perigoso do que imaginamos. Nossos inimigos são uma legião e não podemos nos proteger. Se eu for eleito, duplicarei o orçamento para a defesa durante meu mandato."

Nenhum sorriso, nenhum calor. Apenas a fala simples de um homem que dizia o que pensava. Uma voz disse: "Lake Antes Que Seja Tarde."

Nada mau, pensou Beech.

Beech acendeu outro cigarro, o último da noite e olhou para o envelope na cadeira ao seu lado — cinco milhões pedidos no processo das duas famílias contra ele. Pagaria se pudesse. Nunca vira os garotos, não antes de matá-los. O jornal do dia seguinte ao acidente trazia as fotos dos rostos felizes. Um garoto e uma garota. Estudantes, aproveitando o verão.

Sentiu falta do bourbon.

Podia evitar metade da pena com o pedido de falência. A outra metade era punitiva, e não podia ser influenciada pela falência. Assim, o seguiria onde quer que fosse, que, supunha, não era a lugar algum. Teria sessenta e cinco anos quando terminasse de cumprir a sentença, mas estaria morto antes disso. Seria carregado para fora de Trumble num caixão e mandado para o Texas, onde o enterrariam atrás da pequena igreja rural, onde fora batizado. Talvez um dos filhos mandasse fazer uma laje.

Beech saiu da sala sem desligar a TV. Eram quase dez horas, hora de apagar as luzes. Seu companheiro de cela era Robbie, um garoto do Kentucky que assaltou 240 casas antes de ser apanhado. Ele vendia as armas, os microondas e aparelhos de som para comprar cocaína. Robbie era veterano de quatro anos em Trumble e por causa disso escolheu o beliche de baixo. Beech subiu para seu beliche, disse:

— Boa-noite, Robbie. — E apagou a luz.

— ... noite, Hatlee — Robbie respondeu em voz baixa.

Às vezes eles conversavam no escuro. As paredes eram de concreto, as portas de metal, as palavras ficavam confinadas à pequena cela. Robbie tinha vinte e cinco anos e teria quarenta e cinco antes de sair de Trumble. Vinte e quatro anos — um para cada dez casas.

O intervalo entre deitar e dormir era o pior do dia. O passado voltava com toda intensidade — os erros, a miséria, os "poderia ter sido" e os "devia ter sido". Por mais que tentasse, Hatlee não podia simplesmente fechar os olhos e dormir. Tinha de se punir primeiro. Começava sempre com a neta que não conhecia. Depois, seus três filhos. Esquecia a mulher. Mas sempre pensava no dinheiro dela. E os amigos. Ah, os amigos. Onde estavam agora?

Três anos na prisão e sem futuro, tudo que tinha era o passado. Até o pobre Robbie, no beliche de baixo, sonhava em recomeçar aos quarenta e cinco anos. Mas não Beech. Às vezes, chegava a desejar o solo quente do Texas sobre seu corpo, atrás da pequena igreja.

Certamente, alguém providenciaria uma laje.

SEIS

Para Quince Garbe, 3 de fevereiro foi o pior dia da sua vida. Quase foi o último, e teria sido se seu médico estivesse na cidade. Não conseguiu uma receita de comprimidos para dormir e não teve coragem de se matar com um tiro.

O dia começou agradavelmente, com o café tomado tarde, um prato de mingau de aveia, ao lado do fogo, na sua sala íntima, sozinho. A mulher, com quem era casado há vinte e seis anos, já saíra rumo ao centro da cidade para outro frenético dia de chás de caridade, arrecadação de fundos e trabalhos voluntários de cidade pequena, que a mantinham ocupada e longe dele.

Nevava quando Quince saiu da casa grande e pretensiosa de banqueiro, na periferia de Bakers, Iowa, para a viagem de dez minutos ao trabalho em seu velho Mercedes preto. Era um homem importante na cidade, um Garbe, membro de uma família há gerações proprietária do banco. Estacionou na sua vaga privativa, atrás do banco que ficava na rua principal, e foi até o correio, como fazia duas vezes por semana. Há anos tinha uma caixa postal particular, fora do alcance da mulher e principalmente da sua secretária.

Como era um dos poucos ricos de Bakers, Iowa, raramente falava com pessoas na rua. Não se importava com o que elas pensavam. Adoravam seu pai e isso era o bastante para manter o negócio.

Mas quando o velho morresse, teria de mudar sua personalidade? Seria obrigado a sorrir nas calçadas de Bakers e entrar para o Rotary Club, fundado por seu avô?

Quince estava farto de depender dos caprichos do público para sua segurança. Cansado de depender da profissão de banqueiro e do pai para que os clientes fossem felizes. Estava cansado do trabalho no banco, cansado de Iowa, cansado da neve e cansado da mulher, e o que Quince queria mais do que qualquer coisa naquela manhã de fevereiro era uma carta do seu adorado Ricky. Uma nota breve e agradável, confirmando seu encontro. O que Quince queria realmente eram três dias quentes no barco do amor, com Ricky. Talvez jamais voltasse para casa.

Bakers tinha uma população de dezoito mil habitantes. Por isso, o correio da rua principal estava movimentado. E o funcionário que atendia era sempre um diferente. Foi assim que ele alugou a caixa — esperou que um novo funcionário estivesse atrás do balcão. CMT Investments era o leasing oficial. Seguiu direto para a caixa, num canto, ao lado de cem outras.

Havia três cartas e quando as guardou no bolso do casaco, seu coração gelou quando viu que uma era de Ricky. Saiu apressadamente para a rua e minutos depois entrou no banco, exatamente às 10 horas. Seu pai estava no escritório há quatro horas, mas há muito tempo tinha parado de implicar com o horário de trabalho de Quince. Como sempre, parou na mesa da secretária para tirar as luvas apressadamente, como se negócios urgentes o esperassem. Ela entregou a ele a correspondência, dois recados telefônicos e lembrou Quince que tinha um almoço, dali a duas horas, com um corretor de imóveis local.

Entrou no escritório e trancou a porta. Jogou as luvas para um lado, o casaco para outro, e abriu a carta de Ricky. Sentou-se no sofá, pôs os óculos de leitura, a respiração acelerada, não por causa da caminhada, mas pela ansiedade. Estava quase tendo uma ereção quando começou a ler.

As palavras o acertaram como um tiro. Depois do segundo parágrafo, emitiu um gemido estranho: "Aiiii". Depois alguns "Oh, meu Deus". Então sibilou baixinho "Filho-da-mãe".

Quieto, disse para si mesmo, a secretária sempre escutava tudo. Leu a carta três vezes e ficou em estado de choque, os lábios de Quince começaram a tremer. Não chore, desgraçado, pensou.

Jogou a carta no chão e começou a andar em volta da mesa. Ignorando do melhor modo possível a foto dos rostos alegres da mulher e dos filhos. Vinte anos de fotos da universidade e da família alinhavam-se no consolo, abaixo da janela. Olhou para fora, para a neve, que agora caía pesadamente, acumulando-se nos lados da calçada. Deus sabia o quanto ele odiava Bakers. Pensou que podia escapar para onde pudesse se divertir com um belo e jovem companheiro e talvez jamais voltar para casa.

Agora iria embora por diferentes circunstâncias.

Era uma piada, uma brincadeira, pensou, mas sabia que não era. O golpe fora muito bem planejado. O final, perfeito demais. Trabalho de profissional.

Durante toda a vida Quince lutou contra seus desejos. De algum modo havia encontrado um jeito de abrir a porta e agora recebia um tiro entre os olhos de um prisioneiro condenado. Estupidez, estupidez, estupidez. Como aquilo podia ser tão difícil?

Pensamentos desencontrados o atacavam de todas as direções, enquanto olhava para a neve. Suicídio era a resposta mais fácil, mas seu médico estava fora da cidade e, na verdade, ele não queria morrer. Pelo menos, não no momento. Não sabia ao certo onde ia arranjar cem mil dólares sem levantar suspeitas. O velho filho-da-mãe da sala ao lado pagava uma miséria e mantinha o controle de cada centavo. Sua mulher insistia em controlar seu talão de cheques. Havia algum dinheiro em fundos mútuos, mas Quince não podia movimentar sem que ela soubesse. A vida de um banqueiro rico, em Bakers, Iowa, significava uma grande casa comprada mediante empréstimo e uma mulher com atividades sociais. Oh, como queria escapar de tudo isso!

Iria à Flórida, localizaria a origem da carta e confrontaria o condenado, revelando sua tentativa de extorsão, procuraria alguma forma de justiça. Ele, Quince Garbe, não havia feito nada de errado. Sem dúvida um crime estava sendo perpetrado. Talvez pudesse contratar um investigador, talvez um advogado para protegê-lo. Iriam fundo no golpe.

Mesmo que conseguisse o dinheiro, e o mandasse de acordo com as instruções, o portão estava aberto e Ricky, fosse lá que diabo fosse, podia querer mais. O que o impediria de pedir mais e mais dinheiro?

Se tivesse coragem fugiria assim mesmo, para Key West ou algum outro lugar quente onde nunca nevava para viver do modo que quisesse, deixando o patético povo de Bakers, Iowa, falar dele pelo próximo meio século. Mas não tinha coragem e era isso que o deixava tão triste.

Seus filhos olhavam para ele, sorrisos cheios de sardas, dentes largos com aparelhos de prata. Seu peito se apertou e sabia que ia arranjar o dinheiro e fazer exatamente o que eles mandavam. Tinha de proteger os filhos. Eles não tinham feito nada de errado.

A carteira de ações do banco valia cerca de dez milhões, tudo controlado pelo velho que, naquele momento, gritava com alguém no corredor. Tinha oitenta e um anos, estava muito vivo mas, assim mesmo, oitenta e um. Quando ele se fosse, Quince teria de dar alguma coisa para uma irmã, em Chicago, mas o banco seria seu. Venderia aquela porcaria o mais depressa possível e sairia de Bakers com alguns milhões no bolso. Até lá, seria obrigado a fazer o que sempre fazia, manter o velho contente.

O fato de ter sua homossexualidade revelada por um prisioneiro condenado devastaria seu pai, levaria embora todo o dinheiro das ações do banco. A irmã de Chicago ficaria com tudo.

Quando a gritaria parou no lado de fora da porta, Quince saiu do escritório discretamente e passou pela secretária, para uma xícara de café. Ele a ignorou, voltou ao escritório, trancou a porta, leu a carta pela quarta vez e organizou seus pensamentos. Arranjaria o dinheiro, enviaria de acordo com as instruções e rezaria furiosamente para que Ricky desaparecesse. Do contrário, se ele voltasse, querendo mais, Quince telefonaria para o seu médico e pediria a receita para alguns comprimidos.

O corretor com quem ia almoçar era um aventureiro nos negócios, sempre correndo riscos e arranjando brechas, talvez um trambiqueiro. Quince começou a fazer planos. Os dois fariam alguns empréstimos, supervalorizando algumas terras, emprestariam o dinheiro, venderiam para um "laranja" etc. O corretor devia saber como se faz isso.

Quince ia arranjar o dinheiro.

A propaganda da campanha de Lake, com suas ameaças de fim iminente, caiu com um baque surdo, pelo menos na opinião pública. A pesquisa na primeira semana mostrava um crescimento espetacular do seu nome, de 2 a 20 por cento, mas ninguém aprovava aquela forma de marketing. Era assustadora e o povo não queria pensar em guerras, terrorismo e bombas nucleares sendo carregadas através das montanhas, no escuro. O povo via a propaganda (era impossível não ver) e ouvia a mensagem, mas a maioria dos eleitores simplesmente não queria ser incomodada. Estavam ocupados demais ganhando e gastando dinheiro. Quando abordavam os assuntos importantes, no meio de uma economia em alta constante, limitavam-se aos velhos temas dos valores da família e dos cortes de impostos.

Os entrevistadores do candidato Lake o tratavam como outro excêntrico, até ele anunciar, ao vivo, no ar, que sua campanha tinha recebido mais de 11 milhões de dólares em menos de uma semana.

— Esperamos arrecadar vinte milhões em duas semanas — ele disse, sem se vangloriar, e as notícias de fato começaram a voar. Teddy Maynard tinha garantido que o dinheiro estaria lá.

Vinte milhões em duas semanas era sem precedentes e, no fim do dia, Washington estava monopolizada pela história. O frenesi chegou ao auge quando Lake foi entrevistado, ao vivo outra vez, por duas das três redes de noticiário noturno. Ele parecia ótimo: um largo sorriso, discurso convincente, belo terno e belo cabelo. O homem era elegível.

A confirmação definitiva de que Aaron Lake era um candidato sério chegou no fim do dia, quando um de seus oponentes resolveu atacá-lo. O senador Britt, de Maryland, há um ano em campanha, tinha conseguido um forte segundo lugar em New Hampshire. Gastou mais do que os nove milhões levantados e foi obrigado a passar a metade do tempo pedindo dinheiro, em vez de fazer sua campanha. Estava cansado de pedir, cansado de "enxugar" seu pessoal, de se preocupar com a propaganda na televisão e quando um repórter perguntou sobre Lake e seus 20 milhões, Britt atacou: "É dinheiro sujo. Nenhum candidato honesto pode levantar tanto, tão depressa." Britt estava distribuindo apertos de mãos na chuva, na entrada de uma fábrica de produtos químicos em Michigan.

O comentário sobre dinheiro sujo foi recebido com grande prazer pela imprensa e logo se espalhou por toda a parte.

Aaron Lake estava na corrida.

O senador Britt tinha outros problemas, que procurava esquecer.

Nove anos atrás, tinha visitado o sudeste da Ásia para se inteirar de certas denúncias. Como sempre, ele e seus colegas do Congresso voaram de primeira classe, ficaram em bons hotéis e comeram lagosta, tudo no esforço para estudar a pobreza local e chegar ao fundo da acalorada controvérsia levantada pelas denúncias de que a Nike explorava a mão-de-obra barata na região. No começo da viagem, Britt conheceu uma mulher em Bangcoc, e, alegando doença, resolveu ficar para trás, enquanto seus colegas continuavam com a verificação das denúncias no Laos e no Vietnã.

Ela se chamava Payka e não era uma prostituta. Era secretária da embaixada dos Estados Unidos em Bangcoc, tinha vinte anos e, como estava na folha de pagamento do seu país, Britt sentiu um leve interesse de proprietário. Estava muito longe de Maryland, da mulher, dos cinco filhos e dos seus eleitores. Payka era muito bonita, tinha um belo corpo e estava ansiosa para estudar nos Estados Unidos.

O que começou como uma escapada logo se transformou em romance e o senador Britt muito a contragosto voltou para Washington. Dois meses depois estava outra vez em Bangcoc para, como disse à mulher, negócios urgentes e secretos.

Em nove meses, fez quatro viagens à Tailândia, todas na primeira classe, todas com o dinheiro do contribuinte e até os maiores "excursionistas" do senado começaram a comentar. Britt usou de sua influência no Departamento de Estado e Payka parecia pronta para ir para os Estados Unidos.

Ela jamais conseguiu. Durante o quarto e último encontro, Payka confessou que estava grávida. Ela era católica e o aborto estava fora de cogitação. Britt se afastou dela, dizendo que precisava pensar, e fugiu de Bangcoc no meio da noite. A verificação das denúncias tinha terminado.

No começo da sua carreira no senado, Britt, um fiscal de linha dura, havia merecido uma linha ou duas na imprensa ao criticar os gastos da CIA. Teddy Maynard não disse uma palavra, mas certamente não gostou da jogada. A ficha quase limpa de Britt foi tirada dos arquivos e recebeu prioridade, e quando ele foi a Bangcoc pela segunda vez, a CIA foi com ele. É claro que Britt não sabia, mas os agentes estavam ao seu lado durante o vôo, na primeira classe também, e havia outros no solo, em Bangcoc. Vigiaram o hotel onde os dois amantes passaram três dias. Tiraram fotos dos dois comendo em bons restaurantes. Viram tudo. Britt foi omisso e estúpido.

Mais tarde, quando a criança nasceu, a CIA obteve o registro do hospital, os registros médicos para a comparação do DNA. Payka continuou a trabalhar na embaixada, de modo que era fácil encontrá-la.

Quando a criança tinha um ano, foi fotografada no colo de Pakya num parque da cidade. Mais fotos foram tiradas e com quatro anos o menino começava a parecer um pouco com o senador Dan Britt, de Maryland.

Seu pai há muito tempo se fora. O entusiasmo de Britt para verificar denúncias no sudeste da Ásia diminuiu espetacularmente e ele voltou sua atenção para outras áreas importantes do mundo. Finalmente, foi dominado pela ambição à presidência, a doença que mais cedo ou mais tarde acomete todos os velhos senadores. Nunca teve notícias de Payka e, assim, foi mais fácil esquecer o pesadelo.

Britt tinha cinco filhos legítimos e uma mulher tagarela. Formavam uma equipe, o senador e a Sra. Britt, ambos conduzindo com devoção os valores da família e o lema "Temos de Salvar Nossos Filhos!" Escreveram um livro juntos sobre como criar os filhos na cultura doentia da América, embora seu primogênito tivesse apenas treze anos. Quando o presidente se complicou por suas desventuras sexuais, o senador Britt transformou-se na figura mais virginal de Washington.

Ele e sua mulher atingiram o ponto fraco, e o dinheiro dos conservadores choveu. Ele foi bem no comício de Iowa, conseguiu um honroso segundo lugar em New Hampshire, mas estava ficando sem dinheiro e caindo nas pesquisas.

Britt cairia muito mais. Depois de um dia duro de campanha, sua equipe hospedou-se em um motel em Dearborn, Michigan, por uma curta noite. Foi lá que o senador finalmente se viu cara a cara com o filho número seis, embora não em pessoa.

O nome do agente era McCord e ele seguia Britt, com falsas credenciais, há uma semana. Disse que trabalhava para um jornal em Tallahassee, mas na verdade era agente da CIA há onze anos. Eram tantos os repórteres em volta de Britt que ninguém pensou em verificar.

McCord fizera amizade com um antigo assistente do senador e, quando tomavam um último drinque no bar do Holiday Inn, confessou que possuía uma coisa que destruiria o candidato Britt. Disse que havia conseguido com um rival de Britt, o governador Tarry. Era um caderno de notas com uma bomba em cada página: uma declaração de Payka, por escrito, contando os detalhes do seu caso, duas fotos da criança, a última com sete anos, parecendo cada vez mais com o pai: cópias dos exames de sangue e DNA, sem dúvida nenhuma ligando pai e filho, e registros das viagens provando que o senador havia gasto 38.600 dólares do dinheiro dos contribuintes em uma aventura amorosa, no outro lado do mundo.

O acordo foi simples e direto: retire sua candidatura imediatamente, que a história jamais será contada. McCord, o jornalista, era ético e não tinha estômago para aquele lixo. O governador Tarry calaria a boca, se Britt desaparecesse. Desista e nem a Sra. Britt vai saber.

Pouco depois da uma hora da manhã, em Washington, Teddy Maynard atendeu o telefonema de McCord, a encomenda fora entregue. Britt estava planejando uma coletiva para as doze horas, no dia seguinte.

Teddy tinha dossiês comprometedores de centenas de políticos, tudo sobre o passado e o presente. Como um grupo, eles eram uma presa fácil. Basta pôr uma bela mulher no seu caminho que geralmente se consegue alguma coisa para o arquivo. Se a mulher não der certo, o dinheiro sempre dá. É só ficar de olho nas viagens, ver como abrem as pernas para os lobistas, como trocam confidências com qualquer governo estrangeiro esperto bastante para mandar toneladas de dinheiro para Washington, como organizam suas campanhas e comitês para levantamento de fundos. É só ficar de olho neles que os dossiês sempre aumentam. Queria que os russos fossem tão fáceis.

Embora desprezasse os políticos enquanto grupo, respeitava muitos deles. Aaron Lake era um desses. Nunca andava atrás de mulheres, nunca bebia demais, não tinha maus hábitos, nunca parecia se preocupar com dinheiro, nunca se mostrou inclinado a botar pose. Quanto mais observava Lake, mais gostava dele.

Tomou o último comprimido da noite e foi para a cama. Então, Britt estava fora. Já vai tarde. Pena que não pudesse deixar vazar a história. O hipócrita merecia uma boa lição. Guarde a informação, ele pensou. Para usar mais tarde. O presidente Lake poderia precisar de Britt um dia e aquele menininho na Tailândia seria útil.

SETE

Picasso estava processando Sherlock e outros réus anônimos com um pedido de reparação de danos para que parassem de urinar nas suas rosas. Um pouco de urina mal direcionada não ia prejudicar o equilíbrio da vida em Trumble, mas Picasso também queria uma indenização de quinhentos dólares. Quinhentos dólares era uma coisa muito séria.

A disputa vinha crescendo desde o último verão, quando Picasso apanhou Sherlock em flagrante e o assistente do diretor finalmente teve de intervir. Pediu à Confraria para resolver o assunto. Picasso entrou com o processo, então Sherlock contratou um ex-advogado chamado Ratliff, outro sonegador de impostos, para atrasar, adiar e arquivar as queixas frívolas, a rotina de sempre para os que praticam a lei no lado de fora. Mas as táticas de Ratliff não agradaram a Confraria. Nem Sherlock, nem seu advogado eram tidos em alta conta pelos juízes.

O jardim de rosas de Picasso era um pedaço de terra cuidadosamente tratado e ficava perto da sala de ginástica. Ele precisou de três anos de batalha burocrática para convencer um burocrata do médio escalão de Washington de que aquele passatempo era e sempre fora terapêutico, uma vez que Picasso sofria de várias doenças. Uma vez aprovado o jardim, o diretor imediatamente assinou a permissão e Picasso começou a cavar com as mãos. Conseguiu as rosas com um fornecedor em Jacksonville, o que exigiu outra caixa de papelada.

Sua verdadeira ocupação era a de lavador de pratos na lanchonete, a trinta centavos a hora. O diretor recusou seu pedido para ser classificado como jardineiro, por isso as rosas foram registradas como passatempo. Durante a estação, Picasso podia ser visto de manhã cedo e no fim da tarde, de quatro, no pequeno canteiro. Tratando a terra, cavando e regando. Até falava com as flores.

As rosas eram Sonho de Belinda, de um tom rosa-claro, não especialmente bela, mas amada por Picasso. Quando elas chegaram do fornecedor, todos ficaram sabendo que as Belindas estavam em Trumble. Ele as plantou com amor na frente e no centro do jardim.

Sherlock começou a urinar nas rosas só pelo prazer de implicar. Ele não gostava de Picasso porque ele era um notório mentiroso, e urinar nas rosas do homem parecia apropriado por alguma razão. Outros começaram a fazer o mesmo. Sherlock os encorajava, garantindo que na verdade estavam ajudando as rosas ao acrescentarem aquele fertilizante.

As Belindas perderam seu tom rosado e começaram a murchar e Picasso ficou horrorizado. Um informante deixou um bilhete debaixo da sua porta, revelando o segredo. Seu adorado jardim tinha se tornado a privada favorita de todos. Dois dias depois, ele apanhou Sherlock em flagrante, e os dois homens brancos, gorduchos e de meia-idade se engalfinharam no pátio do presídio.

As plantas ficaram amarelas e foscas e Picasso entrou com o processo.

Quando finalmente chegou a julgamento, depois de meses de adiamentos conseguidos por Ratliff, a Confraria já estava cansada do assunto. Designaram o caso para o juiz Finn Yarber, cuja mãe havia certa vez cultivado rosas, e depois de algumas horas de pesquisa Yarber informou aos outros dois que a urina, de fato, não podia alterar a cor das plantas. Assim, dois dias antes da audiência, chegaram a uma decisão. Lavrariam um mandado de segurança para evitar que Sherlock e os outros regassem as rosas de Picasso, mas não iam conceder a indenização.

Por três horas ouviram homens adultos discutir quem tinha urinado, quando e com que freqüência. Às vezes Picasso, atuando como seu próprio advogado, quase chorou, pedindo às testemunhas que denunciassem seus amigos. Ratliff, advogado da defesa, foi cruel, contundente e redundante e depois de uma hora tornou-se evidente que merecia uma interdição, fosse qual fosse seu crime.

O juiz Spicer passou o tempo todo estudando o mercado de apostas do jogo de basquete. Como não conseguira contactar Trevor, fazia apostas imaginárias no papel. Estava em maré de sorte, ganhando nas cartas, nos esportes e tinha problemas para dormir, sonhando com seu futuro, em Las Vegas ou nas Bahamas, trabalhando como profissional. Com ou sem sua mulher.

O juiz Beech, com a testa franzida em profunda concentração, fingia tomar notas exaustivas, quando de fato estava fazendo o rascunho de outra carta para Curtis, em Dallas. A Confraria havia decidido repetir a ameaça. Escrevendo como Ricky, Beech explicou que um guarda cruel o estava ameaçando com todo tipo de agressão se ele não arranjasse "algum dinheiro de proteção". Ricky precisava de cinco mil dólares para garantir sua segurança contra aquele animal e será que Curtis podia emprestar o dinheiro?

— Podemos adiantar um pouco isto? — Beech perguntou em voz alta, interrompendo mais uma vez o ex-advogado Ratliff. Quando era juiz de verdade, Beech havia aperfeiçoado a arte de ler revistas enquanto ouvia pela metade a lengalenga dos advogados perante o júri. Uma advertência em voz alta, na hora certa, mantinha todo mundo alerta.

Ele escreveu: "É tão terrível o sistema aqui. Chegamos aos pedaços. Lentamente, eles nos limpam, nos secam, juntam os pedaços, um a um. Clareiam a cabeça, nos ensinam disciplina e confiança e nos preparam para voltar à sociedade. Fazem um bom trabalho, mas permitem que esses guardas violentos e ignorantes nos ameacem, fragilizados como estamos, e com isso desfaçam o que conseguimos com tanto trabalho. Eu tenho medo do homem. Escondo-me no meu quarto quando devia estar tomando sol e levantando meus pesos. Não posso dormir. Sinto falta da bebida e das drogas, como válvulas de escape. Por favor, Curtis, empreste-me cinco mil dólares para comprar esse cara, terminar minha reabilitação e sair daqui inteiro. Quando nos encontrarmos, quero estar saudável e em grande forma."

O que seus amigos iriam pensar? O meritíssimo Hatlee Beech, juiz federal, escrevendo como uma bicha, extorquindo dinheiro de gente inocente.

Beech não tinha amigos. Não tinha regras. A lei que antes ele cultuava o pusera onde estava, que, no momento, era a lanchonete de uma prisão, usando um manto verde desbotado do coro de uma igreja negra, ouvindo um bando de prisioneiros furiosos discutir sobre urina.

— O senhor já fez essa pergunta oito vezes — ele rugiu para Ratliff, que evidentemente andava assistindo a muitos filmes de tribunal ruins na televisão.

Uma vez que o caso era do juiz Yarber, ele devia pelo menos parecer que prestava atenção. Não estava, nem se importava com as aparências. Como de hábito, estava nu sob o manto, com as pernas cruzadas, limpando as longas unhas do pé com um garfo de plástico.

— Acha que elas vão ficar marrons se eu cagar nelas? — Sherlock gritou para Picasso, e a lanchonete vibrou com as risadas.

— Olhe o decoro, por favor — censurou o juiz Beech.

— Ordem no tribunal — disse T. Karl, o bobo da corte, com sua peruca grisalha. Não era seu papel pedir ordem, mas era uma coisa que ele fazia bem e a Confraria deixava passar. Ele bateu o martelo e disse: — Ordem, cavalheiros.

Beech escreveu: "Por favor, me ajude, Curtis. Não tenho ninguém mais a quem pedir. Estou arrasado outra vez. Temo outro colapso. Temo que jamais deixarei este lugar. Depressa."

Spicer apostou cem dólares em Indiana contra Purdue, Duke contra Clemson, Alabama contra Vandy, Wisconsin contra Illinois. O que ele sabia do basquete de Wisconsin?, pensou. Não importava. Era jogador profissional e por sinal muito bom. Se os 90 mil estivessem ainda enterrados atrás do depósito de ferramentas, teria um milhão no fim de um ano.

— Agora chega — Beech disse, levantando as mãos.

— Eu também já ouvi bastante — Yarber disse, esquecendo as unhas dos pés e se inclinando sobre a mesa.

A Confraria se reuniu para deliberar como se o resultado fosse determinar um sério precedente, ou pelo menos um profundo impacto no futuro da jurisprudência americana. Franziram as testas, coçaram as cabeças e pareciam até discutir o mérito do caso. Enquanto isso, o pobre Picasso, sentado sozinho, estava quase chorando, completamente exausto com a tática de Ratliff.

O juiz Yarber pigarreou e disse:

— Por dois votos a um, chegamos a uma decisão. Vamos expedir um mandado de segurança contra todos os que urinarem nas malditas rosas. Quem for apanhado fazendo isso, pagará a multa de cinqüenta dólares. Nenhuma indenização será exigida por agora.

No momento exato, T. Karl bateu com o martelo e gritou:

— O tribunal entra em recesso até segunda ordem. Levantem-se todos.

É claro que ninguém se mexeu.

— Eu quero apelar — Picasso gritou.

— Eu também — disse Sherlock.

— Talvez seja uma boa decisão — disse Yarber, arrepanhando o manto e levantando-se. — As duas partes estão descontentes.

Beech e Spicer levantaram-se também e a Confraria desfilou para fora da lanchonete. Um guarda acercou-se dos litigantes e das testemunhas e disse:

— O julgamento acabou, rapazes. Voltem ao trabalho.

O diretor-executivo da Hummand, uma empresa de Seattle que fabricava mísseis e anti-radares, era um congressista muito ligado à CIA. Teddy Maynard o conhecia bem. Quando o executivo anunciou, em uma entrevista coletiva, que sua empresa havia levantado cinco milhões de dólares para a campanha de Lake, a CNN interrompeu uma reportagem sobre lipoaspiração para anunciar a notícia. Ao vivo! Cinco mil trabalhadores da Hummand haviam assinado cheques de mil dólares cada um, o máximo permitido pela lei federal. O diretor-executivo tinha os cheques em uma caixa que mostrou para as câmeras, depois voou com eles para Washington, em um jato da Hummand e os entregou no escritório geral de campanha de Lake.

Siga o dinheiro que encontrará o ganhador. Desde o lançamento da candidatura de Lake, mais de onze mil trabalhadores das indústrias da defesa e aeroespacial de trinta estados haviam contribuído com mais de oito milhões. O serviço postal estava entregando os cheques em caixas. Seus sindicatos enviaram quase a mesma quantia, com a promessa de mais dois milhões. O pessoal de Lake contratou uma firma de contabilidade da capital para processar e contar o dinheiro.

O executivo da Hummand chegou a Washington com o máximo de alarde possível. O candidato Lake estava em outro jato particular, um Challenger, recém-alugado de um leasing, por 400 mil dólares ao mês. Quando aterrissou em Detroit, foi recebido com dois Suburbans negros, alugados por mil dólares por mês cada um. Lake tinha agora um séquito, um grupo de pessoas que se movimentava em sincronia com ele por toda a parte, e embora tivesse certeza de que logo ia se acostumar com aquilo, no começo era irritante. Estranhos em volta dele o tempo todo. Jovens sérios de ternos escuros, com pequenos microfones nos ouvidos, armas pregadas ao corpo. Dois agentes do serviço secreto seguiram no jato com ele e três mais o esperavam nos Suburbans.

E Lake tinha Floyd, do seu gabinete no Congresso. Floyd era um jovem sem senso de humor, de uma família proeminente do Arizona, que só servia como mensageiro. Agora Floyd era motorista. Floyd sentou-se na direção de um Suburban. Lake, no banco da frente, dois agentes e uma secretária atrás. Dois assistentes e três agentes seguiram no outro carro e saíram rumo ao centro de Detroit, onde jornalistas sérios da TV os esperavam.

Lake não tinha tempo para fazer corpo-a-corpo pelas vizinhanças ou ficar comendo engasga-gatos com os eleitores, muito menos para ficar na chuva do lado de fora de fábricas de grande movimento. Não podia fazer caminhadas para as câmeras, nem organizar comícios na cidade, ou ficar no meio de entulho e nos guetos, reclamando de erros políticos. Não tinha tempo para fazer todas as coisas que se esperava de um candidato.

Estava entrando com atraso na corrida, sem nenhum trabalho de base, sem apoio popular, ou apoio local de qualquer tipo. Lake tinha uma bela estampa, uma voz agradável, belos ternos, uma mensagem urgente e toneladas de dinheiro.

Se a compra do tempo da TV podia comprar uma eleição, Aaron Lake estava para conseguir um novo emprego.

Telefonou para Washington, falou com o homem do dinheiro e recebeu a notícia dos cinco milhões. Nunca ouvira falar na Hummand.

— É uma empresa aberta? — perguntou.

Não, veio a resposta, muito particular. Quase um bilhão de dólares em vendas anuais. Uma inovadora no campo dos anti-radares. Poderia fazer bilhões se o homem certo controlasse o estado-maior e começasse a gastar outra vez.

Dezenove milhões de dólares era quanto tinham agora. Um recorde, é claro. E estavam revisando suas projeções. A campanha de Lake levantaria trinta milhões nas duas primeiras semanas.

Não havia nenhum jeito de gastar tanto dinheiro tão depressa.

Desligou o celular e o devolveu para Floyd, que parecia perdido no trânsito.

— De agora em diante, usaremos um helicóptero — Lake disse, olhando para trás, para a secretária, que escreveu a ordem: "procurar helicópteros".

Lake, escondido atrás dos óculos escuros, tentou imaginar trinta milhões de dólares. A transição de um fiscal conservador para um candidato livre de freios era embaraçosa, mas o dinheiro tinha de ser gasto. Não saía do bolso dos contribuintes, era uma colaboração livre. Ele podia justificar. Uma vez eleito, continuaria sua luta pelos trabalhadores.

Pensou outra vez em Teddy Maynard, sentado numa sala escura em Langley, as pernas cobertas pela manta, o rosto crispado de dor, puxando as cordinhas que só ele podia puxar, fazendo o dinheiro cair das árvores. Lake jamais saberia as coisas que Teddy estava fazendo por ele. Nem queria saber.

O diretor de operações no Oriente Médio chamava-se Lufkin, um homem com quem Teddy trabalhava há vinte anos e no qual confiava cegamente. Quatorze horas atrás ele estava em Tel-Aviv. Agora estava na sala de Teddy, parecendo descansado e alerta. Sua mensagem tinha de ser transmitida pessoalmente, cara a cara. Sem fios nem sinais, nem satélites. E o diálogo entre eles jamais seria repetido. Há muitos anos era assim que a coisa funcionava.

— Um atentado à nossa embaixada no Cairo é iminente — Lufkin disse. Nenhuma reação de Teddy, nenhum franzir das sobrancelhas. Nenhuma surpresa, nenhum piscar de olhos. Vinha recebendo notícias como essa constantemente.

— Yidal?

— Sim. Seu tenente-chefe foi visto no Cairo, na semana passada.

— Visto por quem?

— Os israelenses. Eles também seguiram dois caminhões de explosivos de Trípoli. Tudo parece estar arranjado.

— Quando?

— Iminente.

— Quanto iminente?

— Dentro de uma semana, eu creio.

Teddy puxou o lóbulo da orelha e fechou os olhos, Lufkin tentou não olhar e sabia que não devia fazer perguntas. Logo partiria de volta para o Oriente Médio. E esperaria. O atentado à embaixada podia acontecer sem aviso. Dezenas seriam mortos e feridos. Uma cratera na cidade fumegaria durante dias e em Washington dedos iam ser apontados e acusações seriam feitas. A CIA levaria a culpa outra vez.

Nada disso preocupava Teddy Maynard. Como Lufkin tinha aprendido, às vezes Teddy precisava do terror para realizar o que queria.

Ou talvez a embaixada fosse poupada, o atentado dominado pelos soldados egípcios que trabalhavam com os Estados Unidos. A CIA seria elogiada por seu excelente serviço de inteligência. Isso também não perturbava Teddy.

— E você tem certeza? — ele perguntou.

— Sim, tanta quanta podemos ter nessa situação.

Lufkin, é claro, não tinha idéia de que o diretor estava agora planejando eleger um novo presidente. Mal ouvira falar de Lake. Para ser franco, pouco se importava com quem ia ganhar as eleições. Estava há tempo suficiente no Oriente Médio para saber que realmente não importava quem determinava os rumos da política nos Estados Unidos.

Dali a três horas estaria embarcando num Concorde, rumo a Paris, onde devia passar um dia antes de seguir para Jerusalém.

— Vá para o Cairo — Teddy disse sem abrir os olhos.

— Certo. E faço o quê?

— Espere.

— Espero o quê?

— Espere a terra tremer. Fique longe da embaixada.

A primeira reação de York foi de pavor.

— Você não pode fazer esse tipo de propaganda — ele disse. — É proibido. Nunca vi tanto sangue.

— Gosto disso — Teddy disse, apertando um botão do controle remoto. — Uma propaganda proibida. Nunca foi feita antes.

Assistiram outra vez. Começava com o som de uma bomba, depois apareciam os alojamentos da marinha em Beirute, fumaça, escombros, caos, fuzileiros sendo retirados dos escombros, corpos estraçalhados, uma fileira de fuzileiros mortos. O presidente Reagan falando à imprensa e prometendo vingança. Mas a ameaça soava vazia. Em seguida a foto de um soldado americano de pé entre dois atiradores mascarados. Uma voz soturna e ameaçadora dizia: "Desde 1980, centenas de americanos foram assassinados por terroristas no mundo todo." Outra cena de bombardeio, mais sangue e sobreviventes atordoados, mais fumaça e caos. "Sempre juramos vingança. Sempre ameaçamos encontrar e punir os responsáveis." Clipes rápidos do

presidente Bush em duas ocasiões diferentes, furioso, prometendo retaliação — outro ataque, mais corpos. Em seguida um
terrorista de pé na porta de um jato comercial, arrastando o corpo
de um soldado americano. O presidente Clinton, quase em
lágrimas, a voz embargada, dizendo: "Não descansaremos até
encontrar os responsáveis." Em seguida o rosto bonito, mas
sério, de Aaron Lake olhando com sinceridade para a câmera.
Chegava às nossas casas e dizia: "O fato é que não retaliamos.
Reagimos com palavras. Nos agitamos e ameaçamos, mas na
realidade enterramos nossos mortos e depois os esquecemos. Os
terroristas estão ganhando a guerra porque não temos coragem
para lutar contra eles. Quando eu for seu presidente, usaremos
um novo exército para lutar contra o terrorismo, onde quer que
o encontremos. Nenhuma morte de americanos ficará sem
resposta. Eu prometo. Não seremos humilhados por pequenos
exércitos maltrapilhos que se escondem nas montanhas. Nós os
destruiremos."

O filme durava exatamente sessenta segundos, custava
muito pouco para ser feito porque Teddy já tinha os fragmentos
e começaria a ser exibido no horário nobre dentro de quarenta e
oito horas.

— Eu não sei, Teddy — York disse. — É apavorante.

— O mundo é apavorante.

Teddy gostava do filme e era isso que importava. Lake não
gostou da idéia de exibir tanto sangue, mas logo aceitou. O
reconhecimento do seu nome subira 30 por cento, mas os filmes
de sua campanha ainda não eram apreciados.

Espere só, Teddy repetia para si mesmo. Espere até haver
mais cadáveres.

OITO

Trevor tomava um café duplo e pensava se devia ou não acrescentar uma ou duas doses generosas de Amaretto para ajudar a despertar a mente para mais um dia, quando o telefone tocou. Seu pequeno escritório não tinha sistema de intercom. Não precisava. Jan podia simplesmente gritar qualquer recado no corredor e ele podia gritar de volta se quisesse. Há oito anos ele e sua secretária particular gritavam um com o outro.

— É de um banco nas Bahamas — ela anunciou e ele quase derramou o café quando mergulhou para o telefone.

Era uma voz britânica, com o sotaque amaciado pelas ilhas. Tinham recebido uma ordem substancial de pagamento de um banco em Iowa.

Quanto substancial, ele quis saber, cobrindo a boca para Jan não ouvir.

Cem mil dólares.

Trevor desligou, acrescentou três doses de Amaretto ao café e tomou a mistura deliciosa sorrindo idiotamente para a parede. Em toda a sua carreira nunca havia chegado perto de um honorário de 33 mil dólares. Certa vez ele ganhou um processo de um acidente de automóvel cuja indenização era de 25 mil dólares, recebeu 7.500 de honorários, que gastou em dois meses.

Jan não sabia da conta na ilha, nem do golpe que desviou o dinheiro para ela, por isso Trevor foi obrigado a esperar uma hora, dar uma porção de telefonemas e tentar parecer ocupado, antes de avisar que tinha de tratar de um negócio muito importante no centro da cidade de Jacksonville, e depois precisavam dele em Trumble. Ela não se importou. Trevor estava sempre desaparecendo e ela tinha material de leitura para mantê-la ocupada.

Ele correu para o aeroporto, quase perdeu o vôo doméstico e tomou duas cervejas durante os trinta minutos de vôo até Fort Lauderdale, e mais duas até Nassau. Lá chegando, sentou-se no banco traseiro de um táxi, um Cadillac 1974 dourado, sem ar-condicionado, com um motorista que também tinha tomado algumas. O ar estava quente e úmido, o trânsito lento e a camisa de Trevor grudava nas costas quando pararam perto do prédio do Geneva Trust Bank.

No banco, o Sr. Brayshears finalmente o atendeu e o conduziu até seu pequeno escritório. Mostrou uma folha de papel com os detalhes: uma ordem de pagamento no valor de 100 mil dólares, do First Iowa Bank, em Des Moines, remetida por uma entidade chamada CMT Investments. O destinatário era outra entidade genérica chamada Boomer Realty, Ltd. Boomer era o nome do cão de caça favorito de Joe Roy Spicer.

Trevor assinou o documento de transferência de 25 mil dólares para a sua própria conta, separada, no Geneva Trust, dinheiro que escondia da secretária e do Fisco. Os oito mil restantes foram entregues a ele num grosso envelope, dinheiro vivo. Enfiou o envelope bem fundo no bolso da calça de brim, apertou a mão pequena e macia de Brayshears e saiu correndo do prédio. Ficou tentado a passar uns dois dias ali, encontrar um quarto na praia, sentar-se numa cadeira ao lado da piscina e tomar rum até que parassem de servir a bebida para ele. A tentação cresceu tanto que ele quase voltou correndo pelo portão de embarque do aeroporto para pegar outro táxi. Mas controlou-se, determinado a não gastar novamente todo o seu dinheiro de uma vez só.

Duas horas depois, estava no aeroporto de Jacksonville, tomando café forte sem bebida nenhuma e fazendo planos. Foi de carro para Trumble, chegando lá às quatro e meia, e esperou Spicer por quase meia hora.

— Uma agradável surpresa — Spicer disse, secamente, ao entrar na sala dos advogados. Trevor não tinha nenhuma pasta para ser inspecionada e o guarda bateu nos seus bolsos e saiu. O dinheiro estava escondido debaixo do tapete do seu Fusca.

— Nós recebemos cem mil dólares de Iowa — Trevor disse, olhando para a porta.

De repente, Spicer ficou feliz por ver o advogado. Ressentiu-se com o "nós" na frase de Trevor e com a quantia retirada como comissão. Mas o golpe não teria funcionado sem ajuda de fora. Como sempre, o advogado era o mal necessário. Até então podiam confiar em Trevor.

— Isso é nas Bahamas?

— Sim. Acabo de vir de lá. O dinheiro está bem guardado, todos os sessenta e sete mil.

Spicer respirou fundo, saboreando a vitória. Um terço do total dava a ele 22 mil dólares e mais alguns trocados. Estava na hora de escrever mais cartas!

Tirou do bolso da camisa verde-oliva um recorte de jornal, dobrado. Com o braço estendido leu por um segundo e disse:

— Tech na Duke esta noite. Aposte cinco mil paus no Tech.

— Cinco mil?

— Isso aí.

— Eu nunca apostei cinco mil em um jogo.

— Que tipo de agenciador de apostas você tem?

— Pequeno.

— Olhe, se ele é um corretor de apostas pode lidar com números. Telefone assim que puder. Talvez ele tenha de dar alguns telefonemas, mas pode aceitar.

— Tudo bem, tudo bem.

— Você pode voltar amanhã?

— Provavelmente.

— Quantos outros clientes já pagaram a você trinta e três mil paus?

— Nenhum.

— Certo, então esteja aqui às quatro horas, amanhã. Terei alguma correspondência para mandar.

Spicer saiu rapidamente do prédio da administração com uma leve inclinação de cabeça para o guarda. Com andar decidido atravessou o belo gramado com o sol da Flórida aquecendo o chão, mesmo em fevereiro. Seus companheiros estavam absortos no trabalho na pequena biblioteca. Sozinhos como sempre, e ele não hesitou em dizer:

— Recebemos cem mil do velho Quince de Iowa!

As mãos de Beech ficaram imóveis sobre o teclado. Olhou por cima dos óculos de leitura, com a boca aberta, e conseguiu dizer:

— Está brincando.

— Nada disso. Acabo de falar com Trevor. O dinheiro foi enviado exatamente de acordo com as instruções e chegou às Bahamas esta manhã. O nosso Quince obedeceu.

— Vamos sangrá-lo outra vez — Yarber disse, antes que os outros pudessem pensar nisso.

— Quince?

— Claro. Os primeiros cem foram fáceis. Vamos repetir a dose. O que podemos perder?

— Nada — Spicer disse com um sorriso. Queria ter tido a idéia primeiro.

— Quanto? — perguntou Beech.

— Vamos tentar cinqüenta — Yarber respondeu, tirando números do ar, como se tudo fosse possível.

Os outros dois assentiram, pensaram nos próximos cinqüenta mil, então Spicer se encarregou do assunto e disse:

— Vamos analisar em que pé estamos. Acho que Curtis, em Dallas, está no ponto. Atacamos Quince outra vez. Esta coisa está funcionando e acho que devemos nos apressar, ser mais agressivos, sabem o que quero dizer? Vamos estudar todos os nossos correspondentes, analisar um por um e aumentar a pressão.

Beech desligou seu computador e apanhou uma pasta do arquivo. Yarber desocupou sua pequena mesa. O pequeno golpe Angola acabava de receber nova injeção de capital e o cheiro de dinheiro sujo era embriagador.

Começaram a ler as velhas cartas e a fazer o rascunho de outras. Precisavam de mais vítimas, decidiram rapidamente. Outros classificados seriam colocados nas páginas dessas revistas.

Trevor chegou ao Pete's Bar and Grill a tempo para a *happy hour*, que no Pete's começava às 5 da tarde e ia até a primeira luta de boxe. Encontrou Prep, um estudante de trinta e dois anos, da Universidade do Norte da Flórida, jogando sinuca a vinte dólares a partida. A rápida diminuição do fundo de curadoria de Prep obrigara o advogado da família a pagar a ele dois mil dólares por mês, desde que estivesse matriculado como estudante de tempo integral. Há onze anos estava no segundo ano.

Prep era também o bookmaker mais ativo do Pete's e quando Trevor murmurou que queria apostar muito dinheiro no jogo Duke-Tech, ele perguntou:

— Quanto?

— Quinze mil — Trevor disse, depois tomou um gole de cerveja.

— Fala sério? — Prep perguntou, passando giz no taco e olhando ao redor da mesa envolta em fumaça. Trevor nunca apostava mais do que cem dólares num jogo.

— Isso mesmo. — Outro longo gole de cerveja. Sentia-se com sorte. Se Spicer tinha coragem para apostar cinco mil, Trevor dobraria a aposta. Acabara de ganhar 33 mil, livres de imposto. Portanto não fazia mal se perdesse dez. De qualquer modo, era a parte do imposto de renda.

— Tenho de dar um telefonema — Prep disse, tirando um celular do bolso.

— Depressa, o jogo começa em trinta minutos.

O bartender jamais pusera os pés fora do estado da Flórida, mas era apaixonado pelo futebol australiano. Estavam transmitindo um jogo da Austrália e Trevor teve de dar 20 dólares para que ele mudasse o canal para o basquete da ACC.

Com 15 mil apostados na Georgia Tech, de jeito nenhum Duke podia perder uma cesta, pelo menos não no primeiro tempo do jogo. Trevor comeu batatas fritas, tomou uma garrafa de cerveja depois da outra e tentou ignorar Prep, que assistia num canto escuro, ao lado da mesa de sinuca.

No segundo tempo, Trevor quase subornou o bartender para voltar ao futebol australiano. Estava ficando bêbado e quando faltavam dez minutos para terminar, amaldiçoava Joe Roy Spicer em voz alta, para quem quisesse ouvir. O que aquele caipira sabia de basquete da ACC? Duke estava vinte pontos na frente quando faltavam nove minutos para terminar, e o ataque da Tech esquentou e fez quatro cestas seguidas de três pontos cada uma.

O jogo empatou quando faltava um minuto. Trevor não se importava com quem ia ganhar. Tinha bastante. Pagou a conta, deu mais 100 dólares para o bartender, fez uma continência idiota para Prep e caminhou para a porta. Prep levantou o dedo médio para ele.

No escuro frio, Trevor seguiu rapidamente pelo Atlantic Boulevard, para longe das luzes, passou pelas casas baratas de veraneio, amontoadas, uma muito junto da outra, passou pelas pequenas casas dos aposentados com tinta fresca e jardins perfeitos, desceu os degraus de madeira até a areia, tirou os sapatos e passeou na beira do mar. A temperatura estava a mais ou menos quatro graus, não incomum para fevereiro em Jacksonville, e em pouco tempo seus pés ficaram frios e molhados.

Não que ele sentisse muita coisa — 43 mil dólares em um dia, livres de impostos, escondidos do governo. No ano anterior, tirando as despesas, ganhara 28 mil, e isso tendo trabalhado quase em tempo integral — discutindo com clientes pobres demais ou avaros demais, evitando os tribunais, negociando com corretores de imóveis de segunda classe e com bancos, implicando com a secretária, procurando pagar o mínimo de imposto possível.

Ah, o prazer do dinheiro rápido. Tinha desconfiado do pequeno golpe da Confraria, mas agora parecia brilhante. Extorquir de quem não podia se queixar. Golpe de gênio.

E uma vez que estava funcionando tão bem, sabia que Spicer ia entrar de sola. A correspondência ia aumentar de volume, as visitas a Trumble seriam mais freqüentes. Que diabo, estaria lá todos os dias se fosse preciso, levando e trazendo cartas, subornando os guardas.

Chapinhou na água, o vento ficou mais forte e o mar mais agitado.

Maior esperteza ainda seria roubar dos extorsionários, ladrões condenados pela justiça que certamente não podiam se queixar. Era um mau pensamento, do qual quase se envergonhava, mas, de qualquer modo, válido. Todas as opções ficaram em aberto. Desde quando ladrões eram famosos por sua lealdade? Precisava de um milhão de dólares, nada mais, nada menos. Havia feito as contas muitas vezes, nas suas viagens a Trumble, bebendo no Pete's ou sentado à sua mesa com a porta trancada. Um mísero milhão de dólares e podia fechar seu pequeno e triste escritório, desistir da sua licença para advogar, comprar um veleiro e passar uma eternidade deixando-se levar pelos ventos do Caribe.

Estava mais perto do que nunca.

O juiz Spicer virou-se outra vez no beliche de baixo. O sono era uma dádiva rara naquela pequena cela, naquela pequena cama com um companheiro baixinho e fedido, que se chamava Alvin, roncando em cima. Alvin já havia cruzado todo o território americano de cabo a rabo como um vagabundo durante décadas, mas no final da vida estava cansado e faminto. Seu crime fora roubar um pequeno transporte rural de correspondência em Oklahoma. Sua prisão aconteceu porque Alvin entrou no escritório do FBI, em Tulsa, e confessou: "Fui eu que roubei." O FBI levou seis horas procurando o crime. Até o juiz sabia que Alvin tinha planejado tudo. Ele queria deitar numa cama federal, certamente não estadual.

O sono era ainda mais difícil do que de hábito porque Spicer preocupava-se com o advogado. Agora que o golpe estava em andamento, havia muito dinheiro em jogo. E mais por vir. Quanto mais dinheiro a Boomer Ltd. recebesse nas Bahamas, maior seria a tentação para Trevor. Só ele poderia roubar impunemente o dinheiro dos golpes.

Mas tudo só funcionava porque eles tinham um conspirador do lado de fora das grades. Alguém tinha de levar e trazer a correspondência às escondidas. Alguém tinha de apanhar o dinheiro.

Devia haver um jeito de não se precisar do advogado e Joe Roy estava resolvido a achar. Não se importaria de passar um mês sem dormir. Nenhum advogado de segunda categoria tiraria um terço do seu dinheiro e depois roubaria o resto.

NOVE

O DEFESAPAC, ou D-PAC, como começava a ser conhecido, fez uma entrada apoteótica no campo obscuro e vago da política das finanças. Na história recente não havia nenhum registro de um comitê de ação política respaldado por tamanha força.

Parecia que o dinheiro vinha de um financista de Chicago chamado Mitzger, um americano-israelense, com dupla cidadania. Ele entrou com o primeiro milhão, que durou cerca de uma semana. Outros ricaços judeus logo ingressaram no rebanho, mas com as identidades protegidas por empresas e contas em bancos estrangeiros. Teddy Maynard não ignorava os riscos de ter um bando de judeus ricos contribuindo abertamente e de modo organizado para a campanha de Lake. Dependia de velhos amigos em Tel-Aviv para organizar o dinheiro em Nova York.

Mitzger era liberal no que dizia respeito à política, mas nada mais o mobilizava do que a segurança de Israel. Aaron Lake era por demais moderado nas questões sociais, mas também encarava com gravidade a questão de um novo poderio militar. A estabilidade no Oriente Médio dependia de uma América forte, pelo menos na opinião de Mitzger.

Alugou uma suíte no Willard, na capital, e no dia seguinte, às doze horas, havia alugado todo o andar de um prédio de escritórios perto de Dulles. Seu pessoal de Chicago trabalhou vinte e quatro horas analisando os pequenos detalhes exigidos para equipar imediatamente os doze mil metros quadrados da mais moderna tecnologia. Tomou café às 6 horas da manhã com Elaine Tyner, uma advogada/lobista de uma gigantesca firma de Washington, que ela havia criado com sua vontade de ferro e muitos clientes. Tyner tinha sessenta anos e era considerada a mais poderosa lobista da cidade. Comendo *bagels* e tomando suco, ela concordou em representar o D-PAC por um pagamento inicial de 500 mil dólares. Sua firma despacharia imediatamente vinte advogados e o mesmo número de funcionários para os novos escritórios do D-PAC onde um dos seus sócios se encarregaria de tudo. Uma seção só levantaria dinheiro. Outra analisaria o apoio do Congresso a Lake e começaria, vagarosamente, o delicado processo de alinhar a contribuição de senadores, deputados e até de governadores. Não ia ser fácil. A maioria já estava comprometida com outros candidatos. Outra seção só faria pesquisa — equipamento bélico, seu custo, novas armas, armas do futuro, inovações dos russos e chineses —, qualquer coisa que o candidato Lake tivesse de saber.

A própria Tyner trabalharia no levantamento do dinheiro dos governos estrangeiros, uma das suas especialidades. Tinha ligações estreitas com a Coréia do Sul, que há uma década marcava presença em Washington. Conhecia os diplomatas, os homens de negócios, os ricos e poderosos. Poucos países dormiriam melhor com a ajuda militar dos Estados Unidos do que a Coréia do Sul.

— Tenho certeza de que eles contribuirão no mínimo com cinco milhões — ela disse, confidencialmente. — Pelo menos no começo.

Fez de memória uma lista de vinte empresas francesas e britânicas que tiravam do Pentágono pelo menos um quarto de seus lucros anuais. Começaria trabalhando imediatamente junto a elas.

Tyner era a típica advogada de Washington. Há quinze anos não colocava os pés num tribunal e cada evento mundial significativo era originário do Cinturão e de algum modo influenciado por ela.

O desafio era sem precedentes — eleger um candidato desconhecido, de última hora, que no momento tinha 30 por cento de reconhecimento do seu nome e 12 por cento de votos positivos. O que seu candidato tinha, porém, ao contrário dos outros excêntricos que apareciam e desapareciam da corrida presidencial, era uma disponibilidade aparentemente ilimitada de dinheiro. Tyner fora bem paga para eleger e derrotar dezenas de políticos e acreditava piamente que o dinheiro sempre ganhava. Dessem a ela o dinheiro, e ela poderia eleger ou derrotar qualquer um.

Na sua primeira semana de existência o D-PAC vibrava com enorme energia. Os escritórios ficavam abertos vinte e quatro horas por dia, enquanto o pessoal de Tyner se instalava e começava os trabalhos. Os encarregados do levantamento do dinheiro prepararam uma lista computadorizada exaustiva de 310 mil trabalhadores da defesa e áreas relacionadas que pudessem colaborar com dinheiro. Outra lista relacionava 28 mil funcionários da defesa que ganhavam mais de 50 mil dólares por ano. Todos receberam diferentes tipos de pedidos.

Os consultores do D-PAC que procuravam apoio encontraram os cinqüenta membros do Congresso em cujos distritos se localizava a maioria dos empregos na defesa. Trinta e sete estavam terminando seus mandatos, o que facilitava o trabalho. O D-PAC se voltaria para as bases, os trabalhadores da defesa e seus chefes, para orquestrar uma campanha maciça, por telefone, de apoio a Aaron Lake e sua plataforma, o aumento do orçamento militar. Seis senadores dos estados onde o setor de defesa era mais forte seriam oponentes difíceis em novembro e Elaine Tyner planejou um almoço com cada um deles.

Dinheiro ilimitado não passa despercebido por muito tempo em Washington. Um deputado novato do Kentucky, um dos menos importantes dos 435, precisava de dinheiro desesperadamente para enfrentar o que parecia uma campanha perdida no seu estado de origem. Ninguém ouvira falar do pobre garoto. Não havia dito uma palavra nos dois primeiros anos do seu mandato e agora seus rivais, no Kentucky, tinham descoberto um oponente melhor. Ninguém lhe daria dinheiro. Ele ouviu os boatos, procurou Elaine Tyner e a conversa foi mais ou menos assim:

— De quanto dinheiro você precisa? — ela perguntou.
— Cem mil dólares. — Ele estremeceu, ela não.
— Pode apoiar Aaron Lake para presidente?

— Apóio qualquer um pelo preço justo.

— Ótimo. Nós lhe daremos duzentos mil dólares e dirigiremos sua campanha.

— É toda sua.

A maioria não era tão fácil, mas o D-PAC conseguiu comprar oito promessas de apoio nos primeiros dez dias de seus trabalhos. Todos parlamentares insignificantes que tinham trabalhado com Lake e gostavam dele. A estratégia seria alinhá-los na frente das câmeras uma semana ou duas antes das eleições primárias, em 7 de março. Quanto mais, melhor.

Porém, muitos já estavam comprometidos com outros candidatos.

Tyner começou a fazer circuito apressadamente, às vezes almoçando três vezes por dia, tudo pago pelo D-PAC. Seu objetivo era deixar a cidade saber que seu novo cliente estava no páreo, tinha muito dinheiro e estava apostando num azarão que logo se destacaria do conjunto. Numa cidade em que as conversas eram uma indústria, não teve trabalho para divulgar a mensagem.

A mulher de Finn Yarber apareceu em Trumble de surpresa, sua primeira visita em dez meses. Usava sandálias gastas de couro, uma velha saia de brim, blusa folgada enfeitada com contas e plumas e todo tipo de quinquilharia hippie em volta do pescoço, nos pulsos e na cabeça. O cabelo grisalho cortado rente, pêlos debaixo dos braços, parecia a cansada e caída refugiada dos anos 60 que realmente era. Finn não ficou nada contente quando anunciaram que sua mulher o esperava na sala da frente.

O nome dela era Carmen Topolski-Yocoby, um nome pomposo que ela havia usado como arma durante toda a vida adulta. Era advogada feminista radical em Oakland, especialista na defesa de lésbicas em processos por assédio sexual no trabalho. Todas as suas clientes eram mulheres revoltadas lutando contra patrões revoltados. Trabalhar era prostituir-se.

Estava casada com Finn há trinta anos — casados, mas nem sempre juntos. Finn viveu com outras mulheres, ela viveu com outros homens. Certa vez, quando eram recém-casados, viveram com a casa cheia de outros, uma combinação diferente a cada semana. Ambos iam e vinham. Por um período de seis anos seguidos, viveram juntos numa monogamia caótica e geraram três filhos, nenhum dos quais era grande coisa.

Conheceram-se nos campos de batalha de Berkeley, em 1965, ambos protestando contra a guerra e vários outros males, ambos estudantes de direito. Ambos comprometidos com as bases da mudança social. Trabalhavam diligentemente para registrar eleitores. Lutaram pela dignidade do trabalhador migrante. Foram presos durante a Ofensiva Tet. Acorrentaram-se a sequóias. Lutaram contra os cristãos nas escolas. Protestaram a favor das baleias. Participaram de passeatas nas ruas de San Francisco, em todas elas, para todas as causas.

E bebiam muito, freqüentavam festas com grande entusiasmo, adoravam a cultura das drogas, iam para lá e para cá e dormiam aqui e ali, e tudo estava certo porque eram eles quem definiam a própria moralidade. Estavam lutando pelos mexicanos e pelas sequóias, que diabo! Tinham de ser boa gente!

Agora estavam apenas cansados.

Para ela era embaraçoso o fato de o marido, um homem talentoso que de algum modo conseguiu chegar à Corte Suprema da Califórnia, estar agora numa prisão federal. Para ele era um alívio a prisão ser na Flórida e não na Califórnia, do contrário ela o visitaria mais vezes. Ele fora designado para Bakersfield, mas conseguiu ser transferido.

Nunca trocavam cartas, nunca telefonavam. Ela estava de passagem porque tinha uma irmã em Miami.

— Belo bronzeado — ela disse. — Você está ótimo.

E você murcha como uma ameixa seca, ele pensou. Que diabo, ela parecia envelhecida e cansada.

— Como vai a vida? — ele perguntou, na verdade sem se importar.

— Ocupada. Estou trabalhando demais.

— Isso é bom. — Bom que ela estivesse trabalhando e ganhando a vida, uma coisa que fez uma vez ou outra durante muitos anos. Faltavam cinco anos para Finn sacudir a poeira de

Trumble dos pés nodosos e descalços. Não pretendia voltar para ela, nem para a Califórnia. Se sobrevivesse, algo de que cada vez duvidava mais, sairia com sessenta e cinco anos e seu sonho era achar uma terra onde o imposto de renda, o FBI e todo o resto daqueles bandidos alfabetizados do governo não tivessem jurisdição. Finn odiava tanto o governo que planejava renunciar à sua cidadania e encontrar outra nacionalidade.

— Você ainda bebe? — ele perguntou. É claro que ele não bebia mais, embora conseguisse um pouco de maconha de vez em quando com os guardas.

— Ainda estou sóbria, obrigada por perguntar.

Cada pergunta era uma provocação, cada resposta uma defesa. Ele se perguntava sinceramente por que ela havia resolvido passar por ali. Então descobriu.

— Resolvi pedir o divórcio — ela disse.

Finn deu de ombros como quem diz: "Para que se dar ao trabalho?", mas o que disse foi:

— Provavelmente não é má idéia.

— Encontrei outra pessoa — ela revelou.

— Homem ou mulher? — ele perguntou, mais por curiosidade do que por outra coisa. Nada mais o surpreendia.

— Um homem mais novo.

Ele deu de ombros outra vez e quase aconselhou: "Vai fundo, minha velha", mas disse:

— Ele não é o primeiro.

— Não vamos começar — ela rebateu.

Estava tudo bem para Finn. Sempre admirou a exuberante sensualidade da mulher, sua energia, mas era difícil imaginar aquela velha fazendo sexo regularmente.

— Me dê os papéis que eu assino — ele disse.

— Estarão aqui em uma semana. É uma separação limpa. Uma vez que temos tão pouco atualmente.

No auge da sua ascensão ao poder, o juiz Yarber e a Sra. Topolski-Yocoby haviam assinado em conjunto o empréstimo para comprar uma casa no distrito da marina de San Francisco. O pedido, cuidadosamente redigido para retirar qualquer sugestão de chauvinismo, sexismo, racismo ou preconceito de idade, elaborado com palavras brandas por advogados da Califórnia que morriam de medo de ser processados por alguma alma ofendida, revelava uma diferença entre bens e dívidas de quase um milhão de dólares.

Não que um milhão de dólares tivesse importância para eles. Estavam ocupados demais, lutando pelos interesses da madeira e contra fazendeiros implacáveis etc. Na verdade, sentiam-se orgulhosos por possuírem tão poucos bens.

A Califórnia era um estado de comunhão de bens, o que equivalia a dizer uma divisão igual. Seria fácil assinar os papéis do divórcio por várias razões.

Uma delas Finn jamais mencionaria. O golpe Angola estava produzindo dinheiro, clandestino e sujo, e fora dos limites para a cobiça de qualquer órgão do governo. A Sra. Carmen certamente jamais saberia de nada.

Finn não sabia ao certo como os tentáculos da comunhão de bens poderiam alcançar uma conta bancária secreta nas Bahamas, mas não pretendia descobrir. Mandassem os papéis, que ele assinaria alegremente.

Conseguiram conversar por alguns minutos sobre amigos, uma conversa breve sem dúvida, porque a maioria dos amigos tinha desaparecido. Quando se despediram, não foi com tristeza nem remorso. O casamento estava morto há muito tempo. Estavam aliviados com a morte definitiva.

Desejou tudo de bom para ela, sem nem um abraço, depois foi para a pista de corrida, onde tirou os sapatos e caminhou uma hora no sol.

DEZ

Lufkin estava fechando seu segundo dia no Cairo com um jantar num café na calçada em Shari' el-Corniche, área verde da cidade. Tomava um café forte e observava o fechamento das lojas — vendedores de tapetes e potes de bronze, bolsas de couro e linho do Paquistão, tudo para os turistas. A menos de seis metros, um velho vendedor dobrou meticulosamente sua tenda e saiu sem deixar o menor traço da sua presença.

Lufkin parecia realmente um árabe moderno — calça branca, paletó leve cáqui, chapéu branco com aberturas para ventilação e a aba abaixada, quase cobrindo os olhos. Observava o mundo através do chapéu e dos óculos escuros. Mantinha o bronzeado do rosto e dos braços e usava o cabelo muito curto. Falava árabe com perfeição e circulava muito à vontade entre Damasco e Cairo.

Estava hospedado no hotel El-Nil, nas margens do rio Nilo, a seis quadras movimentadas do café, e quando caminhava pela cidade de repente começou a ser acompanhado por um estrangeiro magro, que falava um inglês apenas passável. Eles se conheciam o bastante para confiar um no outro e continuaram seu passeio.

— Achamos que hoje será a noite — disse o contato, com os olhos também escondidos.

— Continue.

— Há uma festa na embaixada.

— Eu sei.

— Sim, belo lugar. Grande movimento. A bomba estará em uma van.

— Que tipo de van?

— Eu não sei.

— Mais alguma coisa?

— Não — ele disse, e desapareceu na multidão.

Lufkin tomou uma Pepsi no bar do hotel e pensou em telefonar para Teddy. Mas há quatro dias tinham se encontrado em Langley e Teddy não havia feito contato. Já tinham passado por isso antes. Teddy não ia interferir. O Cairo era um lugar perigoso para ocidentais naqueles dias. E ninguém podia culpar a CIA por não evitar o atentado. Surgiriam as reclamações bombásticas e as acusações de sempre, mas o terror logo seria relegado aos recessos da memória nacional e depois esquecido. Estavam em plena campanha eleitoral e o mundo se movia rapidamente. Com tantos atentados, assaltos e violência sem sentido, tanto no país, como no estrangeiro, o povo americano estava praticamente insensível. Vinte e quatro horas de noticiário, matérias de destaque, o mundo sempre com uma crise em algum lugar. Reportagens sobre violação da lei, um choque aqui e outro ali e logo não seria possível acompanhar o curso dos acontecimentos.

Lufkin saiu do bar e foi para seu quarto. Da janela, no quarto andar, via o movimento intenso e contínuo da cidade construída desordenadamente durante séculos. O telhado da embaixada americana ficava diretamente na frente, a um quilômetro de distância.

Ele abriu um livro de bolso de Louis L'Amour e esperou o começo do espetáculo.

O carro era uma van Volvo de duas toneladas, carregada do chão ao teto com mil e quinhentos quilos de explosivo plástico fabricado na Romênia. A porta do veículo anunciava alegremente os serviços de um bufê muito conhecido na cidade, que fornecia a várias embaixadas ocidentais. Estava estacionado perto da entrada de serviço, no subsolo.

O motorista da van era um egípcio grande e amistoso, chamado Shake pelos fuzileiros que guardavam a embaixada. Shake passava por ali com freqüência, com comida e suprimentos para eventos sociais. Shake estava agora morto, no chão da sua van, com uma bala na cabeça.

Às dez horas e vinte minutos, a bomba foi detonada por controle remoto, operado por um terrorista escondido no outro lado da rua. Assim que apertou o botão, ele se agachou atrás de um carro, com medo de olhar.

A explosão destruiu colunas no interior do subsolo e a embaixada caiu para um lado. Os escombros caíam dos blocos de sustentação. A maior parte dos prédios vizinhos sofreu danos estruturais. Os vidros das janelas num raio de quatrocentos metros foram quebrados.

Lufkin estava cochilando na cadeira quando a terra tremeu. Levantou-se de um salto, foi até a pequena varanda e viu a nuvem de fumaça. Não se via mais o telhado da embaixada. Em poucos minutos apareceram as chamas e começaram as sirenes intermináveis. Ele encostou a cadeira na grade da varanda e sentou-se. Dormir não seria possível. Seis minutos depois da explosão, as luzes da cidade se apagaram e o Cairo ficou no escuro, a não ser pelo brilho alaranjado da embaixada americana.

Telefonou para Teddy.

Quando o técnico das comunicações garantiu que a linha estava segura, a voz do velho homem soou clara como se estivessem conversando de Nova York para Boston.

— Sim, Maynard falando.

— Estou no Cairo, Teddy. Vendo nossa embaixada subir ao céu em fumaça.

— Quando aconteceu?

— Há menos de dez minutos.

— Qual a extensão...

— Difícil dizer. Estou em um hotel a um quilômetro de distância. Maciça, eu diria.

— Telefone daqui a uma hora. Vou ficar aqui no escritório a noite toda.

— Certo.

Teddy levou a cadeira até um computador, pressionou algumas teclas e em segundos encontrou Aaron Lake. O candidato estava viajando da Filadélfia para Atlanta, a bordo do seu novo avião. Tinha um celular no bolso, uma unidade digital segura do tamanho de um isqueiro.

Teddy digitou mais números, o telefone tocou e Teddy falou para seu monitor.

— Sr. Lake, é Teddy Maynard.

Quem mais podia ser, Lake pensou. Ninguém mais usaria aquele telefone.

— Está sozinho? — Teddy perguntou.

— Um minuto.

Teddy esperou, então Lake no outro lado disse:

— Estou na cozinha agora.

— Seu avião tem cozinha?

— Pequena, mas tem. É um belo avião, Sr. Maynard.

— Ótimo. Escute, desculpe incomodá-lo. Mas tenho notícias. Há quinze minutos a embaixada americana no Cairo foi bombardeada.

— Quem foi?

— Não pergunte isso.

— Desculpe.

— A imprensa vai cair em cima de você. Reserve um tempo para preparar alguns comentários. Vai ser uma boa hora para mostrar preocupação com as vítimas e suas famílias. Deixe a política de lado, mas mantenha um discurso duro. Sua propaganda política virou uma profecia agora, portanto suas palavras serão repetidas muitas vezes.

— Vou fazer a coisa certa, agora.

— Telefone quando chegar a Atlanta.

— Certo, eu telefono.

Quarenta minutos depois, Lake e sua equipe aterrissaram em Atlanta. A imprensa, avisada e com a poeira mal assentada no Cairo, o esperava. Não tinham ainda imagens ao vivo da embaixada, mas várias agências já informavam a morte de "centenas".

No pequeno terminal para aviões particulares, Lake viu-se rodeado pelos repórteres, alguns com câmeras e microfones, outros com pequenos gravadores, outros ainda com os antigos e simples blocos de notas. Ele falou solenemente, de improviso.

—Neste momento devemos orar pelos feridos e mortos por esse ato de guerra. Nossos pensamentos e orações estão com eles e com suas famílias e também com as equipes de resgate. Não vou dar um caráter político ao acontecido, mas direi que é absurdo que este país sofra mais uma vez nas mãos dos terroristas. Quando eu for presidente, nenhuma vida perdida de um americano passará em branco. Usarei nossa nova força militar para localizar e aniquilar qualquer grupo terrorista que atentar contra a vida de americanos inocentes. É tudo que tenho a dizer.

Afastou-se, ignorando os gritos e as perguntas do bando de cães famintos.

Gênio, pensou Teddy, assistindo à transmissão ao vivo no seu *bunker*. Rápido, compassivo, mas duro como o diabo. Maravilhoso! Mais uma vez congratulou-se por ter escolhido um candidato tão fantástico.

Lufkin telefonou outra vez quando passava da meia-noite no Cairo. O fogo fora dominado e estavam retirando os corpos o mais depressa possível. Muitos estavam enterrados sob os escombros. Ele assistia a um quarteirão da catástrofe, atrás de uma barricada do exército, com centenas de outros. A cena era de caos, fumaça e pó espesso no ar. Lufkin estivera em várias explosões de bombas e aquela fora uma das piores.

Teddy atravessou a sala na sua cadeira e serviu outra xícara de café descafeinado. A propaganda eleitoral de terror de Lake ia começar no horário nobre. Só naquela noite a campanha gastaria três milhões de dólares num dilúvio, de costa a costa, de medo e desgraça. Interromperiam a propaganda no dia seguinte, depois de aviso prévio, em respeito aos mortos e suas famílias, e a campanha suspenderia temporariamente as pequenas profecias. A verificação maciça das pesquisas ia começar no dia seguinte, às doze horas.

Estava mais do que na hora de o candidato Lake subir rapidamente nas pesquisas. As primárias do Arizona e de Michigan aconteceriam em menos de uma semana.

As primeiras imagens do Cairo eram de um repórter de costas para uma barricada do exército, observado atentamente pelos soldados para o caso de ele levar um tiro se se adiantasse demais. Sirenes soavam por toda a parte, luzes piscavam. Mas o repórter sabia pouca coisa. Uma bomba maciça tinha explodido no interior da embaixada às dez e vinte, quando terminava uma festa. Nenhuma idéia do número de mortos e feridos, mas foram muitos, ele garantiu. A área estava isolada pelo exército e por medida de precaução o espaço aéreo foi fechado, portanto não haveria imagens de helicópteros. Até aquele momento, ninguém havia assumido a responsabilidade pelo atentado, mas ele deu os nomes de três grupos radicais como os possíveis suspeitos.

— Pode ter sido um deles, ou qualquer outro — ele disse. Sem carnificina para filmar, a câmera tinha de ficar com o repórter e uma vez que ele não tinha nada para dizer, tagarelou sobre o quanto o Oriente Médio tinha se tornado perigoso, como se fosse um furo que ele estivesse ali para transmitir!

Lufkin telefonou mais ou menos às 8 horas, hora da capital para dizer a Teddy que o embaixador americano no Egito não fora localizado e começavam a temer que ele estivesse sob os escombros. Pelo menos era o que se dizia nas ruas. Falando com Lufkin ao telefone, Teddy olhava para o repórter na tela sem som. Uma propaganda de terror de Lake apareceu em outra tela. Mostrava os escombros, a carnificina, os corpos, os extremistas em outro atentado, depois a voz suave, mas autoritária, de Aaron Lake, prometendo vingança.

Na hora exata, Teddy pensou.

Um assistente acordou Teddy no meio da noite, com chá de limão e um sanduíche de salada. Como quase sempre fazia, ele tinha cochilado na cadeira de rodas, a tela de TV na parede, ligada com imagens mas sem som. Quando o assistente saiu, ele apertou um botão e escutou.

O sol estava alto no Cairo. O embaixador não fora encontrado e todos supunham que estivesse sob os escombros.

Teddy não conhecia o embaixador no Egito, um completo desconhecido, que estava agora sendo idolatrado pelo papo-furado dos repórteres como um grande americano. Sua morte não perturbava Teddy, embora fosse incentivar as críticas à CIA.

Também acrescentaria um toque de gravidade ao atentado que, na ordem das coisas, seria benéfico para Aaron Lake.

Sessenta e um corpos tinham sido resgatados até aquele momento. As autoridades egípcias culpavam Yidal, o mais provável suspeito porque seu pequeno exército tinha bombardeado três embaixadas ocidentais nos últimos dezesseis meses, e porque ele pregava abertamente a guerra contra os Estados Unidos. O dossiê atual da CIA sobre Yidal atribuía a ele trinta soldados e um orçamento anual de cerca de cinco milhões de dólares, quase todo originário da Líbia e da Arábia Saudita. Mas para a imprensa, os vazamentos sugeriam um exército de milhares com fundos ilimitados para aterrorizar bem os inocentes americanos.

Os israelenses sabiam até o que Yidal havia comido no café da manhã, e onde. Podiam ter capturado o terrorista uma dúzia de vezes, mas até então ele mantivera sua guerra longe deles. Enquanto estivesse matando americanos e ocidentais, os israelenses não se importavam. Era bom para eles que o Ocidente odiasse os extremistas islâmicos.

Teddy comeu devagar. Depois cochilou mais um pouco. Lufkin telefonou antes do meio-dia, hora do Cairo. Com a notícia de que os corpos do embaixador e da sua mulher foram encontrados. A contagem agora era de oitenta e quatro no total, apenas onze americanos.

As câmeras alcançaram Aaron Lake no lado de fora de uma fábrica em Marietta na Geórgia, apertando as mãos dos trabalhadores. Quando perguntado sobre a tragédia no Cairo, ele disse:

— Há dezesseis meses esses mesmos criminosos explodiram duas de nossas embaixadas, matando trinta americanos, e não fizemos nada para impedir. Estão operando impunemente porque não temos o compromisso de lutar. Quando eu for presidente, declararemos guerra a esses terroristas e daremos um fim às mortes.

Um discurso duro contagiava a todos e quando a América acordou para as notícias terríveis do Cairo, o país foi também recebido com um coro indignado de ameaças e ultimatos dos outros sete candidatos. Até mesmo o mais passivo deles falava agora como um guerreiro.

ONZE

Nevava outra vez em Iowa, com vento e neve constante que se transformava em lama nas ruas e nas calçadas e fazia Quince Garbe ansiar outra vez por uma praia. Cobriu o rosto ao andar pela rua principal, como para se proteger, mas na verdade porque não queria falar com ninguém. Não queria que o vissem correndo outra vez até o correio.

Havia uma carta na caixa. Uma daquelas cartas. Abriu a boca e suas mãos gelaram quando a viu, ali no meio dos anúncios, inocente como um bilhete de um velho amigo. Olhou para trás — um ladrão torturado pela culpa —, depois enfiou a carta no fundo do bolso.

Sua mulher estava no hospital, planejando uma festa para crianças deficientes, portanto a casa estava vazia, a não ser pela criada, que passava o dia cochilando na lavanderia. Há oito anos ela não recebia aumento. Ele dirigiu devagar, lutando contra a neve que caía e a que estava acumulada na rua, amaldiçoando o prisioneiro que entrou na sua vida sob o pretexto do amor. A carta ficava mais pesada a cada minuto, perto do seu coração.

Nem sinal da criada quando ele entrou o mais silenciosamente possível. Subiu para seu quarto e trancou a porta. Tinha uma pistola debaixo do colchão. Jogou o casaco e as luvas numa cadeira, depois o paletó, sentou-se na beirada da cama e examinou o envelope. O mesmo papel cor de lavanda, a mesma letra. Tudo igual, com o carimbo do correio de Jacksonville de dois dias atrás. Abriu o envelope e tirou a única folha de papel.

Caro Quince
Muito obrigado pelo dinheiro. Para que você não pense que sou um completo bandido, acho que deve saber que o

dinheiro foi para minha mulher e meus filhos. Estão sofrendo tanto! Minha prisão os deixou desamparados. Minha mulher está clinicamente deprimida e não pode trabalhar. Meus quatro filhos são alimentados pela caridade e cupões de comida.

(Cem mil dólares certamente os vai engordar, Quince pensou.)

Eles vivem da ajuda do governo e não têm nenhum meio de transporte. Portanto, muito obrigado pela sua ajuda. Mais 50 mil dólares acabariam com suas dívidas e daria para começar um bom fundo para os estudos.

As mesmas regras de antes: as mesmas instruções para o pagamento. Mesmas promessas de revelar sua vida secreta se o dinheiro não chegar rapidamente. Faça isso agora, Quince, e juro que esta será a minha última carta.

Outra vez muito obrigado, Quince,

Amor, Ricky

Ele foi ao banheiro, abriu o armarinho de remédios e apanhou o Valium da mulher. Tomou dois comprimidos. Mas pensou em engolir todos. Precisava deitar mas não podia usar a cama, porque ficaria amarrotada e iam fazer perguntas. Deitou no chão, no tapete muito usado, mas limpo, e esperou o efeito dos comprimidos.

Ele pediu e se humilhou, até mentiu para conseguir a primeira remessa para Ricky. De modo nenhum podia conseguir mais 50 mil de um saldo bancário já bastante solapado e à beira da insolvência. Sua bela casa tinha uma grande hipoteca em nome do seu pai. O pai assinava os cheques de pagamento. Seus carros eram grandes e importados, mas com muita quilometragem e pouco valor. Quem em Bakers, Iowa, ia querer comprar um Mercedes de onze anos?

E se conseguisse roubar o dinheiro? O criminoso conhecido como Ricky simplesmente diria obrigado outra vez e depois pediria mais.

Estava acabado.

Era hora dos comprimidos. Hora de uma arma.

O telefone o assustou. Sem pensar levantou-se e apanhou o fone.

— Alô — ele resmungou.

— Onde diabo você está? — Era seu pai, com um tom de voz que Quince conhecia muito bem.

— Eu estou... não estou me sentindo bem — conseguiu dizer, olhando para o relógio, lembrando então da importante reunião com o fiscal da seguradora.

— Pouco me importa como está se sentindo. O Sr. Colthurst, da seguradora, está esperando há quinze minutos, no meu escritório.

— Estou vomitando, papai — ele disse encolhendo-se ao dizer essa palavra. Cinqüenta anos e ainda dizendo papai.

— Você está mentindo. Por que não telefonou para avisar que está doente? Gladys disse que viu você antes das dez, indo para o correio. Que diabo está acontecendo?

— Com licença, mas tenho de ir ao banheiro. Telefono mais tarde. — E desligou.

O Valium passava por sua cabeça como uma névoa agradável e ele sentou-se na beira da cama olhando para as folhas de papel lavanda espalhadas pelo chão. As idéias chegavam lentamente, bloqueadas pelos comprimidos.

Podia esconder as cartas e se matar. Seu bilhete de suicida poria toda a culpa no pai. A morte não era uma perspectiva totalmente desagradável, nada mais de casamento, nada mais de banco, nada mais de papai, nada mais de Bakers, Iowa, nada mais de esconder do mundo suas inclinações.

Mas sentiria falta dos filhos e dos netos.

E se aquele monstro do Ricky não soubesse do suicídio e mandasse outra carta, e eles descobrissem do mesmo modo e seu segredo fosse revelado depois do seu enterro?

A outra idéia maluca que teve foi de uma conspiração com sua secretária, uma mulher em quem, para começar, confiava pouco. Contaria a verdade a ela, depois pediria que escrevesse para Ricky, comunicando o suicídio de Quince Garbe. Juntos,

Quince e sua secretária podiam simular um suicídio e depois arranjar um modo de se vingar de Ricky.

Mas ele preferia estar morto a contar para sua secretária.

A terceira idéia ocorreu depois que o Valium estava agindo com toda a força e o fez sorrir. Por que não tentar ser sincero? Escrever para Ricky alegando pobreza. Oferecer mais 10 mil e dizer que isso era tudo. Se Ricky estava resolvido a destruí-lo, então ele, Quince, não tinha escolha. Iria atrás de Ricky. Informaria o FBI, deixaria que rastreassem a origem das cartas e das ordens de pagamento e os dois homens arderiam nas chamas.

Dormiu no chão durante trinta minutos, depois pegou o paletó, as luvas e o casaco. Saiu de casa sem ver a criada. No seu carro, a caminho da cidade, excitado com o desejo de enfrentar a verdade, admitiu em voz alta que só o dinheiro importava. Seu pai tinha oitenta e um anos. A carteira de ações do banco valia cerca de dez milhões. Algum dia seria sua. Não assuma nada até ter o dinheiro, depois viva do modo que quiser.

Não desperdice o dinheiro.

Coleman Lee tinha uma barraca de tacos numa pequena galeria, na periferia de Gary, Indiana, numa parte da cidade agora dominada pelos mexicanos. Coleman tinha quarenta e oito anos e dois divórcios tumultuados nas costas, não tinha filhos, graças a Deus. Por causa de todos os tacos, era gordo e lento, com a barriga caída e rosto grande e gorducho. Coleman não era bonito. Mas certamente era solitário.

Seus empregados eram em sua maioria garotos mexicanos, todos imigrantes ilegais a quem mais cedo ou mais tarde ele tentava assediar, ou seduzir, seja como for que chamam esses atos canhestros. Raramente tinha sucesso, e as rejeições eram muitas. O negócio também ia devagar porque as pessoas comentavam e Coleman não era bem-visto. Quem queria comprar tacos de um pervertido?

Ele alugava duas pequenas caixas postais nos correios, na outra extremidade da galeria — uma para seus negócios, outra para seu prazer. Colecionava material pornográfico, que apanhava quase diariamente no correio. O carteiro do seu prédio era muito curioso, por isso ele achava melhor manter algumas coisas o mais secretas possível.

Andou pela calçada suja, circundou um estacionamento, passando pelas lojas de sapatos e cosméticos, por uma videolocadora da qual fora expulso, por um escritório de bem-estar social, aberto ali por um político desesperado à cata de votos. O correio estava cheio de mexicanos fazendo hora porque estava muito frio lá fora.

Sua correspondência limitava-se a duas revistas pornô, embrulhadas em papel pardo, e uma carta que parecia vagamente familiar. Estava em um envelope amarelo, quadrado, sem remetente, com carimbo de Atlantic Beach, Flórida. Ah, sim, ele lembrou. Do jovem Percy, na clínica de reabilitação.

De volta ao seu pequeno escritório entre a cozinha e a sala de material, ele folheou rapidamente as revistas, não viu nada de novo, e as deixou em uma pilha com centenas de outras. Abriu a carta de Percy. Como as duas anteriores, era escrita a mão e endereçada para Walt, um nome que ele usava para toda sua pornografia. Walt Lee.

Querido Walt

Gostei muito da sua última carta. Li várias vezes. Você sabe usar as palavras. Como eu já disse, estou aqui há quase dezoito meses e sinto-me muito só. Guardo suas cartas debaixo do colchão e quando me sinto muito só, eu as leio muitas vezes. Onde você aprendeu a escrever assim? Por favor, mande outra logo que puder.

Com um pouco de sorte, terei alta em abril. Não sei ao certo para onde irei nem o que vou fazer. Na verdade é assustador pensar que vou sair daqui depois de quase dois anos e não tenho com quem ficar. Espero que ainda estejamos nos correspondendo quando eu sair.

Estive pensando, e na verdade detesto pedir isso, mas como não tenho mais ninguém vou pedir a você, mas por favor, sinta-se livre para dizer não. Isso não prejudicará nossa amizade. Será que podia me emprestar mil dólares?

Eles têm uma pequena loja de livros e de música aqui na clínica e nos deixam comprar livros de bolso e CDs no fiado e, bem, estou aqui há tanto tempo que minha conta está enorme.

Se você puder fazer o empréstimo, eu apreciaria muito. Se não puder, compreendo completamente.

Obrigado por existir, Walt. Por favor, escreva logo. Para mim suas cartas são um tesouro.

Amor, Percy

Mil dólares? Que espécie de idiotice era essa? Coleman farejou um golpe. Picou a carta em pedacinhos e os jogou na lata de lixo.

— Mil dólares — ele resmungou, pegando as revistas outra vez.

Curtis não era o nome verdadeiro do joalheiro de Dallas. Curtis servia para a sua correspondência com Ricky, mas seu nome era Vann Gates.

O Sr. Gates tinha cinqüenta e oito anos, era aparentemente bem casado, pai de três filhos, avô de dois netos e ele e a mulher tinham seis joalherias na área de Dallas, todas em galerias. No papel tinham dois milhões de dólares ganhos com seu trabalho. Tinham uma bela casa nova em Highland Park e dormiam em quartos separados, um em cada extremidade do corredor. Encontravam-se na cozinha, para o café, e na sala íntima para ver televisão e ficar com os netos.

O Sr. Gates aventurava-se no mundo gay uma vez ou outra, sempre com extremo cuidado. Ninguém desconfiava. Sua correspondência com Ricky foi a primeira tentativa de encontrar amor pelos classificados e até então estava entusiasmado. Alugou uma caixa postal em uma das galerias em nome de Curtis V. Cates.

O envelope lavanda era endereçado para Curtis Cates, e quando ele o abriu cautelosamente, no carro, nem desconfiou que houvesse algo de errado. Apenas outra carta doce do seu adorado Ricky. O raio o atingiu logo nas primeiras palavras.

Caro Vann Gates

A festa acabou, amigão. Meu nome não é Ricky e você não é Curtis. Não sou um garoto gay à procura de amor. Mas você tem um segredo terrível que, tenho certeza, quer guardar. Quero ajudar.

Este é o trato: envie uma ordem de pagamento de 100 mil dólares para o Geneva Trust Bank, Nassau, Bahamas, conta número 144-DXN- 9593, em nome de Boomer Realty Ltd. Número de remessa 392844-22.

Faça isso imediatamente! Isso não é uma brincadeira. É um golpe e você foi fisgado. Se o dinheiro não for recebido dentro de dez dias, mandarei para sua mulher, a Sra. Glenda Gates, um pequeno embrulho com cópias de todas as cartas, fotos etc.

Envie a ordem de pagamento e eu simplesmente desapareço.

Amor, Ricky

Depois de algum tempo, Vann encontrou o retorno I-635 e logo em seguida o I-820, perto de Fort Worth, seguindo de volta a Dallas, dirigindo a exatamente 85 quilômetros, na pista da direita, ignorando o trânsito que se amontoava atrás dele. Se chorar ajudasse, certamente teria chorado. Não tinha nada contra chorar, especialmente na privacidade do seu Jaguar.

Contudo, estava zangado demais para isso, amargamente ferido. E assustado demais para gastar tempo desejando alguém que não existia. Precisava agir imediatamente, com rapidez e em segredo.

Porém a dor o dominou e ele parou no acostamento com o motor ligado. Todos aqueles sonhos maravilhosos com Ricky, aquelas horas incontáveis olhando para seu belo rosto com o pequeno sorriso torto e lendo suas cartas — tristes, engraçadas, desesperadas, esperançosas —, como a palavra escrita podia criar tanta emoção? Ele praticamente sabia as cartas de cor.

E ele era só um garoto, tão jovem e viril, mas necessitando da companhia de um homem maduro. O Ricky que ele amava precisava do abraço amoroso de um homem mais velho e Curtis/ Vann há meses vinha fazendo planos. O pretexto de uma exposição de diamantes em Orlando, enquanto sua mulher estivesse em El Paso, na casa da irmã. Tinha trabalhado arduamente nos detalhes para não deixar nenhuma pista.

Finalmente, ele chorou. O pobre Vann derramou lágrimas sem se envergonhar disso. Ninguém podia vê-lo. Os outros carros passavam voando a cento e vinte por hora.

Jurou vingança, como qualquer amante rejeitado. Ia descobrir onde estava aquele animal, aquele monstro que se fazia passar por Ricky e que partiu seu coração.

Quando os soluços começaram a diminuir, pensou na mulher e na família, o que ajudou a secar as lágrimas. Ela ficaria com as seis lojas, os dois milhões e a casa nova com quartos separados, e ele não teria nada além do ridículo, do desprezo e do falatório de uma cidade que gostava tanto de boatos desse gênero. Seus filhos seguiriam o dinheiro, e pelo resto das suas vidas seus netos ouviriam os comentários sobre o avô.

De volta à pista da direita a oitenta quilômetros por hora, de volta a Mesquite pela segunda vez, lendo a carta outra vez, enquanto as grandes carretas de dezoito rodas passavam por ele.

Não tinha ninguém para quem telefonar, nenhum banqueiro de confiança para verificar a conta nas Bahamas, nenhum advogado a quem pedir conselho, nenhum amigo para contar sua triste história.

Para um homem que tinha uma vida dupla cuidadosamente organizada, o dinheiro não era impossível. Sua mulher vigiava cada centavo, tanto em casa quanto nas lojas, e por isso Vann há muito tempo havia aperfeiçoado a arte de esconder dinheiro. Fazia isso com as pedras preciosas, rubis e pérolas e, às vezes, com pequenos diamantes que separava e mais tarde vendia a dinheiro, para outro comerciante — caixas de sapatos empilhadas em um cofre à prova de fogo, num pequeno depósito de bens, em Plano. Dinheiro para depois do divórcio, quando ele e Ricky velejariam pelo mundo numa viagem sem fim.

— Filho-da-mãe — ele disse com os dentes cerrados. Repetiu isso vezes sem conta.

Por que não escrever para esse desgraçado e alegar pobreza? Ou ameaçar denunciar a extorsão? Por que não lutar?

Porque o filho de uma puta sabia exatamente o que estava fazendo. Tinha identificado Vann o suficiente para saber seu verdadeiro nome e o nome da sua mulher. Sabia que Vann tinha dinheiro.

Parou na entrada de automóveis da sua casa e lá estava Glenda varrendo a calçada.

— Onde você esteve, querido? — ela perguntou amavelmente.

— Tratando de alguns negócios — ele sorriu.

— Demorou um bocado — ela disse, sem parar de varrer.

Ele estava tão farto daquilo. Ela marcava o tempo dos seus movimentos! Há trinta anos estava sob o controle de um cronômetro tiquetaqueando na palma da mão dela.

Por força do hábito a beijou de leve no rosto, foi para o porão, trancou a porta e começou a chorar outra vez. A casa era sua prisão (com uma hipoteca de 7.800 dólares por mês). Ela era a vigia, a guardiã das chaves. Seu único meio de fuga acabava de desmoronar, substituído por um frio escroque.

DOZE

Oitenta caixões tomavam muito espaço. Estavam enfileirados, todos envoltos em vermelho, branco e azul, todos do mesmo comprimento e largura. Tinham chegado havia trinta minutos a bordo de um cargueiro da Força Aérea e desembarcado com grande pompa e cerimônia. Quase mil amigos e parentes sentavam-se nas cadeiras de armar, no chão de concreto do hangar, olhando chocados para o mar de bandeiras. Seu número só era suplantado pelos soldados contidos atrás das barricadas e pela polícia militar.

Mesmo para um país acostumado com a política externa, era um conjunto impressionante. Oitenta americanos, oito ingleses, oito alemães — nenhum francês porque eles estavam boicotando as funções diplomáticas do Ocidente no Cairo. Por que havia ainda oitenta americanos na embaixada, depois das dez horas da noite? Essa era a pergunta do momento, até então sem resposta satisfatória. Grande número dos que decidiam essas coisas estavam nos caixões. A melhor teoria que circulava em Washington era de que o fornecedor do bufê havia chegado tarde e a banda mais tarde ainda.

Mas o terror provou muito bem que eles atacavam a qualquer hora, portanto que diferença fazia a hora em que o embaixador, sua mulher, seu pessoal, colegas e convidados queriam a festa?

A segunda pergunta do momento era exatamente por que tínhamos oitenta pessoas na nossa embaixada no Cairo, para começar? O Departamento de Estado precisava ainda tratar dessa questão.

Depois da música lamentosa da banda da Força Aérea, o presidente falou. Com voz embargada, conseguiu uma ou duas lágrimas, mas depois de oito anos desses espetáculos o ato perdera a força. Já tinha prometido vingança muitas vezes, por isso falou de consolo e sacrifício e da promessa de uma vida melhor no além.

O secretário de Estado fez a chamada dos nomes dos mortos, um ato mórbido cujo objetivo era capturar a gravidade do momento. Os soluços ficaram mais fortes. Depois um pouco mais de música. O discurso mais longo foi o do vice-presidente, que com ânimo de campanha eleitoral renovava o compromisso de erradicar o terrorismo da face da terra. Embora jamais tivesse usado um uniforme militar, parecia ansioso para começar a lançar granadas.

Lake estava com todos eles na corrida.

Lake assistiu à cerimônia fúnebre do seu avião, viajando de Tucson para Detroit, atrasado para outra rodada de entrevistas. A bordo estava seu pesquisador de opinião, um mágico recém-incorporado à equipe que agora viajava com ele. Enquanto Lake e seu pessoal assistiam ao noticiário, o pesquisador trabalhava febrilmente na pequena mesa de conferência, com dois laptops, três telefones e mais impressos de computador do que dez pessoas podiam digerir.

Faltavam três dias para as primárias do Arizona e de Michigan e os números de Lake estavam subindo, especialmente no seu estado de origem, onde travava uma disputa acirrada com o há muito estabelecido candidato vencedor, governador Tarry, de Indiana. Em Michigan, Lake estava dez pontos abaixo, mas o povo estava ouvindo. O fiasco no Cairo funcionou maravilhosamente a seu favor.

O governador Tarry de repente começou a precisar de dinheiro. Aaron Lake não precisava. O dinheiro vinha mais depressa do que ele podia gastar.

Quando o vice-presidente finalmente terminou seu discurso, Lake deixou a televisão e voltou para sua cadeira reclinável de couro e apanhou um jornal. Um assistente serviu café, que ele tomou olhando para a planície do Kansas doze quilômetros abaixo. Outro assistente entregou a ele uma mensagem que exigia um telefonema urgente. Lake olhou em volta e contou treze pessoas, fora os pilotos.

Para um homem de vida muito privada que sentia ainda falta da mulher, Lake não estava se ajustando à completa falta de privacidade. Circulava sempre com um grupo, de meia em meia hora era abordado por alguém, cada ato seu coordenado por um comitê, cada entrevista precedida de prováveis perguntas escritas e respostas sugeridas. Tinha seis horas cada noite sozinho no seu quarto de hotel e o serviço secreto dormiria no chão, se ele permitisse. Cansado, dormia sempre como um bebê. Seus únicos três momentos de tranqüila reflexão aconteciam no banheiro, no chuveiro ou na privada.

Mas ele não estava se enganando. Ele, Aaron Lake, tranqüilo congressista do Arizona, tornara-se uma sensação de um dia para o outro. Estava atacando, enquanto o resto começava a falhar. Muito dinheiro. A imprensa seguia tudo como cães de caça. Suas palavras eram repetidas. Tinha amigos muito poderosos, e à medida que as peças se encaixavam, a candidatura parecia real. Um mês antes ele nem sonhava com isso.

Lake saboreou o momento. A campanha era uma loucura, mas ele podia controlar o ritmo do trabalho. Reagan fora um presidente restrito ao expediente de nove às cinco e mesmo assim muito mais eficiente do que Carter, um ávido *workaholic*. O importante é chegar à Casa Branca, ele repetia para si mesmo, aturar aqueles idiotas, passar pelas primárias, suportar com um sorriso e bom humor, e um dia, muito em breve, estaria no Gabinete Oval sozinho, com o mundo aos seus pés.

E então teria sua privacidade.

Teddy no seu *bunker*, ao lado de York, assistia à transmissão ao vivo da base da Força Aérea. Preferia a companhia de York quando as coisas estavam difíceis. As acusações tinham sido brutais. Procuravam um bode expiatório e muitos dos idiotas, na frente das câmeras, culpavam a CIA porque ela era quem sempre pagava o pato.

Se eles soubessem.

Tinha contado para York sobre as advertências de Lufkin e York compreendeu. Infelizmente, tinham passado por isso antes. Quando se policia o mundo, perde-se uma porção de policiais e Teddy e York haviam compartilhado muitos momentos tristes vendo os caixões cobertos com as bandeiras, desembarcando do C-130, evidência de outra catástrofe no estrangeiro. A campanha de Lake seria o último esforço de Teddy para salvar vidas americanas.

O fracasso parecia improvável. O comitê de ação política levantara mais de 20 milhões em duas semanas e estava pronto para usar o dinheiro em Washington. Vinte e um congressistas foram recrutados para dar apoio a Lake, num custo total de seis milhões de dólares. Mas o maior prêmio até aquele momento fora o senador Britt, o ex-candidato, pai do menino tailandês. Quando ele abandonou a corrida para a Casa Branca devia cerca de quatro milhões e não tinha nenhum plano viável para pagar a dívida. A tendência do dinheiro não é seguir aqueles que fazem as malas e vão para casa. Elaine Tyner, a advogada que coordenava o comitê, encontrou-se com o senador Britt. Em menos de uma hora o acordo estava selado. O comitê pagaria todos os débitos da sua campanha, durante um período de três anos e ele apoiaria abertamente Aaron Lake.

— Tínhamos essa previsão de vítimas? — York perguntou.

Depois de algum tempo Teddy disse:

— Não.

Suas conversas nunca eram apressadas.

— Por que tantas?

— Muita bebida. Acontece sempre nos países árabes. Cultura diferente, a vida é tediosa, então, quando nossos diplomatas dão uma festa, é sempre uma daquelas. Muitos dos mortos estavam completamente embriagados.

Minutos passaram.

— Onde está Yidal? — perguntou York.

— No momento, no Iraque. Ontem estava na Tunísia.

— Precisamos realmente detê-lo.

— Faremos isso, no ano que vem. Vai ser um grande momento para o presidente Lake.

Doze dos dezesseis congressistas que apoiavam Lake usavam camisas azuis, um fato que não passou despercebido a Elaine Tyner. Ela contava com coisas como essa. Quando um político da capital se aproximava de uma câmera, era quase certo que estivesse com uma camisa azul de algodão. As dos outros quatro eram brancas.

Ela os arrumou na frente dos repórteres, no salão de festas do hotel Willard. O parlamentar mais antigo, senador Thurman, da Flórida, abriu o evento, dando as boas-vindas à imprensa naquela ocasião tão importante. Consultando anotações previamente preparadas, ele deu seu parecer sobre a atual situação do mundo, comentou os acontecimentos no Cairo, na China e na Rússia e disse que o mundo estava muito mais perigoso do que parecia. Citou as estatísticas de praxe sobre o número reduzido do contingente militar americano. Depois lançou-se num solilóquio sobre seu grande amigo Aaron Lake, um homem com quem trabalhava há dez anos e que conhecia melhor do que muitos. Lake era um homem com uma mensagem que muitos de nós não quer ouvir, mas que é importante.

Thurman estava retirando seu apoio ao governador Tarry e, embora o fizesse com grande relutância e um certo sentimento de traição, estava convencido, depois de muito considerar, de que Aaron Lake era necessário para a segurança da nossa nação. O que Thurman não disse foi que uma pesquisa recente mostrava um significativo crescimento da popularidade de Lake em Tampa-St. Pete.

O microfone foi passado então para um deputado da Califórnia. Ele não disse nada de novo, mas assim mesmo enrolou durante dez minutos. No seu distrito, ao norte de San Diego, havia quarenta e cinco mil trabalhadores dos setores da defesa e aeroespacial e todos eles tinham escrito ou telefonado. Foi fácil para ele se converter. A pressão do seu estado, mais 250 mil dólares da Sra. Tyner e seu comitê decidiram suas ordens de marcha.

Quando começaram as perguntas, os dezesseis se uniram num pequeno bando coeso, todos ansiosos para responder e dizer alguma coisa, todos temendo não sair enquadrados nas fotos. Embora sem um presidente do comitê, o grupo não deixava de ser impressionante. Conseguiram passar a imagem de Aaron Lake como um candidato legítimo, um homem que eles conheciam e em quem confiavam. Um homem que podia ser eleito.

O evento foi bem orquestrado, com grande cobertura e logo virou notícia. Elaine Tyner ia organizar mais cinco nos dias seguintes e deixar o senador Britt para a véspera das primárias.

A carta no porta-luvas de Ned era de Percy, o jovem Percy, na clínica de reabilitação que recebia correspondência em Laurel Ridge, caixa postal 4585, Atlantic Beach, FL 32233.

Ned estava em Atlantic Beach há dois dias, com a carta nas mãos e resolvido a localizar o jovem Percy, porque a coisa estava cheirando a golpe. Não tinha nada melhor para fazer. Era aposentado, tinha bastante dinheiro, não tinha família e, além disso, estava nevando em Cincinnati. Hospedou-se no Sea Turtle Inn, na praia, e à noite freqüentava os bares do Atlantic Boulevard. Encontrou dois ótimos restaurantes, sempre cheios de homens e mulheres jovens e bonitos. Descobriu o Pete's Bar and Grill a uma quadra do hotel e nas duas últimas noites saíra cambaleando, bêbado. O Sea Turtle ficava logo depois da esquina.

Durante o dia, Ned vigiava os correios, um prédio modesto do governo, de tijolos e vidro, na First Street, uma paralela à praia. A pequena caixa 4585, sem janelas, a meia distância do chão, ficava entre oitenta outras, numa área de pouco movimento. Ned tinha inspecionado a caixa, tentou abri-la com chaves e arame e até fez perguntas no balcão da frente. Os funcionários dos correios não procuraram ajudar em nada. Antes de ir embora, no primeiro dia, ele enfiou um fio de linha preta pela parte de baixo da porta da caixa. Era invisível para qualquer pessoa, mas Ned saberia se alguém usasse a caixa.

Tinha uma carta na caixa, num envelope vermelho vivo, posta por ele no correio três dias antes em Cincinnati. Depois ele correu para o sul. Na carta, mandava um cheque de mil dólares para Percy, o dinheiro que o garoto precisava para comprar seu material de arte. Em uma carta anterior, Ned tinha revelado que tinha tido uma galeria de arte em Greenwich Village. Era uma mentira, mas ele também duvidava de tudo que Percy dizia.

Ned suspeitou desde o começo. Antes de responder ao pedido, tentou verificar Laurel Ridge, a luxuosa clínica onde Percy supostamente estava detido. Encontrou um telefone, um número particular que não estava na lista. Sem endereço. Na sua primeira carta, Percy explicou que o lugar era secreto porque vários pacientes eram altos executivos de grandes empresas e altos funcionários do governo; todos, de um modo ou de outro, eram dominados pela droga. Parecia convincente. O garoto sabia usar as palavras.

E era muito bonito. Por isso Ned continuou a escrever. Admirava a foto todos os dias.

O pedido de dinheiro o apanhou de surpresa e, como estava entediado, resolveu ir de carro até Jacksonville.

Do seu ponto de observação no estacionamento, quase deitado no banco do carro, de costas para a First Street, podia vigiar a parede das caixas postais e os usuários das mesmas que entravam e saíam. Era uma coisa pouco provável, mas que diabo. Usava binóculos, o que, uma hora, chamou a atenção de alguém que passava. Depois de dois dias a vigilância tornou-se monótona e, à medida que o tempo passava, mais e mais se convencia de que sua carta seria retirada da caixa. Certamente alguém verificava a correspondência de três em três dias. Uma clínica de reabilitação devia receber muitas cartas, certo? Ou seria simplesmente uma fachada para um golpista que, uma vez por semana, ia ver como estavam suas armadilhas?

O trapaceiro apareceu na tarde do terceiro dia. Estacionou um Fusca ao lado do carro de Ned, e foi para o correio. Vestia calça de brim amarrotada, camisa branca, chapéu de palha, gravata-borboleta e parecia um malandro de praia.

Trevor passou pelo Pete's, desfrutou um almoço líquido e tirou uma sesta de uma hora debruçado sobre sua mesa. Depois acordou e foi fazer sua ronda. Pôs a chave na caixa 4585 e retirou um punhado de correspondência, a maior parte de classificados, que jogou fora. Ia verificando as cartas, enquanto saía do prédio.

Ned observava cada movimento. Depois de três dias de tédio, estava feliz com o resultado da vigilância. Seguiu o Fusca e quando ele parou e o motorista entrou em um pequeno escritório de advocacia, Ned seguiu seu caminho, coçando a têmpora, repetindo em voz alta: "Um advogado?"

Continuou dirigindo pela Rodovia A1A, ao longo da praia, longe de Jacksonville, para o sul, passando por Vilano Beach, Crescent Beach, Beverly Beach, Flagler Beach, finalmente chegando ao Holiday Inn, nos arredores de Port Orange. Foi até o bar antes de ir para o quarto.

Não era o primeiro golpe de que era vítima. Na verdade, era o segundo. O outro ele farejou antes de qualquer prejuízo maior. Tomando seu terceiro martíni, jurou que seria o último.

TREZE

Um dia antes das primárias do Arizona e de Michigan, a campanha de Lake desencadeou uma blitz na mídia nunca vista antes em eleições presidenciais. Durante dezoito horas os dois estados foram bombardeados com seus filmes de propaganda, um depois do outro. Alguns duravam quinze segundos, pequenos flashes apenas exibindo um belo rosto e as promessas de liderança decisiva e um mundo mais seguro. Outros eram documentários de um minuto sobre os perigos da pós-guerra fria. Outros ainda eram muito agressivos, promessas diretas aos terroristas do mundo — matem alguém simplesmente por ser americano e pagarão um preço muito alto. Cairo era notícia ainda e as ameaças atingiam o alvo.

Os filmes eram ousados, elaborados por consultores de grande poder de persuasão, e o único inconveniente era a supersaturação. Mas Lake era novo demais no cenário político para entediar as pessoas, pelo menos nesse momento. Sua campanha gastou dez milhões na televisão nos dois estados, uma quantia espantosa.

Veicularam um clipe mais lento durante a votação, na terça-feira, 22 de fevereiro, e quando a votação acabou o êxito previsto pelos analistas era de que Lake ganharia no seu estado de origem e chegaria em segundo, muito perto do primeiro, em Michigan. O governador Tarry, afinal, era de Indiana, outro estado do Meio-oeste e passou semanas em Michigan durante os três meses anteriores.

Evidentemente não passou tempo suficiente. Os eleitores do Arizona escolheram seu filho nativo e os do Michigan gostaram do novo homem também. Lake teve 60 por cento em casa e 55

por cento em Michigan, onde o governador Tarry teve apenas
31 por cento. O resto foi dividido por candidatos que não
contavam.

Foi uma perda devastadora para o governador Tarry, duas
semanas antes da Superterça-feira e três semanas antes da
pequena terça-feira.

Lake assistiu à contagem dos votos a bordo do seu avião, a
caminho de Phoenix, onde tinha votado nele mesmo. A uma hora
de Washington, a CNN o chamou de vencedor surpresa no
Michigan e sua equipe abriu champanhe. Ele saboreou o momento, permitindo-se tomar duas taças.

Lake conhecia bem a história. Ninguém havia começado tão
tarde e chegado tão longe em tão pouco tempo. Na cabine com
pouca luz assistiram aos analistas em quatro telas, os especialistas todos maravilhados com o homem Lake e com o que ele tinha
feito. O governador Tarry perdeu com elegância, mas mostrou-
se preocupado com a enorme quantia de dinheiro gasta por seu
oponente até então desconhecido.

Lake conversou amavelmente com o pequeno grupo de
repórteres que o aguardava no Aeroporto Internacional Reagan,
depois seguiu em outro Suburban preto para o quartel-general da
sua campanha, onde agradeceu à equipe muito bem paga e
mandou todos para casa, para dormir um pouco.

Era quase meia-noite quando chegou a Georgetown, à sua
casa pequena e bonita na Thirty-fourth Street, perto de Wisconsin.
Dois agentes do serviço secreto saíram de outro carro e dois
outros esperavam nos degraus da frente. Ele havia recusado
energicamente um pedido oficial para pôr guardas dentro da sua
casa.

— Não quero vocês escondidos por aí — disse decidido, na
frente da porta.

Ele não gostava da presença deles, não sabia seus nomes e
não se importava que não gostassem dele. Não tinham nomes
para ele. Eram simplesmente "Vocês aí", dito com o maior
desprezo possível.

Uma vez trancado dentro de casa, subiu para o quarto e trocou de roupa. Apagou as luzes como se fosse dormir, esperou quinze minutos, desceu para a saleta íntima para verificar se alguém estava olhando, e desceu outro lance de escadas para o pequeno porão. Pulou uma janela e saiu para a noite fria perto do pequeno pátio. Parou, escutou, não ouviu nada, abriu silenciosamente um portão de madeira e correu entre as duas casas atrás da sua. Saiu na Thirty-fifth, sozinho, no escuro, com roupa de jogging e um boné enterrado na cabeça. Três minutos depois estava na rua principal, no meio da multidão. Encontrou um táxi e desapareceu na noite.

Teddy Maynard foi dormir razoavelmente satisfeito com as duas primeiras vitórias do seu candidato, mas foi acordado com a notícia de que alguma coisa tinha saído errada. Quando chegou ao *bunker* na sua cadeira de rodas, às seis e dez, estava mais assustado do que zangado, mas suas emoções haviam percorrido toda a escala na última meia hora. York o esperava, com um supervisor chamado Deville, um homenzinho nervoso que obviamente estava desperto há muitas horas.

— Vamos ouvir — Teddy rosnou, andando com a cadeira, à procura do café.

Deville começou a falar.

— Faltando doze minutos e dois segundos para a meia-noite, ele se despediu do serviço secreto e entrou em casa. À meia-noite e dezessete, ele saiu por uma pequena janela do porão. Nós tínhamos escutas e cronômetros em cada porta e janela. Alugamos uma casa no outro lado da rua e estávamos alertas. Há seis dias ele não ia à sua casa. — Deville mostrou uma pequena pílula do tamanho de uma aspirina. — Isto é um T-Dec. Há um na sola de cada sapato dele, inclusive nos tênis de corrida. Assim, se não estiver descalço sabemos onde está. Com a pressão do pé, o aparelho emite um sinal que é transmitido num raio de duzentos metros, sem transmissor. Quando a pressão é relaxada, continua a sinalizar durante quinze minutos. Nós procuramos e o alcançamos na rua principal. Estava com um conjunto de malha e um boné cobrindo os olhos. Tínhamos dois carros esperando quando ele tomou um táxi. Nós o seguimos até um shopping em Chevy Chase. Enquanto o táxi esperava, ele entrou em um lugar chamado Mailbox America, uma dessas novas agências onde se pode enviar e receber correspondência fora do serviço dos Correios. Algumas, incluindo essa, ficam abertas vinte e quatro horas para se apanhar a correspondência. Ele ficou lá dentro menos de um minuto, o tempo suficiente para abrir a caixa com a chave, retirar a correspondência, jogar tudo fora e voltar para o táxi. Um dos nossos carros o seguiu de volta à rua principal onde ele desceu do táxi e entrou sorrateiramente em casa. O outro carro ficou na tal agência de caixa postal. Inspecionamos o lixo do lado de dentro da agência e encontramos seis correspondências, evidentemente dele. O nome é Al Konyers, Caixa 455, Mailbox America, 39380, Western Avenue, Chevy Chase.

— Então ele não encontrou o que estava procurando? — Teddy perguntou.

— Parece que ele jogou fora tudo que tirou da caixa. Aqui está o vídeo.

Uma tela desceu do teto e as luzes diminuíram. O filme de uma câmera de vídeo mostrou um estacionamento, passou pelo táxi, e focalizou a imagem de Aaron Lake com sua roupa folgada, desaparecendo num canto, dentro da agência. Segundos depois, ele reapareceu, examinando cartas e papéis na mão direita. Parou rapidamente na porta e jogou tudo num cesto alto de papéis.

— Que diabo ele está procurando? — Teddy resmungou.

Lake saiu do shopping e entrou rapidamente no táxi. O vídeo parou, as luzes aumentaram.

Deville resumiu sua narrativa.

— Temos certeza de ter encontrado os papéis certos na cesta. Entramos segundos depois que ele saiu e ninguém mais entrou enquanto esperávamos. A hora era meia-noite e cinqüenta e oito. Uma hora depois. Entramos outra vez e tiramos o molde da chave da caixa 455, de modo que temos acesso a ela em qualquer tempo.

— Verifiquem todos os dias — Teddy disse. — Examinem cada correspondência. Deixem o material de propaganda pra lá, mas, quando chegar alguma coisa, eu quero saber.

— Certo. O Sr. Lake entrou pela janela do porão à uma hora e vinte e dois minutos e ficou em casa o resto da noite. Está lá agora.

— Isso é tudo — Teddy disse e Deville saiu.

Teddy passou um minuto mexendo o café.

— Quantos endereços ele tem?

York esperava por essa pergunta. Olhou rapidamente para algumas anotações.

— Ele recebe a maior parte da correspondência pessoal em sua casa, em Georgetown. Tem pelo menos dois endereços no Capitólio, um do escritório, o outro do comitê das forças armadas. Tem três escritórios no Arizona. São seis endereços que sabemos.

— Por que precisaria do sétimo?

— Não sei o motivo, mas não pode ser bom. Um homem que não tem nada para esconder não usa um nome e nem um endereço falsos.

— Quando ele alugou a caixa?

— Ainda estamos vendo isso.

— Talvez tenha sido depois que resolveu entrar na corrida presidencial. Tem a CIA pensando por ele, por isso talvez imagine que estamos vigiando tudo. E achou que ia precisar de um pouco de privacidade. Daí a caixa postal. Talvez uma namorada que nos passou despercebida. Talvez ele goste de revistas ou vídeos pornô, alguma coisa que seja enviada pelo correio.

Depois de uma longa pausa, York disse:

— Pode ser. E se a caixa postal foi alugada meses atrás, muito antes de ele entrar na corrida?

— Então não está escondendo de nós. Está escondendo do mundo e o segredo é realmente terrível.

Imaginaram em silêncio o quanto o segredo de Lake era terrível, nenhum dos dois se aventurando a adivinhar. Resolveram intensificar a vigilância e verificar a caixa postal duas vezes por dia. Lake ia sair da cidade dali a algumas horas para a batalha em outras primárias e eles teriam a caixa desimpedida.

A não ser que alguma outra pessoa estivesse verificando para ele.

Aaron Lake era o homem do momento em Washington. Do seu escritório no Capitólio concedeu entrevistas ao vivo para os noticiários matutinos. Recebeu senadores e outros membros do Congresso, amigos e antigos inimigos, todos com boas notícias e congratulações. Almoçou com sua equipe de campanha, seguido por longas sessões para combinar a estratégia. Depois de um rápido jantar com Elaine Tyner, que levou notícias maravilhosas e toneladas de dinheiro do D-PAC, saiu da cidade e voou para Siracusa, para planejar a primária de Nova York.

Uma grande multidão o recebeu. Afinal, ele era agora o candidato que estava na frente.

QUATORZE

As ressacas eram cada vez mais freqüentes e, quando Trevor abriu os olhos para outro dia, disse para si mesmo que simplesmente tinha de se controlar. Não pode ir ao Pete's todas as noites, beber cerveja barata com estudantes, assistir a jogos de basquete que nada significavam, só porque apostou mil dólares neles. A noite passada fora Logan State e algum outro time com uniforme verde. Quem se importava com Logan State?

Era Joe Roy Spicer quem se importava. Apostou 500 dólares e Trevor o acompanhou com mil, e Logan ganhou para eles. Na última semana, Spicer havia ganho dez dos doze jogos. Estava ganhando mais de três mil dólares em dinheiro e Trevor, seguindo os palpites, estava com mais de 5.500 dólares. O jogo estava provando ser muito mais proveitoso do que a prática da advocacia. E outra pessoa escolhia os ganhadores!

Foi para o banheiro e lavou o rosto, sem olhar no espelho. O vaso estava entupido desde a véspera e quando procurava na casa pequena e suja por um desentupidor, o telefone tocou. Era uma ex-esposa, a quem ele odiava e que o odiava, e, quando ouviu a voz no telefone, sabia que ela precisava de dinheiro. Disse não, furioso, e entrou no chuveiro.

As coisas foram piores no escritório. Um casal que estava se divorciando chegou em carros separados para terminar a divisão dos bens. Estavam brigando por coisas que não interessavam a ninguém — panelas, frigideiras, uma torradeira. Como não tinham nada, precisavam brigar por alguma coisa. As brigas são piores quando os bens são poucos.

O advogado chegou com uma hora de atraso e eles tinham aproveitado o tempo para brigar e discutir, até Jan ter de separar os dois. A mulher estava instalada na sala de Trevor, quando ele entrou pela porta dos fundos.

— Por onde diabo você andou?— ela perguntou, em voz alta, para o marido ouvir. O marido saiu correndo pelo corredor, passou por Jan, que não foi atrás dele, e explodiu na pequena sala de Trevor.

— Estamos esperando há uma hora! — ele reclamou.

— Calem a boca, os dois! — Trevor gritou e Jan saiu do prédio. Os clientes ficaram chocados com o grito.

"Sentem-se!", ele continuou gritando e eles sentaram-se nas duas únicas cadeiras. "Vocês pagam quinhentos paus para um divórcio nojento e pensam que são donos deste lugar!"

Viram os olhos e o rosto vermelhos de Trevor e resolveram que não deviam irritar aquele homem. O telefone começou a tocar e ninguém atendeu. A náusea subiu outra vez. Trevor saiu correndo de sua sala, atravessou o corredor, entrou no banheiro e vomitou o mais silenciosamente possível. A descarga não funcionou.

O telefone ainda estava tocando. Ele cambaleou pelo corredor para despedir Jan e, como não a encontrou, saiu também do prédio. Andou até a praia, tirou os sapatos e as meias e chapinhou na água fria e salgada.

Duas horas depois, Trevor estava sentado imóvel, a porta trancada para evitar a entrada de clientes, pés descalços sobre a mesa, com areia entre os dedos. Precisava dormir e precisava de um drinque e olhava para o teto tentando organizar suas prioridades. O telefone tocou e dessa vez foi devidamente atendido por Jan, que ainda estava empregada, mas estava lendo, secretamente, os classificados de emprego.

Era Brayshears, nas Bahamas.

— Temos uma ordem de pagamento, senhor — ele disse.

Trevor levantou imediatamente.

— Quanto?

— Cem mil, senhor.

Trevor consultou o relógio. Tinha mais ou menos uma hora para pegar um avião.

— Pode me atender às três e meia? — perguntou.

— Certamente.

Desligou e gritou para sala de recepção.

— Cancele as horas marcadas para hoje e amanhã. Vou sair.

— Não tem nenhuma hora marcada — Jan gritou. — Está perdendo dinheiro mais depressa do que nunca.

Ele não ia discutir. Saiu pelos fundos, bateu a porta, entrou no carro e se foi.

O vôo para Nassau fez uma escala em Fort Lauderdale, mas Trevor nem percebeu. Depois de duas cervejas estava profundamente adormecido. Mais duas sobrevoando o Atlântico e uma comissária teve de acordá-lo quando o avião estava vazio.

A ordem de pagamento era de Curtis, em Dallas, como eles esperavam. Fora remetida por um banco do Texas, pagável à Boomer Realty, aos cuidados do Geneva Trust Bank. Nassau. Trevor retirou outra vez seus 25 mil e depositou na sua conta secreta, ficando com oito mil em dinheiro. Agradeceu ao Sr. Brayshears, disse que esperava vê-lo outra vez em breve e saiu do banco.

A idéia de voltar para casa não passou por sua cabeça. Dirigiu-se a um shopping cheio de grupos de turistas americanos. Ele precisava de um calção, um chapéu de palha e muito protetor solar.

Trevor finalmente chegou à praia, encontrou um quarto num bom hotel, a diária a 200 dólares, mas quem se importava? Passou o protetor no corpo e deitou ao lado da piscina perto do bar. Uma garçonete de sarongue servia a bebida.

Acordou quando já era noite, suficientemente queimado, mas não torrado. Um segurança o escoltou até o quarto, onde caiu na cama e voltou ao seu coma. O sol estava alto outra vez antes de Trevor fazer um movimento.

Depois de um descanso tão prolongado acordou com a cabeça surpreendentemente clara e com muita fome. Comeu frutas e saiu à procura de um veleiro, não exatamente para comprar, mas prestando muita atenção aos detalhes. Um barco de trinta pés seria suficiente, dava para morar nele e ser tripulado por um único homem. Não haveria passageiros, apenas o capitão solitário, navegando de ilha em ilha. O mais barato que encontrou custava 90 mil e precisava de alguns reparos.

Ao meio-dia estava de volta à piscina com um telefone celular, tentando aplacar um ou dois clientes, mas sem nenhum entusiasmo. A mesma garçonete serviu outro drinque. Escondido atrás dos óculos escuros tentou digitar os números. Mas as coisas estavam maravilhosamente confusas entre suas orelhas.

No último mês tinha ganho cerca de 80 mil nas comissões livres de impostos. Será que ia continuar naquele ritmo? Se continuasse teria seu milhão em um ano, podia abandonar o escritório e o que sobrava da sua carreira, comprar seu pequeno barco e sair para o mar.

Pela primeira vez na vida, o sonho parecia quase real. Ele se via ao leme do barco. Sem camisa. Sem sapatos, cerveja gelada à mão, deslizando sobre as águas de St. Barts para St. Kitts, de Nevis para Sta. Lucia, de uma ilha para mil outras, o vento enfunando a vela, sem nenhuma preocupação no mundo. Fechou os olhos e desejou com mais intensidade uma fuga.

Acordou com o próprio ronco. O sarongue estava perto. Pediu rum e consultou o relógio.

Dois dias depois, Trevor finalmente voltou a Trumble. Chegou com sentimentos conflitantes. Primeiro, ansioso para apanhar a correspondência e facilitar o golpe, ansioso para continuar com a extorsão, o dinheiro rolando. Por outro lado, estava atrasado e o juiz Spicer não ia ficar satisfeito.

— Por onde diabo você andou? — Spicer rosnou assim que o guarda deixou o advogado na sala de reunião. Parecia a pergunta padrão nesses últimos dias. — Perdi três jogos por sua causa e só tinha escolhido ganhadores.

— Bahamas. Recebemos cem mil dólares de Curtis, em Dallas.

O estado de espírito de Spicer mudou drasticamente.

— Precisou de três dias para verificar uma ordem de pagamento nas Bahamas? — ele perguntou.

— Eu precisava de um descanso. Não sabia que tinha de visitar este lugar todos os dias.

Spicer estava amolecendo rapidamente. Acabava de apanhar mais 22 mil dólares que estavam seguros, escondidos com o resto, num lugar que ninguém podia encontrar e, quando entregou ao advogado outra pilha de belos envelopes, pensava em um meio de gastar o dinheiro.

— Como temos estado ocupados — Trevor comentou, apanhando as cartas.

— Alguma queixa? Você está ganhando mais do que nós.

— Tenho mais a perder do que vocês.

Spicer deu a ele uma folha de papel.

— Escolhi dez jogos. Quinhentos paus em cada.

Maravilha, pensou Trevor. Outro longo fim de semana no Pete's, assistindo a um jogo depois do outro. Ora, podia ser pior. Jogaram vinte-e-um a um dólar por partida, até um guarda dar por terminada a reunião.

O aumento na freqüência de visitas de Trevor foi discutido pelo diretor da penitenciária e o alto escalão da administração federal de penitenciárias, em Washington. Uma papelada foi criada sobre o assunto, restrições foram consideradas e depois abandonadas. As visitas eram inúteis e, além disso, o diretor não queria alienar a Confraria. Para que brigar?

O advogado era inofensivo. Depois de alguns telefonemas para Jacksonville, decidiram que Trevor era praticamente desconhecido e provavelmente não tinha nada melhor a fazer do que passar o tempo na sala dos advogados de uma prisão.

O dinheiro deu nova vida a Beech e Yarber. Gastá-lo implicava em chegar até ele e para isso precisariam sair da prisão como homens livres, livres para fazer o que quisessem com suas fortunas crescentes.

Com cerca de 50 mil agora no banco, Yarber planejava uma carteira de investimentos. Não tinha sentido deixar o dinheiro no banco a 5 por cento ao ano. Mesmo livre de impostos. Um dia, muito em breve, ele o juntaria e faria agressivas aplicações, principalmente no Extremo Oriente. A Ásia teria uma nova explosão de crescimento econômico, e sua pequena pilha de dinheiro sujo estaria lá para compartilhar a riqueza. Faltavam cinco anos para cumprir sua pena e se ganhasse entre 12 e 15 por cento do dinheiro até lá, os 50 mil teriam se transformado em quase 100 mil, quando saísse de Trumble. Não um mau começo para um homem de sessenta e cinco anos e, ele esperava, ainda com saúde.

Mas se ele, Percy e Ricky pudessem continuar a acrescentar ao capital, podia estar rico quando saísse. Cinco anos nojentos — meses e semanas que ele tanto temia. Agora, de repente, estava imaginando se teria tempo suficiente para extorquir todo o dinheiro de que precisava. Como Percy, tinha mais de vinte correspondentes em toda a América do Norte. Nunca dois na mesma cidade. Competia a Spicer manter as vítimas separadas. Mapas eram usados na biblioteca de direito para ter certeza de que nem Percy nem Ricky estavam se correspondendo com homens que pareciam morar perto um do outro.

Quando não estava escrevendo cartas, Yarber pensava no dinheiro. Felizmente os papéis de divórcio chegaram e se foram. Estaria oficialmente solteiro dali a alguns meses e, quando chegasse sua condicional, provavelmente a mulher teria esquecido dele. Não haveria partilha. Estaria livre para sair sem nada que o prendesse.

Cinco anos e tinha tanto que fazer. Ia diminuir o açúcar e caminhar um quilômetro a mais cada dia.

No escuro do seu beliche superior, nas noites insones, Hatlee Beech fazia a mesma matemática que seus companheiros. Cinqüenta mil dólares, um grande lucro acrescentado ao capital pela intensificação do número de vítimas e um dia ia ter uma fortuna. Beech tinha ainda nove anos de pena, uma maratona que antes parecia interminável. Agora, havia um clarão de esperança. A sentença de morte aos poucos tornava-se um tempo de colheita. Pensando conservadoramente, se o golpe rendesse apenas 100 mil ao ano por nove anos seguidos, mais uma alta taxa de juros, então seria multimilionário quando dançasse para fora dos portões, ele também com sessenta e cinco anos.

Dois, três, quatro milhões não estavam fora de cogitação.

Ele sabia exatamente o que ia fazer. Como amava o Texas, iria para Galveston, compraria uma daquelas antigas casas vitorianas perto do mar e convidaria os amigos para ver como estava rico. Esqueceria o direito, trabalharia vinte e quatro horas por dia administrando o dinheiro. Trabalharia só para o dinheiro, e quando tivesse setenta anos, teria mais do que sua ex-mulher. Pela primeira vez em anos Hatlee Beech pensou que poderia viver até os sessenta e cinco, talvez até os setenta anos.

Ele também reduziu o açúcar, a manteiga e o cigarro pela metade, com a intenção de abandonar tudo isso para sempre, muito em breve. Prometeu ficar longe da enfermaria e deixar de tomar comprimidos. Começou a caminhar dois quilômetros por dia, no sol. Como seus colegas da Califórnia. E escrevia suas cartas. Ele e Ricky.

O juiz Spicer, já dotado de motivação suficiente, estava encontrando dificuldade para dormir. Não era atormentado pelo sentimento de culpa ou de humilhação, nem estava deprimido pela indignidade da prisão. Estava simplesmente contando dinheiro, calculando as taxas de juros e analisando o movimento das apostas. Nos vinte e um meses que ainda faltavam, ele podia ver o fim.

Sua encantadora mulher, Rita, o tinha visitado na semana anterior e passaram quatro horas juntos, em mais de dois dias. Ela estava com o cabelo cortado, tinha parado de beber, perdeu nove quilos e prometeu estar mais magra ainda quando o fosse apanhar na porta da prisão em menos de dois anos. Depois de quatro horas com ela, Joe Roy estava convencido de que os 90 mil dólares estavam ainda enterrados atrás do depósito de ferramentas.

Mudariam para Las Vegas, comprariam uma casa nova e mandariam para o inferno o resto do mundo.

Com os golpes de Ricky e Percy funcionando tão bem, Spicer encontrou uma nova preocupação. Sairia de Trumble primeiro, feliz e contente, sem olhar para trás. Mas e o dinheiro que seria ganho depois disso? Se o golpe estava ainda rendendo dinheiro, o que ia acontecer com sua parte, no futuro, dinheiro ao qual evidentemente tinha direito? Afinal foi sua a idéia, emprestada da prisão da Louisiana. Beech e Yarber, no começo, relutaram em entrar na jogada.

Ele tinha tempo para encontrar uma estratégia para sua saída, bem como tinha tempo para dar um jeito de se livrar do advogado. Mas isso ia lhe custar o sono.

A carta de Quince Garbe, em Iowa, foi lida por Beech. "Querido Ricky (ou seja lá quem diabo você é): Não tenho mais dinheiro. Os primeiros 100 mil foram emprestados de um banco, por meio de um artifício financeiro. Sei que vou pagar, mas não sei ainda como. Meu pai é dono do nosso banco e de todo o dinheiro. Por que não escreve uma carta para ele, seu trambiqueiro! Posso talvez arranjar 10 mil dólares se concordarmos com o fim da extorsão. Estou prestes a cometer suicídio, portanto, não insista. Você é lixo, sabe disso. Espero que seja apanhado. Sinceramente, Quince Garbe."

— Parece bem desesperado — Yarber disse, erguendo os olhos da sua pilha de cartas.

Spicer, com o palito dependurado na boca, sugeriu:

— Diga que aceitamos 25 mil dólares.

— Vou escrever para ele e dizer para mandar o dinheiro — Beech disse, abrindo outro envelope endereçado para Ricky.

QUINZE

Sabendo por experiência que o movimento era maior na Mailbox America durante o horário de almoço, um agente entrou atrás de dois outros clientes e, pela segunda vez naquele dia, inseriu a chave na caixa 455. Em cima da pilha de folhetos de propaganda — um de pizza de pronta entrega, um de uma lavadora de carros, outro do serviço postal dos Estados Unidos — ele notou alguma coisa nova. Um envelope tenuemente alaranjado, vinte por doze. Com a pinça do molho de chaves, ele prendeu uma ponta do envelope, retirou da caixa e guardou numa pequena pasta. O resto da correspondência foi deixado intacto.

Em Langley, o envelope foi aberto cuidadosamente por especialistas e retiradas dele duas páginas escritas à mão, que foram copiadas.

Uma hora depois, Deville entrou no *bunker* de Teddy com uma pasta de arquivo. Deville estava encarregado do que era chamado, em Langley, de "confusão Lake". Deu as cópias da carta para Teddy e para York, depois a mostrou na tela, enquanto Teddy e York apenas olhavam para ela. A letra era grande e clara, como se o autor tivesse caprichado cada palavra.

Caro Al
     Por onde você tem andado? Recebeu minha última carta? Escrevi há três semanas e não recebi nem uma palavra. Suponho que está ocupado, mas não esqueça de mim. Sinto-me muito só aqui e suas cartas sempre me inspiram a continuar. Elas me dão força e esperança, porque sei que alguém se importa. Por favor não desista de mim, Al.
     Meu conselheiro diz que posso ter alta em dois meses. Há uma casa de readaptação em Baltimore, na verdade a poucos

quilômetros de onde fui criado, onde o pessoal está tentando me arranjar um lugar. Ficarei lá noventa dias, o bastante para arrumar um emprego, fazer alguns amigos etc., sabe como é, me adaptar à sociedade outra vez. Terei de dormir na minha cela, mas estarei livre durante o dia.

Não tenho lembranças muito boas, Al. Todas as pessoas que me amaram estão mortas e meu tio, o cara que está pagando esta clínica, é muito rico, mas muito cruel.

Preciso de amigos tão desesperadamente!

A propósito. Perdi mais dois quilos e meio e minha cintura é agora 97. A foto que mandei para você está ficando desatualizada. Jamais gostei dela — muita carne no rosto.

Estou muito mais magro agora e bronzeado. Eles nos deixam tomar sol duas horas por dia, quando o tempo permite. Estamos na Flórida, mas alguns dias são frios demais. Vou mandar outra foto, talvez do peito para cima. Estou levantando peso como um louco. Acho que você vai gostar da próxima fotografia.

Você disse que me mandaria uma foto sua. Ainda estou esperando. Por favor não esqueça de mim, Al. Preciso de uma carta sua.

Amor, Ricky

Uma vez que York fora responsável pela investigação da vida de Lake, achou que precisava falar primeiro. Mas não sabia o que dizer. Leram a carta em silêncio várias vezes.

Finalmente Deville derreteu o gelo dizendo:

— Aqui está o envelope. — Projetou-o na parede. Era endereçado ao Sr. Al Konyers, Mailbox America. O remetente era Ricky, Aladdin North, C.P. 44683, Neptune Beach, FL 32233.

"É uma fachada", Deville disse. "Aladdin North não existe. Há um número de telefone, atendido por um serviço de recados. Ligamos dez vezes para perguntar, mas a telefonista não sabe de nada. Telefonamos para todas as clínicas de reabilitação no norte da Flórida e ninguém jamais ouviu falar desse lugar."

Teddy ficou calado, ainda olhando para a parede.

— Onde fica Neptune Beach? — York rosnou.

— Jacksonville.

Deville foi dispensado, com ordens para ficar por perto. Teddy começou a tomar notas.

— Há outras cartas e pelo menos uma foto — ele disse, como se o problema fosse parte da sua rotina. Pânico era uma sensação desconhecida para Teddy Maynard. — Temos de encontrá-las — ele disse.

— Revistamos duas vezes a casa dele — York disse.

— Revistem uma terceira vez. Duvido que ele guarde coisa desse tipo no escritório.

— Quando?

— Revistem agora. Lake está na Califórnia à procura de votos. Não temos muito tempo, York. Pode haver outras caixas postais secretas, outros homens escrevendo cartas sobre o bronzeado e a medida da cintura.

— Vai falar com ele?

— Ainda não.

Como não tinham amostra da caligrafia do Sr. Konyers, Deville fez uma sugestão de que Teddy gostou. Usariam um laptop com impressora. O primeiro rascunho foi elaborado por Deville e York e, depois de uma hora mais ou menos, a quarta tentativa dizia:

Querido Ricky

Recebi sua carta do dia vinte e dois. Perdoe-me por não responder antes. Tenho viajado muito ultimamente e estou atrasado com tudo. Na verdade, estou escrevendo esta carta a dez mil metros de altura, em algum lugar sobre o golfo a caminho de Tampa. E estou usando um novo laptop tão pequeno que quase cabe no meu bolso. Tecnologia espantosa. A impressora deixa muito a desejar. Espero que você possa ler bem.

Maravilhosa a notícia sobre sua alta e a casa em Baltimore, onde tenho alguns interesses comerciais e tenho certeza de poder ajudá-lo a arranjar um emprego.

Mantenha a cabeça erguida, faltam só dois meses. Você está muito mais forte agora e pronto para viver totalmente a vida. Não fique desencorajado.

Ajudarei de todos os modos possíveis. Quando chegar a Baltimore, será um prazer para mim passar algum tempo com você, mostrar a cidade, você sabe.

Prometo escrever logo. Estou ansioso por notícias suas.

Amor, Al

Resolveram que Al estava com pressa e esqueceu de assinar o nome a mão. A carta foi marcada, revisada, redigida outra vez, examinada com mais cuidado do que um tratado. A versão final foi impressa numa folha de papel de carta do hotel Royal Sonesta, em Nova Orleans, e fechada num envelope grosso, marrom, com fibra ótica escondida na margem inferior. Na extremidade inferior direita, num lugar que parecia levemente amassado em virtude da manipulação dos Correios, foi instalado um minúsculo transmissor do tamanho de uma cabeça de alfinete. Quando ativado, enviaria sinais a um raio de trezentos metros, durante mais de três dias.

Como Al estava viajando para Tampa, o envelope foi marcado com carimbo de Tampa. Datado daquele dia. Isso foi feito em menos de meia hora por uma equipe de pessoas muito estranhas da seção de documentos, no segundo andar.

Às 4 horas da tarde uma van verde com muitos quilômetros rodados parou ao lado da calçada, na frente da casa de Aaron Lake, perto de muitas árvores de sombra na Thirty-fourth Street, em uma área nobre de Georgetown. A porta do veículo anunciava uma firma de encanamentos do bairro. Quatro encanadores desceram e começaram a retirar ferramentas e equipamento.

Depois de poucos minutos, o único vizinho que notou a van se cansou de olhar e voltou para a televisão. O serviço secreto estava com Lake na Califórnia e sua casa não fora ainda designada para vigilância de vinte e quatro horas, pelo menos pelo serviço secreto. Mas essa vigilância existia agora.

O pretexto era um entupimento do esgoto no pequeno jardim da frente, algo que podia ser feito sem entrar na casa. Um serviço externo que não agrediria o serviço secreto se viesse a saber. Mas dois encanadores entraram na casa, com suas próprias chaves. Outra van parou para verificar o andamento e para deixar uma ferramenta. Dois encanadores da segunda van se juntaram aos outros e começou a se formar uma unidade regular.

Dentro da casa, quatro agentes começaram a procura tediosa de arquivos escondidos. Foram de cômodo em cômodo, inspecionando o óbvio, procurando segredos.

A segunda van foi embora, uma terceira chegou, vinda de outra direção, e parou com os pneus na calçada, como vans de serviço geralmente fazem. Mais quatro encanadores juntaram-se aos que faziam a limpeza externa e outros dois entraram na casa. Quando a noite chegou, um *spot* foi ligado no jardim, sobre a caixa de esgoto, e dirigido para a casa, a fim de que não fossem notadas as luzes no interior. Os quatro homens que ficaram fora tomaram café e contaram piadas e tentaram se manter aquecidos. Os vizinhos passavam rapidamente a pé.

No fim de seis horas, o esgoto estava limpo, bem como a casa. Não encontraram nada. Nenhum arquivo escondido com correspondência de Ricky da clínica de reabilitação. Nem sinal de uma foto. Os encanadores apagaram as luzes, guardaram suas ferramentas e desapareceram sem deixar traço.

Às oito e meia da manhã seguinte, quando as portas do correio de Neptune Beach foram abertas, um agente chamado Barr entrou apressado como se estivesse atrasado para alguma coisa. Barr era especialista em fechaduras e chaves e havia passado cinco horas da tarde anterior em Langley estudando as várias caixas usadas pelo serviço postal. Tinha quatro chaves-mestras e uma delas certamente abriria a caixa 44683. Se não abrisse, ele forçaria a chave na fechadura, o que devia levar sessenta segundos mais ou menos e não chamaria atenção. A terceira chave funcionou e Barr pôs o envelope marrom na caixa, com data do dia anterior, de Tampa, endereçado a Ricky sem sobrenome, aos cuidados de Aladdin North. Havia duas cartas na caixa. Por medida de precaução, ele retirou os folhetos de propaganda, fechou a porta, examinou a correspondência e jogou-a no cesto de papéis.

Barr e dois outros esperaram pacientemente na van no estacionamento, tomando café e filmando todo usuário da agência postal. Estavam a setenta metros da caixa. Seu receptor manual emitia um sinal fraco do envelope. Um grupo variado chegou e saiu — uma mulher negra com vestido marrom muito curto, um homem branco de barba e jaqueta de couro, uma mulher branca com roupa de ginástica, um homem negro de jeans —, todos agentes da CIA, todos vigiando a caixa sem nenhuma pista sobre o remetente da carta ou para onde ela ia. Seu trabalho era simplesmente encontrar a pessoa que havia alugado a caixa.

Eles a encontraram logo depois do almoço.

Trevor bebeu seu almoço no Pete's, mas apenas duas cervejas. Geladinhas, com amendoim torrado da tigela comunitária sobre o balcão, consumidos enquanto perdia cinqüenta paus numa corrida de trenó puxado por cães em Calgary. De volta ao escritório, cochilou uma hora, roncando tão alto que sua secretária teve de fechar sua porta. Na verdade, ela bateu a porta, mas não foi suficiente para acordá-lo.

Sonhando com veleiros, ele foi aos correios, preferindo ir a pé porque o dia estava lindo, não tinha nada melhor para fazer e precisava clarear a cabeça. Ficou satisfeito quando encontrou quatro dos pequenos tesouros de pé dentro da caixa postal de Aladdin North. Ele os guardou cuidadosamente no bolso do seu casaco surrado, ajeitou a gravata-borboleta e saiu, certo de que outro dia de pagamento estava próximo.

Nunca teve a tentação de ler as cartas. Deixava o serviço sujo para a Confraria. Ele podia manter suas mãos limpas, entregar a correspondência, tirar seu terço do pagamento. E, além disso, Spicer o mataria se entregasse alguma carta violada.

Sete agentes o viram voltar a pé para o escritório.

Teddy estava cochilando na cadeira de rodas quando Deville entrou. York fora para casa, eram mais de dez horas da noite. York tinha esposa, Teddy, não.

Deville fez sua narrativa consultando anotações por escrito.

— A carta foi retirada da caixa às 13:50 por um advogado local chamado Trevor Carson. Nós o seguimos ao seu escritório em Neptune Beach, onde ele ficou por oitenta minutos. É um escritório pequeno, para um homem só, uma secretária, e não muitos clientes. Carson é um profissional modesto naquelas praias, faz divórcios, lida com imóveis, coisa pequena. Tem quarenta e oito anos, divorciado pelo menos duas vezes, natural da Pensilvânia, estudou em Furman, na escola de direito da Universidade Estadual da Flórida, teve sua licença suspensa há onze anos por se apossar de dinheiro de um cliente, depois a recebeu de volta.

— Tudo bem, tudo bem — Teddy disse.

— Às três e trinta saiu do escritório, dirigiu uma hora até a prisão federal, em Trumble, Flórida. Levou as cartas com ele. Nós o seguimos mas perdemos o sinal quando entrou na prisão. Desde então, conseguimos alguma informação sobre Trumble. É uma prisão de segurança mínima, chamada de campo. Nada de muros ou cercas, prisioneiros de baixa periculosidade. Mais ou menos mil em Trumble. Segundo uma fonte da administração de penitenciárias em Washington, Carson visita sempre a prisão. Nenhum outro advogado, nenhuma outra pessoa a visita tanto quanto ele. Até um mês atrás ia uma vez por semana, agora vai pelo menos três vezes. Geralmente quatro. Todas as visitas são de caráter oficial.

— Quem é o cliente?

— Não é Ricky. Ele está registrado como advogado de três juízes.

— Três juízes?

— Sim.

— Três juízes na prisão?

— Isso mesmo. Chamam o grupo de Confraria.

Teddy fechou os olhos e passou as mãos nas têmporas. Deville o deixou pensar por um momento, depois continuou:

— Carson ficou cinqüenta e quatro minutos na prisão e quando saiu não pudemos ouvir o sinal do envelope. A essa altura, estávamos estacionados ao lado do carro dele. Ele chegou a um metro e meio do nosso receptor e tivemos certeza de que não estava com a carta. Nós o seguimos de volta a Jacksonville e às praias. Estacionou na frente de um lugar chamado Pete's Bar and Grill, onde ficou por três horas. Revistamos seu carro, encontramos esta pasta com oito cartas endereçadas a vários homens, em todo o país, nenhum prisioneiro. Evidentemente Carson leva e traz cartas para seus clientes. Até trinta minutos atrás ele estava no bar, muito embriagado, apostando em jogos de basquete universitário.

— Um joão-ninguém.

— Sem dúvida nenhuma.

O joão-ninguém cambaleou para fora do Pete's depois do segundo tempo do jogo na Costa Oeste. Spicer acertou três dos quatro vencedores. Trevor fez também suas apostas e saiu ganhando mais de mil dólares naquela noite.

Bêbado como estava, foi inteligente o bastante para não dirigir. Sua multa por dirigir embriagado, há três meses, era ainda uma lembrança dolorosa e além disso os malditos guardas de trânsito estavam por toda a parte. Os restaurantes e bares em volta do Sea Turtle Inn atraíam os jovens e imprudentes, e também os guardas.

Mas andar era um desafio. Conseguiu chegar ao escritório, caminhando em linha reta para o sul, passando pelos chalés de veraneio e pelos dos aposentados, todos escuros, todo mundo dormindo. Levava a pasta com as cartas de Trumble.

Seguiu em frente, procurando sua casa. Atravessou a rua sem precisar e a meio quarteirão adiante voltou a atravessar. Não havia movimento de carros àquela hora. Quando começou a voltar para trás, ficou a vinte metros de um agente que se escondeu atrás de um carro estacionado. O exército silencioso o

A CONFRARIA   143

vigiava, temendo que de repente o tolo embriagado esbarrasse
com um deles.

Finalmente, ele desistiu e voltou ao escritório. Sacudiu as
chaves nos degraus da frente, deixou cair a pasta, esqueceu dela
e menos de um minuto depois de abrir a porta estava à sua mesa,
refestelado na cadeira giratória, profundamente adormecido
com a porta da frente entreaberta.

A porta dos fundos fora aberta durante a noite. Segundo
ordens de Langley, Barr e os outros tinham entrado no escritório
e instalado escutas por toda a parte. Não havia sistema de alarme,
nenhum cadeado nas janelas, nada de valor para atrair ladrões.
Instalar escutas no telefone e nas paredes foi fácil, porque
ninguém observava o interior do escritório de Trevor Carson,
advogado e consultor jurídico.

A pasta foi esvaziada, o conteúdo catalogado segundo
instruções. Langley queria um relatório completo sobre as cartas
que o advogado levara de Trumble. Quando tudo foi inspecionado
e fotografado, a deixaram no corredor, perto do escritório. Os
roncos eram impressionantes e ininterruptos.

Um pouco antes das duas horas, Barr conseguiu ligar o
Fusca estacionado perto do Pete's. Ele seguiu pela rua deserta e
o deixou inocentemente ao lado da calçada, na frente do escritório, de modo que o bêbado dentro de algumas horas, esfregan-
do os olhos, se congratulasse por dirigir com tanta segurança. Ou
talvez se encolhesse horrorizado, pensando em ter dirigido
bêbado outra vez. De qualquer modo, eles estariam ouvindo.

DEZESSEIS

Trinta e sete horas antes do começo da votação em Virgínia e Washington, o presidente apareceu ao vivo em rede nacional para anunciar que havia ordenado um ataque aéreo à cidade tunisiana de Talah e imediações. Acreditava que o terrorista Yidal fazia seu treinamento militar em um complexo na periferia da cidade.

Assim o país ficou grudado em outro espetáculo de miniguerra, uma guerra de botões, de bombas inteligentes e generais aposentados tagarelando na CNN sobre essa ou aquela estratégia. Estava escuro na Tunísia, portanto não havia filmagem. Os generais aposentados e seus entrevistadores, que não tinham a menor pista, fizeram uma porção de suposições. E esperaram. Esperaram a luz do sol para que a fumaça e os escombros pudessem ser transmitidos para uma nação cansada.

Mas Yidal tinha suas fontes, provavelmente os israelenses. O complexo estava vazio quando as bombas inteligentes foram lançadas do nada. Atingiram os alvos. Estremeceram o deserto, destruíram o complexo, mas não mataram nenhum terrorista. Uma ou duas se desviaram, caindo no centro de Talah, atingindo um hospital. Outra atingiu uma pequena casa onde dormia uma família de sete pessoas. Felizmente, nunca chegaram a saber o que aconteceu.

A televisão da Tunísia fez rapidamente a cobertura do hospital em chamas e, ao nascer do dia na Costa Leste, o país ficou sabendo que as bombas inteligentes não eram afinal tão inteligentes. Pelo menos cinqüenta corpos foram resgatados, todos de civis inocentes.

Em certo momento, no começo da manhã, o presidente adquiriu uma repentina e incomum aversão aos repórteres e não foi encontrado para comentários. O vice-presidente, um homem que tinha falado bastante quando o ataque começou, estava com sua equipe em algum lugar de Washington. Os corpos empilhados, as câmeras filmando, e no meio da manhã, a reação do mundo foi rápida, brutal e unânime. Os chineses ameaçavam declarar guerra. Os franceses pareciam inclinados a se juntar a eles. Até os ingleses disseram que os Estados Unidos tinham o dedo leve no gatilho.

Uma vez que os mortos não passavam de camponeses tunisianos, certamente nenhum americano, os políticos imediatamente se aproveitaram politicamente do fiasco. As acusações de sempre, as frases bombásticas e pedidos de investigação aconteceram antes do meio-dia, em Washington. E, no circuito da campanha, os que estavam ainda na corrida reservaram alguns momentos para refletir sobre o fracasso da missão. Nenhum deles teria se lançado a tal retaliação desesperada sem informações suficientes. Ninguém, a não ser o vice-presidente que estava ainda recluso com sua equipe. Enquanto os corpos eram contados, nenhum candidato achou que a investidura compensava os riscos. Todos condenavam o presidente.

Mas foi Aaron Lake quem atraiu a maior parte da atenção. Era difícil se mover sem tropeçar em cinegrafistas. Em uma declaração cuidadosa ele disse, sem consultar anotações:

— Somos ineptos. Somos frágeis. Devíamos nos envergonhar da nossa incapacidade para aniquilar um pequeno exército de maltrapilhos com menos de cinqüenta covardes. Não se pode simplesmente apertar botões e correr para o abrigo. É preciso coragem para lutar no campo de batalha. Eu tenho essa coragem. Quando eu for presidente, nenhum terrorista com sangue americano nas mãos estará seguro. Essa é a minha promessa solene.

Na primeira fúria e no caos da manhã, as palavras de Lake atingiram o alvo. Ali estava um homem que falava sério, que sabia exatamente o que ia fazer. Não mataríamos camponeses inocentes se um homem de coragem estivesse tomando as decisões. Lake era o homem.

No seu *bunker*, Teddy enfrentava outra tempestade. A falha na inteligência levava a culpa de todos os desastres. Quando os ataques tinham sucesso, os pilotos e os bravos rapazes no campo de batalha, seus comandantes e os políticos que os mandavam para a luta tinham o crédito. Mas quando os ataques falhavam, como geralmente acontecia, a CIA levava toda a culpa.

Teddy tinha desaconselhado o ataque. Os israelenses tinham um acordo tênue e muito secreto com Yidal. Enquanto os alvos fossem americanos e um europeu ocasional, os israelenses não se envolveriam. Teddy sabia disso, mas era informação que não compartilhava. Vinte e quatro horas antes do ataque, ele avisou o presidente, por escrito, que duvidava que os terroristas estariam no complexo quando as bombas fossem lançadas. E, devido à proximidade do alvo com Talah, havia uma grande chance de avarias colaterais.

Hatlee Beech abriu o envelope marrom sem notar que a extremidade inferior direita estava amassada. Abria tantos envelopes pessoais ultimamente que se limitava apenas a olhar para o remetente, para ver de quem era e de onde vinha. Nem notou o carimbo de Tampa.

Há várias semanas não tinha notícias de Al Konyers. Leu toda a carta e não se interessou pelo fato de Al estar usando um novo laptop. Era perfeitamente digno de crédito que o correspondente de Ricky tivesse usado papel do Royal Sonesta, em Nova Orleans, e estava escrevendo a carta a dez mil metros de altitude.

Será que estava voando na primeira classe? ele se perguntou. Provavelmente. Não tinham onde ligar computadores na classe executiva comum, tinham? Al estava em Nova Orleans a negócios, ficou em um ótimo hotel, depois voou de primeira classe para seu novo destino. A Confraria estava interessada na condição financeira de todos os seus correspondentes. Nada mais importava.

Depois de ler a carta ele a entregou para Finn Yarber que já estava escrevendo outra como o pobre Percy. Trabalhavam na pequena sala de reuniões, num canto da biblioteca de direito, com a mesa cheia de pastas e um bom suprimento de papel macio de correspondência. Spicer estava no lado de fora, sentado à sua mesa, guardando a porta e estudando as cotações das apostas.

— Quem é Konyers? — Finn perguntou.

Beech estava examinando algumas pastas. Tinham uma para cada correspondente, completa com as cartas recebidas e cópias das cartas enviadas.

— Não sei muita coisa — Beech disse. — Mora em Washington, nome falso, tenho certeza. Usa um desses serviços particulares de caixa postal. Essa é sua terceira carta, eu acho.

Da pasta de Konyers, Beech tirou as duas primeiras cartas. A de 11 de dezembro dizia:

Querido Ricky

Olá. Meu nome é Al Konyers. Tenho cinqüenta e poucos anos. Gosto de jazz, de filmes antigos, Humphrey Bogart, e gosto de ler biografias. Não fumo e não gosto de quem fuma. Meu divertimento é comida chinesa para viagem. Um pouco de vinho, um faroeste preto-e-branco, com um bom amigo. Escreva para mim.

Al Konyers

Era datilografada em papel branco comum, como a maioria delas no começo. O medo era visível em cada entrelinha — medo de ser apanhado, medo de começar um relacionamento à distância com um completo estranho. Cada letra de cada palavra fora datilografada. Não assinara o nome.

A primeira resposta de Ricky era a carta padrão escrita centenas de vezes por Beech. Ricky tem vinte e oito anos, está em reabilitação, família ruim, tio rico. E dezenas das mesmas perguntas entusiasmadas. No que você trabalha? Como é a sua família? Gosta de viajar? Se Ricky podia desnudar sua alma, precisava de alguma coisa em troca. Duas páginas da mesma besteira que Beech escrevia há cinco meses. Queria tão desesperadamente apenas tirar xerox daquela coisa maldita. Mas não podia. Era obrigado a personalizar cada uma, em belo papel macio. E mandou para Al a mesma bela foto que tinha mandado para os outros. A fotografia era a isca que prendia quase todos eles.

Três semanas se passaram. No dia 9 de janeiro, Trevor entregou a segunda carta de Al Konyers. Era limpa e estéril como a primeira, provavelmente datilografada com luvas de borracha.

Querido Ricky

Gostei da sua carta. Devo admitir que senti pena de você a princípio. Mas você parece ter se ajustado bem à clínica e sabe para onde está indo. Nunca tive problemas com drogas ou álcool, por isso é difícil para mim compreender. Parece que você está tendo o melhor tratamento que o dinheiro pode comprar. Não deve ser tão severo com seu tio. Pense onde estaria se não fosse por ele.

Você faz muitas perguntas a meu respeito. Não estou preparado para falar de assuntos pessoais, mas compreendo sua curiosidade. Fui casado por trinta anos, mas não sou mais. Moro em Washington e trabalho para o governo. Meu trabalho é desafiador e gratificante.

Moro sozinho. Tenho poucos amigos íntimos e prefiro assim. Quando viajo, é geralmente para a Ásia. Adoro Tóquio.

Você estará no meu pensamento daqui por diante.

Al Konyers

Logo acima do nome datilografado, escreveu "Al" com uma esferográfica preta, ponta fina.

A carta era desinteressante por três motivos. Primeiro, Konyers não tinha mulher, ou pelo menos dizia que não tinha. Uma mulher era crucial para a extorsão. Ameace contar a ela, enviar as cópias de todas as cartas do correspondente gay e o dinheiro chove.

Segundo, Al trabalhava para o governo, portanto provavelmente não tinha muito dinheiro.

Terceiro, Al era assustado demais para perder tempo com ele. Conseguir informação era como arrancar dentes. Os Quinze

Garbe e os Curtis Cates eram muito mais divertidos, porque passaram a vida toda no armário e agora estavam ansiosos para sair. As cartas eram longas, cheias de pequenos fatos necessários para uma extorsão. Não Al. Al era tedioso. Al não tinha certeza do que queria.

Então Ricky forçou a barra na sua segunda carta, outro banho-maria aperfeiçoado por Beech. Ricky acabava de saber que teria alta em poucos meses. E ele era de Baltimore. Que coincidência! E podia precisar de ajuda para conseguir um emprego. Seu tio rico se recusava a ajudar mais, ele tinha medo da vida fora da clínica sem a ajuda de amigos e não podia confiar nos velhos amigos porque estavam ainda nas drogas etc., etc.

A carta ficou sem resposta e Beech imaginou que Al Konyers tivesse se assustado com ela. Ricky estava a caminho de Baltimore, apenas a uma hora de Washington e isso era perto demais para Al.

Enquanto esperava a resposta de Al, chegou o dinheiro de Quince Garbe, seguido pelo dinheiro de Curtis em Dallas, e a Confraria sentiu renovada energia para o golpe. Ricky escreveu para Al a carta que foi interceptada e analisada em Langley.

Agora, de repente, chegou a terceira carta de Al em um tom muito diferente. Finn Yarber leu a carta duas vezes, depois mais uma vez.

— Parece outra pessoa, não acham? — ele disse.

— Sim, parece — Beech concordou, olhando para as duas cartas. — Acho que nosso velho amigo finalmente se entusiasmou com a idéia de conhecer Ricky.

— Pensei que ele trabalhava para o governo.

— Diz que trabalha.

— Então que negócio é esse de ter interesses comerciais em Baltimore?

— Nós trabalhamos para o governo, está lembrado?

— Certo.

— Qual foi seu maior salário como magistrado?

— Quando eu era presidente do Supremo, ganhava cento e cinqüenta mil.

— Eu ganhava cento e quarenta. Alguns desses burocratas profissionais ganham mais do que isso. Além disso, ele não é casado.

— Isso é um problema.

— Sim, é, mas vamos continuar forçando. Ele tem um bom emprego, o que significa que é um figurão com muitos colegas, o típico homem importante em Washington. Encontraremos algum ponto para pressionar.

— Que diabo — Finn disse.

Sim, que diabo. O que tinham a perder? E se forçassem demais e o Sr. Al ficasse assustado ou zangado e resolvesse jogar fora as cartas? Não se pode perder o que não se tem.

Estavam ganhando uma boa grana ali. Não era hora de ser tímido. Suas táticas agressivas estavam produzindo resultados espetaculares. A correspondência crescia a cada semana bem como sua conta fora do continente. O golpe era completamente seguro porque os correspondentes tinham vida dupla. Suas vítimas não tinham ninguém a quem se queixar.

As negociações eram rápidas porque o mercado estava no ponto. Era ainda inverno em Jacksonville, e porque as noites eram geladas e o mar frio demais para nadar, a alta estação para os negócios ainda precisava esperar um mês. Havia centenas de pequenos chalés para alugar em Atlantic Beach e Neptune Beach, incluindo um, quase diretamente na frente do escritório de Trevor. Um homem de Boston ofereceu 600 dólares em dinheiro por dois meses e o corretor alugou. O chalé era mobiliado com coisas que nenhum mercado de pulgas aceitaria. O velho tapete felpudo era muito usado e tinha um cheiro horrível. Era o lugar perfeito.

A primeira tarefa do inquilino foi cobrir as janelas. Três delas davam para a rua e para o escritório de Trevor e nas primeiras horas de vigilância deu para notar como eram poucos os seus clientes. Eram tão poucos os negócios! Quando aparecia um trabalho, era geralmente feito pela secretária, Jan, que também lia um monte de revistas.

Outros se mudaram silenciosamente para o chalé, homens e mulheres com grandes malas e grandes mochilas cheias de equipamento eletrônico. Os móveis frágeis foram afastados para os fundos da casa e as salas da frente logo se encheram de monitores e aparelhos de escuta variados.

O próprio Trevor daria um interessante estudo de caso para alunos do terceiro ano de direito. Ele chegava mais ou menos às 9 horas e passava a primeira hora lendo os jornais. Seu cliente da manhã parecia chegar sempre por volta das dez e meia e, depois de uma conferência exaustiva de meia hora, ele estava pronto para o almoço, sempre no Pete's Bar and Grill. Levava um telefone, para provar sua importância para os garçons, e geralmente dava um ou dois telefonemas desnecessários, para outros advogados. Telefonava muito para o seu agente de apostas.

Depois voltava a pé para o escritório, passando pelo chalé onde a CIA monitorava seus passos, para sua mesa e era hora de um cochilo. Voltava à vida por volta das três horas da tarde e trabalhava arduamente durante duas horas. Depois era a hora para outra cerveja no Pete's.

A segunda vez que eles o seguiram até Trumble, ele saiu da prisão depois de uma hora e chegou ao escritório mais ou menos às seis. Enquanto ele jantava ostras num restaurante no Atlantic Boulevard, sozinho, um agente entrou no escritório e encontrou sua velha pasta. Nela estavam as cartas de Percy e Ricky.

O comandante do exército silencioso em Neptune Beach e arredores era um homem chamado Klockner, o melhor que Teddy tinha na área de espionagem interna. Klockner tinha ordens para interceptar toda a correspondência que passava pelo escritório do advogado.

Quando Trevor saiu do restaurante e foi direto para casa, as cinco cartas foram levadas para o outro lado da rua onde foram abertas, copiadas, os envelopes fechados outra vez e postos na pasta de Trevor. Nenhuma das cinco era para Al Konyers.

Em Langley, Deville leu as cinco cartas, assim que elas chegaram por fax. Foram examinadas por dois especialistas em grafologia que concluíram que Percy e Ricky não eram a mesma pessoa. Usando amostras tiradas dos arquivos dos tribunais, ficou determinado, sem muito esforço, que Percy era na verdade o ex-juiz Finn Yarber, e Ricky, o ex-juiz distrital Hatlee Beech.

O endereço de Ricky era a caixa de Aladdin North no correio de Neptune Beach. Percy, para surpresa dos investigadores, usava uma caixa postal em Atlantic Beach, alugada por uma organização chamada Laurel Ridge.

DEZESSETE

Para sua visita seguinte a Langley, a primeira em três semanas, o candidato chegou em uma caravana de vans pretas reluzentes, em alta velocidade, mas quem ia reclamar? Foram verificadas e receberam ordem de entrar no complexo, estacionaram todas juntas na frente de uma porta muito conveniente onde uma porção de jovens de pescoço grosso e caras de poucos amigos os esperavam. Lake seguiu a onda para dentro do prédio, a escolta aos poucos diminuindo, até chegar não ao *bunker,* mas ao gabinete oficial do Sr. Maynard, com vista para uma pequena floresta. Todo mundo foi deixado do lado de fora da porta. Sozinhos, os dois grandes homens trocaram um caloroso aperto de mãos e pareciam realmente felizes por se encontrar novamente.

As coisas importantes em primeiro lugar.

— Meus parabéns pela Virgínia — Teddy disse.

Lake deu de ombros, como se não tivesse certeza.

— Obrigado ao senhor, por muitas coisas.

— Foi uma vitória realmente impressionante, Sr. Lake — Teddy disse. — O governador Tarry trabalhou duro na região durante um ano. Há dois meses ele tinha o apoio de cada chefe de polícia do estado. Parecia invencível. Agora, acho que está desaparecendo rapidamente. É sempre desvantajoso estar na frente no começo da corrida.

— O momento certo é um animal estranho na política — Lake observou, sensatamente.

— O dinheiro é mais estranho ainda. Agora mesmo, o governador Tarry não pode encontrar nem um centavo porque está tudo com você. O dinheiro acompanha o momento certo.

— Tenho certeza de que direi isso muitas vezes, Sr. Maynard, mas, de qualquer modo, obrigado. O senhor me deu uma oportunidade que eu jamais sonhei.

— Está se divertindo?

— Ainda não. Se ganharmos, o divertimento virá mais tarde.

— O divertimento começa na próxima terça-feira, Sr. Lake, com as grandes primárias. Nova York, Califórnia, Massachusetts, Ohio, Geórgia, Missouri, Maryland, Maine, Connecticut, tudo em um só dia. Quase seiscentos delegados! — Os olhos de Teddy dançavam como se ele pudesse quase contar os votos. — E está na frente em todos os estados, Sr. Lake. Pode acreditar?

— Não, não posso.

— É verdade. Está pau a pau no Maine, por alguma maldita razão, e mais perto na Califórnia, mas vai ganhar espetacularmente na próxima terça-feira.

— Se acreditarmos nas pesquisas — Lake disse, como se não acreditasse nelas. O fato era que, como todo candidato, Lake era viciado em pesquisas. Estava ganhando na Califórnia, um estado com 140 mil trabalhadores na indústria da defesa.

— Oh, eu acredito nelas. E acredito que vai haver uma vitória esmagadora nas próximas primárias no Sul, Sr. Lake. Eles o adoram por lá. Gostam de armas e de palavras duras e coisas do gênero, e neste momento estão se apaixonando por Aaron Lake. Na próxima terça-feira vai ser divertido, mas a terça-feira seguinte vai ser uma senhora festa.

Teddy Maynard previa uma festança, e Lake não pôde evitar um sorriso. Suas pesquisas mostravam as mesmas tendências, mas soava melhor vindo de Teddy. Ele apanhou um papel e leu as últimas pesquisas em todo o país. Lake estava na frente pelo menos cinco pontos, em todos os estados.

Saborearam o momento por alguns minutos e então Teddy ficou sério.

— Há uma coisa que você precisa saber — ele disse e o sorriso desapareceu. Consultou algumas anotações. — Duas noites atrás, no desfiladeiro de Khyber, nas montanhas do Afeganistão, um míssil russo de longo alcance com ogivas nucleares foi levado de caminhão para o Paquistão. Agora está a caminho do Irã, onde será usado só Deus sabe para quê. O míssil tem alcance de quatro mil e oitocentos quilômetros e capacidade para lançar quatro bombas nucleares. Custou cerca de trinta milhões de dólares americanos, pagos adiantados e em dinheiro a um banco em Luxemburgo. Ainda está lá, em uma conta que acreditamos ser controlada pelo pessoal de Natty Chenkov.

— Pensei que ele estivesse adquirindo armamentos, não vendendo.

— Ele precisa de dinheiro e está conseguindo. Na verdade talvez seja o único homem que está levantando dinheiro mais depressa do que você.

Teddy não era bom para fazer humor, mas Lake riu por delicadeza.

— O míssil é operacional? — Lake perguntou.

— Pensamos que sim. Vem de uma coleção de silos perto de Kiev e achamos que é de marca e modelo recentes. Com tantos mísseis, por toda a parte, por que os iranianos iam comprar um míssil velho? Sim, podemos imaginar com certeza que é operacional.

— É o primeiro?

— Houve algumas peças de reposição e plutônio para o Irã, o Iraque, a Índia e outros, mas acho que é o primeiro completamente montado, pronto para ser usado.

— Eles estão ansiosos para usá-lo?

— Achamos que não. Parece que a transação foi instigada por Chenkov. Ele precisa do dinheiro para comprar outros tipos de armamentos. Está vendendo as coisas de que não precisa.

— Os israelenses sabem?

— Não. Não ainda. Temos de ter cuidado com eles. Tudo é dar e receber. Se algum dia viermos a precisar de alguma coisa deles, precisamos de algo para dar em troca e então poderemos falar sobre essa transação.

Por um momento Lake desejou ser presidente naquela hora. Queria saber tudo que Teddy sabia, mas então compreendeu que provavelmente isso jamais seria possível. Afinal, no momento

tinham um presidente, embora ineficiente, e Teddy não estava
conversando com ele sobre Chenkov e seus mísseis.

— O que os russos acham da minha campanha por aqui?

— No começo não se preocuparam. Agora estão observando
de perto. Mas você tem de lembrar que não existe mais uma voz
do povo russo. O mercado livre fala favoravelmente de você
porque teme os comunistas. Os linhas-duras têm medo de você.
É muito complexo.

— E Chenkov?

— Envergonho-me de dizer que não estamos tão perto dele
ainda. Mas estamos trabalhando para isso. Logo teremos alguns
ouvidos por lá.

Teddy jogou os papéis na mesa e aproximou a cadeira de
Lake. As rugas do rosto se juntaram para baixo. As sobrancelhas
espessas pareciam pesar sobre os olhos tristes.

— Ouça o que estou dizendo, Sr. Lake — ele disse, com voz
muito mais sombria. — Tem esta eleição ganha. Haverá um ou
dois obstáculos no caminho, coisas que não podemos prever,
eventos que não podemos evitar. Nós os resolveremos juntos. Os
danos serão pequenos. O senhor é algo de novo e o povo gosta.
Está se comunicando esplendidamente. Mantenha a mensagem
simples — nossa segurança está em perigo, o mundo não é tão
seguro quanto parece. Eu me encarrego do dinheiro e sem dúvida
manterei o país assustado. Podíamos ter detonado aquele míssil
no desfiladeiro de Khyber. Cinco mil pessoas teriam sido mortas, cinco mil paquistaneses. Bombas atômicas explodindo nas
montanhas. Pensa que acordaríamos preocupados com a bolsa
de valores? Nenhuma chance. Eu me encarrego do medo, Sr.
Lake. Mantenha-se limpo e sua campanha dura.

— Estou fazendo com que seja o mais dura possível.

— Faça mais ainda e nada de surpresas, está bem?

— É claro.

Lake não sabia ao certo o que ele queria dizer com surpresas,
mas deixou passar. Talvez só um pouco de sabedoria de um avô.

Teddy afastou a cadeira outra vez. Encontrou seus botões e
uma tela caiu do teto. Passaram vinte minutos vendo trechos

ainda não completos da propaganda de Lake e depois se despediram.

Lake saiu de Langley a toda velocidade, duas vans na frente, duas atrás, para o Aeroporto Nacional Reagan, onde o jato esperava. Queria uma noite tranqüila em Georgetown, em casa, onde o mundo não entrava, onde podia ler um livro sem ninguém observando ou ouvindo. Ansiava pelo anonimato das ruas, os rostos sem nome, o padeiro árabe na rua principal, que fazia um perfeito pão doce, o vendedor de livros usados na Wisconsin, o café onde torravam grãos da África. Será que algum dia poderia andar na rua outra vez, como uma pessoa normal, fazendo o que queria? Algo lhe dizia que não, que aqueles dias tinham se acabado, provavelmente para sempre.

Quando Lake estava voando, Deville entrou no *bunker* e disse que Lake chegou e partiu sem verificar a caixa postal. Era a hora do relatório diário sobre o caso Lake. Teddy estava passando mais tempo do que tinha planejado preocupando-se com o que seu candidato ia fazer.

As cinco cartas interceptadas na pasta de Trevor por Klockner e sua equipe foram examinadas minuciosamente. Duas escritas por Yarber, com o nome de Percy. As outras três, por Beech fazendo-se passar por Ricky. Os cinco correspondentes moravam em estados diferentes. Quatro usavam nomes falsos, um era suficientemente ousado para não se esconder atrás de um pseudônimo. As cartas eram basicamente iguais: Percy e Ricky eram jovens perturbados em clínicas de reabilitação, tentando desesperadamente reconstruir suas vidas, ambos talentosos e ainda capazes de sonhar, mas precisando do apoio físico e moral de novos amigos, porque os antigos eram perigosos. Contavam livremente seus pecados e caprichos, suas fraquezas e sua carência afetiva. Falavam sobre suas vidas depois da reabilitação, das suas esperanças e sonhos com tudo que queriam fazer. Orgulhavam-se do seu bronzeado e dos seus músculos e pareciam ansiosos para mostrar os corpos agora firmes aos seus correspondentes.

Só uma carta pedia dinheiro, Ricky queria um empréstimo
de mil dólares de um correspondente chamado Peter, de Spokane,
Washington. Dizia que o dinheiro era para cobrir algumas
despesas que o tio se recusava a pagar.

Teddy leu as cartas mais de uma vez. O pedido de dinheiro
era importante porque começava a lançar luz sobre o pequeno
jogo da Confraria. Talvez fosse apenas um pequeno empreendimento ensinado por alguém, outro prisioneiro que havia cumprido pena em Trumble e estava agora planejando outro grande
roubo do lado de fora.

Mas a questão não era o porte do empreendimento. Era um
jogo da carne — cintura mais fina, pele bronzeada e músculos
firmes — e seu candidato estava envolvido.

Havia ainda dúvidas, mas Teddy era paciente. Vigiariam a
correspondência. As peças se encaixariam.

Com Spicer guardando a porta da sala de reunião, e desen-
corajando o uso da biblioteca de direito, Beech e Yarber trabalharam na correspondência. Para Al Konyers, Beech escreveu:

Querido Al

Obrigado por sua última carta. Significa tanto para mim
ter notícias suas. Sinto-me como se tivesse passado meses
em uma jaula e lentamente começasse a ver a luz do dia.
Suas cartas me ajudam a abrir a porta. Por favor, não pare de
escrever.

Desculpe se o aborreci com muita conversa pessoal.
Respeito sua privacidade e espero não ter feito muitas
perguntas. Você parece ser um homem muito sensível que
gosta da solidão e das coisas boas da vida. Pensei em você
a noite passada quando assisti a *Paixões em fúria*, o antigo
filme de Bogart e Bacall. Quase senti o gosto da sua comida
chinesa. A comida aqui é boa, eu acho, mas eles simplesmente não sabem fazer comida chinesa.

Tive uma idéia. Dentro de dois meses, quando eu sair
daqui, vamos assistir a *Casablanca* e *Uma aventura na África*. Pediremos a comida chinesa, uma garrafa de vinho sem

álcool e passaremos a noite no sofá. Deus, fico excitado só de pensar na vida no lado de fora e fazer coisas reais outra vez.

Perdoe-me, estou indo muito depressa, Al. Mas é que me privei de uma porção de coisas aqui e não foi só de bebida e boa comida. Sabe o que quero dizer?

A instituição de Baltimore está disposta a me aceitar se eu puder arrumar um emprego de meio expediente. Você diz que tem alguns interesses comerciais em Baltimore. Sei que estou pedindo muito, porque você não me conhece, mas poderia arranjar isso para mim? Ficarei grato para sempre.

Por favor escreva logo, Al. Suas cartas e a esperança e os sonhos de sair daqui em dois meses com um emprego me ajudam a suportar as horas negras.

Obrigado, amigo.

Amor, Ricky

A carta para Quince Garbe era bem diferente. Beech e Yarber trabalharam nela vários dias. A redação final dizia:

Querido Quince

Seu pai tem um banco e você diz que só pode conseguir mais 10 mil dólares. Acho que está mentindo, Quince, e isso me irrita. Estou tentado a mandar suas cartas para seu pai e para sua mulher.

Aceitarei 25 mil, imediatamente, mesmas instruções.

E não ameace cometer suicídio. Na verdade, pouco me importa o que você faz. Nunca nos conhecemos e além disso acho que você é doente.

Envie o maldito dinheiro, Quince, agora!

Amor, Ricky

Klockner temia que Trevor fosse visitar Trumble alguma vez antes do meio-dia e pusesse as cartas em algum correio no caminho, antes de voltar para o escritório ou para casa. Não tinha meios de interceptá-las nesse caso. Era imperativo que ele as levasse de volta e as deixasse no escritório durante a noite.

Ele se preocupava mas ao mesmo tempo verificou que Trevor sempre começava tarde. Quase não dava sinal de vida antes do cochilo das duas horas.

Assim, quando Trevor informou à secretária que ia a Trumble, às 11 horas da manhã, o chalé alugado, no outro lado da rua, entrou em ação. Imediatamente uma mulher de meia-idade, dizendo se chamar Sra. Beltrone, telefonou para o escritório de Trevor e disse para Jan que ela e seu marido rico precisavam de um divórcio rápido. A secretária pediu que ela esperasse na linha e gritou para a outra extremidade do corredor, dizendo para Trevor esperar um segundo. Trevor estava juntando papéis da sua mesa e guardando na pasta. A câmera no teto apanhou sua expressão de aborrecimento por ser interrompido por um novo cliente.

— Ela diz que é rica! — Jan gritou e Trevor desfranziu a testa. Sentou-se e esperou.

A Sra. Beltrone descreveu seu caso para a secretária. Ela era a terceira esposa, o marido era muito mais velho, moravam em Jacksonville, mas passavam a maior parte do tempo na sua casa nas Bermudas. Tinham outra casa em Vail. Há algum tempo planejavam o divórcio, tudo estava combinado, nenhuma briga, muito amigável, só precisavam de um bom advogado para tratar dos papéis. O Dr. Carson foi muito bem recomendado, mas tinham de agir rapidamente, por algum motivo não revelado.

Trevor apanhou o telefone e ouviu a mesma história. A Sra. Beltrone estava no outro lado da rua, em um chalé alugado, lendo as anotações feitas pela equipe de vigilância para aquela ocasião.

— Eu preciso ver o senhor — ela disse, depois de abrir seu coração por quinze minutos.

— Bem, eu estou terrivelmente ocupado — Trevor disse, como se estivesse folheando uma dezena de páginas da sua agenda. A Sra. Beltrone o observava no monitor. Ele estava com os pés sobre a mesa, olhos fechados, a gravata-borboleta torta. A vida de um advogado terrivelmente ocupado.

— Por favor — ela pediu. — Precisamos acabar com isto. Preciso vê-lo hoje.

— Onde está seu marido?

— Na França, mas estará aqui amanhã.

— Bem, vejamos — Trevor murmurou, brincando com a gravata.

— Quais são seus honorários? — ela perguntou, e ele abriu os olhos imediatamente.

— Bem, isto é evidentemente mais complicado do que a senhora pensa. Tenho de cobrar dez mil dólares. — Fez uma careta, prendendo a respiração, à espera da resposta,

— Levo o dinheiro hoje — ela disse. — Posso vê-lo à uma hora?

Trevor estava de pé, inclinado sobre o telefone.

— Que tal uma e meia? — conseguiu dizer.

— Estarei aí.

— Sabe onde fica meu escritório?

— Meu motorista pode encontrar. Obrigada, Sr. Carson.

"Me chame de Trevor", ele quase disse. Mas o telefone estava mudo.

Eles o viram esfregar as mãos, bater com uma na outra, fechadas, rilhar os dentes e dizer "Maravilha!" Acabava de fisgar um peixe grande.

Jan entrou e disse:

— E então?

— Ela estará aqui à uma e meia. Limpe um pouco este lugar.

— Não sou faxineira. Pode pedir algum dinheiro adiantado? Tenho de pagar as contas.

— Terei o maldito dinheiro.

Trevor atacou suas estantes, arrumando livros que há anos não usava, tirando o pó das prateleiras com uma toalha de papel, enfiando pastas nas gavetas. Quando chegou à sua mesa, Jan finalmente sentiu uma pontada de culpa e começou a passar o aspirador na área de recepção.

Trabalharam durante a hora do almoço, reclamando esbaforidos e divertindo os vigilantes no outro lado da rua.

Nem sinal da Sra. Beltrone à uma e meia.

— Onde diabo ela está? — Trevor rugiu no corredor, logo depois das duas horas.

— Talvez ela tenha investigado, para obter mais referências
— Jan disse.

— O que você disse? — Trevor berrou.

— Nada, chefe.

— Telefone para ela — ele ordenou, às duas e meia.

— Ela não deixou o telefone.

— Você não perguntou o número?

— Não foi isso que eu disse. Ela não deixou o telefone.

Às três e meia, Trevor saiu do escritório, ainda tentando
evitar uma briga com a mulher que tinha despedido pelo menos
dez vezes nos últimos oito anos.

Eles o seguiram diretamente até Trumble. Ele ficou cinqüenta
e três minutos na prisão e quando saiu passava das cinco, tarde
demais para pôr as cartas nos correios de Neptune Beach e
Atlantic Beach. Voltou para o escritório e deixou a pasta sobre
a mesa. Então, como previsto, foi para o Pete's para drinques e
jantar.

DEZOITO

A unidade de Langley voou para Des Moines, onde os agentes alugaram dois carros e uma van, fizeram a viagem de quarenta minutos para Bakers, Iowa. Chegaram à cidadezinha tranqüila dois dias antes da carta. Quando Quince a apanhou no correio, eles sabiam os nomes do chefe dos correios, do prefeito, do chefe de polícia e do cozinheiro da casa de panquecas, ao lado da loja de ferragens. Mas ninguém em Bakers os conhecia.

Viram Quince correr para o banco quando saiu do correio. Trinta minutos depois, dois agentes, conhecidos somente como Chap e Wes, encontraram o local no banco onde o Sr. Garbe Jr. trabalhava e se apresentaram à secretária como inspetores do Federal Reserve. Sem dúvida pareciam funcionários do governo — ternos escuros, sapatos pretos, cabelo curto, casacos, poucas palavras, atitude profissional.

Quince estava trancado no escritório e a princípio não parecia disposto a sair. Eles convenceram a secretária da urgência de sua visita e, depois de quase quarenta minutos, a porta foi entreaberta. O Sr. Garbe parecia ter chorado. Estava pálido, trêmulo, infeliz com a perspectiva de receber alguém. Mas ele os fez entrar, por demais abalado para pedir identificação. Nem entendeu os nomes deles.

Sentou-se no outro lado da mesa maciça e olhou para os "gêmeos" na sua frente.

— O que posso fazer pelos senhores? — perguntou com um breve sorriso.

— A porta está trancada? — Chap perguntou.

— Ora, sim, está.

Os gêmeos tiveram a impressão de que o Sr. Garbe passava a maior parte do dia com a porta trancada.

— Alguém pode nos ouvir? — perguntou Wes.

— Não. — Quince estava agora mais intrigado ainda.

— Não somos funcionários do Federal Reserve — Chap disse. — Nós mentimos.

Quince não tinha certeza se devia ficar zangado, aliviado ou mais assustado, por isso ficou imóvel por um segundo, com a boca aberta, esperando levar um tiro.

— É uma longa história — disse Wes.

— Vocês têm cinco minutos.

— Na verdade, temos o tempo que quisermos.

— Este escritório é meu. Dêem o fora.

— Calma, sabemos de algumas coisas.

— Vou chamar a segurança.

— Não, não vai.

— Nós vimos a carta — Chap disse. — A que acabou de apanhar na caixa postal.

— Apanhei várias.

— Mas só uma de Ricky.

Os ombros de Quince se curvaram para a frente, fechou os olhos devagar. Depois abriu-os e olhou para seus atormentadores, completamente derrotado.

— Quem são vocês? — murmurou.

— Não somos inimigos.

— Trabalham para ele, certo?

— Ele?

— Ricky, ou seja lá quem ele é.

— Não — Wes disse. — Ele é nosso inimigo também. Digamos que temos um cliente que está no mesmo barco que você, mais ou menos. Fomos contratados para protegê-lo.

Chap tirou do bolso do casaco um envelope grosso e o jogou na mesa.

— Tem aí vinte e cinco mil em dinheiro. Mande para Ricky.

Quince olhou boquiaberto para o envelope. Seu pobre cérebro estava em estado de choque com tantos pensamentos. Fechou os olhos outra vez e procurou organizar as coisas. Pare de se perguntar quem eles são. Como leram a carta? Por que estavam oferecendo dinheiro? O quanto eles sabiam? Certamente não podia confiar naqueles homens.

— O dinheiro é seu — Wes disse. — Em troca, queremos algumas informações.

— Quem é Ricky? — Quince perguntou, com os olhos quase fechados.

— O que você sabe sobre ele? — Chap perguntou.

— Seu nome não é Ricky.

— Certo.

— Ele está na prisão.

— Certo — Chap repetiu.

— Diz que tem mulher e filhos.

— Em parte é verdade. A mulher é agora ex-mulher. Os filhos ainda são dele.

— Diz que estão sem nada e é por isso que está aplicando esse golpe.

— Não exatamente. Sua mulher é muito rica e os filhos preferiram o dinheiro. Não temos certeza por que ele está aplicando esse golpe.

— Mas queremos fazer com que acabe com isso — Chap acrescentou. — Precisamos da sua ajuda.

De repente Quince compreendeu que pela primeira vez em sua vida, nos seus cinqüenta e um anos, estava na presença de dois seres vivos, que respiravam e que sabiam que ele era homossexual. Isso o deixou apavorado. Por um segundo quis negar, inventar alguma história de como conheceu Ricky, mas a inventividade falhou. Estava assustado demais para ter qualquer inspiração.

Então, compreendeu que aqueles dois, fossem quem fossem, podiam arruiná-lo. Sabiam o seu pequeno segredo e tinham o poder de arrasar sua vida.

E estavam oferecendo 25 mil dólares em dinheiro.

O pobre Quince cobriu os olhos com as mãos fechadas e disse:

— O que vocês querem?

Chap e Wes tiveram a impressão de que ele estava prestes a chorar. Não se importavam com isso, também não era necessário.

— O negócio é o seguinte, Garbe — disse Chap. — Você aceita o dinheiro que está em cima da sua mesa e nos conta tudo sobre Ricky. Nos mostra todas as suas cartas. Nos mostra tudo. Se escondeu tudo em um arquivo ou numa caixa secreta, gostaríamos de ver. Quando tivermos tudo de que precisamos, vamos embora. Desapareceremos com a mesma rapidez com que viemos e você jamais saberá quem somos nem quem estamos protegendo.

— E guardarão os segredos?

— Definitivamente.

— Não temos nenhum motivo para colocá-lo em situação delicada — Wes acrescentou.

— Podem fazê-lo parar? — Quince perguntou, olhando para eles.

Chap e Wes se entreolharam. Suas respostas tinham sido perfeitas até então, mas agora não havia uma resposta clara.

— Não podemos prometer, Sr. Garbe — Wes disse. — Mas faremos o melhor possível para acabar com o negócio desse tal de Ricky. Como dissemos, ele está perturbando nosso cliente também.

— Vocês têm de me proteger.

— Faremos tudo que for possível.

De repente, Quince levantou-se e se inclinou para a frente, com as palmas das mãos apoiadas na mesa.

— Então, não tenho escolha — disse. Não tocou no dinheiro, mas deu alguns passos para uma estante de livros velhos. Abriu a porta da estante com uma chave e, com outra, um pequeno cofre escondido na segunda estante a partir de baixo. Cuidadosamente, retirou uma pasta fina, do tamanho de uma carta, e a pôs delicadamente perto do envelope cheio de dinheiro.

No momento em que ele abriu a pasta, uma voz agressiva, aguda, cacarejou no interfone.

— Sr. Garbe, seu pai quer vê-lo imediatamente.

Quince ergueu o corpo rapidamente, apavorado, pálido de repente, o rosto contorcido, em pânico.

— Ah, diga a ele que estou em reunião — ele disse, tentando parecer firme, mas parecendo um grande mentiroso.

— O senhor diz a ele — a secretária respondeu e o interfone foi desligado.

— Com licença — ele disse, tentando sorrir. Apanhou o telefone, digitou três números e ficou de costas para Wes e Chap na esperança de que assim não ouviriam a conversa.

"Pai, sou eu. O que há?", ele disse, com a cabeça abaixada.

Uma longa pausa enquanto o velho enchia seus ouvidos.

— Não, não — ele disse finalmente. — Eles não são do Federal Reserve. São os advogados de Des Moines. Representam a família de um antigo colega meu. É só isso.

Uma pausa mais curta.

— Bem, Franklin Delaney. O senhor não deve lembrar. Ele morreu há quatro meses, sem deixar testamento. É uma grande confusão. Não, pai, não tem nada a ver com o banco.

Quince desligou o telefone. Até que foi uma boa mentira. A porta estava trancada. Era só isso que importava.

Wes e Chap levantaram-se e foram para a ponta da mesa para observar com atenção Quince abrir a pasta. A primeira coisa que notaram foi a foto, presa por um clipe de papel à parte de dentro da pasta. Wes a retirou delicadamente e disse:

— Este é o suposto Ricky?

— É ele — Quince respondeu, envergonhado, mas resolvido a ir até o fim.

— Bonitão — Chap disse, como se estivesse olhando para as páginas centrais da *Playboy*. Os três ficaram imediatamente embaraçados.

— Vocês sabem quem Ricky é, não sabem? — Quince perguntou.

— Sabemos.

— Pois então me digam.

— Não, não faz parte do acordo.

— Por que não podem me dizer? Estou dando tudo que vocês querem.

— Não foi o que combinamos.

— Eu quero matar o filho-da-mãe.

— Acalme-se, Sr. Garbe. Temos um acordo. O senhor fica com o dinheiro, nós com a pasta, ninguém se machuca.

— Voltemos ao começo — Chap disse, olhando para o frágil e sofredor homenzinho na cadeira grande demais para ele. — Como foi que tudo começou?

Quince procurou entre alguns papéis e encontrou uma revista.

— Comprei numa livraria em Chicago — ele disse, erguendo a revista para que eles pudessem ler. O título era *Out and About* e era descrita como uma publicação para homens maduros com estilos de vida alternativos. Ele os deixou ver a capa, depois passou para as últimas páginas. Wes e Chap não tentaram tocar na revista, mas a examinaram o mais minuciosamente possível. Poucas fotos, muita letra pequena. Não era pornografia de modo algum.

Na página quarenta e seis havia uma pequena seção de classificados pessoais, um deles circundado com tinta vermelha. Dizia:

Rapaz na casa dos 20 anos, procura um cavalheiro gentil e discreto de 40 ou 50, para corresponder-se.

Wes e Chap se inclinaram para ler e depois se ergueram ao mesmo tempo.

— Então, você respondeu a isto? — Chap perguntou.

— Respondi. Mandei um pequeno bilhete e mais ou menos depois de duas semanas tive notícias de Ricky.

— Tem cópia do seu bilhete?

— Não. Não tiro cópia das minhas cartas. Nada saiu deste escritório. Tinha medo de fazer cópias por aqui.

Wes e Chap olharam para ele, incrédulos, depois desapontados. Com que espécie de cretino estavam tratando?

— Sinto muito — Quince disse, tentado a apanhar o dinheiro antes que eles mudassem de idéia.

Abrindo espaço na mesa, tirou a primeira carta de Ricky e a estendeu para eles.

— Ponha na mesa — Wes disse e os dois se inclinaram outra vez, inspecionando, sem tocar. Quince notou que eles liam muito devagar, analisando a carta com incrível concentração. Sua mente começava a clarear e uma centelha de esperança surgiu. Como era bom ter o dinheiro e não precisar se preocupar com outro empréstimo ilegal, com outras mentiras para cobrir a pista. Wes, Chap e Deus sabia quem mais estavam trabalhando contra Ricky. Seu coração bateu um pouco mais lento e sua respiração ficou quase normal.

— A carta seguinte, por favor — Chap disse.

Quince pôs uma perto da outra, três cor de lavanda, uma azul-clara, uma amarela. Todas escritas com letras de fôrma por uma pessoa com muito tempo. Quando terminavam uma página, Chap ajeitava a seguinte cuidadosamente com uma pinça. Seus dedos não tocavam em coisa alguma.

O que era estranho nas cartas, como Wes e Chap comentaram muito mais tarde, era sua extrema credibilidade. Ricky estava arrasado, sofrendo, precisando urgentemente de alguém com quem conversar. Era patético e inspirava pena. E havia esperança porque o pior tinha acabado para ele e logo estaria livre para a nova amizade. A redação era perfeita!

Depois de um silêncio ensurdecedor, Quince disse:

— Preciso dar um telefonema.

— Para quem?

— Negócios.

Wes e Chap se entreolharam com desconfiança, depois assentiram inclinando a cabeça. Quince foi até o telefone no console e olhou para a rua principal lá embaixo enquanto falava com outro banqueiro.

Em determinado momento, Wes começou a tomar notas, sem dúvida preparando o interrogatório que viria a seguir. Quince parou ao lado da estante de livros, tentando ler um jornal, tentando ignorá-lo. Estava calmo agora, pensando com a maior clareza possível, planejando o próximo movimento, depois que aqueles malfeitores o deixassem.

— Você enviou um cheque de cem mil dólares? — Chap perguntou.

— Enviei.

Wes, o mais carrancudo dos dois, olhou para ele com desprezo, como quem diz: "Que idiota."

Leram mais um pouco, tomaram algumas notas, murmuraram e cochicharam.

— Quanto seu cliente mandou? — Quince perguntou, só para perguntar.

Wes ficou mais carrancudo e disse:

— Não podemos dizer.

Não foi surpresa para Quince. Os rapazes não tinham senso de humor.

No fim de uma hora eles se sentaram e Quince tomou seu lugar na cadeira de banqueiro.

— Só algumas perguntas — Chap disse e Quince sabia que iam conversar por mais uma hora.

— Como fez a reserva para o cruzeiro gay?

— Está na carta. Esse bandido me deu o nome e o telefone de uma agência de viagens em Nova York. Eu telefonei, depois mandei uma ordem de pagamento. Foi fácil.

— Fácil? Já tinha feito isso antes?

— Estamos aqui para falar sobre minha vida sexual?

— Não.

— Pois então vamos nos limitar ao assunto — Quince disse, como um perfeito cretino e sentiu-se bem outra vez. O banqueiro que havia nele ferveu por um momento. Então pensou em algo e não pôde resistir. Com a maior cara-de-pau ele disse: — O cruzeiro já está pago. Vocês querem ir?

Felizmente, eles riram. Foi um rápido toque de humor, depois de volta aos negócios. Chap disse:

— Você não pensou em usar um pseudônimo?

— Sim, é claro. Foi estupidez não usar. Mas eu nunca tinha feito isso antes. Pensei que o cara existisse mesmo. Ele está na Flórida, eu em Podunk, Iowa. Nunca me passou pela cabeça que o cara fosse uma fraude.

— Precisamos de cópias de tudo isto — Wes disse.

— Isso pode ser um problema.

— Por quê?

— Onde iriam copiar?

— O banco não tem uma copiadora?

— Tem, mas não vão copiar este material neste banco.

— Então levaremos a uma copiadora rápida em algum lugar.

— Estamos em Bakers. Não temos uma copiadora rápida.

— Não tem uma loja de artigos de escritório?

— Temos, e o proprietário deve ao meu banco oitenta mil dólares e ele se senta ao meu lado no Rotary Club. Não podem copiar isto aqui. Não vou ser visto com esse material.

Chap e Wes olharam um para o outro, depois para Quince. Wes disse:

— Tudo bem, ouça. Eu fico aqui com você. Chap leva a pasta e encontra uma copiadora.

— Onde?

— Na farmácia — Wes disse.

— Vocês encontraram a farmácia?

— Claro, precisávamos de algumas pinças.

— Aquela copiadora tem vinte anos.

— Não, eles têm uma nova.

— Devem ter cuidado, certo? A farmácia é de um primo em segundo grau da minha secretária. Esta é uma cidade pequena.

Chap apanhou a pasta, foi até a porta que rangeu alto quando ele a abriu e, assim que saiu para o corredor, foi observado atentamente. Em volta da mesa da secretária amontoava-se uma porção de idosas, fazendo nada até Chap aparecer, e então ficaram imóveis e olharam para ele ostensivamente. O velho Sr. Garbe não estava longe. Com um livro-caixa na mão, fingindo estar muito ocupado, mas na verdade cheio de curiosidade. Chap inclinou a cabeça para todos eles e seguiu em frente, passando praticamente por todos os funcionários do banco.

Com outro rangido muito alto, a porta foi trancada por Quince antes que alguém pudesse entrar. Ele e Wes conversaram constrangidos sobre uma coisa e outra, por alguns minutos, a conversa quase parando algumas vezes por falta de interesses comuns. O sexo proibido os tinha aproximado e certamente tinham de evitar o assunto. A vida em Bakers era sem interesse. Quince não podia perguntar nada sobre Wes.

Finalmente, ele disse:

— O que devo dizer na minha carta para Ricky?

Wes se entusiasmou imediatamente.

— Bem, para começar, eu esperaria um mês. Deixe ele suar um pouco. Se responder rapidamente, e com o dinheiro, ele pode achar que é fácil demais.

— E se ele ficar zangado?

— Não vai ficar. Tem tempo de sobra e quer o dinheiro.

— Vocês lêem toda a correspondência dele?

— Achamos que temos acesso à maior parte.

Quince estava curioso. Estar com um homem que agora sabia seu segredo mais profundo dava a sensação de que podia fazer perguntas.

— Como vão fazer para ele parar?

E Wes, por nenhum motivo que pudesse explicar ou entender, disse simplesmente:

— Provavelmente vamos matá-lo.

Uma paz radiante surgiu em volta dos olhos de Quince Garbe, um brilho quente e relaxante que se espalhou por todo seu rosto torturado. As rugas ficaram menos profundas, seus lábios se abriram num pequeno sorriso. Sua herança estaria a salvo afinal, e quando o velho morresse e o dinheiro fosse todo seu abandonaria essa vida para viver como bem quisesse.

— Muito bom — ele disse, baixinho. — Muito, muito bom.

Chap levou a pasta para o quarto de um motel, onde uma copiadora colorida alugada o esperava com outros membros da equipe. Três cópias foram tiradas e trinta minutos depois estava de volta ao banco. Quince examinou os originais. Tudo estava em ordem. Trancou outra vez cuidadosamente a pasta e disse para seus visitantes:

— Acho que está na hora de vocês irem.

Eles saíram sem apertar sua mão ou se despedir formalmente. O que podiam dizer?

Um jato particular os esperava no aeroporto local, cuja pista mal dava para o avião. Três horas depois de deixar Quince, Chap e Wes fizeram seu relatório em Langley. Sua missão fora um sucesso.

Um extrato da conta no Geneva Trust Bank das Bahamas foi conseguido em troca do suborno de 40 mil dólares de um funcionário que já havia trabalhado para eles antes. A Boomer Realty tinha um saldo de 189 mil dólares. Seu advogado tinha o saldo de 68 mil na sua conta particular. O extrato relacionava todas as transações — dinheiro enviado sob ordem de pagamento, dinheiro sacado. O pessoal de Deville tentava desesperadamente localizar a origem das ordens de pagamento. Sabiam do banco do Sr. Garbe, em Des Moines, e sabiam que outra ordem de 100 mil dólares fora enviada de um banco em Dallas. Mas não podiam encontrar quem a fizera.

Estavam investigando em várias frentes quando Teddy chamou Deville. York estava com ele. A mesa estava coberta com cópias da pasta de Garbe e cópias dos extratos do banco.

Deville nunca tinha visto o seu chefe tão desanimado. York também pouco tinha a dizer. Era o alvo principal da confusão Lake, embora Teddy insistisse em assumir a culpa.

— Últimas informações — Teddy disse, em voz baixa.

Deville nem chegou a sentar-se.

— Estamos ainda rastreando o dinheiro. Fizemos contato com a revista *Out and About*. É publicada em New Haven. Uma pequena editora, e não tenho certeza de que poderemos nos infiltrar. Nosso contato nas Bahamas já foi alertado e, quando qualquer ordem de pagamento for recebida, temos uma unidade pronta para revistar os escritórios de Lake no Capitólio, mas é apenas uma probabilidade. Não estou otimista. Temos vinte agentes em campo em Jacksonville.

— Quantos estão seguindo Lake?

— Acabamos de passar de trinta para cinqüenta.

— Ele deve ser vigiado. Não podemos virar as costas. Não é a pessoa que pensamos que fosse e se o perdermos de vista por uma hora, ele pode mandar uma carta ou comprar outra revista.

— Sabemos disso. Estamos fazendo o melhor possível.

— Esta é a nossa mais alta prioridade interna.

— Eu sei.

— Que tal infiltrar alguém na prisão? — Teddy perguntou. Fora uma idéia de última hora de York.

Deville passou a mão nos olhos, roeu as unhas por um momento e disse:

— Vou trabalhar nisso. Teremos de recorrer a influências às quais nunca recorremos antes.

— Quantos são os prisioneiros do sistema federal? — York perguntou.

— Cento e trinta e cinco mil, mais ou menos — Deville disse.

— Certamente podemos encaixar outro, não podemos?

— Vou ver o que pode ser feito.

— Temos algum contato no setor de administração de penitenciárias?

— É território novo, mas estamos trabalhando nisso. Estamos usando um velho amigo do Departamento de Justiça. Estou otimista.

Deville os deixou por algum tempo. Seria chamado de volta dentro de uma hora mais ou menos. York e Teddy organizariam outra lista de perguntas e de tarefas para ele.

— Não me agrada a idéia de revistar seu escritório no Capitólio — York disse. — É muito arriscado. Além disso, levaria uma semana. Aqueles caras têm um milhão de arquivos.

— Também não gosto — Teddy disse, em voz baixa.

— Vamos fazer nosso pessoal da seção de documentos escrever uma carta de Ricky para Lake. Teremos um rastreador no envelope, talvez nos leve ao seu arquivo.

— Excelente idéia. Diga para Deville.

York anotou em um bloco cheio de outras notas, a maior parte riscada. Ele escreveu para passar o tempo, depois fez a pergunta que estava guardando:

— Vai falar com ele?

— Ainda não.

— Quando?

— Talvez nunca. Vamos coletar as informações. Saber tudo que for possível. Ele parece ser muito reservado sobre essa outra vida. Talvez tenha começado depois da morte da mulher. Quem sabe? Talvez consiga manter em segredo.

— Mas ele tem de saber que você sabe. Do contrário, pode se arriscar outra vez. Se souber que estamos sempre vigiando, vai se comportar. Talvez.

— Enquanto isso, o mundo está indo para o inferno. Armas nucleares são compradas e vendidas e contrabandeadas através de fronteiras. Estamos rastreando sete pequenas guerras com mais três prestes a explodir. Maníacos no Oriente Médio criando exércitos e armazenando petróleo. E ficamos aqui sentados, hora após hora, fazendo planos contra três juízes condenados que neste exato momento talvez estejam jogando canastra.

— Eles não são burros — York disse.

— Não, mas são descuidados. Suas redes apanharam a pessoa errada.

— Acho que nós apanhamos a pessoa errada.

— Não, eles apanharam.

DEZENOVE

O memorando do supervisor regional da administração de penitenciárias em Washington chegou por fax. Dirigido ao Sr. Emmitt Broon, o diretor de Trumble. Em linguagem concisa, mas padronizada, o supervisor dizia que havia examinado os registros e estava preocupado com o número de visitas de um certo Trevor Carson, advogado de três detentos. O advogado Carson chegou ao ponto de fazer visitas quase diárias.

Embora todos os prisioneiros tivessem direito constitucional de se encontrar com seus advogados, a prisão tinha direito de regular as visitas. Como medida a entrar em vigor imediatamente, as visitas advogado/cliente ficariam restritas às terças-feiras, quintas-feiras e sábados, entre 3 e 6 horas da tarde. Exceções seriam permitidas mediante prova de um bom motivo.

A nova diretriz estaria em vigor por um período de noventa dias, depois do que seria revisada.

Tudo bem para o diretor. Ele também começava a suspeitar das visitas quase diárias de Trevor. Tinha interrogado o setor de recepção e os guardas, num esforço vão para determinar qual era exatamente a natureza de tantos trabalhos legais. Link, o guarda que geralmente conduzia Trevor à sala dos advogados e que também geralmente recebia duas notas de vinte a cada visita, disse ao diretor que o advogado e o Sr. Spicer falavam sobre processos e apelações e coisas assim.

— Só aquela conversa fiada de advogados — Link disse.

— E você sempre revista a pasta dele? — o diretor perguntou.

— Sempre — Link respondeu.

Por cortesia, o diretor ligou para o Dr. Trevor Carson em Neptune Beach. Uma mulher atendeu e disse asperamente:

— Escritório de advocacia.

— O Dr. Trevor Carson, por favor.

— Quem está falando?

— Emmitt Broon.

— Bem, Sr. Emmitt, neste momento ele está tirando um cochilo.

— Compreendo. Podia por favor acordá-lo? Sou o diretor da prisão federal em Trumble e preciso falar com ele.

— Um minuto.

Ele esperou um longo tempo e ela voltou dizendo:

— Sinto muito. Não consegui acordar o Dr. Trevor. Posso pedir para ele retornar seu chamado?

— Não, obrigado. Mandarei uma nota por fax.

A idéia de um contragolpe foi de York. Quando jogava golfe num domingo e à medida que seu jogo avançava, ocasionalmente no campo, porém mais vezes na areia e no meio das árvores, o plano crescia e se tornou brilhante. Abandonou os companheiros de jogo depois de quatorze buracos e telefonou para Teddy.

Aprenderiam as táticas do adversário. E podiam desviar a atenção deles de Al Konyers. Não tinham nada a perder.

A carta foi escrita por York e passada a um dos melhores falsificadores da seção de documentos. O correspondente recebeu o nome de Brant White e a primeira carta era escrita à mão num cartão-postal simples, branco, mas caro.

Caro Ricky

Vi seu anúncio e gostei. Tenho cinqüenta e cinco anos, estou em ótima forma e à procura de algo mais do que me corresponder. Minha mulher e eu acabamos de comprar uma casa em Palm Valley, não longe de Neptune Beach. Estaremos lá dentro de três semanas e planejamos ficar dois meses.

Se estiver interessado, mande foto. Se eu gostar, darei mais detalhes.

Brant

O endereço do remetente era Caixa Postal 88645, Upper Darby, PA 19082.

Para economizar dois ou três dias, a seção de documentos aplicou um carimbo da Filadélfia e a carta foi enviada por via aérea para Jacksonville, onde o agente Klockner pessoalmente a levou para a caixa postal Aladdin North em Neptune Beach. Era uma segunda-feira.

Depois do seu cochilo no dia seguinte, Trevor apanhou a correspondência, saiu de Jacksonville via oeste, para Trumble. Foi recebido pelos mesmos guardas, Mackey e Vince, na porta da frente e assinou o mesmo livro de visitas que Rufus pôs na sua frente. Seguiu Link para a área de visitas e para um canto onde Spicer esperava, numa das pequenas salas dos advogados.

— Estou sendo controlado — Link disse, quando entraram na sala. Spicer não levantou os olhos. Trevor entregou duas notas de vinte para Link que as guardou imediatamente.

— Por quem? — Trevor perguntou, abrindo a pasta. Spicer lia o jornal.

— O diretor.

— Diabo, ele diminuiu as minhas visitas. O que mais ele quer?

— Você não compreende? — Spicer disse, sem abaixar o jornal da frente do rosto. — Link está chateado porque não vai ganhar como antes. Certo, Link?

— Pode apostar. Eu não sei que tipo de negócio vocês fazem aqui, mas se eu fizesse uma inspeção mais rigorosa vocês teriam problemas. Certo?

— Você está sendo bem pago — Trevor disse.

— É o que você pensa.

— Quanto você quer? — Spicer olhou para ele.

— Mil por mês, em dinheiro — ele disse, olhando para Trevor. — Apanho no seu escritório.

— Mil paus e a correspondência não será examinada — Spicer disse.

— Isso aí.

— E nem uma palavra para ninguém.

— Isso aí.

— Negócio fechado. Agora dê o fora daqui.

Link sorriu para os dois e saiu. Ficou do lado de fora da porta e, para benefício das câmeras de circuito fechado, olhava ocasionalmente pela janela de vidro.

Dentro, a rotina pouco variou. A troca da correspondência aconteceu primeiro e levou só um segundo. De uma pasta velha, a mesma de sempre, Joe Roy Spicer tirou as cartas para serem enviadas e as entregou para Trevor, que tirou as outras da pasta e deu para seu cliente.

Havia seis cartas para serem enviadas. Às vezes eram mais de dez, raramente menos de cinco. Embora Trevor não guardasse anotações, nem cópias ou documentos num arquivo que serviriam como prova de que ele tinha alguma coisa a ver com o pequeno golpe da Confraria, tinha certeza de que devia haver vinte ou trinta vítimas em potencial sendo preparadas no momento. Reconheceu alguns dos nomes e endereços.

Vinte e uma, para ser exato, de acordo com os registros minuciosos de Spicer. Vinte e uma perspectivas sérias, e dezenove que eram de menor importância. Quase quarenta correspondentes no momento escondidos nos seus armários, alguns com medo da própria sombra, outros ficando mais ousados a cada semana, outros ainda prestes a arrombar a porta a pontapés e correr ao encontro de Ricky ou de Percy.

A parte mais difícil era ser paciente. O golpe estava funcionando, o dinheiro trocava de mãos, a tentação era pressionar a todos rapidamente. Beech e Yarber trabalhavam arduamente nas cartas durante horas enquanto Spicer dirigia a operação. Precisava-se de disciplina para fisgar um novo correspondente com dinheiro, depois era só amaciar com palavras bonitas para conquistar sua confiança.

— Estamos para receber de alguém? — Trevor perguntou.

Spicer examinava as novas cartas.

— Não vai me dizer que está sem dinheiro — ele disse. — Você está ganhando mais do que nós.

— Meu dinheiro está guardado como o de vocês. Eu só gostaria de ter um pouco mais.

— Eu também. — Spicer olhou para o envelope de Brant em Upper Darby, Pensilvânia. — Ah, um novo — ele murmurou, e abriu a carta. Leu rapidamente e ficou surpreso com o tom. Nenhum medo, nenhuma palavra inútil, nada de rodeios. O homem estava pronto para a ação.

"Onde fica Palm Valley?", ele perguntou.

— Dez minutos ao sul das praias. Por quê?

— Que tipo de lugar é?

— Uma dessas comunidades com campo de golfe exclusivo para aposentados ricos, quase todos do norte.

— Quanto valem as casas?

— Bem, nunca estive lá, certo? Eles mantêm o maldito lugar trancado, guardas por toda a parte como se alguém pudesse entrar e roubar seus carrinhos de golfe, mas...

— Quanto valem as casas?

— Nada menos de um milhão. Vi uma ou duas anunciadas por três milhões.

— Espera aqui — Spicer disse, indo para a porta com sua pasta na mão.

— Aonde você vai? — Trevor perguntou.

— À biblioteca. Volto em meia hora.

— Tenho coisas para fazer.

— Não, não tem. Leia os jornais.

Spicer disse alguma coisa para Link, que o escoltou para fora da área de visitas e seguiram para o prédio da administração. Atravessou rapidamente o gramado. O sol estava quente e os jardineiros faziam jus aos seus cinqüenta centavos a hora.

Bem como os zeladores da biblioteca de direito. Beech e Yarber estavam escondidos na pequena sala de reunião, descansando das suas redações com um jogo de xadrez, quando Spicer entrou apressado, com um sorriso diferente.

— Rapazes, finalmente fisgamos um grande — ele disse, jogando a carta de Brant na mesa. Beech leu alto.

— Palm Valley é uma dessas comunidades de golfe para gente rica — Spicer explicou, orgulhosamente. — Casas de cerca de três milhões. O cara tem muita grana e não é de escrever muito.

— Ele parece ansioso — Yarber observou.

— Precisamos agir rapidamente — Spicer disse. — Ele quer vir daqui a três semanas.

— Qual é o provável lucro futuro? — Beech perguntou. Adorava a linguagem daqueles que investiam milhões.

— Pelo menos meio milhão — Spicer disse. — Vamos escrever a carta agora. Trevor está esperando.

Beech abriu uma das suas várias pastas e mostrou suas ferramentas, folhas de papel em cores pastel.

— Acho que vou tentar o cor de pêssego — ele disse.

— Ah, sem dúvida — Spicer disse. — Use o pêssego.

Ricky escreveu uma versão mais branda da carta de contato inicial. Vinte e oito anos, formado na universidade, numa clínica de reabilitação mas prestes a ter alta. Provavelmente em dez dias, muito solitário. À procura de um homem maduro para começar um relacionamento. Muito conveniente o Brant vir morar tão perto, porque Ricky tinha uma irmã em Jacksonville e ele ia ficar com ela. Não havia nenhum obstáculo a ser vencido. Ele estaria pronto para quando Brant viesse para o sul. Mas gostaria primeiro de uma foto. Brant era mesmo casado? Sua mulher ia morar em Palm Valley também? Ou ficaria na Pensilvânia? Não seria ótimo se ela ficasse?

Anexaram a mesma foto colorida usada uma centena de vezes. Tinham prova de que era irresistível.

O envelope cor de pêssego foi levado por Spicer para a sala dos advogados onde Trevor esperava.

— Ponha no correio imediatamente — Spicer ordenou.

Passaram dez minutos vendo as apostas do basquete, depois se despediram sem um aperto de mãos.

De volta a Jacksonville, Trevor ligou para um novo agente de apostas, um mais importante, agora que era um grande jogador. A linha digital era sem dúvida mais segura, mas o telefone não era. O agente Klockner e sua equipe estavam ouvindo, como sempre, e seguindo as apostas de Trevor. Ele não ia mal, tendo chegado a ganhar 4.500 dólares nas duas últimas semanas. Em contraposição, sua firma de advocacia tivera um lucro de 800 dólares no mesmo período.

Além do telefone, havia quatro microfones no Fusca, de baixa qualidade, mas que funcionavam. E debaixo de cada pára-choque um transmissor, ligado ao sistema elétrico do carro e verificado de duas em duas noites, quando Trevor estava bebendo ou dormindo. Um receptor poderoso, na casa no outro lado da rua, seguia o Fusca por toda a parte. Enquanto Trevor seguia pela estrada, falando no telefone, como um figurão, esbanjando dinheiro como um ricaço, tomando café escaldante em uma loja de conveniências, ele emitia mais sinais do que a maioria dos jatos particulares.

Sete de março. Dia das grandes primárias. A Superterça-feira. Aaron Lake entrou triunfante no palco de uma grande sala de banquetes de um hotel em Manhattan, enquanto milhares de pessoas aplaudiam e gritavam, música tocava alto e balões caíam do teto. Ele ganhou em Nova York com 43 por cento dos votos. O governador Tarry teve 29 por cento, e os outros ficaram com o resto. Lake abraçou gente que nunca vira antes, acenou para pessoas que nunca veria outra vez, falou de improviso. Um esplêndido discurso de vitória.

Depois viajou para Los Angeles, para outra comemoração de vitória. Durante quatro horas no seu jato para cem pessoas, alugado por um milhão por mês e que voava à velocidade de 500 milhas por hora, a onze mil e quinhentos metros de altura, ele e sua equipe monitoraram os resultados dos doze estados que participavam da Superterça-feira. Ao longo da Costa Leste, onde a votação já havia terminado, Lake ganhou por pouco no Maine e em Connecticut, mas conseguiu amplas margens em Nova York, Massachusetts, Maryland e Geórgia. Perdeu em Rhode Island por oitocentos votos e ganhou em Vermont por mil. Quando voava sobre o Missouri a CNN informou que havia ganho do governador Tarry naquele estado pela porcentagem de quatro pontos. Ohio também foi uma vitória apertada.

Quando chegou à Califórnia, estava encerrado o itinerário. Dos 591 delegados participantes ele capturou 390. Também solidificou o impulso da corrida. E, o mais importante, Aaron Lake agora tinha o dinheiro, o governador Tarry caía rapidamente e todas as apostas estavam em Lake.

VINTE

Seis horas depois da sua vitória na Califórnia, Lake acordou para mais um dia frenético, cheio de entrevistas ao vivo. Sofreu durante horas e depois voou para Washington.

Foi direto para a sede da campanha, no andar térreo de um grande prédio comercial na rua H, perto da Casa Branca. Agradeceu a seus colaboradores, quase nenhum voluntário entre eles. Enfrentou a multidão, apertou mãos, o tempo todo se perguntando: "De onde vem essa gente?"

Vamos vencer, ele repetiu vezes sem conta e todo mundo acreditou. Por que não?

Reuniu-se por uma hora com o alto escalão da sua equipe. Ele tinha 65 milhões em caixa e nenhuma dívida. Tarry tinha menos de um milhão e estava ainda tentando contar o dinheiro que devia. Na verdade, a campanha de Tarry tinha perdido o prazo federal porque sua contabilidade estava uma bagunça. Todo dinheiro tinha desaparecido. As contribuições pararam. Lake estava recebendo todo o dinheiro.

Os nomes dos três potenciais vice-presidentes foram debatidos com grande entusiasmo. Era um exercício estimulante porque significava que a nomeação estava garantida. A primeira escolha de Lake, o senador Nance, de Michigan, estava na berlinda por causa de alguns negócios escusos que fizera no passado. Seus sócios eram de Detroit, de origem italiana, e Lake podia fechar os olhos e ver a imprensa tirando o couro de Nance. Criou-se um comitê para examinar mais a fundo o assunto.

E foi criado outro comitê para começar a planejar a presença de Lake na convenção em Denver. Lake queria um novo redator de discurso, agora, para elaborar o discurso de aceitação.

Lake admirava-se com os próprios custos da campanha. O coordenador da sua campanha estava ganhando 150 mil naquele ano, não por doze meses, mas até o Natal. Havia um chefe de finanças, outro da política da campanha, das relações com a imprensa, um chefe de operações, outro de planejamento da estratégia, todos com contratos de 120 mil dólares por cerca de dez meses de trabalho. Cada um desses coordenadores tinha dois ou três subalternos imediatos, pessoas que Lake mal conhecia e que ganhavam 90 mil dólares cada uma. Depois havia os assistentes da campanha, não os voluntários que a maioria dos candidatos atraía, mas empregados de fato, que ganhavam 50 mil dólares cada um e mantinham os escritórios num verdadeiro frenesi. Havia dezenas deles. E dezenas de funcionários de escritório e secretárias e, que diabo, ninguém ganhava menos de 40 mil dólares.

E ainda por cima, Lake dizia constantemente para si mesmo: eu terei de arranjar empregos para eles na Casa Branca, se chegar até lá. Garotos que andavam de um lado para o outro com seus buttons na lapela e que esperavam ter permissão para entrar na Ala Oeste e empregos de 80 mil dólares por ano.

É uma gota d'água, ele procurava lembrar-se sempre. Não se prenda a coisas pequenas quando há muito mais em jogo.

Os pontos negativos foram relegados para o fim da reunião e discutidos rapidamente. Uma reportagem do *Post* investigava o início da carreira de Lake. Sem muito esforço eles chegaram à confusão do Árvore Verde, um empreendimento imobiliário fracassado, há vinte e dois anos. Lake e um sócio tinham ido à falência com o Árvore Verde, legalmente lesando os credores em 800 mil dólares. O sócio foi indiciado por falência fraudulenta, mas um júri o inocentou. Ninguém encostou um dedo em Lake e por sete vezes, depois disso, o povo do Arizona o elegeu para o Congresso.

— Responderei a qualquer pergunta sobre o Árvore Verde — Lake disse. — Foi somente um negócio que não deu certo.

— A imprensa está prestes a mudar de atitude — disse o chefe de imprensa. — Você é carne nova e não foi sujeito ainda a um escrutínio minucioso. Está na hora de eles começarem o ataque.

— Já começou — Lake disse. — Eu não tenho o que esconder.

Para o jantar, ele foi levado ao Mortimer's, o lugar ideal para ser visto na Pensilvânia, onde se encontrou com Elaine Tyner, a advogada que coordenava o D-PAC. Comendo frutas e queijo *cottage*, ela apresentou a situação atual das finanças do Comitê de ação política. Dinheiro em caixa: 29 milhões de dólares, nenhuma dívida importante, dinheiro entrando o tempo todo, de todas as partes do mundo.

Gastar esse dinheiro era o desafio. Como era considerado "dinheiro fraco", ou dinheiro que não podia ir diretamente para a campanha de Lake, tinha de ser usado em outras coisas. Tyner tinha vários alvos. O primeiro era uma série de filmes de propaganda genérica, no mesmo tom catastrófico, engendrado por Teddy. O D-PAC já estava comprando o horário nobre na televisão para o outono. O segundo, e o mais agradável, era a corrida para o senado e para o Congresso.

— Eles estão se alinhando como formigas — ela disse, com humor. — É espantoso o que uns poucos milhões podem fazer.

Ela contou a história de uma corrida para o Congresso num distrito do norte da Califórnia onde um político, com vinte anos de experiência, que Lake conhecia e desprezava, começou o ano com vantagem de quarenta pontos em relação a um adversário desconhecido. O desconhecido procurou o D-PAC e entregou a alma a Aaron Lake.

— Praticamente assumimos sua campanha — ela disse. — Estamos escrevendo discursos, fazendo pesquisas, fazendo toda a propaganda impressa e de TV, até contratamos uma nova equipe para ele. Até agora, gastamos um milhão e meio e nosso garoto está dez pontos na frente. E temos ainda sete meses pela frente.

Tyner e o D-PAC estavam intervindo num total de trinta disputas para o Congresso e dez para o senado. Ela esperava levantar um total de 60 milhões e gastar cada centavo até novembro.

A terceira área "focalizada" era tomar o pulso do país. O D-PAC pesquisava sem parar, todos os dias, quinze horas por dia.

Se os trabalhadores do oeste da Pensilvânia se preocupavam com alguma coisa, o D-PAC saberia. Se os hispânicos em Houston estavam satisfeitos com a nova política de bem-estar social, o D-PAC saberia. Se as mulheres na grande Chicago gostavam ou não de uma propaganda de Lake, o D-PAC sabia qual a porcentagem das que gostavam e a das que não gostavam.

— Sabemos de tudo — ela garantiu. — Somos como o Big Brother, sempre vigilantes.

A pesquisa custava 60 mil dólares por dia, uma pechincha. Ninguém podia tocá-la. Nas questões importantes, Lake estava nove pontos na frente de Tarry, no Texas, e até na Flórida, que Lake ainda não havia visitado, e já estava encostando em Indiana, o estado de origem de Tarry.

— Tarry está cansado — ela disse. — O moral está baixo porque ele ganhou em New Hampshire e o dinheiro estava entrando. Então, você apareceu do nada, um novo rosto, sem bagagem, com uma nova mensagem, começa a ganhar e de repente o dinheiro vai ao seu encontro. Tarry não é capaz de levantar cinqüenta dólares numa venda de bolos na igreja. Ele está perdendo gente importante porque não pode pagar e porque eles farejam outro vencedor.

Lake mastigou um pedaço de abacaxi e saboreou as palavras. Não eram novas, ele as ouvia do seu pessoal. Mas vindas de uma pessoa experimentada como Tyner, eram mais tranqüilizadoras.

— Quais são os números do vice-presidente? — ele perguntou. Tinha sua relação das pesquisas, mas por algum motivo confiava mais no que ela ia dizer.

— Ele vai tirar a nomeação de letra — ela disse, o que não era novidade. — Mas a convenção vai ser uma parada dura. No momento, você está apenas alguns pontos atrás dele na grande questão: em quem você vai votar em novembro?

— Novembro está longe ainda.

— Está e não está.

— Muita coisa pode mudar — Lake disse, pensando em Teddy e imaginando que tipo de crise ele ia criar para apavorar o povo americano.

O jantar foi mais um lanche rápido e, do Mortimer's, Lake foi levado para uma pequena sala no hotel Hay-Adams. Foi um jantar longo com amigos, duas dúzias de colegas do Congresso. Poucos deles tinham corrido para apoiá-lo quando ele entrou na disputa, mas agora estavam ferozmente entusiasmados com seu homem. A maioria tinha sua equipe de pesquisas. O carro da vitória rolava montanha abaixo.

Lake nunca tinha visto seus velhos amigos tão felizes com sua companhia.

A carta foi preparada na seção de documentos por uma mulher chamada Bruce, um dos três melhores falsificadores da agência. Presas com tachas no seu quadro de cortiça, no pequeno laboratório, estavam as cartas escritas por Ricky. Excelentes amostras, com muito mais do que ela precisava. Não tinha idéia de quem era Ricky, mas sem dúvida sua caligrafia era artificial. Era bastante consistente, como as amostras mais recentes demonstrando claramente uma facilidade só adquirida com a prática. O vocabulário não era notável, mas ela suspeitava que ele tentava limitá-lo. A construção das frases revelava poucos erros. Bruce imaginou que ele devia ter entre quarenta e sessenta anos, e pelo menos concluído o segundo grau.

Mas essas inferências não faziam parte do seu trabalho, pelo menos não nesse caso. Com a mesma caneta e o mesmo papel usados por Ricky ela escreveu uma bela carta para Al. O texto fora preparado por outra pessoa, ela não sabia quem. Nem queria saber.

A carta dizia: "Oi, Al, por onde você tem andado? Por que não tem escrito? Não se esqueça de mim." Esse tipo de carta, mas com uma bela surpresa. Como Ricky não podia usar o telefone, ele estava mandando para Al uma fita cassete com uma breve mensagem, da clínica de reabilitação.

Bruce escreveu a carta em uma página, depois trabalhou durante uma hora no envelope. O carimbo que ela usou era de Neptune Beach, Flórida.

Não selou o envelope. Seu pequeno projeto foi inspecionado, depois levado a outro laboratório. A fita foi gravada por um jovem agente que tinha estudado teatro na universidade. Com voz suave e sem sotaque, ele disse: "Oi, Al, aqui é Ricky. Espero que fique surpreso por ouvir a minha voz. Não nos deixam usar os telefones por aqui, não sei por que, mas por algum motivo podemos enviar e receber fitas gravadas. Mal posso esperar para sair daqui." Então, tagarelou por cinco minutos sobre a clínica e o quanto ele odiava seu tio e o pessoal que dirigia Aladdin North. Mas admitiu que o tinham livrado dos vícios. Tinha certeza de que quando olhasse para trás, não julgaria a clínica com tanto rigor.

Toda a narrativa não passava de conversa fiada. Não foi citado nenhum plano para sua alta, nenhum sinal de para onde ele iria ou o que ia fazer, apenas uma referência vaga sobre ver Al algum dia.

Não estavam prontos ainda para fisgar Al Konyers. O único objetivo da fita era esconder dentro da sua caixa um transmissor com força suficiente para levá-los ao arquivo secreto de Lake. Uma pequena escuta no envelope era muito arriscado. Al podia ser bastante esperto para descobrir.

Na Mailbox America, em Chevy Chase, a CIA controlava agora oito caixas, alugadas por um ano por oito pessoas diferentes, cada uma com o mesmo acesso de vinte e quatro horas que tinha o Sr. Konyers. Eles entravam e saíam a toda hora, verificando suas pequenas caixas, apanhando correspondência mandada por eles mesmos, ocasionalmente dando uma espiada na caixa de Al, quando ninguém estava olhando.

Como sabiam seu horário melhor do que ele próprio, esperavam pacientemente que ele fizesse sua ronda. Tinham certeza de que chegaria sorrateiramente como antes, vestido com sua roupa de jogging, por isso seguraram o envelope com a fita até quase dez horas, certa noite. Depois, o puseram na caixa.

Quatro horas depois, com uma dúzia de agentes vigiando cada movimento, Lake saltou de um táxi na frente da Mailbox America, entrou rapidamente, o rosto escondido pela aba longa de um boné, foi até sua caixa, tirou a correspondência e voltou correndo para o táxi.

Seis horas depois, ele saiu de Georgetown para um desjejum no Hilton, e eles esperaram. Deu uma palestra para uma associação de chefes de polícia às nove horas e para mil diretores de escolas, às onze. Almoçou com o porta-voz do Congresso. Gravou uma cansativa sessão de perguntas e respostas com alguns jornalistas às três, depois voltou para casa para fazer as malas. Seu itinerário exigia que ele embarcasse no Aeroporto Nacional Reagan às oito horas da noite, para Dallas.

Eles o seguiram até o aeroporto, viram o Boeing 707 levantar vôo e telefonaram para Langley. Quando os dois agentes do serviço secreto chegaram para revistar a casa de Lake, na cidade, a CIA já estava lá dentro.

A revista terminou na cozinha dez minutos depois de ter começado. Um receptor manual apanhou o sinal da fita cassete. Eles a encontraram no cesto de lixo junto com uma caixa vazia de leite, dois pacotes rasgados de aveia, algumas toalhas de papel usadas e a edição da manhã do *Washington Post*. Uma faxineira ia duas vezes por semana. Lake tinha simplesmente deixado o lixo para que ela jogasse fora.

Não encontraram o arquivo de Lake porque ele não tinha nenhum arquivo. Homem esperto. Ele jogava fora a evidência.

Teddy ficou quase aliviado quando soube. A equipe estava ainda na casa, esperando que o serviço secreto fosse embora. Fosse o que fosse que Lake fazia na sua vida secreta, ele se esforçava para não deixar nenhuma pista.

A fita abalou Aaron Lake. Ler as cartas de Ricky e olhar para o belo rosto na foto tinham-lhe provocado uma excitação nervosa. O jovem estava longe e a probabilidade era de que nunca se encontrariam. Podiam se corresponder à distância e fazer tudo calmamente, pelo menos foi o que Lake imaginou no começo.

Mas ouvir a voz de Ricky os aproximava demais e isso o abalou. O que havia começado há poucos meses como uma curiosa e pequena brincadeira apresentava agora possibilidades terríveis. Era por demais arriscado. Lake tremeu à idéia de ser apanhado.

Mas isso ainda parecia impossível. Estava bem escondido sob a máscara de Al Konyers. Ricky não tinha a menor pista. Era "Al para cá" e "Al para lá", na fita gravada. A caixa postal era seu escudo.

Mas tinha de pôr um fim naquilo. Pelo menos por enquanto. O Boeing estava lotado, com sua bem remunerada equipe. Não era suficientemente espaçoso para conter todo seu séquito. Se alugasse um 747, dentro de dois dias estaria lotado com assistentes de campanha, conselheiros, consultores e especialistas em pesquisa, para não mencionar seu crescente número de guarda-costas do serviço secreto.

Quanto maior o número de primárias que ele vencia, mais pesado ficava o avião. Podia ser até bom perder em um ou dois estados para se desfazer de uma parte da bagagem.

No escuro do avião, Lake tomava suco de tomate e resolveu escrever a última carta para Ricky. Al desejaria a ele tudo de bom e simplesmente terminaria a correspondência. O que o garoto podia fazer?

Viu-se tentado a escrever ali mesmo, sentado na poltrona reclinável, com os pés para cima. Mas a qualquer momento algum assistente apareceria com outra informação que o candidato tinha de ouvir imediatamente. Não tinha privacidade. Não tinha tempo para pensar, para descansar ou para devaneios. Cada pensamento agradável era interrompido pelo resultado de uma nova pesquisa, uma nova história ou a necessidade urgente de tomar uma decisão.

Sem dúvida poderia se esconder na Casa Branca. Homens solitários tinham morado lá antes.

VINTE E UM

O caso do roubo do telefone celular fascinara os prisioneiros de Trumble no último mês. T-Bone, um garoto magricela de Miami, cumprindo vinte anos por narcotráfico, tomara posse de um celular por meios ainda não esclarecidos. Telefone celular era estritamente proibido em Trumble e o método pelo qual ele havia conseguido um aparelho criava mais rumores do que a vida sexual de T. Karl. Os poucos que realmente viram o telefone o descreveram, não no tribunal, mas no campo, como não maior do que um cronômetro. T-Bone fora visto esgueirando-se na sombra, semi-agachado, com o queixo no peito, de volta ao mundo lá fora, murmurando no telefone. Sem dúvida, ele estava comandando as operações de rua em Miami.

Então, o celular desapareceu. T-Bone avisou que mataria quem o tinha roubado e, como as ameaças de violência não tiveram resultado, ele ofereceu uma recompensa de mil dólares em dinheiro. As suspeitas logo recaíram sobre outro jovem traficante, Zorro, de Atlanta, tão agressivo quanto T-Bone. Um assassinato parecia provável, por isso os guardas e os responsáveis intervieram e convenceram os dois de que seriam mandados embora se as coisas saíssem do controle. A violência não era tolerada em Trumble. A punição era a transferência para uma prisão de segurança média com detentos que conheciam a violência.

Alguém falou para T-Bone das sessões semanais do tribunal da Confraria e no tempo certo ele encontrou T. Karl e deu entrada no processo. Queria o telefone de volta, mais um milhão de dólares como punição pelo prejuízo.

Quando foi marcada a data para o julgamento, um diretor-assistente apareceu na lanchonete para observar o procedimento e a data foi rapidamente adiada pela Confraria. Alegações de quem tinha ou não a posse de um celular ilegal não podiam ser ouvidas por nenhum membro da administração. Os guardas que assistiam aos shows semanais não diziam nada a ninguém.

O juiz Spicer finalmente convenceu um conselheiro da prisão que os rapazes tinham um assunto particular para resolver sem interferência das autoridades.

— Estamos tentando resolver um probleminha — ele murmurou. — E precisamos fazer isso em particular.

O pedido funcionou e na terceira sessão do tribunal a lanchonete estava lotada de espectadores, a maioria esperando ver sangue. O único funcionário oficial da prisão era um guarda, sentado no fundo da sala, quase dormindo.

Nenhum dos litigantes era estranho a tribunais, por isso não foi surpresa ver T-Bone e Zorro atuando como seus próprios advogados. O juiz Beech passou grande parte da primeira hora tentando evitar a linguagem da sarjeta. Por fim, desistiu. O queixoso fez acusações terríveis, que não podiam ser provadas nem com a ajuda de mil agentes do FBI. As negativas do acusado foram igualmente ruidosas e absurdas. T-Bone marcou pontos importantes com duas declarações escritas, assinadas por prisioneiros cujos nomes foram revelados somente para a Confraria e que continham relatos de testemunhas oculares de que tinham visto Zorro tentando se esconder enquanto falava num pequeno telefone.

A resposta furiosa de Zorro descreveu os abaixo-assinados numa linguagem que a Confraria nunca tinha ouvido.

O golpe de misericórdia partiu do nada. T-Bone, num movimento que o mais astuto advogado teria admirado, trouxe com ele farta documentação. Os registros do seu telefone tinham sido contrabandeados para Trumble e ele mostrou à corte, preto no branco, que exatamente cinqüenta e quatro ligações haviam sido feitas para o sudoeste de Atlanta. Os que o apoiavam, sem dúvida a maioria, mas cuja lealdade podia desaparecer num instante, gritaram e festejaram até T. Karl bater com força seu martelo de plástico, fazendo-os se calarem.

Zorro teve dificuldade para se refazer e a hesitação o derrotou. Recebeu ordem de devolver imediatamente o telefone para a Confraria, dentro de vinte e quatro horas, e reembolsar T-Bone dos 450 dólares das ligações a longa distância. Se depois de vinte e quatro horas o telefone não aparecesse, o diretor seria informado do caso, com a descoberta feita pela Confraria de que Zorro na verdade possuía um telefone celular ilegal.

A Confraria ordenou também que os dois mantivessem distância um do outro de pelo menos quinze metros o tempo todo, mesmo durante as refeições.

T. Karl bateu o martelo e os prisioneiros começaram a sair da sala fazendo muito barulho. Ele anunciou o caso seguinte, outra pequena disputa de jogo, e esperou que os espectadores saíssem.

— Silêncio! — ele gritou, o que só serviu para aumentar o vozerio. A Confraria voltou aos seus jornais e revistas.

— Silêncio! — ele urrou outra vez, batendo com o martelo.

— Cala a boca! — Spicer gritou para T. Karl. — Você está fazendo mais barulho do que eles.

— É o meu trabalho — T. Karl respondeu zangado, os cachos da peruca balançando em todas as direções.

Quando a lanchonete ficou vazia, só sobrou um prisioneiro. T. Karl olhou em volta e finalmente perguntou a ele:

— É o Sr. Hooten?

— Não, senhor — o jovem respondeu.

— É o Sr. Jenkins?

— Não, senhor.

— Não pensei que fosse. O caso Hooten versus Jenkins fica suspenso por motivo de não-comparecimento — T. Karl disse e anotou dramaticamente na sua agenda do tribunal.

— Quem é o senhor? — Spicer perguntou ao jovem, sentado sozinho olhando ressabiado, como se não tivesse certeza de ser bem-vindo, para os três homens com mantos verde-claros, que agora olhavam para ele, bem como o palhaço com a peruca grisalha, o pijama velho marrom e sapatos cor de lavanda, sem meias. Quem era aquela gente?

Levantou-se lentamente e se adiantou, apreensivo, até ficar na frente dos três.

— Estou procurando ajuda — ele disse, quase com medo de falar.

— Tem algo para dizer à corte? — T. Karl rosnou.

— Não, senhor.

— Então deve...

— Cala a boca! — Spicer disse. — O tribunal entra em recesso. Vá embora.

T. Karl fechou com violência a agenda, empurrou com o pé a cadeira e saiu furioso da sala, arrastando os sapatos no ladrilho, a peruca sacudindo atrás dele.

O jovem parecia prestes a chorar.

— O que podemos fazer por você? — Yarber perguntou.

Ele segurava uma pequena caixa de papelão e a Confraria sabia, por experiência, que estava cheia dos papéis que o haviam levado a Trumble.

— Preciso de ajuda — ele repetiu. — Cheguei aqui na semana passada e meu companheiro de cela disse que vocês podiam me ajudar com as apelações.

— Você não tem advogado? — Beech perguntou.

— Eu tinha. Ele não era muito bom. É uma das razões por que estou aqui.

— Por que você está aqui? — perguntou Spicer.

— Eu não sei. Realmente não sei.

— Você teve um julgamento?

— Sim. Muito longo.

— E o júri o declarou culpado?

— Sim. Eu e uma porção de outros. Disseram que fazíamos parte de uma quadrilha.

— Uma quadrilha para fazer o quê?

— Importar cocaína.

Outro viciado. De repente ficaram ansiosos para voltar a escrever suas cartas.

— De quanto é a sua sentença? — Yarber perguntou.

— Quarenta e oito anos.

— Quarenta e oito anos! Que idade você tem?

— Vinte e três.

As cartas foram momentaneamente esquecidas. Olharam para o rosto jovem e tristonho e tentaram imaginá-lo com mais cinqüenta anos. Libertado aos setenta e um anos, era impossível imaginar. Cada um dos membros da Confraria deixaria Trumble muito mais moço do que aquele garoto.

— Puxe uma cadeira — Yarber disse e o garoto apanhou a cadeira mais próxima e a pôs na frente da mesa dos juízes. Até Spicer sentiu alguma pena dele.

"Como você se chama?", Yarber perguntou.

— Me chamam de Buster.

— Muito bem, Buster. O que você aprontou para pegar quarenta e oito anos?

A história veio torrencialmente. Balançando a caixa sobre os joelhos e olhando para o chão, ele começou a falar que nunca tivera problema com a lei, nem seu pai. Tinham um pequeno desembarcadouro em Pensacola. Pescavam e velejavam, amavam o mar e administrar a pequena doca era tudo que queriam na vida. Venderam um barco de pesca usado, de cinqüenta pés, para um homem de Fort Lauderdale, um americano que pagou em dinheiro 95 mil dólares. O dinheiro foi para o banco, ou pelo menos Buster pensou que tinha ido. Alguns meses mais tarde, o homem voltou para comprar outro barco, de trinta e oito pés, pelo qual pagou 80 mil dólares. Pagar barcos em dinheiro não era incomum na Flórida. Seguiram um terceiro e quarto barcos. Buster e o pai sabiam onde encontrar bons barcos pesqueiros, que eles reformavam. Gostavam de fazer o trabalho pessoalmente. Depois do quinto barco, os homens da divisão de narcóticos apareceram. Fizeram perguntas, vagas ameaças, queriam examinar os livros e os registros. A princípio, o pai de Buster negou permissão, e então contrataram um advogado que os aconselhou a não cooperar. Nada aconteceu durante alguns meses.

Buster e o pai foram presos às 3 horas da manhã de domingo por um bando de homens com coletes e armas suficientes para manter Pensacola toda como refém. Foram arrastados, semi-

despidos, da sua pequena casa perto da baía, com luzes girando
por toda a parte. A acusação tinha três centímetros de espessura,
160 páginas, foram enquadrados em 81 artigos por formação de
quadrilha e tráfico de cocaína. Buster tinha uma cópia na caixa.
Ele o pai mal eram mencionados nas 160 páginas, mas assim
mesmo foram considerados cúmplices junto com o comprador
dos barcos, mais vinte e cinco pessoas, das quais nunca tinham
ouvido falar. Onze eram colombianos. Três eram advogados.
Todos os outros do sul da Flórida.

O promotor ofereceu um acordo — dois anos cada um em
troca da admissão da culpa e cooperação contra os outros
acusados. Declarar-se culpado do quê? Não tinham feito nada de
errado. Conheciam unicamente um dos vinte e cinco acusados.
Nunca tinham visto cocaína.

O pai de Buster renovou a hipoteca da casa para levantar 20
mil dólares para um advogado e fizeram uma péssima escolha.
No julgamento, alarmados, viram-se sentados ao lado dos colombianos e dos verdadeiros traficantes. Estavam em um lado da
sala do tribunal todos os traficantes juntos, como se fossem uma
bem azeitada máquina de fazer drogas. No outro lado, perto do
júri, estavam os advogados do governo, grupos de arrogantes
filhos-da-mãe com ternos escuros, tomando notas, olhando
como se eles fossem molestadores de crianças. O júri também
olhava severamente para eles.

Durante as sete semanas de julgamento, Buster e o pai foram
praticamente ignorados. Três vezes seus nomes foram mencionados. A principal acusação do governo contra eles era de que
haviam colaborado para encontrar e reformar barcos de pesca
com motores envenenados, para transportar drogas do México
para vários locais de entrega, ao longo do enclave da Flórida. O
advogado deles, que se queixou de não estar sendo pago adequadamente para um julgamento de sete semanas, foi ineficiente na
negação daquelas vagas acusações. Mesmo assim os advogados
do governo pouco os prejudicaram. Estavam muito mais interes-
sados em pegar os colombianos.

Mas não precisaram provar muita coisa. Tinham feito um
ótimo trabalho na escolha do júri. Depois de oito dias de delibe-

ração, os jurados, visivelmente cansados e frustrados, declararam culpados das acusações todos os réus. Um mês depois de serem sentenciados, o pai de Buster se matou.

Quando terminou a narrativa, o garoto parecia que ia chorar. Mas contraiu os músculos do rosto, apertou os dentes e disse:

— Eu não fiz nada de errado.

Certamente ele não era o primeiro prisioneiro de Trumble a se declarar inocente. Beech observava e ouvia, lembrando de um jovem sentenciado por ele, há quarenta anos, por tráfico de drogas, no Texas. O acusado tivera uma infância miserável, sem nenhum estudo, uma longa ficha policial como delinqüente juvenil, sem nenhuma chance na vida. Beech fez um sermão no tribunal, em alto e bom som, lá de cima, sentado à sua mesa, e sentiu-se muito bem quando determinou a sentença brutal. Era preciso tirar das ruas aqueles malditos traficantes!

Um liberal é um conservador que foi preso. Depois de três anos dentro de uma prisão, Hatlee Beech lembrava-se com agonia dos que havia condenado. Gente muito mais culpada do que Buster. Garotos que só precisavam de uma chance.

Finn Yarber observava e ouvia e sentia uma pena imensa do jovem. Todo mundo em Trumble tinha uma história triste e depois de ouvi-las durante um mês aprendeu a não acreditar muito nelas. Mas Buster era digno de crédito. Nos quarenta e oito anos seguintes ele ia murchar e se acabar, tudo por conta dos contribuintes. Três refeições por dia. Uma cama quente à noite — 31 mil dólares por ano era o último cálculo do custo de um prisioneiro federal para o estado. Tanto desperdício! A metade dos prisioneiros de Trumble não devia estar ali. Não eram homens violentos e deviam ser punidos com grandes multas e serviço à comunidade.

Joe Roy Spicer ouviu a história comovente de Buster e avaliou o garoto para uso futuro. Havia duas possibilidades. A primeira, na opinião de Spicer, os telefones não estavam sendo adequadamente utilizados no golpe Angola. A Confraria era composta por três homens velhos que escreviam cartas como se fossem jovens. Seria muito arriscado telefonar para Quince Garbe, em Iowa, por exemplo, e fingir que era Ricky, um homem robusto de vinte e oito anos. Mas com um garoto como Buster trabalhando para eles, podiam convencer qualquer vítima em potencial. Havia muitos jovens em Trumble e Spicer podia pensar em vários deles. Mas eram criminosos e não confiava neles. Buster acabava de sair das ruas, era aparentemente inocente e estava pedindo ajuda a eles. O garoto podia ser manipulado.

A segunda possibilidade era decorrente da primeira. Se Buster se juntasse a eles no golpe, ficaria no seu lugar quando Joe Roy Spicer fosse libertado. O golpe estava começando a dar lucro, e não podia simplesmente ser abandonado. Beech e Yarber eram ótimos para escrever as cartas, mas não tinham tino comercial. Talvez Spicer pudesse treinar o jovem Buster para tomar seu lugar e para mandar sua parte para fora da prisão.

Apenas uma idéia.

— Você tem algum dinheiro? — Spicer perguntou.

— Não, senhor. Nós perdemos tudo.

— Sem família, sem tios, tias, primos, amigos que possam ajudá-lo a pagar os honorários advocatícios?

— Não, senhor. Que honorários advocatícios?

— Geralmente cobramos para rever os casos e ajudar nas apelações.

— Estou completamente quebrado, senhor.

— Acho que podemos ajudar — Beech disse. Spicer não trabalhava nas apelações. O homem nem tinha terminado o primeiro grau.

— Uma espécie de caso *pro bono*, o que você acha? — Yarber disse para Beech.

— Um pro o quê? — Spicer quis saber.

— *Pro bono*.

— O que é isso?

— Consultoria jurídica de graça — Beech disse.

— Consultoria jurídica de graça. Feita por quem?

— Por advogados — Yarber explicou. — Espera-se que todos os advogados dediquem algumas poucas horas do seu tempo para ajudar as pessoas que não podem pagar.

— Faz parte de uma antiga lei inglesa — Beech acrescentou, confundindo mais ainda o assunto.

— Nunca chegou por aqui, certo? — Spicer disse.

— Vamos rever seu caso — Yarber disse para Buster. — Mas, por favor, não fique muito otimista.

— Muito obrigado.

Saíram juntos da lanchonete, três ex-juízes com mantos verdes de coro de igreja, seguidos por um jovem prisioneiro assustado. Assustado, mas muito curioso.

VINTE E DOIS

A resposta de Brant, de Upper Darby, Pensilvânia, tinha um tom de urgência:

Querido Ricky
Nossa! Que foto! Estou indo para aí mais cedo ainda. Estarei aí no dia 20 de abril. Você estará livre? Se estiver, teremos a casa só para nós porque minha mulher vai ficar aqui por mais duas semanas. Pobrezinha. Estamos casados há vinte e dois anos e ela nem desconfia.
Estou mandando uma foto. Ao fundo está meu Learjet, um dos meus brinquedos favoritos. Voaremos, se você quiser.
Por favor, escreva logo.

Sinceramente, Brant

Ainda sem sobrenome, mas isso não era problema. Eles logo descobririam.

Spicer examinou o carimbo do correio e por um breve momento pensou em como a correspondência estava sendo trocada entre Jacksonville e Filadélfia. Mas a foto absorveu toda sua atenção. Era um instantâneo de 10 por 15, muito semelhante a um desses anúncios de um plano de "fique rico rapidamente", onde o sujeito aparece com um sorriso orgulhoso, flanqueado por seu jato, seus Rolls e possivelmente por sua mais recente mulher. Brant sorria ao lado de um avião, vestindo um short, de tênis e suéter, sem Rolls à vista, mas com uma atraente mulher de meia-idade ao seu lado.

Era a primeira foto da sua coleção cada vez maior, onde um dos seus correspondentes incluía a mulher. Estranho, pensou

Spicer, mas afinal Brant a mencionava nas duas cartas. Nada o surpreendia mais. O golpe ia funcionar para sempre porque havia um infinito suprimento de vítimas em potencial dispostas a ignorar os riscos.

Brant estava em boa forma e bronzeado de sol, cabelo escuro curto com alguns fios brancos e bigode. Não era especialmente bonito, mas Spicer não se importava com isso.

Por que um homem que tinha tanto era tão descuidado? Porque sempre se arriscava sem nunca ser apanhado. Porque era um modo de vida. Depois que eles o apertassem e tirassem seu dinheiro, Brant ia ser mais precavido por algum tempo. Evitaria anúncios pessoais e os amantes anônimos. Mas um tipo agressivo como ele logo voltaria aos antigos hábitos.

Spicer imaginou que a excitação de encontrar parceiros ao acaso suplantava os riscos. Estava ainda preocupado com o fato de estar, justamente ele, pensando como um homossexual a maior parte do tempo.

Beech e Yarber leram a carta e estudaram a foto. A sala pequena e apertada estava silenciosa. Essa podia ser a grande vítima?

— Imagino quanto deve custar esse jato — Spicer disse e os três riram. Era um riso nervoso, como se não pudessem acreditar.

— Alguns milhões — Beech disse. Como ele era do Texas e fora casado com uma mulher rica, os outros dois supunham que Beech sabia mais sobre jatos do que eles. — É um pequeno Lear.

Spicer se contentaria com um pequeno Cessna, qualquer coisa que o tirasse do solo e o levasse embora. Yarber não queria um avião. Queria vôos de primeira classe, onde trazem champanhe e dois cardápios e você pode escolher os filmes. Primeira classe sobre o oceano, longe deste país.

— Vamos aplicar o golpe nele — Yarber disse.

— Quanto? — perguntou Beech, ainda olhando para a foto.

— Pelo menos meio milhão de dólares — Spicer disse. — E, se conseguirmos isso, voltaremos à carga para pedir mais.

Ficaram em silêncio, cada um deles brincando com sua parte de meio milhão de dólares. O terço de Trevor de repente estava atrapalhando. Ele ficaria com 167 mil dólares, deixando 111 mil para cada um. Nada mau para prisioneiros, mas devia ser muito mais. Por que o advogado estava ganhando tanto?

— Vamos cortar os honorários de Trevor — Spicer anunciou. — Tenho pensado muito nisso. A partir de agora, o dinheiro será dividido por quatro. Ele leva uma parte igual.

— Ele não vai aceitar — Yarber disse.

— Não tem escolha.

— É justo — Beech disse. — Nós temos todo o trabalho e ele ganha mais do que cada um de nós. Acho que devemos diminuir sua comissão.

— Farei isso na quinta-feira.

Dois dias depois, Trevor chegou a Trumble logo depois das quatro, com uma ressaca brava, não aliviada pelas duas horas do almoço, nem pela hora de sono.

Joe Roy parecia especialmente irritado. Passou para o advogado a correspondência a ser enviada, mas ficou com um envelope grande vermelho.

— Estamos nos preparando para aplicar o golpe neste cara — ele disse, batendo com o envelope na mesa.

— Quem é ele?

— Brant alguma coisa, perto da Filadélfia. Está se escondendo atrás de uma caixa postal, por isso você tem de fazê-lo sair.

— Quanto?

— Meio milhão de dólares.

Trevor semicerrou os olhos vermelhos e abriu os lábios secos. Fez as contas — 167 mil dólares no seu bolso. Sua carreira de velejador estava chegando perto de repente. Talvez não precisasse de um milhão antes de bater a porta do escritório e ir para o Caribe. Talvez a metade fosse suficiente. E estava chegando muito perto.

— Está brincando — ele disse, sabendo que Spicer não estava. Spicer não tinha senso de humor e sem dúvida levava o dinheiro muito a sério.

— Não. E vamos mudar sua porcentagem.

— Uma ova que vamos. Combinado é combinado.

— Um acordo pode sempre ser mudado. A partir de agora, você ganha o mesmo que nós. Um quarto.

— De jeito nenhum.

— Então, está despedido.

— Não pode me despedir.

— Acabo de despedir. O que você pensa, que não podemos arranjar outro advogado desonesto para levar e trazer a correspondência?

— Eu sei demais — Trevor disse, com o rosto muito vermelho e a língua seca de repente.

— Não se superestime. Você não vale tanto.

— Sim, eu valho. E sei tudo que vocês estão fazendo aqui.

— E nós também, bacana. A diferença é que já estamos na cadeia. Você é quem tem mais a perder. Banca o durão comigo e vai estar sentado deste lado da mesa.

Pontadas de dor latejaram na testa de Trevor e ele fechou os olhos. Não estava em condição de discutir. Por que tinha ficado até tão tarde no Pete's na noite passada? Precisava estar alerta quando se encontrava com Spicer. Mas estava cansado e meio bêbado ainda.

Sua cabeça girava e ele pensou que ia vomitar outra vez. Fez os cálculos. Estavam discutindo a diferença entre 167 mil dólares e 125 mil. Francamente, ambos eram bons, para Trevor. Não podia correr o risco de ser despedido porque havia afastado os poucos clientes que tinha. Passava menos tempo no escritório, não retornava os telefonemas. Encontrara uma fonte de renda muito mais rica, portanto para o diabo com os clientes sem importância.

E não era páreo para Spicer. O homem não tinha consciência. Era mesquinho, astuto e desesperado para guardar a maior quantia de dinheiro possível.

— Beech e Yarber concordam com isso? — ele perguntou, sabendo que concordavam e sabendo que mesmo que não concordassem ele jamais saberia a diferença.

— Claro. Eles estão fazendo todo o trabalho. Por que você ganharia mais do que eles?

Parecia um pouco injusto.

— Tudo bem, tudo bem — Trevor disse, ainda sentindo dor.
— Você tem um bom motivo para estar preso.
— Você está bebendo muito?
— Não! Por que pergunta?
— Conheci bêbados. Uma porção deles. Você está horrível.
— Obrigado. Tome conta da sua vida que tomo conta da minha.
— Feito. Mas ninguém quer um bêbado para advogado. Você está administrando todo o nosso dinheiro num empreendimento muito ilegal. Basta soltar a língua num bar para alguém começar a fazer perguntas.
— Eu sei me cuidar.
— É bom que saiba. Fique de olho. Estamos chantageando pessoas, e elas estão sofrendo por isso. Se eu estivesse no outro lado do nosso pequeno golpe, tentaria conseguir algumas respostas antes de me desfazer do meu dinheiro.
— Eles ficam muito assustados.
— De qualquer modo, mantenha os olhos abertos. É importante para você ficar sóbrio e alerta.
— Muito obrigado. Mais alguma coisa?
— Sim, tenho algumas apostas para você. — Passando ao assunto importante, Spicer abriu um jornal e eles começaram a fazer as apostas.

Trevor comprou uma garrafa de cerveja numa loja perto de Trumble e tomou devagar, enquanto voltava para Jacksonville. Tentou arduamente não pensar no dinheiro deles, mas seus pensamentos estavam fora de controle. Entre sua conta e as contas deles, havia exatamente mais de 250 mil dólares no exterior, dinheiro que ele podia pegar quando quisesse. Acrescente meio milhão e, bem, não podia parar de pensar na soma — 750 mil dólares!

Trevor jamais seria apanhado roubando dinheiro sujo. Essa era a beleza da coisa. As vítimas da Confraria não estavam se queixando agora porque tinham vergonha. Não estavam violando nenhuma lei. Estavam simplesmente assustadas. A Confraria, por seu lado, estava cometendo um crime. Então, a quem iam recorrer se o dinheiro desaparecesse?

Tinha de parar de pensar nessas coisas.

Mas como a Confraria poderia apanhá-lo? Ele estaria em um veleiro deslizando entre ilhas das quais nunca tinham ouvido falar. E, quando fossem finalmente libertados, teriam a energia, o dinheiro e a força de vontade para ir atrás dele? É claro que não. Eram homens velhos. Beech provavelmente morreria em Trumble.

— Pára com isso — ele gritou para ninguém.

Foi a pé até Beach Java, para um café com leite triplo, e voltou para o escritório resolvido a fazer alguma coisa produtiva. Acessou um serviço de busca no computador e encontrou os nomes de vários investigadores particulares na Filadélfia. Eram quase seis horas quando começou a telefonar. As duas primeiras ligações foram atendidas pela secretária eletrônica.

A terceira, para o escritório de Ed Pagnozzi, foi atendida pelo próprio investigador. Trevor explicou que era advogado na Flórida e precisava de um serviço rápido em Upper Darby.

— Tudo bem. Que tipo de serviço?

— Estou tentando localizar uma correspondência — Trevor disse desembaraçadamente. Tinha feito aquilo tantas vezes que estava bem treinado. — Para um grande processo de divórcio. Defendo a mulher e acho que o marido está escondendo dinheiro. Preciso que alguém descubra quem está alugando uma certa caixa postal.

— Deve estar brincando.

— Bem, não, estou falando muito sério.

— Quer que eu vá espionar uma agência dos correios?

— É só um trabalho básico de detetive.

— Escute, amigão. Eu sou muito ocupado. Telefone para outra pessoa. — Pagnozzi desligou e foi tratar de coisas mais importantes. Trevor o xingou em voz baixa e teclou o próximo número. Tentou mais dois e desligou quando foi atendido pela máquina. Tentaria outra vez no dia seguinte.

No outro lado da rua, Klockner ouviu a breve conversa entre Pagnozzi e Trevor mais uma vez, depois telefonou para Langley.

A última peça do quebra-cabeça afinal se encaixava e o Sr. Deville ia querer saber imediatamente.

Embora dependesse de palavras bonitas, macias e fotos atraentes, o golpe era elementar. Lidava com o desejo humano e baseava-se no terror puro. Sua mecânica foi desvendada pelo arquivo do Sr. Garbe, pelo contragolpe de Brant White e pelas cartas que tinham interceptado.

Apenas uma coisa ficara sem resposta. Quando eram usados nomes falsos para alugar caixas postais, como a Confraria descobria os nomes verdadeiros das suas vítimas? Os telefonemas para a Filadélfia acabavam de dar a resposta. Trevor simplesmente contratava um detetive particular local, evidentemente menos ocupado do que o Sr. Pagnozzi.

Eram quase dez horas quando Deville finalmente conseguiu falar com Teddy. Os norte-coreanos tinham atirado em outro soldado americano no DMZ e Teddy tratava do assunto desde o meio-dia. Estava comendo queijo com biscoitos e tomando uma Diet Coke, quando Deville entrou no *bunker*.

Depois de um breve relatório, Teddy disse:

— Foi o que pensei.

Seus instintos eram impressionantes, especialmente sua intuição.

— É claro que isso significa que o advogado pode contratar alguém aqui para descobrir a identidade de Al Konyers — Deville disse.

— Mas como?

— Podemos pensar em vários modos. O primeiro é a vigilância, do mesmo modo que apanhamos Lake quando foi até a caixa. Vigiar o correio é um pouco arriscado porque há uma boa probabilidade de ser notado. O segundo é suborno. Quinhentos dólares para um funcionário dos correios funciona em vários lugares. O terceiro é registro de computador. Não é material altamente secreto. Um dos nossos só teve de perguntar onde ficava o correio central em Evansville, Indiana, para receber a lista dos que alugavam as caixas. Foi um teste feito ao acaso, levou mais ou menos uma hora. Isso é alta tecnologia. Baixa tecnologia é simplesrnente arrombar o correio à noite e dar uma espiada.

— Quanto ele paga para isso?

— Não sei, mas vamos descobrir logo, quando ele contratar um investigador.

— Ele tem de ser neutralizado.

— Eliminado?

— Ainda não. Eu prefiro comprá-lo primeiro. Ele é a nossa janela. Se estiver trabalhando para nós, então saberemos de tudo e o manteremos longe de Konyers. Bole um plano.

— E para afastá-lo?

— Vá em frente e faça um plano, mas não estamos com pressa. Não ainda.

VINTE E TRÊS

O Sul gostou realmente de Aaron Lake, com seu amor por armas, bombas, palavras duras e preparo militar. Ele inundou a Flórida, o Mississippi, o Tennessee, Oklahoma e o Texas com filmes de propaganda mais ousados ainda do que os primeiros. E o pessoal de Teddy inundou os mesmos estados com mais dinheiro vivo do que já se viu, na noite anterior às eleições.

O resultado foi outra vitória completa, com Lake ganhando 260 dos 312 delegados em jogo, naquelas primárias. Depois da contagem dos votos, no dia 14 de março, 1.301 dos 2.066 delegados foram escolhidos. Lake tinha uma grande vantagem sobre o governador Tarry — 801 contra 390.

A corrida estava terminada, a não ser por alguma catástrofe inesperada.

A primeira tarefa de Buster em Trumble foi manejar o cortador de grama, tirando o mato do meio das plantas, com o ordenado inicial de vinte centavos por hora. Era isso ou lavar o chão da lanchonete. Ele escolheu o cortador porque gostava do sol e jurou que sua pele jamais ficaria tão pálida como a de alguns prisioneiros. Nem engordaria como alguns deles. Isto é uma prisão, ele dizia constantemente para si mesmo, como podem ser tão gordos?

Trabalhava arduamente sob o sol, manteve seu bronzeado, jurou que não teria barriga e tentou esportivamente seguir o ritmo. Mas depois de dez dias, Buster tinha certeza de que não duraria quarenta e oito anos.

Quarenta e oito anos! Nem podia imaginar tanto tempo! Quem podia?

Ele chorou nas primeiras quarenta e oito horas.

Há treze meses ele e o pai estavam trabalhando na sua doca, com os barcos, pescando no golfo duas vezes por semana.

Ele trabalhava devagar em volta da borda de concreto da quadra de basquete onde um jogo muito disputado estava em andamento. Depois, na quadra de areia onde às vezes eles jogavam voleibol. À distância, um homem solitário andava na pista de corrida, um homem velho, com cabelo grisalho longo preso num rabo-de-cavalo e sem camisa. Parecia vagamente familiar. Buster trabalhou nos dois lados de uma calçada, seguindo para a pista.

O homem solitário era Finn Yarber, um dos juízes que estavam tentando ajudá-lo. Ele percorria a pista oval com passos regulares, a cabeça erguida, costas e ombros retos, não a imagem de um atleta mas nada mau para um homem de sessenta anos. Estava descalço, o torso nu, o suor descendo na pele áspera.

Buster desligou o cortador de grama e o deixou no chão. Quando Yarber chegou mais perto, viu o garoto e disse:

— Olá, Buster. Como vão as coisas?

— Ainda estou aqui — Buster disse. — Se importa se eu caminhar com você?

— De modo algum — Finn disse, sem modificar o passo.

Fizeram um oitavo de quilômetro antes de Buster tomar coragem para dizer:

— Então, como está minha apelação?

— O juiz Beech está estudando o caso. A sentença parece estar em ordem, o que não é bom. Muitos caras chegam aqui com erros na sentença e geralmente podemos entrar com algumas moções e diminuir uns poucos anos. Não é o seu caso. Eu sinto muito.

— Tudo bem. O que são uns poucos anos quando se tem quarenta e oito? Vinte e oito, trinta e oito, quarenta e oito, o que importa?

— Você ainda tem sua apelação. Há uma probabilidade de a decisão ser revogada.

— Uma fraca probabilidade.

—Não pode deixar de ter esperança, Buster—Yarber disse, sem a menor convicção. Manter alguma esperança significava ter fé no sistema. Yarber certamente não tinha nenhuma. Ele fora apanhado numa armadilha e derrotado pela mesma lei que defendia antes.

Mas pelo menos Yarber tinha inimigos e podia quase compreender por que foram atrás dele.

Aquele pobre garoto não tinha feito nada de errado. Yarber conhecia o suficiente do seu dossiê para acreditar que Buster era completamente inocente, outra vítima de um promotor rigoroso demais.

Pelo menos de acordo com a ficha, o pai do garoto podia estar escondendo algum dinheiro, mas nada sério. Nada que justificasse uma acusação de 160 páginas.

Esperança. Sentia-se um hipócrita só de pensar na palavra. Os tribunais de apelação estavam agora cheios de direitistas defensores da lei e da ordem e era raro um processo por tráfico de drogas ser revogado. Iam decidir o caso do garoto com um carimbo, certos de que com isso estariam colaborando para a maior segurança nas ruas.

O grande covarde fora o juiz do julgamento. Espera-se dos promotores que acusem todo mundo, mas um juiz deveria saber distinguir os réus primários. Buster e seu pai deviam ter sido separados dos colombianos e do seu bando e mandados para casa antes de o julgamento começar.

Agora, um estava morto, o outro arruinado. E ninguém no sistema criminal federal dava a mínima. Era apenas uma outra quadrilha de traficantes.

Na primeira curva da pista oval, Yarber diminuiu o passo e depois parou. Olhou para longe, para além do campo de relva, para a borda das árvores. Buster olhou também. Há dez dias ele vinha olhando para o perímetro de Trumble e vendo o que não havia lá — cercas, arame farpado, torres de guardas.

— O último cara que fugiu daqui — Yarber disse, olhando para o nada — saiu pelo meio daquelas árvores. É um bosque espesso por alguns quilômetros, depois chega-se a uma estrada rural.

— Quem foi ele?

— Um cara chamado Tommy Adkins. Trabalhava num banco na Carolina do Norte e foi apanhado em flagrante, com a mão na cumbuca.

— O que aconteceu com ele?

— Ficou louco e um dia se mandou. Só depois de seis horas deram por sua falta. Um mês depois, foi encontrado no quarto de um motel em Cocoa Beach, não pelos tiras, mas pelas faxineiras. Estava no chão, encolhido na posição fetal, nu, chupando o dedo, completamente maluco. Eles o puseram numa clínica psiquiátrica.

— Seis horas, você disse.

— É. Acontece mais ou menos uma vez por ano. Alguém simplesmente se manda. Eles notificam a polícia da cidade natal do fugitivo, colocam seu nome na rede nacional de computadores, o de sempre.

— Quantos são apanhados?

— Quase todos.

— Quase.

— É. Mas são apanhados porque fazem bobagem. Embebedam-se em bares. Dirigem carros sem luzes traseiras. Vão ver as namoradas.

— Então, se você tiver cabeça, pode conseguir se livrar?

— Claro. Um planejamento cuidadoso, um pouco de dinheiro, fica fácil.

Começaram a andar outra vez, um pouco mais devagar.

— Diga uma coisa, Sr. Yarber, se o senhor estivesse condenado a quarenta e oito anos, fugiria?

— Sim.

— Mas não tenho um centavo.

— Eu tenho.

— Então, vai me ajudar.

— Veremos. Dê algum tempo. Instale-se primeiro. Eles o estão vigiando um pouco de perto porque é novo, mas com o tempo vão esquecer de você.

Buster sorriu. Sua sentença acabava de ser reduzida espetacularmente.

— Sabe o que acontece se for apanhado? — Yarber disse.

— Sei. Acrescentam mais alguns anos. Grande coisa. Talvez eu pegue cinqüenta e oito. Não, senhor, se eu for apanhado, estouro os miolos.

— É o que eu faria. Tem de estar preparado para sair do país.

— E ir para onde?

— Algum lugar onde pareça um nativo e onde não haja extradição para os Estados Unidos.

— Algum lugar em particular?

— Argentina ou Chile. Fala alguma coisa de espanhol?

— Não.

— Comece a aprender. Temos aulas de espanhol, você sabe. Alguns caras de Miami dão as aulas.

Fizeram uma volta completa em silêncio e Buster reconsiderou seu futuro. Seus pés estavam mais leves, os ombros mais retos e conseguia sorrir.

— Por que está disposto a me ajudar? — perguntou.

— Porque você tem vinte e três anos. Muito jovem e é inocente. Foi sacaneado pelo sistema, Buster. Tem o direito de lutar do melhor modo possível.ʼVocê tem namorada?

— Mais ou menos.

— Esqueça. Ela só vai arranjar encrenca para você. Além disso, acha que ela vai esperar quarenta e oito anos?

— Ela disse que esperaria.

— Está mentindo. Já está arranjando outro. Esqueça dela, a não ser que queira ser apanhado.

Sim, provavelmente ele está certo, pensou Buster. Ainda estava esperando uma carta e embora ela morasse a quatro horas da prisão, não tinha aparecido nem uma vez. Tinham falado duas vezes no telefone e tudo que ela queria saber era se Buster tinha apanhado.

— Algum filho? — Yarber perguntou.

— Não. Não que eu saiba.

— E sua mãe?

— Morreu quando eu era muito pequeno. Meu pai me criou. Éramos só nós dois.

— Então, você é o cara perfeito para sair daqui.

— Eu gostaria de ir agora.

— Seja paciente. Vamos planejar com cuidado.

Outra volta e Buster queria correr. Não podia pensar em nenhuma maldita coisa em Pensacola de que fosse sentir falta. Tirava A e B em espanhol no primeiro grau, mas não se lembrava de mais nada, pois também não tinha se esforçado para aprender. Aprendia com facilidade. Faria o curso e procuraria andar com os latinos.

Quanto mais ele andava, mais queria que sua condenação fosse confirmada. E quanto mais depressa, melhor. Se fosse revogada, seria obrigado a ter outro julgamento e não confiava no júri.

Buster queria correr para as árvores, começando ali no campo de relva, atravessar o bosque até a estrada rural e, depois, não tinha certeza do que faria. Mas, se um ladrão maluco podia fugir e chegar a Cocoa Beach, ele também podia.

— Por que você não fugiu? — perguntou para Yarber.

— Pensei nisso. Mas daqui a cinco anos serei libertado. Posso esperar. Terei sessenta e cinco anos, ainda com boa saúde. Com uma expectativa de vida de mais dezesseis anos. Para isso estou vivendo, Buster, os últimos dezesseis anos. Não quero passar esse tempo olhando por cima do ombro.

— Para onde vai?

— Não sei ainda. Talvez uma cidadezinha nos campos italianos. Talvez as montanhas do Peru. Tenho o mundo todo para escolher e passo horas todos os dias pensando nisso.

— Então, você tem bastante dinheiro?

— Não, mas estou chegando lá.

Isso dava margem a uma porção de perguntas, mas Buster deixou passar. Estava aprendendo que na prisão você guarda a maioria das perguntas para si mesmo.

Quando cansou de andar, ele parou perto do cortador de grama.

— Obrigado, Sr. Yarber — ele disse.

— Sem problema. Mas que isso fique entre nós dois.

— Claro. Estarei pronto, quando o senhor estiver.

Finn se afastou, começando outra volta na pista, o short encharcado de suor, o rabo-de-cavalo grisalho flácido e úmido. Buster o viu continuar a caminhada, depois, por um segundo, olhou para as árvores além da relva.

Naquele momento, ele podia ver até a América do Sul.

VINTE E QUATRO

Por dois meses longos e difíceis, Aaron Lake e o governador Tarry ficaram cabeça com cabeça, de costa a costa, em vinte e seis estados com quase 25 milhões de votos. Trabalharam dezoito horas por dia, em horários absurdos e brutais, viajando incansavelmente, a louca e típica corrida para a presidência.

Mas se esforçaram com o mesmo afinco para evitar um debate cara a cara. Tarry não queria debate desse tipo nas primeiras primárias, porque estava na frente. Ele tinha a organização, o dinheiro, as pesquisas favoráveis. Por que legitimar a oposição? Lake não queria porque era recém-chegado ao cenário nacional, um noviço às altas campanhas e além disso era muito mais fácil se esconder atrás de um roteiro escrito, uma câmera amigável e fazer sua propaganda filmada, sempre que necessário. Os riscos de um debate ao vivo eram simplesmente altos demais.

Teddy também não gostava da idéia.

Mas as campanhas mudam. Os que estão na frente enfraquecem, coisas pequenas se tornam grandes, a imprensa pode criar uma crise simplesmente para combater o tédio.

Tarry resolveu que precisava de um debate porque estava quebrado e perdendo uma primária depois da outra.

— Aaron Lake está tentando comprar esta eleição — ele não cansava de repetir. — E eu quero confrontá-lo, de homem para homem. — Parecia bom e a imprensa começou a insistir.

"Ele está fugindo do debate", Tarry declarou e a corja gostou disso também.

— O governador está fugindo ao debate desde Michigan — era a resposta padrão de Lake.

Assim, por três semanas fizeram o jogo do "ele está fugindo de mim" enquanto suas equipes trabalhavam nos detalhes. Lake se mostrava relutante, mas também precisava de um fórum. Embora estivesse vencendo semana após semana, estava arrasando com um oponente que começara a desaparecer há muito tempo. Suas pesquisas e as do D-PAC mostravam um grande interesse dos eleitores, mas especialmente porque era novo e bonito e aparentemente elegível.

Sem que os de fora da campanha soubessem, as pesquisas demonstravam também seus pontos fracos. O primeiro era na questão de a campanha de Lake apoiar-se em um único tema. Os gastos com a defesa podem entusiasmar os eleitores por algum tempo, mas havia grande preocupação, revelada nas pesquisas, em relação a suas opiniões sobre outros assuntos.

Segundo, Lake estava ainda cinco pontos atrás do vice-presidente na sua hipotética disputa em novembro. Os eleitores estavam cansados do vice-presidente, mas pelo menos sabiam quem ele era. Lake continuava um mistério para muitos. Os dois também debateriam várias vezes antes de novembro. Lake, que tinha a nomeação garantida, não tinha experiência.

Tarry não ajudava muito com sua pergunta constante: "Quem é Aaron Lake?" Com o resto do seu dinheiro de campanha, autorizou a impressão de adesivos com a pergunta agora famosa — Quem é Aaron Lake?

(Era uma pergunta que Teddy fazia a si mesmo quase a cada hora, mas por motivos diferentes.)

O local do debate seria na Pensilvânia, numa pequena universidade luterana com um auditório aconchegante, boa acústica e boa iluminação, uma multidão controlável. Os menores detalhes foram discutidos pelos dois lados, mas, como ambos precisavam agora do debate, logo chegaram a um acordo. O formato exato quase provocou briga, mas uma vez amenizado, chegou a ficar como todos queriam. A imprensa tinha três repórteres no palco para fazer perguntas diretas, em um dos blocos. Os espectadores teriam vinte minutos para perguntar qualquer coisa, sem censura alguma. Tarry, que era advogado, queria cinco minutos para observações iniciais e dez minutos para o discurso de encerramento. Lake queria trinta minutos de debate direto com Tarry, sem restrições, sem juiz, só os dois lutando sem regras especiais. Isso apavorou o pessoal de Tarry, que quase desfez o acordo.

O moderador era uma figura pública de uma rádio local e quando ele disse "Boa-noite e bem-vindos ao primeiro e único debate entre o governador Wendell Tarry e o deputado Aaron Lake", cerca de 18 milhões de pessoas estavam assistindo.

Tarry vestia um terno azul-marinho escolhido pela mulher, com a camisa azul padrão e a gravata padrão vermelha e azul. Lake estava com um elegante terno marrom, camisa branca com colarinho largo, gravata vermelha e marrom e meia dúzia de outras cores. O conjunto foi idealizado por um consultor de moda e criado para complementar as cores do cenário. O cabelo de Lake foi tingido. Seus dentes foram clareados. Passara quatro horas numa sessão de bronzeamento. Parecia magro e bem-disposto e ansioso para entrar no palco.

O governador Tarry era um homem bonito. Embora apenas quatro anos mais velho do que Lake, a campanha estava cobrando um alto preço. Seus olhos estavam cansados e vermelhos. Tinha engordado alguns quilos, especialmente no rosto. Quando começou seu discurso de abertura, gotas de suor apareceram na testa, brilhando na luz.

A voz do povo considerava que Tarry tinha muito mais a perder porque já havia perdido tanto. No começo de janeiro, alguns profetas tão prescientes quanto a revista *Time* haviam declarado que ele tinha a nomeação ao seu alcance. Há três anos era candidato. Sua campanha fora construída com o apoio do povo e da indústria de sapatos de couro. Cada chefe de polícia e pesquisador de opinião em Iowa e New Hampshire tomaram café com ele. Sua organização era impecável.

Então, Lake chegou com sua mágica da propaganda chocante aliada a uma plataforma de um único tema.

Tarry precisava muito de um desempenho espetacular ou de uma grande gafe de Lake.

Não conseguiu nem uma coisa nem outra. Foi sorteado no cara ou coroa para dar início ao debate. Tropeçou terrivelmente no discurso de abertura, movimentando-se rigidamente no palco, tentando desesperadamente parecer à vontade, mas se esquecendo do que estava escrito nas suas anotações. Certo, ele era um advogado, mas sua especialidade eram títulos da bolsa. E, como esqueceu um ponto de discussão depois do outro, voltava ao tema comum — o Sr. Lake, aqui, está tentando comprar a eleição porque não tem nada a dizer. O tom agressivo não passou despercebido. Lake manteve o belo sorriso, a acusação escorrendo como água nas costas de um pato.

O fraco começo de Tarry encorajou Lake com uma injeção de confiança e o convenceu a ficar atrás do pódio, onde era mais seguro e onde estavam suas anotações. Começou dizendo que não estava ali para atirar lama em ninguém, que respeitava muito o governador Tarry, mas acabou falando por cinco minutos sem dizer nada de positivo.

Então, ignorou o oponente e cobriu brevemente os três assuntos a serem discutidos. Isenção de impostos, reforma social e o déficit do comércio. Nem uma palavra sobre defesa.

A primeira pergunta dos repórteres a Lake dizia respeito ao superávit do orçamento. O que devia ser feito com o dinheiro? Era uma pergunta fácil, feita por um repórter amigo e Lake se espalhou. Economizar o seguro social, ele respondeu, e então, numa demonstração impressionante de conhecimento financeiro, delineou exatamente como o dinheiro devia ser usado. Apresentou números, porcentagens e projeções, tudo de memória.

A resposta do governador Tarry foi simplesmente reduzir os impostos. Devolver o dinheiro ao povo que o tinha ganho.

Poucos pontos foram marcados durante o bate-bola com a imprensa. Os dois candidatos estavam bem preparados. A surpresa foi Lake, o homem que queria tomar posse do Pentágono era extremamente versado em todos os outros assuntos.

O debate passou para as perguntas dos espectadores, que eram perfeitamente previsíveis. O clima começou a esquentar quando os candidatos tiveram permissão para fazer perguntas um ao outro. Tarry foi o primeiro e, como era de se esperar, perguntou a Lake se ele estava tentando comprar a eleição.

— O senhor não se preocupava com dinheiro quando tinha mais do que todos juntos — Lake respondeu, e os espectadores ficaram alertas.

— Eu não tinha cinqüenta milhões de dólares — Tarry disse.

— Eu também não tenho — Lake rebateu. — Está mais perto de sessenta milhões e chega mais depressa do que podemos contar. Vêm dos trabalhadores e de pessoas de renda média. Oitenta e um por cento dos contribuintes são pessoas que ganham menos de quarenta mil dólares por ano. Alguma coisa errada com essas pessoas, governador?

— Devia haver um limite no quanto um candidato pode gastar.

— Concordo. E votei a favor dos limites oito vezes no Congresso. O senhor, por outro lado, nunca mencionou limites, até ficar sem dinheiro.

O governador olhou para a câmera com o olhar congelado de um gamo assustado com as luzes. Uns poucos partidários de Lake, entre os espectadores, riram alto o suficiente para serem ouvidos.

As gotas de suor reapareceram na testa do governador enquanto ele embaralhava suas fichas de notas. Ele não era no momento governador, mas ainda preferia o título. Na verdade, há nove anos os eleitores de Indiana o tinham mandado passear, depois do seu primeiro mandato. Lake guardou essa munição por alguns minutos.

Tarry então perguntou por que Lake tinha votado a favor de cinqüenta e quatro novos impostos nos seus quatorze anos no Congresso.

— Não me lembro de cinqüenta e quatro impostos — Lake disse. — Mas muitos incidiram sobre o fumo, o álcool e o jogo. Votei também contra o aumento do imposto de renda da pessoa física, do imposto de renda de sociedade anônima, do imposto retido na fonte e impostos sobre o seguro social. Não me envergonho desse número. E por falar em impostos, governador, durante seus quatro anos de governo em Indiana, como explica o aumento dos impostos individuais, numa média de seis por cento?

Não houve resposta e Lake seguiu em frente.

— O senhor quer cortar os gastos federais, mas nos seus quatro anos no estado de Indiana as despesas aumentaram em dezoito por cento. Quer reduzir o imposto de renda de sociedade anônima, mas durante seus quatro anos em Indiana esse imposto subiu três por cento. Quer acabar com a assistência social, mas quando era governador quarenta mil pessoas foram acrescenta- das às listas de assistência social em Indiana. Como explica isso?

Cada golpe sobre Indiana tirou sangue e Tarry estava nas cordas.

— Eu discordo dos seus números, senhor — ele conseguiu dizer. — Criamos empregos em Indiana.

— É mesmo? — Lake disse, com ironia. Apanhou uma folha de papel do pódio como se fosse um promotor acusando o governador Tarry. — Talvez tenham criado, mas durante seus quatro anos de governo quase sessenta mil ex-trabalhadores entraram na lista dos desempregados — ele disse, sem olhar para o papel.

Sem dúvida não foram bons os quatro anos de Tarry como governador, mas a economia havia deteriorado, prejudicando seu governo. Já havia explicado isso antes e adoraria explicar outra vez, mas tinha apenas alguns poucos minutos na rede nacional de televisão. Certamente não podia desperdiçá-los discutindo ninharias do passado.

— Esta disputa não diz respeito a Indiana — ele disse, conseguindo sorrir. — Abrange todos os cinqüenta estados, todos os trabalhadores do país que terão de pagar mais impostos para financiar seu projeto dourado de defesa, Sr. Lake. Não pode estar falando sério quando propõe dobrar o orçamento do Pentágono.

Lake olhou muito sério para seu oponente.

— Falo muito sério. E se o senhor quisesse as forças armadas mais fortes falaria sério também. — Então citou uma fieira de estatísticas infindáveis, uma dando origem a outra. Era a prova conclusiva do despreparo das forças armadas e terminou afir- mando que nossos militares teriam dificuldade até para invadir as Bermudas.

Mas Tarry tinha um estudo que dizia o contrário. Um manuscrito espesso em papel brilhante, produzido por uma equipe de especialistas coordenada por ex-almirantes. Ele o sacudiu no ar, mostrando para as câmeras, e argumentou que o aumento seria desnecessário. O mundo estava em paz, com exceção de alguns conflitos regionais e civis, disputas nas quais a nação não tinha interesse, e os Estados Unidos eram, sem dúvida, a única superpotência ainda de pé. A guerra fria era passado. Os chineses estavam décadas distantes de conseguir qualquer coisa que se parecesse remotamente com paridade tecnológica. Por que sobrecarregar os contribuintes com dezenas de bilhões de material bélico?

Discutiram por alguns minutos sobre como pagar esse aumento e Tarry marcou poucos pontos. Mas estavam no território de Lake e, à medida que o assunto se arrastava, tornou-se evidente que Lake sabia muito mais do que o governador.

Lake guardou o melhor para o fim. Durante dez minutos de recapitulação, voltou a Indiana e continuou a miserável lista dos fracassos de Tarry durante seu único mandato. O tema era simples e muito eficaz: se ele não pôde administrar Indiana, como pode administrar toda a nação?

— Não estou atacando o povo de Indiana — Lake disse, a certa altura. — Na verdade, eles tiveram o bom senso de mandar o Sr. Tarry de volta à vida civil depois de apenas um mandato. Sabiam que ele estava fazendo um trabalho horrível. Por isso apenas trinta e oito por cento votaram nele quando se candidatou à reeleição. Trinta e oito por cento! Devemos confiar no povo de Indiana. Eles conhecem este homem. Eles o viram governar. Cometeram um erro mas se livraram dele. Seria triste se o resto do país cometesse agora o mesmo erro.

As pesquisas imediatas davam uma vitória sólida a Lake. O D-PAC telefonou para mil eleitores logo depois do debate. Quase 70 por cento achavam Lake o melhor dos dois.

Tarde da noite, em um vôo de Pittsburgh para Wichita, foram abertas várias garrafas de champanhe no Air Lake e começou uma pequena festa. Os resultados do debate choviam, cada um melhor do que o outro, e o espírito era de vitória.

Lake não proibia o álcool no seu Boeing, mas não o encorajava. Se e quando um membro da sua equipe tomava um drinque, era sempre rápido e quase sempre às escondidas. Mas algumas ocasiões exigiam uma comemoração. Ele tomou dois copos de champanhe. Só seu pessoal mais próximo estava presente. Ele agradeceu e parabenizou a todos, e, só para se divertir, eles passaram o teipe dos pontos altos do debate, enquanto outra garrafa era aberta. Paravam a fita cada vez que o governador Tarry parecia confuso e as risadas eram mais altas.

Mas a festa durou pouco. O cansaço chegou para valer. Aquelas pessoas tinham dormido quatro horas por noite durante semanas. Muitos até menos, na noite anterior ao debate. Lake estava exausto. Terminou o terceiro copo de champanhe, a primeira vez que bebia tanto em muitos anos, e se instalou na sua poltrona reclinável de couro, coberto com uma pesada manta. A equipe dormia, espalhada por toda a cabine escura.

Lake não conseguiu dormir. Raramente dormia no avião. Tinha tanta coisa em que pensar e com que se preocupar. Era impossível não saborear a vitória no debate e, virando de um lado para o outro sob a manta, Lake repetia suas melhores falas da noite. Fora brilhante, algo que jamais admitiria para pessoa alguma.

A nomeação era sua. Seria apresentado na convenção, depois, durante quatro meses, ele e o vice-presidente combateriam na melhor tradição americana.

Ligou a lâmpada de leitura, acima da poltrona. Alguém lia perto da escada. Outro que não podia dormir. Ouvia os roncos sonoros dos que estavam sob os cobertores, o sono de jovens guerreiros que corriam atarefados o dia todo.

Lake tirou da sua maleta uma pasta de couro cheia de cartões de correspondência pessoal, dez por quinze, de cor creme e com o nome "Aaron Lake" impresso na parte superior. Com uma caneta Mont Blanc antiga, de ponta grossa, escreveu uma breve nota para seu companheiro de quarto na universidade, agora professor de latim numa pequena faculdade no Texas. Escreveu uma nota de agradecimento ao moderador do debate e outra ao seu coordenador do Oregon. Lake gostava dos livros de Clancy. Acabara de ler o último publicado, o mais grosso, e escreveu uma nota de parabéns ao autor.

Às vezes suas notas eram extensas, por isso tinha cartões simples, todos do mesmo tamanho e da mesma cor, mas sem seu nome. Olhou em volta, certificando-se de que todos dormiam, e escreveu rapidamente:

> Querido Ricky
> Acho melhor terminarmos nossa correspondência. Desejo tudo de bom na sua reabilitação.
>
> Sinceramente, Al

Escreveu o endereço em um envelope branco. Não precisou procurar o endereço de Aladdin North, que sabia de cor. Depois voltou aos cartões personalizados e escreveu vinte cartões de agradecimento a contribuintes, antes que o cansaço chegasse finalmente. Com os cartões ainda na sua frente e com a luz de leitura ainda acesa, cedeu à exaustão e adormeceu.

Dormiu menos de uma hora e acordou com as vozes em pânico. As luzes estavam acesas, pessoas se moviam na cabine cheia de fumaça. Uma cigarra soava na cabine de comando e, quando acordou de todo, Lake viu que o nariz do Boeing estava abaixado. O pânico era total e as máscaras caíram do teto. Depois de ver durante anos a demonstração dos comissários de bordo antes de o avião levantar vôo, as malditas máscaras iam afinal ser usadas. Lake ajustou a sua e inalou com força.

O piloto anunciou que iam fazer um pouso de emergência em St. Louis. As luzes piscaram e alguém gritou. Lake queria andar na cabine tranqüilizando todo mundo, mas a máscara o impedia. Atrás dele havia mais de vinte repórteres e agentes do serviço secreto.

Talvez as máscaras não tivessem caído lá atrás, ele pensou, e logo sentiu-se culpado.

A fumaça ficou mais espessa e as luzes se apagaram. Depois do pânico, Lake conseguiu pensar racionalmente, por alguns segundos. Apanhou os cartões e os envelopes. O endereçado a

Ricky chamou sua atenção apenas o tempo necessário para fechá-lo no envelope de Aladdin North. Fechou o envelope e o guardou na pasta. As luzes piscaram outra vez, e apagaram.

A fumaça fazia arder os olhos e o rosto. O avião descia rapidamente. Sinais de alarme e sirenes soavam na cabine de comando.

Isso não pode estar acontecendo, Lake pensou, apertando com força os braços da poltrona. Estou para ser eleito presidente dos Estados Unidos. Pensou em Rocky Marciano, Buddy Holly, Otis Redding, Thurman Munson, no senador Tower, do Texas, Mickey Leland, de Houston, amigo seu. E em JFK, Jr., e Ron Brown.

De repente o ar ficou frio e a fumaça se dissipou rapidamente. Estavam abaixo de três mil metros de altitude e o piloto conseguiu ventilar a cabine. O avião foi nivelado e eles podiam vez as luzes no solo.

— Por favor, continuem a usar as máscaras de oxigênio — soou a voz do piloto, no escuro. — Estaremos no solo em poucos minutos. O pouso deverá ser sem problemas.

Sem problemas? Ele devia estar brincando, pensou Lake. Precisava encontrar o banheiro mais próximo.

Uma sensação de alívio relativo no avião. Um pouco antes de tocarem o solo, Lake viu as luzes de centenas de carros de socorro. Com um leve tranco, aterrissaram normalmente e quando pararam no fim da pista as portas se abriram.

A saída foi mais ou menos calma e em minutos foram seguros pelo pessoal de resgate e levados para as ambulâncias. O fogo no compartimento de bagagem ainda se espalhava quando pousaram. Quando Lake saiu apressadamente do avião, bombeiros correram para o Boeing. A fumaça subia debaixo das asas.

Mais alguns minutos, Lake pensou, e estaríamos mortos.

— Essa foi por pouco, senhor — um paramédico disse, quando corriam para longe do avião.

Lake segurava a pasta com seus cartões e pela primeira vez ficou rígido de horror.

A quase-tragédia e a barragem incansável da mídia depois do ocorrido provavelmente fizeram pouco para aumentar a popularidade de Lake. Mas a publicidade certamente não fez mal nenhum. Ele estava em todos os noticiários matutinos, aqui falando da sua vitória decisiva sobre o governador Tarry no debate e, ali, dando detalhes do que podia ter sido seu último vôo.

— Acho que vou andar de ônibus por algum tempo — ele disse, rindo. Usou tanto humor quanto possível e enveredou pelo caminho do "ora, por favor, não foi nada". Os membros da sua comitiva tinham histórias diferentes, de respirar oxigênio no escuro, enquanto a fumaça ficava mais densa e mais quente. E os repórteres a bordo eram fontes infindáveis de informação, narrando detalhes do terror.

Teddy Maynard assistiu a tudo do seu *bunker*. Três dos seus homens estavam no avião e um deles telefonou do hospital, em St. Louis.

Foi um evento que o fez pensar. Por um lado acreditava ainda na importância de Lake na presidência. A segurança da nação dependia disso.

Por outro lado, uma queda não teria sido uma catástrofe. Lake e sua vida dupla desapareceriam. Uma imensa dor de cabeça o assaltou. O governador Tarry aprenderia na prática o poder do dinheiro ilimitado. Teddy poderia fazer um acordo com ele a tempo de vencer as eleições em novembro.

Mas Lake ainda estava de pé, mais alto do que nunca. Seu rosto bronzeado estava em todos os jornais e perto de todas as câmeras. Sua campanha progredia muito mais depressa do que Teddy podia ter sonhado.

Então, por que tanta *angst* no *bunker*? Por que Teddy não estava comemorando?

Porque precisava ainda resolver o enigma da Confraria. E não podia simplesmente começar a matar gente.

VINTE E CINCO

A equipe da seção de documentos usou o mesmo laptop usado na última carta para Ricky. A carta foi escrita pelo próprio Deville e aprovada pelo Sr. Maynard. Dizia:

> Querido Ricky
> Boas notícias sobre a sua alta e sua ida para a casa de readaptação em Baltimore. Dê-me alguns dias e acho que terei um emprego de tempo integral à sua espera. É em um escritório, salário baixo, mas um bom lugar para se começar.
> Sugiro que devemos ir um pouco mais devagar do que você quer. Talvez um almoço para começar. Então veremos como ficam as coisas. Não sou do tipo que se apressa muito.
> Espero que você esteja bem. Escrevo na próxima semana com os detalhes do emprego. Agüente firme.
>
> Tudo de bom, Al

Só o "Al" era escrito à mão. Foi posto um carimbo de Washington e a carta voou e foi entregue em mão a Klockner, em Neptune Beach.

Trevor estava em Fort Lauderdale, por mais estranho que pareça cuidando de um caso não-ilegal e por isso a carta ficou dois dias na caixa postal de Aladdin North. Quando ele voltou, exausto, parou no escritório o tempo suficiente para começar uma briga feia com Jan, depois saiu furioso, voltou para o carro e foi direto para o correio. Com prazer viu que a caixa estava cheia. Dispensou os folhetos de propaganda e depois foi de carro para o correio de Atlantic Beach, a oitocentos metros, e verificou a caixa de Laurel Ridge, o endereço da clínica luxuosa de Percy.

Uma vez apanhada toda a correspondência, e para grande desapontamento de Klockner, Trevor foi direto para Trumble. Deu um telefonema no caminho para seu agente de apostas. Tinha perdido 2.500 dólares em três dias em jogos de hóquei, um esporte que Spicer não conhecia e no qual não apostava. Trevor estava escolhendo seus favoritos com os resultados previsíveis.

Spicer não respondeu ao chamado no pátio de Trumble. Por isso Beech se encontrou com Trevor na sala de reunião dos advogados. Fizeram a troca da correspondência — oito cartas para enviar, quatorze recebidas.

— E Brant, em Upper Darby? — Beech perguntou, examinando os envelopes.

— O que tem ele?

— Quem é ele? Estamos prontos para dar o golpe.

— Ainda estou tentando descobrir. Estive alguns dias fora da cidade.

— Faça isso, certo? Esse cara pode ser o maior de todos.

— Faço amanhã.

Beech não tinha apostas para estudar e não queria jogar cartas. Trevor saiu depois de vinte minutos.

Muito tempo depois da hora do jantar e muito depois que a biblioteca devia ser fechada, a Confraria permaneceu trancada na pequena sala, falando pouco, evitando olhar um para o outro, olhando para as paredes, pensando profundamente.

Três cartas estavam sobre a mesa. Uma escrita no laptop de Al, carimbada dois dias antes em Washington. Outra era uma nota de Al, escrita a mão terminando sua correspondência com Ricky, com carimbo de St. Louis, de três dias antes. As duas cartas eram conflitantes e obviamente escritas por pessoas diferentes. Alguém estava interferindo na correspondência deles.

A terceira carta os deixou gelados. Leram várias vezes, um de cada vez, depois juntos, em silêncio. Examinaram os cantos, puseram contra a luz, até cheiraram. Havia um leve cheiro de fumaça, bem como no envelope e na nota de Al para Ricky.

Escrita à tinta e à mão, era datada de 18 de abril, 1:20h e endereçada a uma mulher chamada Carol.

Querida Carol

Que grande noite! O debate não podia ter sido melhor. Graças em parte a você e às voluntárias da Pensilvânia. Muito obrigado. Vamos impulsionar isto com mais força. Estamos na frente na Pensilvânia, vamos continuar assim. Vejo você na próxima semana.

Era assinada por Aaron Lake. Tinha o nome dele na parte superior do cartão. A caligrafia era igual à da breve nota enviada para Ricky, por Al.

O envelope era endereçado para Ricky, em Aladdin North, e quando Beech o abriu não notou o segundo cartão grudado no primeiro. Então ele caiu na mesa e quando Beech o apanhou viu o nome "Aaron" Lake, gravado em negro.

Isso aconteceu mais ou menos às quatro horas da tarde, não muito depois de Trevor ir embora. Durante quase cinco horas, eles estudaram a correspondência e estavam agora quase certos de que (a) a carta escrita no laptop era falsa, com o nome "Al" assinado por alguém muito bom em falsificações; (b) a assinatura falsificada de "Al" era praticamente idêntica ao original "Al", portanto o falsificador tivera acesso à correspondência de Ricky com Al; (c) as notas para Ricky e Carol eram escritas à mão por Aaron Lake; e (d) o cartão para Carol evidentemente fora enviado por engano.

Acima de tudo, sabiam que Al Konyers era Aaron Lake.

O seu pequeno golpe tinha fisgado e assustado o mais famoso político do país.

Outras peças menos importantes de evidência também apontavam para Lake. Sua fachada era um serviço postal particular, na área de Washington, um lugar onde o congressista Lake passava a maior parte do tempo. Como um parlamentar eleito de alto perfil, sujeito aos caprichos dos eleitores uma vez ou outra, certamente se esconderia atrás de um nome falso. E usou um computador com impressora para não revelar sua caligrafia. Al não enviou nenhuma foto, outro sinal de que tinha muito para esconder.

Verificaram jornais recentes na biblioteca para conferir as datas. As notas escritas à mão foram mandadas de St. Louis, no dia seguinte ao do debate, quando Lake estava lá porque seu avião se incendiou.

A coincidência das datas parecia perfeita. Ele começou a trocar correspondência antes de entrar na corrida presidencial. Em três meses ele dominou a atenção do país e se tornou muito famoso. Agora, tinha tudo a perder.

Lentamente, sem se importar com o tempo, eles examinaram o caso de Aaron Lake. E, quando parecia impenetrável, tentaram desmanchá-lo. Uma possibilidade interessante foi imaginada por Finn Yarber.

Suponhamos, ele disse, que alguém da equipe de Lake tenha acesso ao seu papel de correspondência? Não era uma má pergunta e eles a estudaram durante uma hora. Será que Al Konyers faria uma coisa dessas para se esconder? E se ele morasse em Washington e trabalhasse para Lake? Supondo que Lake, um homem muito ocupado, confiasse nesse assistente a ponto de permitir que ele escrevesse notas pessoais em seu lugar. Yarber lembrava de ter dado a um assistente essa autoridade, quando era chefe do Supremo. Beech jamais deixou ninguém escrever sua correspondência pessoal. Spicer nunca lidou com essa bobagem. Havia telefones para isso.

Mas Yarber e Beech jamais tinham conhecido o estresse e a fúria de qualquer coisa remotamente semelhante a uma campanha para a presidência. Tinham sido homens ocupados, refletiram com tristeza, mas nada como Lake.

Digamos que seja um assistente de Lake. Até agora tinha um disfarce perfeito, não tendo dito quase nada a eles. Nenhuma foto. Apenas detalhes vagos sobre carreira e família. Gostava de filmes antigos e de comida chinesa e isso era tudo que sabiam. Konyers estava na lista de correspondentes a serem abandonados por ser tímido demais. Por que então ele terminaria com o relacionamento nessa hora?

Não tinham resposta.

E a possibilidade era muito remota. Beech e Yarber concluíram que nenhum homem na posição de Lake, com uma boa chance de se tornar presidente dos Estados Unidos, permitiria que outra pessoa escrevesse e assinasse suas cartas pessoais. Lake tinha centenas de pessoas para escrever cartas e memorandos e todos podiam ser assinados por ele, rapidamente.

Spicer pensou numa questão mais séria. Por que Lake correria o risco de uma nota escrita à mão? Sua carta anterior fora impressa em papel simples branco e mandada em um envelope branco e simples. Eles podiam reconhecer um covarde pela escolha do papel de carta e Lake era tão medroso quanto qualquer um que respondia ao anúncio na revista. A campanha, rica como era, tinha vários processadores de textos e laptops. Sem dúvida da mais nova tecnologia.

Para encontrar a resposta, voltaram à pequena evidência que tinham. A carta para Carol fora escrita à 1:20 da manhã. De acordo com um jornal, o pouso de emergência aconteceu mais ou menos às 2:15 da manhã, menos de uma hora depois.

— Ele a escreveu no avião — Yarber disse. — Era tarde, o avião estava cheio de pessoas, quase sessenta, de acordo com o jornal, estavam todos exaustos e talvez ele não tivesse acesso a um computador.

— Então, por que não esperar? — perguntou Spicer, provando que era excelente para fazer perguntas que ninguém podia responder.

— Ele cometeu um erro. Pensou que estava sendo esperto, e provavelmente estava. A correspondência de alguma forma se misturou.

— Veja a cena toda — Beech disse. — A nomeação está garantida. Acaba de eliminar o único concorrente perante rede nacional de televisão e está finalmente convencido de que seu nome estará nas urnas em novembro. Mas tem esse segredo. Ele tem Ricky e há semanas vem pensando no que vai fazer com ele. O garoto vai ter alta, quer um encontro etc. Lake sente a pressão em duas frentes, de Ricky e da quase-certeza de ser eleito presidente. Então, resolve se desfazer de Ricky. Escreve um bilhete que tem uma chance em um milhão de ser perdido ou desviado e então o avião pega fogo. Ele comete um pequeno erro, que se transforma em um monstro.

JOHN GRISHAM

— E ele não sabe — Yarber acrescentou. — Ainda.

A teoria de Beech foi aceita. Eles a absorveram no pesado silêncio da pequena sala. A gravidade da descoberta emprestava peso às suas palavras e aos seus pensamentos. As horas passaram e ela lentamente se instalou em suas mentes.

Passaram para a grande questão seguinte, a realidade assustadora de que alguém estava interferindo em sua correspondência. Quem? E por que alguém ia fazer isso? Como tinham interceptado as cartas? O enigma parecia insolúvel.

Mais uma vez discutiram o cenário de que o culpado era alguém muito próximo de Lake, talvez um assistente com acesso à sua correspondência. E talvez estivesse tentando proteger Lake de Ricky, se encarregando das cartas, com o objetivo de algum dia terminar o relacionamento.

Mas havia muitos pontos obscuros para formar uma evidência. Coçaram as cabeças e roeram as unhas e finalmente admitiram que teriam de pensar mais no assunto. Não podiam planejar o próximo movimento porque a situação tinha mais enigmas do que respostas.

Dormiram pouco e estavam com os olhos vermelhos e a barba por fazer quando se encontraram, logo depois das 6 horas da manhã com o café fumegando nos copos de isopor. Trancaram a porta, puseram as cartas exatamente onde estavam na noite anterior e começaram a pensar.

— Acho que devemos dar um jeito de vigiar a caixa postal em Chevy Chase — disse Spicer. — É fácil, segura, geralmente rápida. Trevor tem feito isso quase em toda a parte. Se soubermos quem a alugou, teremos resposta a muitas perguntas.

— É difícil acreditar que um homem como Aaron Lake alugaria uma caixa postal para esconder cartas desse tipo — Beech disse.

— Não é o mesmo Aaron Lake — esclareceu Yarber. — Quando alugou a caixa e começou a escrever para Ricky, era somente um membro do Congresso, um dos quatrocentos e trinta e cinco congressistas. Ninguém ouvira falar nele. Agora, as coisas mudaram drasticamente.

— E é exatamente por isso que ele está tentando terminar o relacionamento — Spicer disse. — As coisas estão muito diferentes agora. Ele tem muito mais a perder.

O primeiro passo seria mandar Trevor investigar a caixa postal em Chevy Chase.

O segundo passo não era tão claro. Preocupavam-se com a possibilidade de Lake, supondo que Lake fosse Al e Al fosse Lake, tomar conhecimento do engano com a correspondência. Ele tinha dezenas de milhões de dólares (um fato que certamente não estavam ignorando) e podia facilmente encontrar Ricky. Dada a enormidade do que estava em jogo, se ele desse conta do engano, faria quase qualquer coisa para neutralizar Ricky.

Então, discutiram a conveniência de escrever para ele, pedindo a Al para não bater a porta na sua cara. Ricky precisava da sua amizade, nada mais etc. O objetivo seria dar a impressão de que tudo estava bem, nada fora do comum. Esperavam que Lake lesse a carta, coçasse a cabeça imaginando onde o maldito cartão para Carol tinha ido parar.

Uma nota desse tipo não seria prudente, porque alguém mais estava lendo as cartas. Até saberem quem era, não podiam arriscar qualquer outro contato com Al.

Terminaram o café e foram para a lanchonete. Comeram sozinhos, cereal, frutas e iogurte, comida saudável porque iam viver outra vez no mundo lá fora. Deram, sem fumar, quatro voltas na pista, lentamente, depois voltaram à sua sala, para terminar a manhã pensando profundamente.

Pobre Lake. Ele estava correndo de um estado para o outro com cinqüenta pessoas atrás dele, atrasado para três compromissos de uma vez só. Uma dúzia de assistentes murmurando nos seus dois ouvidos. Não tinha tempo para pensar.

E a Confraria tinha o dia inteiro, horas e mais horas para pensar e fazer seus planos. Era um páreo desigual.

VINTE E SEIS

Em Trumble havia dois tipos de telefone, os seguros e os não seguros. Teoricamente, todas as ligações feitas em telefones não seguros eram gravadas e analisadas por pequenos duendes, em algum lugar, que só faziam escutar milhares de conversas inúteis. Na verdade, metade das ligações tinha escuta aleatória e só cerca de 5 por cento eram ouvidas por pessoas que trabalhavam para a prisão. Nem o governo federal podia contratar duendes suficientes para fazer toda a escuta.

Era sabido que traficantes dirigiam seus bandos de dentro da prisão por meio de linhas não seguras. Chefes da máfia ordenavam ataques aos seus rivais. As probabilidades de serem apanhados eram remotas.

As linhas seguras eram em menor número e por lei não podiam ter escuta. As ligações seguras eram só para advogados, e sempre com um guarda por perto.

Quando chegou a vez de Spicer fazer uma ligação segura, o guarda se afastou.

— Escritório de advocacia — atendeu a voz agressiva do mundo livre.

— Sim, aqui fala Joe Roy Spicer, da prisão de Trumble, e preciso falar com Trevor.

— Ele está dormindo.

Era 1:30 da tarde.

— Pois então acorde o filho-da-mãe — Spicer rosnou.

— Espere um minuto.

— Quer, por favor, se apressar? Estou num telefone da prisão.

Joe Roy olhou em volta, imaginando, não pela primeira vez, com que espécie de advogado eles tinham se metido.

— Por que está telefonando? — foram as primeiras palavras de Trevor.

— Deixe isso pra lá. Trate de acordar e comece a trabalhar. Precisamos que faça uma coisa rapidamente.

A essa altura, o chalé alugado no outro lado da rua estava atento. Era o primeiro telefonema de Trumble.

— O que é?

— Precisamos que verifique uma caixa postal. E rápido. E queremos que você trate disso. Não pare enquanto não terminar.

— Por que eu?

— Apenas faça, que diabo! Esse pode ser o maior de todos.

— Onde fica a caixa?

— Chevy Chase, Maryland. Tome nota. Al Konyers, caixa postal 455, Mailbox America, Western Avenue 39380, Chevy Chase. Tome muito cuidado porque esse cara pode ter alguns amigos e há uma grande probabilidade de que alguém já esteja vigiando a caixa. Leve algum dinheiro e contrate uns dois bons investigadores.

— Estou muito ocupado por aqui.

— Sim, desculpe se o acordei. Faça isso agora, Trevor. Vá hoje mesmo. E não volte sem saber quem alugou a caixa.

— Tudo bem, tudo bem.

Spicer desligou. Trevor pôs os pés outra vez na mesa e aparentemente voltou a dormir. Mas estava só pensando nas coisas. Momentos depois gritou para Jan verificar os horários dos vôos para Washington.

Nos seus quatorze anos de supervisor de campo, Klockner nunca tinha visto tanta gente vigiando uma pessoa que fazia tão pouca coisa. Telefonou para Deville, em Langley, e o chalé alugado entrou em ação. Estava na hora do show de Wes e Chap.

Wes atravessou a rua e entrou pela porta, descascada e empenada, do escritório do Dr. Trevor Carson, advogado e consultor jurídico. Estava com calça cáqui e camisa de malha, tênis, sem meias, e quando Jan ofereceu seu habitual esgar de desprezo, ela não podia dizer com certeza se ele era um local ou um turista.

— O que posso fazer pelo senhor? — ela perguntou.

— Preciso muito ver o Dr. Carson — Wes disse, desesperado.

— O senhor tem hora marcada? — ela perguntou, como se Trevor fosse tão ocupado que nem podia ter certeza da sua agenda.

— Bem, não, é uma espécie de emergência.

— Ele está muito ocupado — ela disse e Wes quase pôde ouvir a risada no outro lado da rua.

— Por favor, preciso falar com ele.

Ela revirou os olhos para cima e não cedeu.

— Que tipo de emergência?

— Acabo de enterrar minha mulher — ele disse, quase chorando, e Jan finalmente amoleceu um pouco.

— Eu sinto muito — ela disse. Pobre homem.

— Ela morreu em um acidente de carro na I-95, ao norte de Jacksonville.

Jan estava de pé agora, desejando ter feito café fresco.

— Eu sinto muito — ela repetiu. — Quando isso aconteceu?

— Há doze dias. Um amigo recomendou o Dr. Carson.

Não um amigo muito bom, ela queria dizer.

— O senhor aceita uma xícara de café? — ela perguntou, largando a lixa de unhas. Doze dias, pensou. Como todas as boas secretárias de advogado, ela lia os jornais atenta às notícias de acidentes. Quem sabe, qualquer um podia entrar por aquela porta.

Nunca pela porta de Trevor. Até agora.

— Não, obrigado — Wes disse. — Foi um caminhão da Texaco que bateu no carro dela. O motorista estava bêbado.

— Oh, meu Deus! — ela exclamou cobrindo a boca com a mão. Até Trevor podia resolver aquilo.

Dinheiro de verdade, grandes honorários, bem ali na sala de recepção e o idiota lá atrás roncando, curtindo o almoço.

— Ele está tomando um depoimento. Verei se pode atender. Por favor, sente-se. — Ela queria trancar a porta da frente, para o homem não fugir.

— Meu nome é Yates. Yates Newman — ele informou, tentando ajudar.

— Oh, sim — Jan disse, correndo pelo corredor. Bateu delicadamente na porta de Trevor e entrou. — Acorde, seu cretino! — ela sibilou, através dos dentes cerrados. Em voz bastante alta para Wes ouvir da sala de espera.

— O que é? — Trevor disse, ficando de prontidão. Afinal, ele não estava dormindo, estava lendo um exemplar velho da *People*.

— Surpresa! Você tem um cliente.

— Quem é?

— Um homem cuja mulher morreu numa batida com um caminhão da Texaco há doze dias. Ele quer vê-lo imediatamente.

— Ele está aqui?

— Isso mesmo. Difícil de acreditar, não é? Três mil advogados em Jacksonville e o pobre homem vem justamente cair de pára-quedas aqui. Disse que um amigo recomendou você.

— O que você disse para ele?

— Eu disse que ele precisava arranjar um novo amigo.

— Não, falando sério, o que você disse?

— Que você estava ouvindo um depoimento.

— Há oito anos não ouço um depoimento. Mande o homem entrar.

— Tenha calma. Vou fazer café para ele. Faça de conta que está terminando uma coisa importante. Por que não arruma um pouco esta sala?

— Só quero que você não o deixe ir embora.

— O motorista da Texaco estava bêbado — ela disse, abrindo a porta. — Trate de não estragar tudo.

Trevor ficou imóvel, com a boca aberta, os olhos vidrados, a mente amortecida, de repente voltando à vida. Um terço de 2 milhões, 4 milhões, que diabo, 10 milhões, se o homem estava mesmo bêbado, e mais a indenização. Ele queria pelo menos arrumar a sua mesa, mas não podia se mover.

Wes olhou pela janela da frente, para o chalé alugado, onde seus companheiros olhavam para ele. De costas para o corredor, porque tentava não rir. Passos e Jan disse:

— O Dr. Carson vai recebê-lo num minuto.

— Obrigado — ele disse, suavemente, sem se virar.

Pobre homem, ainda chorando a morte da mulher, ela pensou, e foi para a cozinha suja fazer café.

O depoimento terminou rapidamente e os depoentes desapareceram como por encanto, sem deixar traço. Wes a seguiu pelo corredor até a sala abarrotada do Dr. Carson. Foram feitas as apresentações. Ela serviu café fresco e, quando finalmente se foi, Wes fez um estranho pedido.

— Há algum lugar por aqui onde se pode tomar um café com leite?

— Ora, certamente, é claro — Trevor disse, as palavras saltando por cima da mesa. — Há um lugar chamado Beach Java a algumas quadras daqui.

— Poderia mandar sua secretária apanhar um para mim?

— Decerto. Médio ou grande?

— Pode ser médio.

Trevor saiu rapidamente de sua sala e alguns segundos depois Jan deixou o escritório praticamente correndo pela rua. Quando ela desapareceu, Chap saiu do chalé e foi para o escritório de Trevor. A porta da frente estava trancada e ele a abriu com uma chave do seu chaveiro. Dentro, ele passou a corrente de segurança, assim a pobre Jan ficaria presa na varanda com um copo de café com leite escaldante.

Chap seguiu pelo corredor e entrou na sala do advogado.

— Por favor — Trevor disse.

— Tudo bem. Ele está comigo — Wes disse.

Chap fechou e trancou a porta, tirou uma pistola 9mm do bolso e apontou para o pobre Trevor, que arregalou os olhos, com o coração quase parando.

— O que... — ele conseguiu dizer com voz aguda e dolorosa.

— Apenas cale a boca, está bem? — Chap disse, entregando a pistola para Wes, que estava sentado. Os olhos apavorados de

Trevor seguiram a arma que passou de um para o outro e desapareceu. O que foi que eu fiz? Quem são esses bandidos? Todas as minhas dívidas de jogo estão pagas.

Ficou feliz em calar a boca. Faria o que eles quisessem.

Chap encostou-se na parede, muito perto de Trevor, como pronto para atacá-lo a qualquer momento.

— Temos um cliente — ele começou. — Um homem muito rico, que foi apanhado no pequeno golpe seu e de Ricky.

— Oh, meu Deus — Trevor murmurou. Seu pior pesadelo.

— É uma idéia maravilhosa — Wes disse. — Extorquir gays ricos ainda não assumidos. Eles não podem dar queixa. Ricky já está na prisão, portanto, o que ele tem a perder?

— Quase perfeito — Chap disse. — Até vocês fisgarem o peixe errado, exatamente o que acabam de fazer.

— Não é meu golpe — Trevor disse, com a voz ainda duas oitavas acima do normal, os olhos procurando a pistola.

— Sim, mas não funcionaria sem você, certo? — Wes perguntou. — Tem de haver um advogado ladrão no lado de fora para movimentar a correspondência. E Ricky precisa de alguém para cuidar do dinheiro e fazer pequenas investigações.

— Vocês não são tiras, são? — Trevor perguntou.

— Não, somos assassinos profissionais — Chap disse.

— Porque se forem tiras, acho que não quero dizer mais nada.

— Não somos tiras, certo?

Trevor estava respirando e pensando outra vez, a respiração muito mais rápida do que o pensamento, mas sua experiência profissional começava a se manifestar.

— Acho que vou gravar isto — ele disse. — Só para o caso de vocês serem tiras.

— Eu disse que não somos tiras.

— Não confio em tiras, especialmente do FBI. O pessoal do FBI entraria aqui como vocês entraram, brandindo uma arma e jurando que não são policiais. Acho que eu simplesmente não gosto de tiras. Vou gravar isto.

Não se preocupe, amigo, eles queriam dizer. Tudo estava sendo gravado ao vivo e com cor digital de alta densidade por uma pequena câmera no teto, a pouca distância de onde eles estavam. E havia microfones por toda a pequena e atravancada sala de Trevor, de modo que quando ele roncava, arrotava, ou até quando estalava as juntas dos dedos, alguém ouvia no outro lado da rua.

A pistola reapareceu. Wes a segurou com as duas mãos e a examinou atentamente.

— Você não vai gravar coisa alguma — Chap disse. — E eu já disse, somos agentes particulares. E estamos dando as cartas neste momento. — Deu um passo para a frente. Trevor o observava com um olho e com o outro ajudava Wes a examinar a arma.

"Na verdade, viemos em paz", amenizou Chap.

— Temos algum dinheiro para você —Wes disse, guardando outra vez a maldita arma.

— Dinheiro para quê? — Trevor perguntou.

— Queremos você do nosso lado. Queremos contratar seus serviços.

— Para fazer o quê?

— Ajudar a proteger nosso cliente — Chap disse. — Vou dizer como vemos a coisa. Você aplica golpes de extorsão, operando de dentro de uma prisão federal, e foi descoberto por nós. Podemos ir aos federais, denunciar você e seu cliente, e serão condenados a trinta meses, provavelmente em Trumble, onde você se encaixa perfeitamente. Será automaticamente expulso da ordem dos advogados, o que significa perder tudo isto. — Chap sacudiu a mão direita, indicando a desordem, a poeira, as pilhas de velhas pastas intocadas há anos.

Wes continuou a conversa.

— Estamos preparados para ir aos federais imediatamente, e podemos provavelmente fazer parar a correspondência que sai de Trumble. Nosso cliente talvez seja poupado de qualquer embaraço. Mas há um elemento de risco que ele não quer enfrentar. E se Ricky tem outro aliado dentro de Trumble, alguém que ainda não descobrimos, que possa expor nosso cliente, como retaliação?

Chap balançou a cabeça.

— É muito arriscado. Preferimos trabalhar com você, Trevor. Preferimos comprar você e liquidar o golpe, daqui deste escritório.

— Eu não posso ser comprado — Trevor disse sem muita convicção.

— Então, nós o alugaremos por algum tempo, que tal? — Wes disse. — Afinal todos os advogados não são contratados por hora?

— Suponho que sim, mas vocês estão me pedindo para vender um cliente.

— Seu cliente é um ladrão que comete um crime todos os dias dentro de uma prisão federal. E você é culpado da mesma forma. Não vamos bancar o honrado, está bem?

— Quando você se torna um criminoso, Trevor — Chap disse —, perde o privilégio de ser honrado. Não nos faça sermões. Sabemos que é só uma questão de dinheiro.

Trevor esqueceu a pistola por um momento e esqueceu sua licença dependurada na parede atrás dele, um pouco torta. Como fazia tantas vezes ultimamente quando enfrentava outra coisa desagradável decorrente da prática do direito, fechou os olhos e sonhou com seu barco de quarenta pés, ancorado nas águas quentes e calmas de uma baía escondida, meninas de topless na praia a cem metros, e ele praticamente nu, tomando um drinque, no convés. Podia sentir o cheiro da água salgada, sentir a brisa leve, o gosto do rum e ouvir as garotas.

Abriu os olhos, tentando focalizar Wes no outro lado da mesa.

— Quem é o seu cliente? — perguntou.

— Mais devagar — Chap disse. — Vamos fazer o acordo primeiro.

— Que acordo?

— Nós lhe damos algum dinheiro e você trabalha como agente duplo. Teremos acesso a tudo. Vai levar uma escuta quando falar com Ricky. Nós vemos toda a correspondência. Você não faz nada sem falar conosco primeiro.

— Por que vocês não pagam a quantia da chantagem de uma vez? — Trevor perguntou. — Seria muito mais fácil.

— Pensamos nisso — Wes disse. — Mas Ricky não joga limpo. Se pagarmos, ele vai pedir mais. E mais.

— Não, não vai.

— É mesmo? O que me diz de Quince Garbe, em Bakers, Iowa?

Oh, meu Deus — Trevor quase disse em voz alta. Quanto eles sabem? Tudo que conseguiu dizer foi um débil:

— Quem é ele?

— Ora, vamos, Trevor — Chap disse. — Sabemos onde o dinheiro está escondido nas Bahamas. Sabemos da firma Boomer Realty e de sua pequena conta com um saldo atual de quase setenta mil dólares.

— Cavamos o máximo, Trevor — Wes disse, entrando na conversa no momento exato. Trevor olhava de um para o outro. — Mas acabamos chegando a uma pedra. Por isso precisamos de você.

Na verdade, Trevor jamais gostou de Spicer. Ele era um homenzinho frio e cruel e teve coragem de cortar a porcentagem de Trevor. Beech e Yarber eram legais, mas que diabo. Não era como se Trevor tivesse muita escolha.

— Quanto? — ele perguntou.

— Nosso cliente está disposto a pagar cem mil dólares em dinheiro — Chap disse.

— É claro que é em dinheiro — disse Trevor. — Cem mil dólares é uma piada. Essa seria a primeira parcela de Ricky. Meu respeito próprio é muito maior do que cem mil dólares.

— Duzentos mil — ofereceu Wes.

— Vamos fazer uma coisa — Trevor propôs, tentando ferozmente acalmar o coração disparado. — Quanto vale para seu cliente enterrar esse pequeno segredo?

— E você está disposto a enterrá-lo? — Wes perguntou.

— Isso mesmo.

— Dê-me um segundo — Chap disse, tirando do bolso um pequeno telefone. Digitou os números ao mesmo tempo que abria a porta e saía para o corredor, depois murmurou alguma coisa que Trevor mal pôde ouvir. Wes olhava para a parede, a arma pacificamente ao lado da sua cadeira. Trevor não podia vê-la, por mais que tentasse.

Chap voltou e olhou para Wes, como que enviando uma mensagem crucial com as sobrancelhas e as rugas da testa. No breve momento de hesitação, Trevor atacou.

— Eu acho que vale um milhão de dólares — ele disse. — Pode ser meu último caso. Estão me pedindo para divulgar informação confidencial de um cliente, um ato extremamente perigoso para um advogado. Podem me expulsar da ordem num piscar de olhos.

A expulsão seria um degrau acima para o velho Trevor, mas Wes e Chap deixaram passar. Nada de bom podia sair de uma discussão sobre o valor da sua licença.

— Nosso cliente pagará um milhão de dólares — Chap disse.

E Trevor riu. Não pôde evitar. Riu como se acabasse de ouvir a piada mais engraçada do mundo e no outro lado da rua eles riram porque Trevor estava rindo.

Trevor controlou-se. Parou de rir mas não conseguiu disfarçar um sorriso. Um milhão de dólares. Em dinheiro, livre de impostos. Escondidos no exterior, em outro banco, é claro, longe das garras do imposto de renda e de qualquer outro departamento do governo.

Então franziu a testa como um advogado, um pouco embaraçado com sua reação tão pouco profissional. Estava para dizer algo importante, quando ouviram três batidas urgentes no vidro da porta.

— Oh, sim — ele disse. — Deve ser o café.

— Ela tem de ir embora — Chap disse.

— Vou mandá-la para casa — Trevor concordou, levantando-se pela primeira vez, um pouco atordoado.

— Não. De vez. Para longe deste escritório.

— Quanto ela sabe? — Wes perguntou.

— Ela é burra como um jumento — Trevor disse, feliz.

— É parte do acordo — Chap disse. — Despeça-a agora. Temos muito que discutir e não a queremos por perto.

As batidas ficaram mais fortes. Jan tinha destrancado a porta mas estava presa pela corrente passada no trinco de segurança.

— Trevor! Sou eu! — ela gritou, através de uma fresta.

Trevor saiu lentamente para o corredor, coçando a cabeça, procurando as palavras. Ficou frente a frente com ela através da janela da porta, parecendo muito confuso.

— Abra — ela rosnou. — O café está quente.

— Quero que você vá para casa — ele disse.

— Por quê?

— Por quê?

— Sim, por quê.

— Porque, bem... — Por um segundo ele não soube o que dizer, então pensou no dinheiro. A saída dela era parte do acordo. — Porque está despedida — ele disse.

— O quê?

— Eu disse que está despedida! — ele gritou para que seus novos amigos pudessem ouvir.

— Não pode me despedir! Você me deve muito dinheiro.

— Não devo coisa nenhuma!

— Que tal mil dólares de salário?

As janelas do chalé, no outro lado da rua, estavam cheias de rostos escondidos por um vidro unilateral. As vozes ecoaram no silêncio da rua.

— Está louca! — Trevor berrou. — Não lhe devo nem um centavo!

— Mil e quarenta dólares, para ser exata.

— Está maluca.

— Seu filho-da-mãe. Fiquei com você durante oito anos, recebendo o salário mínimo, então finalmente você tem um caso grande e me despede. É o que está fazendo, Trevor?

— Mais ou menos isso. Agora, dê o fora!

— Abra a porta, seu covarde insignificante!

— Vá embora, Jan!

— Não sem apanhar as minhas coisas!

— Volte amanhã. Estou em reunião com o Sr. Newman. —
Dizendo isso, Trevor deu um passo para trás. Quando viu que ele
não ia abrir, Jan desistiu.

— Seu filho-da-mãe! — gritou, jogando o café na porta. A
portinhola de vidro balançou mas não quebrou, coberta com o
líquido marrom.

Trevor, seguro no lado de dentro, se encolheu e viu horrorizado aquela mulher, que conhecia tão bem, perder a cabeça. Ela
saiu furiosa, vermelha e xingando, deu alguns passos e viu uma
pedra, restos de um projeto há muito esquecido de jardinagem de
baixo preço aceito por ele por insistência da secretária. Com os
dentes cerrados, ela apanhou a pedra, praguejou e a atirou na
porta.

Wes e Chap conseguiram ficar sérios, mas quando a pedra
atingiu a porta, não puderam deixar de rir. Trevor gritou:

— Sua louca filha-da-puta!

Eles riram outra vez, sem olhar um para o outro, tentando se
controlar.

Silêncio, afinal. A paz chegou na sala de espera.

Trevor apareceu na porta de sua sala, ileso, sem ferimentos
visíveis.

— Desculpem tudo isso — ele disse, em voz baixa, dirigin-
do-se para sua cadeira.

— Você está legal? — Chap perguntou.

— Claro, sem problema. Que tal café puro? — ele perguntou
para Wes.

— Esqueça.

Os detalhes foram martelados durante o almoço, que Trevor
insistiu que fosse no Pete's. Sentaram-se a uma pequena mesa
nos fundos, perto das máquinas de fliperama. Wes e Chap se
preocupavam com a privacidade, mas logo perceberam que
ninguém ouvia, porque ninguém tratava de negócios no Pete's.

Trevor tomou três cervejas e comeu batatas fritas. Os outros
dois homens tomaram refrigerantes e comeram hambúrgueres.

Trevor queria todo o dinheiro na mão antes de começar a
trair seu cliente. Eles concordaram em pagar cem mil em

dinheiro naquela tarde, e começar imediatamente a transferência do restante. Trevor exigiu um outro banco, mas eles insistiram em continuar com o Geneva Trust em Nassau. Garantiram que seu acesso limitava-se apenas à observação da conta, não podiam mexer nela. Além disso, o dinheiro ia chegar no fim da tarde. Se mudassem de banco, podia levar um ou dois dias. Os dois lados estavam ansiosos para completar o negócio. Wes e Chap queriam proteção total e imediata para seu cliente. Trevor queria sua fortuna. Depois de três cervejas ele já estava gastando o dinheiro.

Chap saiu antes, para providenciar a remessa. Trevor pediu uma cerveja para levar e entraram no carro de Wes, para um passeio pela cidade. O plano era encontrar Chap e apanhar o dinheiro. Quando entraram na rodovia A1A, ao longo da praia, Trevor começou a falar.

— Não é espantoso? — ele disse, os olhos escondidos atrás de óculos escuros baratos, a cabeça recostada no espaldar do banco.

— O que é espantoso?

— Os riscos que as pessoas estão dispostas a enfrentar. Seu cliente, por exemplo. Um homem rico. Podia pagar a todos os rapazes que quisesse, em vez disso responde ao anúncio de uma revista gay e começa a escrever cartas para um completo estranho.

— Eu não compreendo isso — Wes observou, e os dois heteros se uniram por um segundo. — Fazer perguntas não é parte do meu trabalho.

— Suponho que a excitação esteja no desconhecido — Trevor disse, tomando um pequeno gole de cerveja.

— É, provavelmente é isso. Quem é Ricky?

— Eu digo quando tiver o dinheiro. Qual deles é o seu cliente?

— Qual deles? Com quantas vítimas estão trabalhando neste momento?

— Ricky tem estado ocupado ultimamente. Provavelmente umas vinte, mais ou menos.

— De quantas já extorquiram?

— Duas ou três. É um negócio nojento.

— Como você se envolveu?

— Sou advogado de Ricky. Ele é brilhante, muito entediado, e imaginou esse golpe para chantagear gays não assumidos. Contra minha vontade, eu entrei no esquema.

— Ele é gay? — Wes perguntou. Ele sabia os nomes dos netos de Beech. Sabia o tipo sangüíneo de Yarber. Sabia que a mulher de Spicer estava saindo com outro homem, no Mississippi.

— Não — disse Trevor.

— Então ele é doente.

— Não. É um cara legal. Então, quem é seu cliente?

— Al Konyers.

Trevor assentiu, inclinando a cabeça, e tentou se lembrar de quantas cartas tinham sido trocadas entre Al e Ricky.

— Que coincidência. Eu estava planejando ir a Washington para investigar o Sr. Konyers. É claro que não sei o nome verdadeiro.

— Claro que não.

— Você sabe seu nome verdadeiro?

— Não. Fomos contratados pela gente dele.

— Que interessante. Então nenhum de nós conhece o verdadeiro Al Konyers?

— Certo. E tenho certeza de que vai continuar assim.

Trevor apontou para uma loja de conveniências e disse:

— Pare ali. Preciso de outra cerveja.

Wes esperou perto das bombas de gasolina. O combinado era que não diriam coisa alguma sobre seu excesso de bebida até o dinheiro mudar de mãos e ele contar tudo. Criariam um clima de confiança e então, suavemente, tentariam convencê-lo a uma quase sobriedade. A última coisa que precisavam era de Trevor no Pete's, todas as noites, bebendo e falando demais.

Chap esperava em um carro alugado, na frente de uma lavanderia, oito quilômetros ao sul de Ponte Vedra Beach. Entregou a Trevor uma pasta fina e barata e disse:

— Está tudo aí. Cem mil. Encontro com vocês no escritório.

Trevor não o ouviu. Abriu a pasta e começou a contar o dinheiro. Wes fez a volta e seguiu para o norte. Dez maços de dez mil dólares, tudo em notas de cem.

Trevor fechou a pasta e passou para o lado de Chap e Wes.

VINTE E SETE

A primeira tarefa de Chap como paralegal de Trevor foi organizar a mesa de recepção e se desfazer de qualquer coisa remotamente feminina. Pôs as coisas de Jan numa caixa de papelão, batons a lixas de unhas, pacotes de amendoim doce, vários romances de segunda classe. Havia um envelope com oitenta dólares e alguns trocados. O chefe tomou posse dele, dizendo que era dinheiro para as pequenas despesas.

Chap embrulhou as fotos da mesa de Jan em jornais velhos e as guardou cuidadosamente em outra caixa, com toda a miudeza que podia ser quebrada. Copiou as agendas para saber quem tinha hora marcada no futuro. O movimento seria pequeno, ele verificou sem surpresa. Nenhuma hora marcada no tribunal aparecia no horizonte. Dois encontros no escritório, nessa semana, dois na outra, depois nada. Depois de estudar as agendas, Chap ficou convencido de que Trevor havia limitado sua atividade mais ou menos quando chegou o dinheiro de Quince Garbe.

Sabiam que nas últimas semanas Trevor tinha aumentado as apostas e provavelmente a bebida. Várias vezes Jan dissera a amigos, no telefone, que Trevor passava mais tempo no Pete's do que no escritório.

Enquanto Chap se ocupava na recepção, ajeitando as coisas de Jan, arrumando a mesa, tirando o pó, passando o aspirador e jogando fora velhas revistas, o telefone tocava ocasionalmente. Fazia parte do seu trabalho atender o telefone e ele ficou ao lado dele. A maioria dos telefonemas era para Jan e ele explicava delicadamente que ela não trabalhava mais ali. "Ótimo para ela", parecia ser a opinião geral.

Um agente vestido de carpinteiro chegou cedo para instalar outra porta da frente. Trevor ficou maravilhado com a eficiência de Chap.

— Como encontrou outra porta tão depressa? — ele perguntou.

— Basta procurar nas páginas amarelas — Chap disse.

Outro agente, fazendo-se passar por chaveiro, trocou todas as fechaduras do prédio.

O acordo incluía a condição de Trevor não atender nenhum outro cliente, pelo menos nos próximos trinta dias. Ele se opôs fervorosamente a isso, como se tivesse uma reputação exemplar para proteger. Pensem em toda a gente que podia precisar dele, Trevor argumentou. Mas eles sabiam como os últimos trinta dias tinham sido vazios e pressionaram até ele concordar. Queriam o escritório só para eles. Chap telefonou para os clientes com hora marcada e disse que o Dr. Carson estaria ocupado no tribunal naqueles dias. Marcar outra hora seria difícil, Chap explicou, mas telefonaria quando ele estivesse mais folgado.

— Não acho que ele esteja no tribunal — disse um dos clientes.

— Oh, está sim — Chap disse. — É um processo de grande vulto.

Depois de tratar da lista de clientes, só um caso exigia visita ao escritório. Era um processo de pensão de filhos já em andamento e Trevor representava a mulher há três anos. Não podia simplesmente dizer não.

Jan passou no outro dia para criar problema, acompanhada de um amigo. Era um jovem forte com barbicha, calça de poliéster, camisa branca e gravata. Chap imaginou que ele devia vender carros usados. Sem dúvida ele podia facilmente dar uma surra em Trevor, mas não queria nada com Chap.

— Quero falar com Trevor — Jan disse, olhando para a nova organização da sua mesa.

— Sinto muito, mas ele está em reunião.

— E quem é você?

— Sou um paralegal.

— Sim, muito bem, trate de exigir o pagamento adiantado.

— Obrigado. Suas coisas estão naquelas duas caixas — Chap disse, apontando.

Ela notou a ordem e limpeza das estantes de revistas, o cesto de papéis vazio, os móveis polidos. Sentiu o cheiro de desinfetante, como se tivessem fumigado o lugar onde ela sentava antes. Jan não era mais necessária.

— Diga para Trevor que ele me deve mil dólares de salário — ela disse.

— Eu direi. Mais alguma coisa?

— Sim, diga que o novo cliente de ontem, Yates Newman, eu verifiquei os jornais. Nas últimas duas semanas não houve nenhuma morte por acidente na I-95. Nenhum registro da morte de uma mulher chamada Newman. Alguma coisa está errada.

— Muito obrigado. Direi a ele.

Ela olhou em volta pela última vez e sorriu com desprezo quando viu a nova porta. Seu amigo olhou zangado para Chap, como se estivesse disposto afinal a quebrar o pescoço dele, mas fez isso quando já caminhava para a porta. Foram embora sem quebrar nada, cada um levando uma caixa.

Chap os viu ir, depois começou a se preparar para o desafio do almoço.

O jantar da noite anterior tinha sido numa casa de frutos do mar próxima, lotada, a duas quadras do Sea Turtle Inn. Dado o tamanho das porções servidas, os preços eram absurdos e exatamente por isso Trevor, o novo milionário de Jacksonville, insistiu que jantassem lá. Naturalmente a refeição era por sua conta e ele não estava poupando na despesa. Ficou bêbado depois do primeiro martíni e não lembrava do que tinha comido. Wes e Chap explicaram que seu cliente não permitia que bebessem. Tomaram água, enquanto mantinham o copo de vinho de Trevor sempre cheio.

— Eu arranjaria outro cliente — Trevor disse, rindo da própria piada. — Acho que tenho de beber por nós três — ele disse, no meio do jantar, e começou a fazer exatamente isso.

Para alívio dos dois agentes, descobriram que ele era um bêbado dócil. Continuaram a servir a bebida, para ver até onde ele ia. Trevor ficou mais quieto e afundou na cadeira. Algum tempo depois da sobremesa, deu 300 dólares de gorjeta ao garçom, em dinheiro. Eles o ajudaram a ir até o carro e o levaram para casa.

Trevor dormiu com a nova pasta em cima do peito. Quando Wes apagou a luz, ele estava deitado na cama, com a calça amarrotada, camisa branca de algodão, gravata-borboleta desamarrada, de sapato, roncando, segurando a pasta com as duas mãos.

O telegrama havia chegado um pouco antes das cinco. O dinheiro estava no lugar. Klockner mandara que eles embebedassem Trevor para ver como ele se comportava naquela condição, e começassem a trabalhar de manhã.

Às 7:30 voltaram à casa, abriram a porta com suas chaves e o encontraram do mesmo jeito que tinham deixado. Estava sem um pé de sapato e deitado de lado com a pasta presa contra o peito como uma bola de futebol.

— Vamos! Vamos! — Chap gritou enquanto Wes acendia as luzes e levantava as persianas, fazendo o maior barulho possível. Para seu crédito Trevor saltou da cama, correu para o banheiro, tomou uma chuveirada rápida e vinte minutos depois entrou na sua sala com uma nova gravata-borboleta e sem nada amarrotado. Seus olhos estavam levemente inchados, mas ele sorria, decidido a dominar a ressaca.

O milhão de dólares ajudou. Na verdade, ele jamais havia vencido uma ressaca tão depressa.

Tomaram café forte com *muffins* no Beach Java. E depois atacaram vigorosamente o escritório. Enquanto Chap se encarregava da frente, Wes mantinha Trevor na sua sala.

Durante o jantar várias peças do quebra-cabeça haviam se encaixado. Os nomes dos membros da Confraria foram finalmente arrancados de Trevor e Wes e Chap fingiram surpresa.

— Três juízes? — eles disseram, aparentemente incrédulos.

Trevor sorriu orgulhoso, como se fosse ele, e só ele, o arquiteto daquele golpe de mestre. Queria que eles acreditassem que tinha cérebro e habilidade para convencer três ex-juízes de que deviam passar o tempo escrevendo cartas a gays solitários para que ele, Trevor, pudesse receber um terço da extorsão. Que diabo, ele era praticamente um gênio.

Outras partes do enigma permaneciam obscuras e Wes estava resolvido a apertar Trevor até conseguir as respostas.

— Vamos falar sobre Quince Garbe — ele disse. — Sua caixa postal foi alugada em nome de uma empresa-fantasma. Como descobriu sua verdadeira identidade?

— Foi fácil — Trevor disse, ainda orgulhoso. Não era só um gênio, mas um gênio muito rico. Acordara na manhã anterior com uma tremenda dor de cabeça e passara a primeira hora na cama, preocupando-se com suas perdas no jogo, com a queda do movimento no seu escritório, com sua crescente dependência da Confraria e do golpe. Vinte e quatro horas depois, acordou com uma dor de cabeça pior ainda, mas que foi aliviada com o bálsamo de um milhão de dólares.

Estava eufórico, e ansioso por terminar o negócio para começar sua vida.

— Contratei um investigador particular em Des Moines — ele disse, tomando café, com os pés na mesa, onde era seu lugar. — Mandei um cheque de mil paus. Ele passou dois dias em Bakers. Já esteve em Bakers?

— Já.

— Eu estava com medo de ir até lá. O golpe funciona melhor quando se pode fisgar algum homem importante, com dinheiro. Ele paga qualquer coisa pelo seu silêncio. Bem, o investigador encontrou uma funcionária dos correios, que precisava de dinheiro. Era mãe solteira com uma porção de filhos, um carro velho, um apartamento pequeno, você pode imaginar. Ele a procurou à noite e disse que daria quinhentos dólares se ela dissesse quem alugava a caixa 788 no nome de CMT Investments. Na manhã seguinte, ele a procurou no correio. Encontraram-se no estacionamento, na hora do almoço. Ela entregou um papel com o nome de Quince Garbe, em troca de um envelope com quinhentos dólares. Ela nem perguntou quem ele era.

— É esse o método que sempre usa?

— Funcionou com Garbe. Curtis Cates, o cara de Dallas, o segundo em quem aplicamos o golpe, foi mais complicado. O investigador que contratamos não encontrou ninguém no correio e teve de vigiar a caixa durante três dias. Custou mil e oitocentos dólares, mas finalmente ele o viu e conseguiu o número da sua licença.

— Quem é o próximo?

— Provavelmente esse cara de Upper Darby, Pensilvânia. Seu pseudônimo é Brant White e parece ser um alvo bem quente.

— Você leu alguma carta?

— Nunca. Não sei o que eles dizem. Quando estão prontos para dar o golpe, eles me mandam vigiar a caixa e conseguir o nome verdadeiro. Isso quando o correspondente está usando um nome falso, como seu cliente, o Sr. Konyers. Ficariam admirados com o número de homens que usam o próprio nome. Incrível.

— Você sabe quando eles mandam as cartas de extorsão?

— Oh, sim. Eles me dizem, para que eu possa alertar o banco nas Bahamas de que está para chegar uma transferência. O banco me telefona logo que o dinheiro chega.

— Fale sobre esse Brant White, em Upper Darby — Wes disse. Estava enchendo páginas com notas, como temendo deixar passar alguma coisa. Cada palavra era gravada em quatro máquinas diferentes, no outro lado da rua.

— Estão prontos para aplicar o golpe nele, isso é tudo que eu sei. Ele parece muito quente, porque trocaram apenas poucas cartas. Com alguns desses caras é como arrancar dentes, a julgar pelo número de cartas.

— Mas você controla as cartas?

— Não tenho registros por aqui. Eu tinha medo de que os federais aparecessem algum dia com um mandado de busca e não queria ter nenhuma prova do meu envolvimento.

— Esperto, muito esperto.

Trevor sorriu, saboreando a própria astúcia.

— Sim, bem, eu tratei de muitos processos criminais. Acontece que não consegui encontrar um investigador na área da Filadélfia. Mas ainda estou trabalhando nisso.

Brant White era criação de Langley. Trevor podia contratar todos os investigadores do mundo que jamais encontrariam uma pessoa real atrás da caixa postal.

— Na verdade — ele continuou — eu estava me preparando para ir até lá quando recebi o telefonema de Spicer dizendo para ir a Washington, procurar Al Konyers. Então, vocês apareceram e, bem, o resto já sabem. — Calou-se, mais uma vez pensando no dinheiro. Sem dúvida era uma coincidência Wes e Chap terem entrado em sua vida horas depois de receber a ordem para procurar seu cliente. Mas ele não se importava. Podia ouvir as gaivotas e sentir a areia quente. Podia ouvir o *reggae* das bandas da ilha e sentir o vento nas velas do seu pequeno barco.

— Há outro contato no lado de fora? — Wes perguntou.

— Oh, não — ele disse, vaidoso. — Não preciso de nenhuma ajuda. Quanto menos pessoas envolvidas, mais fácil é a operação.

— Muito esperto — Wes disse.

Trevor afundou mais ainda na cadeira. O teto estava rachado e descascado, precisando de uma demão de esmalte. Há dois dias isso podia preocupá-lo. Agora sabia que nunca seria pintado, não se dependesse de ele pagar a conta. Sairia dali um dia, muito em breve, quando Wes e Chap tivessem terminado com a Confraria. Passaria um dia ou dois guardando seus arquivos em caixas de papelão, para armazenar, não sabia bem para quê e se desfaria dos velhos livros de direito não usados. Encontraria algum novato recém-saído da faculdade, à procura de algumas migalhas dos tribunais, e venderia os móveis e o computador por um preço razoável. E quando todas as pontas soltas estivessem atadas, L. Trevor Carson, advogado e consultor jurídico, sairia do escritório sem olhar para trás.

Que dia glorioso seria esse.

Chap interrompeu o breve devaneio com um saco de tacos e refrigerantes. Almoço não tinha sido mencionado, mas Trevor já consultava o relógio, antecipando outra longa refeição no Pete's. Olhou ofendido para os tacos e ferveu por um momento. Precisava de um drinque.

— Acho que é uma boa idéia esquecer a bebida durante o almoço — Chap disse, os três inclinados sobre a mesa de Trevor tentando não deixar cair os feijões e a carne moída.

— Façam o que quiserem — Trevor disse.

— Eu estou me referindo a você — Chap disse. — Pelo menos nos próximos trinta dias.

— Isso não fazia parte do nosso acordo.

— Agora faz. Você precisa estar sóbrio e alerta.

— Por que, exatamente?

— Porque nosso cliente quer. E ele está pagando um milhão de dólares.

— Ele quer que eu passe fio dental nos dentes duas vezes por dia e coma o meu espinafre?

— Vou perguntar.

— Aproveite para mandá-lo à merda.

— Não faça drama, Trevor — Wes disse. — Corte a bebida por alguns dias. Vai ser bom para você.

Se o dinheiro o libertava, aqueles dois começavam a sufocá-lo. Estavam há vinte e quatro horas juntos e não davam sinal de ir embora. Na verdade, pelo contrário, estavam se mudando para seu escritório.

Chap saiu cedo para apanhar a correspondência. Convencera Trevor de que ele tinha hábitos muito relaxados, por isso foi encontrado com tanta facilidade. Suponha que outras vítimas estivessem de tocaia em algum lugar? Trevor não teve dificuldade para encontrar os nomes verdadeiros das vítimas. Por que as vítimas não podiam fazer o mesmo com a pessoa que se escondia atrás de Aladdin North e Laurel Ridge? A partir daquele momento, Wes e Chap se revezariam na coleta da correspondência. Confundiriam as coisas, visitariam as caixas postais em horários diversos, usariam disfarces, um verdadeiro jogo de capa e espada.

Trevor acabou concordando. Eles pareciam saber o que estavam fazendo.

Quatro cartas para Ricky esperavam no correio de Neptune Beach e duas para Percy, em Atlantic Beach. Chap fez rapidamente a ronda com uma equipe na retaguarda, observando qualquer pessoa que pudesse estar vigiando. As cartas foram levadas para o chalé, imediatamente abertas e copiadas e devolvidas aos envelopes.

As cópias foram lidas e analisadas por agentes ansiosos para fazer alguma coisa. Klockner também leu. Eles conheciam cinco dos seis nomes. Todos de homens solitários de meia-idade, tentando juntar coragem para o próximo passo com Ricky ou Percy. Nenhum parecia especialmente agressivo.

A parede de um dos quartos no chalé alugado foi pintada de branco e um grande mapa dos cinqüenta estados desenhado e pregado nela. Alfinetes vermelhos marcavam os correspondentes de Ricky. Os de Percy eram verdes. Os nomes e cidades dos correspondentes eram impressos em negro, debaixo dos alfinetes.

As redes estavam se tornando mais extensas. Vinte e três homens estavam escrevendo para Ricky, dezoito para Percy. Trinta estados eram representados. A Confraria aperfeiçoava seu golpe a cada semana. Ao que Klockner sabia, agora tinham anúncios publicados em três revistas. Continuavam firmes com o perfil inicial, e na terceira carta geralmente sabiam se o cara tinha dinheiro. Ou uma esposa.

Era um jogo fascinante e, agora que tinham completo acesso a Trevor, não iam perder nenhuma carta.

A correspondência diária foi resumida em duas páginas e entregue a um agente que a levou para Langley. Estava nas mãos de Deville às 7 horas da noite.

O primeiro telefonema da tarde foi às três e dez, quando Chap lavava as janelas. Wes estava ainda no escritório de Trevor, fazendo uma pergunta atrás da outra. Trevor estava cansado. Sentia falta do cochilo e precisava desesperadamente de um drinque.

— Escritório de advocacia — Chap atendeu.

— É do escritório de Trevor? — perguntaram.

— Sim. Quem fala?

— Quem é você?

— Sou Chap, o novo paralegal.

— O que aconteceu com a mulher?

— Ela não trabalha mais aqui. O que posso fazer pelo senhor?

— Aqui fala Joe Roy Spicer. Sou cliente de Trevor e estou telefonando de Trumble.

— Telefonando de onde?

— Trumble. É uma prisão federal. Trevor está aí?

— Não, senhor. Ele está em Washington e deve estar de volta dentro de algumas horas.

— Tudo bem. Diga a ele que telefono outra vez às cinco.

— Sim, senhor.

Chap desligou e respirou fundo, bem como Klockner, no outro lado da rua. A CIA acabava de ter seu primeiro contato ao vivo com um membro da Confraria.

O segundo telefonema foi exatamente às cinco horas. Chap atendeu e reconheceu a voz. Trevor esperava na sua sala.

— Alô.

— Trevor, é Joe Roy Spicer.

— Olá, juiz.

— O que descobriu em Washington?

— Ainda estamos trabalhando nisso. Vai ser difícil, mas nós o encontraremos.

Uma longa pausa, como se a notícia desagradasse Spicer e ele não soubesse o que dizer.

— Você vem amanhã?

— Estarei aí às três horas.

— Traga cinco mil dólares em dinheiro.

— Cinco mil dólares?

— Foi o que eu disse. Apanhe o dinheiro e traga para cá. Tudo em notas de vinte e de cinqüenta.

— O que você vai fazer com...

— Não faça perguntas idiotas, Trevor. Traga o maldito dinheiro. Ponha em um envelope com o resto da correspondência. Já fez isso antes.

— Tudo bem.

Spicer desligou sem dizer mais nada. Depois Trevor passou uma hora falando sobre a economia em Trumble. Dinheiro vivo era proibido. Cada prisioneiro tinha um emprego e o salário era creditado à sua conta. Despesas, como telefonemas interurbanos, despesas no comissariado, cópias, selos, tudo era debitado na conta.

Mas o dinheiro vivo estava presente, embora raramente fosse visto. Entrava lá clandestinamente e era usado para dívidas de jogo e para subornar os guardas em troca de pequenos favores. Trevor tinha medo de fazer isso. Se ele, como advogado, fosse apanhado levando dinheiro para dentro da prisão, seus privilégios de visita seriam eliminados instantaneamente. Tinha feito isso em duas outras ocasiões, nas duas apenas 500 dólares, em notas de dez e de vinte.

Não podia imaginar para que eles queriam cinco mil.

VINTE E OITO

Depois de três dias com Wes e Chap grudados no seu pé o tempo todo, Trevor precisava de um descanso. Eles queriam ficar juntos o café da manhã, o almoço e o jantar. Queriam levá-lo para casa e apanhá-lo para o trabalho, de manhã muito cedo. Estavam cuidando do que restava da clientela — Chap, o paralegal, Wes, o chefe do escritório, ambos com perguntas infindáveis porque havia muito pouco trabalho de consultoria para se fazer.

Assim, não foi surpresa quando anunciaram que eles o levariam de carro até Trumble. Trevor explicou que não precisava de motorista. Fazia sempre a viagem sozinho, no seu confiável e pequeno Fusca. Isso os aborreceu e ameaçaram telefonar ao seu cliente para saber o que deviam fazer.

— Pouco me importa que telefonem para seu maldito cliente — ele berrou e os agentes recuaram. — Ele não está dirigindo a minha vida.

Mas estava e todos sabiam. Só o dinheiro importava agora. Trevor já havia representado o ato de Judas.

Ele saiu de Neptune Beach sozinho no Fusca, seguido por Wes e Chap no carro alugado e, atrás deles, uma van branca com pessoas que Trevor jamais veria. Nem queria ver. Só para se divertir, de repente ele fez uma volta e parou em uma loja de conveniências para comprar cerveja, e riu quando o resto da caravana pisou rapidamente nos freios, por pouco evitando uma batida. Uma vez fora da cidade, ele dirigiu lentamente tomando cerveja, saboreando a privacidade, pensando que por um milhão de dólares podia agüentar qualquer coisa por alguns dias.

Quando se aproximou da cidadezinha de Trumble, sentiu a primeira pontada de culpa. Será que poderia fazer aquilo? Estava prestes a enfrentar Spicer, um cliente que confiava nele, um prisioneiro que precisava dele, seu parceiro no crime. Poderia disfarçar e fingir que tudo estava bem, enquanto cada palavra era captada por um microfone potente de alta freqüência na sua pasta? Podia trocar cartas com Spicer como se nada tivesse mudado, sabendo que aquela correspondência estava sendo monitorada? E mais, estava jogando fora sua carreira de advogado, algo que custara muito esforço e do qual costumava sentir orgulho.

Estava vendendo sua ética, seus padrões, até sua moral por dinheiro. Sua alma valia um milhão de dólares? Tarde demais. O dinheiro estava no banco. Tomou um gole de cerveja para lavar o breve sentimento de culpa.

Spicer era um ladrão, bem como Beech e Yarber, e ele, Trevor Carson, era tão culpado quanto eles. Não há honra entre ladrões, ele repetia mentalmente.

Link farejou a cerveja em Trevor, quando caminhavam pelo corredor para a área de visitas. Trevor olhou para dentro da sala dos advogados. Viu Spicer parcialmente escondido atrás de um jornal e começou a ficar nervoso. Que espécie de advogado sujo leva um dispositivo eletrônico de escuta para uma entrevista confidencial com um cliente? A culpa atingiu Trevor em cheio, mas não havia como voltar atrás.

O microfone, meticulosamente instalado por Wes no fundo da velha pasta de couro negro, de Trevor, era quase do tamanho de uma bola de golfe. Era extremamente potente e podia transmitir tudo para os homens anônimos na van branca. Wes e Chap também estavam lá, com seus fones de ouvido, preparados para ouvir tudo.

— Boa tarde, Joe Roy — Trevor disse.

— O mesmo para você — Spicer respondeu.

— Deixe ver a pasta — Link disse. Olhou rapidamente e declarou: — Parece em ordem.

Trevor tinha avisado Wes e Chap de que Link às vezes olhava dentro da pasta. O microfone estava coberto por uma pilha de papéis.

— Aqui estão as cartas — Trevor disse.

— Quantas? — Link perguntou.

— Oito.

— Você tem alguma? — Link perguntou para Spicer.

— Não. Nenhuma hoje.

— Estarei aí fora — Link disse.

A porta fechou, ouviram passos e de repente tudo ficou em silêncio. Um silêncio muito longo. Nada. Nem uma palavra entre advogado e cliente. Na van branca, esperaram durante uma eternidade, até ficar evidente que alguma coisa estava errada.

Quando Link saiu da pequena sala, Trevor rápida e habilmente pôs a pasta no lado de fora da porta, no chão, onde ficou durante toda a reunião advogado-cliente. Link notou, mas não achou estranho.

— Para que você fez isso? — Spicer perguntou.

— Está vazia — Trevor disse, dando de ombros. — Deixe que seja vista pelo circuito fechado. Não temos nada para esconder. — Trevor tinha deixado a ética falar mais alto. Talvez gravasse a próxima entrevista com seu cliente, mas não essa. Diria a Wes e Chap que o guarda levou sua pasta, o que acontecia ocasionalmente.

— Tudo bem — Spicer disse, examinando a correspondência até chegar aos dois envelopes um pouco mais grossos. — Isto é o dinheiro?

— É. Tive de colocar algumas notas de cem.

— Por quê? Eu disse claramente vinte e cinqüenta.

— Foi tudo que consegui arranjar, certo? Não esperava que você precisasse de tanto dinheiro.

Joy Roy examinou os endereços das cartas. Depois perguntou, secamente:

— Então, o que aconteceu em Washington?

— É uma parada difícil. É um desses serviços particulares de caixa postal no subúrbio, aberto durante vinte e quatro horas, sete dias por semana, sempre com alguém tomando conta, grande movimento. A segurança é rigorosa. Mas acharemos um jeito.

— Quem você contratou?

— Uma firma de Chevy Chase.

— Diga um nome.

— Que negócio é esse de diga um nome?

— Diga o nome do investigador em Chevy Chase.

Deu um branco em Trevor. Sua imaginação falhou completamente. Spicer sabia de alguma coisa. Seus olhos escuros brilhavam intensamente.

— Não me lembro agora — Trevor disse.

— Onde você se hospedou?

— O que é isso, Joe Roy?

— Diga o nome do hotel.

— Por quê?

— Tenho direito de saber. Sou seu cliente. Estou pagando suas despesas. Onde se hospedou?

— Ritz-Carlton.

— Qual deles?

— Não sei. O Ritz-Carlton.

— São dois. Em qual você ficou?

— Não sei. Não foi no centro da cidade.

— Em que vôo você foi?

— Ora vamos, Joe Roy. O que é isso?

— Que companhia?

— Delta.

— O número do vôo?

— Não me lembro.

— Você voltou ontem. Menos de vinte e quatro horas atrás. Qual o número do seu vôo?

— Não me lembro.

— Tem certeza de que foi a Washington?

— É claro que fui — Trevor disse com a voz insegura. Não tinha planejado aquelas mentiras e elas se desmontavam uma depois da outra.

— Você não sabe o número do vôo, em que hotel ficou, o nome do investigador com quem passou dois dias. Deve pensar que sou idiota.

Trevor não respondeu. Só pensava no microfone e na sorte de ter posto a pasta do lado de fora da sala. Não queria que Wes e Chap ouvissem a bronca que estava levando.

— Esteve bebendo, não esteve? — Spicer perguntou, ainda na ofensiva.

— Sim — Trevor disse, com uma pausa temporária na série de mentiras. — Parei para comprar uma cerveja.

— Ou duas.

— Sim, duas.

Spicer apoiou os cotovelos na mesa.

— Tenho más notícias para você, Trevor. Está despedido.

— O quê?

— Terminado. Mandado embora. Para sempre.

— Não pode me despedir.

— Acabo de fazer isso. A partir deste momento. Por votação unânime da Confraria. Vamos notificar o diretor para que retire seu nome da lista dos advogados. Quando for embora hoje, Trevor, estará indo para sempre.

— Por quê?

— Por mentir, beber demais, ter maus hábitos, por não confiarmos mais em você.

Era verdade, mas assim mesmo Trevor ficou abalado. Nunca imaginou que teriam coragem de despedi-lo. Cerrou os dentes e perguntou:

— E o nosso pequeno negócio?

— É uma demissão correta. Você fica com seu dinheiro, nós ficamos com o nosso.

— Quem vai tratar dos negócios lá fora?

— Vamos pensar nisso. Você pode levar uma vida honesta, se for capaz.

— O que você sabe de uma vida honesta?

— Por que não dá o fora, Trevor? Levante-se e saia. Foi tudo muito bom.

— Claro — ele murmurou. Dois pensamentos se destacaram da confusão mental. Primeiro, Spicer não lhe deu nenhuma carta, a primeira vez que isso acontecia em muitas semanas. Segundo, o dinheiro. Para que eles precisavam de cinco mil dólares? Provavelmente para subornar o novo advogado. Tinham planejado muito bem a armadilha, no que sempre levavam vantagem por ter tanto tempo livre. Três homens inteligentes com muito tempo nas mãos. Não era justo.

O orgulho o fez se levantar. Estendeu a mão e disse:

— Sinto muito que isso tenha de acontecer.

Spicer apertou a mão dele com relutância. Queria dizer apenas dê o fora daqui.

Quando seus olhos se encontraram pela última vez, Trevor disse quase num murmúrio:

— Konyers é o homem. Muito rico. Muito poderoso. Ele sabe tudo sobre você.

Spicer levantou de um salto, como um gato. Com o rosto muito perto do de Trevor disse, num murmúrio:

— Ele está vigiando você?

Trevor fez que sim com a cabeça e piscou um olho. Depois abriu a porta. Apanhou a pasta sem uma palavra para Link. O que podia dizer ao guarda? Desculpe, amigão, mas os mil por mês, em dinheiro, na sua conta, acabam de ser cortados. Está triste com isso? Então pergunte ao juiz Spicer por que isso aconteceu.

Mas não disse nada. Estava atordoado, meio tonto, e o álcool não ajudava. O que ia dizer para Wes e Chap? Esta era a pergunta do momento. Eles iam bombardeá-lo com perguntas assim que se encontrassem.

Despediu-se de Link e Vince, de Mackey e Rufus na porta da frente, como sempre fazia, mas nunca pela última vez, e saiu para o sol quente.

Wes e Chap esperavam no terceiro carro do estacionamento. Queriam conversar, mas primeiro a segurança. Trevor os ignorou, jogou a pasta no banco do passageiro e entrou no Fusca. A caravana o seguiu para fora da prisão e continuou lentamente pela estrada, a caminho de Jacksonville.

A decisão de dispensar Trevor fora tomada depois de grande deliberação. Passaram horas escondidos na pequena sala, estudando o dossiê de Konyers até saber de cor cada palavra de cada carta. Caminharam quilômetros na pista, só os três, estudando um cenário depois de outro. Comeram juntos, jogaram cartas o tempo todo cochichando novas teorias sobre quem podia estar espiando sua correspondência.

Trevor era o culpado mais próximo e o único que podiam controlar. Se suas vítimas cometessem um descuido, não podiam fazer nada. Mas se seu advogado falhasse em esconder as pistas, então tinha de ser despedido. Para começar, ele não era o tipo que inspirava confiança. Quantos bons e ocupados advogados estavam dispostos a arriscar a carreira num plano de extorsão de gays?

A única dúvida era o medo do que ele podia fazer com o dinheiro deles. Esperavam que ele o roubasse, e não podiam fazer nada quanto a isso. Mas estavam dispostos a correr o risco por algo maior com o Sr. Aaron Lake. Para chegar a Lake, achavam que teriam de eliminar Trevor.

Spicer contou os detalhes do encontro, palavra por palavra. A mensagem de Trevor, no fim, os abalou. Konyers estava vigiando Trevor. Konyers sabia da Confraria. Isso significava que Lake sabia da Confraria? Quem era realmente Konyers agora? Por que Trevor murmurou isso e por que deixou a pasta do lado de fora da sala?

Com todo o escrutínio de que só uma equipe de juízes entediados é capaz, as perguntas choviam. E depois, a estratégia.

Trevor fazia café na sua cozinha agora limpa e brilhante quando Wes e Chap entraram silenciosamente e foram direto para ele.

— O que aconteceu? — Wes perguntou. Pareciam preocupados e irritados.

— Como assim? — Trevor perguntou, como se tudo estivesse ótimo.

— O que aconteceu com o microfone?

— Ah, isso. O guarda levou a pasta para fora da sala.

Eles se entreolharam preocupados. Trevor pôs a água na máquina de fazer café. O fato de que eram quase cinco horas e ele estava fazendo café foi devidamente notado pelos agentes.

— Por que ele fez isso?

— É rotina. Mais ou menos uma vez por mês um guarda fica com a pasta durante a visita.

— Ele a revistou?

Trevor observou o café pingando na máquina. Nada estava errado.

— O breve exame de sempre, que acho que faz com os olhos fechados. Retirou as cartas e depois levou a pasta. O microfone não foi notado.

— Ele notou os envelopes mais grossos?

— É claro que não. Fiquem calmos.

— E tudo correu bem no encontro?

— Foi rotina, a não ser pelo fato de Spicer não ter nenhuma correspondência para mandar, o que é um pouco incomum nestes dias, mas acontece. Vou voltar daqui a dois dias e ele terá uma pilha de cartas e o guarda não vai nem tocar na pasta. Vocês vão ouvir cada palavra. Querem café?

A tensão desapareceu nos dois ao mesmo tempo.

— Obrigado, mas é melhor irmos agora — Chap disse. Tinham de fazer relatórios, responder perguntas. Dirigiram-se para a porta, mas Trevor os deteve.

— Escutem, amigos — ele disse cortesmente. — Sou perfeitamente capaz de me vestir sozinho e comer uma tigela de cereal, como tenho feito há tantos anos. E eu gostaria de abrir meu escritório não antes das nove horas. Uma vez que o escritório é meu, nós o abriremos às nove, nem um minuto antes. São bem-vindos a essa hora, mas não às oito e cinqüenta e nove. Fiquem longe da minha casa, e longe deste escritório até as nove. Entendido?

— Claro — disse um deles, e saíram. Na verdade, tanto fazia para eles. Tinham escutas por toda a parte, no escritório, na casa, no carro, até na pasta agora. Sabiam onde ele comprava sua pasta de dentes.

Trevor tomou todo o bule de café e conseguiu ficar sóbrio. Depois, começou a se mexer, tudo cuidadosamente planejado desde o momento em que saiu de Trumble. Sabia que eles estavam vigiando da van branca. Tinham toda aquela quinquilharia de microfones e escutas, e Wes e Chap certamente sabiam como usá-los. Dinheiro não era problema. Disse para si mesmo que eles deviam saber de tudo, deu rédeas à imaginação,

supondo que também podiam ouvir tudo, vigiá-lo constantemente e sabiam com precisão onde ele estava sempre.

Quanto mais paranóico fosse, maiores seriam suas chances
de escapar.

Foi de carro até uma galeria a uns vinte quilômetros dali,
perto de Orange Park, ao sul de Jacksonville. Andou a esmo,
olhando as vitrines e comeu pizza em uma pequena lanchonete.
Era difícil não sair correndo e se esconder atrás de uma arara de
roupas e esperar que a noite chegasse. Mas ele resistiu. Numa
loja de aparelhos eletrônicos comprou um pequeno telefone
celular. Um mês de ligações interurbanas com tarifas locais
vinha junto no pacote de promoções e Trevor tinha o que
precisava.

Voltou para casa depois das nove, certo de que estava sendo
vigiado. Ligou a televisão a todo volume e fez mais café. No
banheiro, guardou todo o dinheiro nos bolsos.

À meia-noite, com a casa escura e silenciosa, e Trevor
evidentemente adormecido, saiu para a noite pela porta dos
fundos. O ar estava frio, a lua cheia e ele tentou o melhor possível
parecer que saía para um passeio na praia. Vestia calça folgada
com bolsos externos, duas camisas de algodão e um casaco com
capuz, folgado, o dinheiro debaixo do forro. Trevor levava
consigo ao todo 80 mil dólares e andou lentamente para o sul,
seguindo à beira-mar, apenas um amante da praia dando uma
caminhada no meio da noite.

Depois de dois quilômetros, apressou o passo. Quando
chegou a quatro quilômetros estava exausto, mas com uma
pressa desesperada. O sono e o descanso tinham de esperar.

Saiu da praia e entrou no saguão de um motel de segunda
classe. Não havia nenhum movimento na rodovia A1A, nada
estava aberto, exceto o motel e uma loja de conveniências, ao
longe.

O rangido da porta acordou o recepcionista da noite. Uma
televisão estava ligada em algum lugar, nos fundos. Um jovem
gorducho com não mais de dezessete anos apareceu e disse:

— Boa noite. Precisa de um quarto?

— Não, senhor — Trevor disse, tirando lentamente um maço de notas do bolso. Começou a tirar as notas do maço, enfileirando-as no balcão. — Preciso de um favor.

O empregado olhou para as notas, depois revirou os olhos para cima. A praia atraía todo tipo de gente.

— Os quartos não são tão caros — ele disse.

— Como você se chama? — Trevor perguntou.

— Oh, eu não sei. Digamos que seja Sammy Sosa.

— Muito bem, Sammy. Aqui tem mil dólares. É todo seu se me levar de carro a Daytona Beach. Leva uns noventa minutos.

— Vai levar três horas, porque tenho de voltar.

— Que seja. Isso é mais de trezentos por hora. Qual foi a última vez que você ganhou trezentos paus em uma hora?

— Já faz algum tempo. Não posso fazer isso. Estou no turno da noite, como pode ver. Meu trabalho é ficar de serviço das dez às oito.

— Quem é seu patrão?

— Ele está em Atlanta.

— Qual foi a última vez que ele passou por aqui?

— Eu nunca o vi.

— É claro que não. Se você tivesse um monte de lixo como este, ia passar por aqui?

— Não é tão mau. Temos televisão em cores, de graça, e a maior parte do ar-condicionado funciona.

— É um monte de lixo, Sammy. Você pode trancar aquela porta, sair e voltar dentro de três horas que ninguém vai saber.

Sammy olhou outra vez para o dinheiro.

— Está fugindo da lei ou coisa assim?

— Não. E não estou armado. Só estou com pressa.

— Então qual é o problema?

— Um divórcio complicado, Sammy. Tenho um pouco de dinheiro. Minha mulher quer todo ele e tem advogados ferozes. Tenho de sair da cidade.

— Tem dinheiro e não tem carro?

— Ouça, Sammy. Você quer fazer negócio ou não? Se disser não, vou mais adiante, e talvez encontre na loja de conveniências alguém disposto a aceitar meu dinheiro.

— Dois mil?

— Fará por dois mil?

— Isso aí.

O carro era pior do que Trevor esperava. Era um Honda velho que nunca fora limpo por Sammy ou pelos cinco ou seis proprietários anteriores. Mas a A1A estava deserta e a viagem a Daytona levou exatamente noventa minutos.

Às 3:20 da manhã, o Honda parou na frente de uma lanchonete aberta a noite toda e Trevor desceu. Agradeceu a Sammy, despediu-se e o viu ir embora. Tomou café e conversou com a garçonete o tempo suficiente para convencê-la a apanhar uma lista telefônica local. Pediu panquecas e usou seu novo celular para se orientar na cidade.

O aeroporto mais próximo era o Internacional de Daytona Beach. Alguns minutos depois das quatro horas, seu táxi parou no terminal. Havia dezenas de pequenos aviões enfileirados na pista. Trevor olhou para eles quando o táxi foi embora. Certamente, pensou, um deles estava disponível para alugar. Só precisava de um, de preferência um bimotor.

VINTE E NOVE

O quarto dos fundos do chalé fora convertido em sala de reuniões, com quatro mesas de armar encostadas uma na outra. Estavam cheias de jornais, revistas e caixas de *donuts*. Todas as manhãs às sete e meia, Klockner e sua equipe se encontravam no café da manhã para rever a noite anterior e planejar o novo dia. Wes e Chap estavam sempre presentes e seis ou sete outros juntavam-se a eles, dependendo de quem, vindo de Langley, estava na cidade. Os técnicos do quarto da frente às vezes compareciam, embora sua presença não fosse obrigatória. Agora que Trevor estava do lado deles, precisavam de menos gente para vigiá-lo.

Pelo menos foi o que pensaram. A vigilância não detectou movimento na casa antes das sete e meia, o que não era incomum para um homem que geralmente ia bêbado para a cama e acordava tarde. Às oito, quando Klockner estava ainda em reunião, no quarto dos fundos, um técnico ligou para a casa, fingindo que era engano. Depois de três toques, a secretária eletrônica atendeu e a voz de Trevor disse que ele não estava, que deixasse uma mensagem por favor. Isso acontecia ocasionalmente quando ele estava tentando dormir até mais tarde, mas o toque do telefone sempre servia para tirá-lo da cama.

Klockner foi notificado às oito e meia de que a casa estava completamente silenciosa. Nenhum ruído de chuveiro, televisão, estéreo, nenhum som da rotina normal.

Era possível que ele tivesse se embebedado em casa, mas eles sabiam que Trevor não tinha passado a noite anterior no Pete's. Foi a uma galeria e chegou a casa aparentemente sóbrio.

— Ele pode estar dormindo — Klockner disse, despreocu-
pado. — Onde está o carro dele?

— Na entrada da casa.

Às nove horas, Wes e Chap bateram na porta, e a abriram
quando ninguém atendeu. O chalé se agitou quando informaram
que não havia nem sinal de Trevor e que seu carro ainda estava
lá. Sem entrar em pânico, Klockner mandou que procurassem,
na praia, nos cafés perto do Sea Turtle, até no Pete's, que estava
fechado ainda. Procuraram por toda a área em volta da casa e do
escritório, a pé e de carro, e não viram coisa alguma.

Às dez horas, Klockner telefonou para Langley. O advogado
tinha desaparecido, era a mensagem.

Todos os vôos para Nassau foram verificados; em vão, nem
sinal de Trevor Carson. O contato de Deville na alfândega das
Bahamas não foi localizado, nem o supervisor do banco que
estavam subornando.

Teddy Maynard estava no meio de um relatório sobre os
movimentos das tropas na Coréia do Norte quando foi interrompido pela mensagem urgente de que Trevor Carson, o advogado
bêbado de Neptune Beach, Flórida, tinha desaparecido.

— Como puderam perder um idiota desses? — Teddy
rosnou para Deville, numa rara demonstração de fúria.

— Eu não sei.

— Eu não acredito!

— Sinto muito, Teddy.

Teddy mudou de posição na cadeira com uma careta de dor.

— Que droga, encontrem o homem! — ele sibilou.

O avião era um Beech Baron, bimotor, de propriedade de alguns
médicos e alugado por Eddie, o piloto que Trevor tirou da cama
às seis da manhã com a promessa de dinheiro na hora e mais
algum por debaixo do pano. O preço oficial era de 2.200 dólares
para uma viagem de ida e volta de Daytona Beach a Nassau —
duas horas para ir, duas para voltar, total de quatro horas a 400
dólares a hora, mais tarifas para pouso, imigração e o tempo do
piloto. Trevor prometeu outros dois mil dólares para Eddie se
levantassem vôo imediatamente.

Trevor esperou o Geneva Trust Bank, no centro de Nassau, abrir as portas às 9 horas. Entrou apressado no escritório do Sr. Brayshears, exigindo atendimento imediato. Tinha quase um milhão de dólares na sua conta — 900 mil dólares, depositados pelo Sr. Al Konyers, por intermédio de Wes e Chap, e cerca de 68 mil dos seus negócios com a Confraria.

Com um olho na porta, insistiu com Brayshears para ajudá-lo a transferir o dinheiro, rapidamente. O dinheiro era de Trevor Carson, de ninguém mais. Brayshears não teve escolha. Havia um banco nas Bermudas, gerenciado por um amigo, que servia perfeitamente para Trevor. Ele não confiava em Brayshears, e seu plano era continuar a movimentar o dinheiro até se sentir seguro.

Por um momento, Trevor lançou um olhar cobiçoso para o saldo de 189 mil dólares e alguns trocados, da conta da Boomer Realty. Ele podia perfeitamente, naquele momento, retirar aquele dinheiro também. Eles não passavam de criminosos — Beech, Yarber e o detestável Spicer, todos escroques. Ainda tiveram a petulância de despedi-lo. Eles o obrigaram a fugir. Tentou odiar os três o bastante para roubar o dinheiro, mas, pensando bem, sentia uma certa pena deles. Três velhos, definhando na cadeia.

Um milhão era suficiente. Além disso, estava com pressa. Não ficaria surpreso se Wes e Chap aparecessem de repente, apontando uma arma para ele. Agradeceu a Brayshears e saiu rapidamente do prédio.

Quando o Beech Baron levantou vôo, no Aeroporto Internacional de Nassau, Trevor não pôde deixar de rir. Riu da sua fuga milionária, riu da sua sorte, riu de Wes e Chap e do seu cliente rico, agora com menos um milhão, riu do seu miserável escritório de advocacia, agora felizmente parado. Riu do próprio passado e do seu glorioso futuro.

A mil metros de altitude, ele olhou para baixo, para o mar tranqüilo e azul do Caribe. Um veleiro solitário balançava na água, seu capitão no leme, uma mulher pouco vestida ao lado. Assim seria ele dali a poucos dias.

Encontrou uma cerveja num recipiente portátil de gelo. Tomou e sentiu sono. Pousaram na ilha de Eleuthera, um lugar que Trevor tinha visto numa revista de viagens comprada na noite anterior. Tinha praias e hotéis e todos os esportes aquáticos. Pagou a Eddie em dinheiro, e esperou uma hora no pequeno aeroporto até aparecer um táxi.

Comprou roupas numa loja para turistas em Governor's Harbour, depois foi a pé até um hotel na praia. Gostou de ver que não estava mais olhando para todas as sombras. Sem dúvida o Sr. Konyers tinha muito dinheiro, mas ninguém podia pagar um exército secreto suficientemente grande para rastrear alguém nas Bahamas. Seu futuro seria de puro prazer. Não ia estragá-lo olhando para trás a todo momento.

Tomou rum na pérgula da piscina, tão depressa quanto a garçonete podia servir. Aos quarenta e oito anos, Trevor Carson saudou a nova vida com o mesmo entusiasmo com que se despediu da antiga.

O escritório de advocacia de Trevor Carson abriu na hora e tudo funcionou como se nada tivesse acontecido. O dono tinha fugido, mas seu paralegal e o chefe do escritório estavam a postos para se encarregar de qualquer negócio inesperado que aparecesse. Ficaram de ouvidos a postos mas não ouviram nada. O telefone tocou duas vezes antes do meio-dia, dois enganos de almas perdidas nas páginas amarelas. Nem um só cliente precisava de Trevor. Nem um só amigo ligou para dizer olá. Wes e Chap se ocuparam revistando as poucas gavetas e os arquivos ainda não revistados. Não encontraram nada importante.

Outra equipe revistou cada milímetro da casa de Trevor, especialmente à procura do dinheiro já pago. Não foi surpresa não terem encontrado. A pasta de couro barata estava em um armário, vazia. Nenhuma pista. Trevor tinha simplesmente ido embora com seu dinheiro.

O funcionário do banco nas Bahamas foi encontrado em Nova York, tratando de um serviço do governo. Relutou em se envolver de tão longe, mas finalmente deu os telefonemas pedidos. Mais ou menos à 1 hora foi confirmado que o dinheiro fora retirado do banco. O dono da conta fez isso pessoalmente, e o funcionário não quis dar mais nenhuma informação.

Para onde foi o dinheiro? Foi transferido eletronicamente e isso era tudo que podia dizer para Deville. A reputação bancária do seu país dependia da segurança e ele não podia revelar nada mais. Ele era corrupto, mas até isso tinha limites.

A alfândega dos Estados Unidos cooperou, depois da relutância inicial. O passaporte de Trevor fora apresentado no Internacional de Nassau naquela manhã bem cedo e até então ele não tinha saído das Bahamas, pelo menos não oficialmente. Seu passaporte foi para a lista vermelha. Se fosse usado para entrar em outro país, a alfândega dos Estados Unidos saberia em duas horas.

Deville fez um relatório rápido para Teddy e York, o quarto daquele dia, depois ficou por perto à espera de novas instruções.

— Ele vai cometer um erro — York disse. — Vai usar o passaporte em algum lugar e nós o apanharemos. Ele não sabe quem o está caçando.

Teddy estava furioso mas não disse nada. Sua agência havia derrubado governos e matado reis, mas ele sempre se admirava do modo como pequenas coisas podem dar errado. Um insignificante advogado de Neptune Beach escapou da sua rede, enquanto era vigiado por mais de dez agentes. E ele que pensava ter superado as surpresas.

O advogado era para ser o elo, a ponte, para o interior de Trumble. Por um milhão de dólares pensaram que podiam confiar nele. Não houve nenhum plano contingente para o caso de uma fuga. Agora estavam tentando organizar alguma coisa.

— Precisamos de alguém dentro da prisão — Teddy disse.

— Estamos quase lá — Deville disse. — Estamos vendo isso com o Departamento de Justiça e a administração de penitenciárias.

— Quase quanto?

— Bem, em vista do que aconteceu hoje, acho que podemos pôr um homem dentro de Trumble em quarenta e oito horas.

— Quem é ele?

— Seu nome é Argrow, onze anos de agência, trinta e nove anos, credenciais sólidas.

— Sua história?

— Será transferido de uma prisão federal das Ilhas Virgens para Trumble. Seus papéis serão aprovados pela administração de penitenciárias de Washington, para que o diretor não faça perguntas. É apenas outro prisioneiro federal que pediu transferência.

— E ele está pronto para ir?

— Quase. Quarenta e oito horas.

— Faça isso agora.

Deville saiu, novamente com um encargo pesado que devia ser feito de um dia para o outro.

— Temos de descobrir o quanto eles sabem — Teddy disse, quase num murmúrio.

— Sim, mas não temos razão para acreditar que eles suspeitam de alguma coisa — York disse. — Li toda a correspondência. Nada indica que estejam especialmente entusiasmados com Konyers. Ele é apenas uma das vítimas em potencial. Compramos o advogado para evitar que eles procurassem saber alguma coisa sobre Konyers. Ele fugiu para as Bahamas embriagado com o dinheiro, portanto não representa uma ameaça.

— Mas ainda vamos nos desfazer dele — Teddy disse. Não era uma pergunta, mas uma afirmação.

— É claro.

— Vou me sentir melhor quando ele estiver fora de cena.

Um guarda de uniforme, mas desarmado, entrou na biblioteca de direito no meio da tarde. Primeiro encontrou Joe Roy Spicer, que estava na sala de reunião ao lado da porta.

— O diretor quer vê-los — o guarda disse. — Você, Yarber e Beech.

— Qual é o assunto? — Spicer perguntou. Estava lendo um velho número de *Field & Stream*.

— Não é da minha conta. Ele quer ver vocês agora. Na administração.

— Diga que estamos ocupados.

— Não vou dizer nada. Vamos indo.

Eles o seguiram para o prédio da administração, apanhando outros guardas no caminho, de modo que um verdadeiro séquito saiu do elevador e se apresentou à secretária do diretor. Ela conseguiu conduzir apenas os membros da Confraria até a grande sala onde Emmitt Broon os esperava. Quando a secretária saiu, o diretor disse, bruscamente:

— Fui informado pelo FBI de que seu advogado está desaparecido.

Nenhuma reação visível dos três, mas cada um pensou imediatamente no dinheiro guardado no banco.

O diretor continuou:

— Ele desapareceu esta manhã e o dinheiro também. Não tenho os detalhes.

Dinheiro de quem?, eles queriam perguntar. Ninguém sabia da sua conta na ilha. Trevor teria roubado de outra pessoa?

— Por que está nos contando isso? — Beech perguntou.

O motivo real era que o Departamento de Justiça, em Washington, pediu a Broon para informar os três sobre a novidade. Mas o motivo foi "apenas pensamos que gostariam de saber caso precisem telefonar para ele".

Tinham despedido Trevor na véspera e não haviam ainda informado o diretor de que ele não era mais seu advogado oficial.

— Onde vamos arranjar um advogado? — Spicer perguntou, como se a vida não pudesse continuar sem Trevor.

— O problema é seu. Francamente, eu diria que os senhores tiveram aconselhamento jurídico mais do que suficiente para muitos anos.

— E se ele entrar em contato conosco? —Yarber perguntou, sabendo que jamais falariam com Trevor.

— Devem me informar imediatamente.

Eles concordaram em fazer isso. Qualquer coisa que o diretor quisesse. Ele os dispensou.

A fuga de Buster foi menos complicada do que uma ida ao mercado. Esperaram até o fim do café da manhã, quando a maioria dos detentos estava ocupada com o trabalho da copa. Yarber e Beech estavam na pista de corrida, fazendo sua caminhada diária, de modo que um estava sempre vigiando a prisão, enquanto o outro vigiava o bosque distante. Spicer andava de um lado para o outro, perto da quadra de basquete, controlando os guardas.

Sem cercas, torres ou segurança rigorosa, os guardas não eram muito importantes em Trumble. Spicer não viu nenhum.

Buster, perdido no meio do ruído agudo do cortador de grama, foi se aproximando da pista. Parou para descansar, enxugar o rosto e olhar em volta. Spicer, a cinqüenta metros, ouviu quando o motor foi desligado. Voltou-se e fez o sinal de tudo bem, erguendo o polegar rapidamente. Buster entrou na pista, alcançou Yarber e caminharam juntos alguns passos.

— Tem certeza de que quer fazer isso? — Yarber perguntou.

— Sim. Tenho certeza. — O garoto parecia calmo e decidido.

— Então, faça agora. Comece a andar. Vá com calma.

— Obrigado, Finn.

— Não deixe que o peguem, rapaz.

— Pode deixar.

Na primeira volta, Buster continuou a andar, saindo da pista. Atravessando a grama recém-cortada, andou uns cem metros até alguns arbustos e desapareceu. Beech e Yarber o viram ir, depois viraram para a prisão. Spicer andava calmamente na direção deles. Nenhum sinal de alarme nos pátios, nos dormitórios ou em qualquer outro prédio. Nem um guarda à vista.

Eles caminharam os quatro quilômetros, doze voltas, calmamente, a quinze minutos por quilômetro, e quando terminaram retiraram-se para a sombra fresca da sala de reunião para descansar e ouvir as notícias da fuga. Horas passariam antes que ouvissem uma palavra.

Buster apressou o passo. Uma vez no bosque, começou a correr sem olhar para trás. Olhando para o sol, seguiu para o sul durante meia hora. O bosque não era tão denso, o mato no chão era ralo e não diminuiu sua velocidade. Passou por uma zona de caça ao veado e logo encontrou uma trilha que ia para sudoeste.

No bolso esquerdo da frente da calça tinha dois mil dólares em dinheiro, dados por Finn Yarber. No outro bolso tinha um mapa, desenhado à mão por Beech, e no bolso de trás tinha um envelope amarelo endereçado para um homem chamado Al Konyers, em Chevy Chase, Maryland. As três coisas eram importantes, mas o envelope recebeu a maior atenção da Confraria. Depois de uma hora, ele parou para descansar e ouvir. A rodovia 30 era seu primeiro marco. Seguia para leste e oeste e Beech calculara que ele a encontraria em duas horas. Não ouvia nada e começou a correr outra vez.

Teve de se apressar. Havia a chance de darem por sua ausência logo depois do almoço, quando os guardas às vezes faziam uma inspeção casual fora do prédio. Se um deles resolvesse procurar Buster, então outras perguntas se seguiriam. Mas depois de vigiar os guardas por duas semanas, nem Buster nem os membros da Confraria achavam isso possível.

Portanto, tinha pelo menos quatro horas. E provavelmente muito mais porque seu dia de trabalho terminava às cinco, quando ele devolvia o cortador de grama. Quando não aparecesse, eles iam começar a procurar em volta da prisão. Depois de duas horas de procura, informariam a polícia local da fuga de um prisioneiro de Trumble. Não andavam armados, não eram perigosos e nunca ficavam muito irritados. Nada de grupos de caça ao prisioneiro. Nada de cães. Nada de helicópteros pairando sobre o bosque. O xerife do condado e seus assistentes patrulhariam as estradas principais e avisariam os moradores para fechar as portas.

O nome do fugitivo iria para os computadores. Vigiariam sua casa e sua namorada e esperariam que ele fizesse alguma bobagem.

Depois de noventa minutos de liberdade, Buster parou por um momento e ouviu o ruído de um caminhão de dezoito rodas não muito distante. O bosque terminava bruscamente numa vala e lá estava a rodovia. Segundo o mapa de Beech, a cidade mais próxima ficava alguns quilômetros a oeste. O plano era andar ao longo da rodovia, evitando o tráfego, usando valas e pontes. Até encontrar alguma forma de civilização.

Buster vestia a calça cáqui da prisão e camisa cor de oliva, de mangas curtas, escurecidas pelo suor. Os moradores do local sabiam o que os prisioneiros usavam, e se ele fosse visto caminhando na rodovia 30, chamariam o xerife. Vá até a cidade, Beech e Spicer tinham dito, e procure outra roupa. Depois compre uma passagem de ônibus em dinheiro e não pare de correr.

Levou três horas escondendo-se atrás das árvores e saltando valas ao lado da estrada até avistar o primeiro prédio. Afastou-se da estrada e atravessou um campo de feno. Um cão rosnou quando ele passou por uma rua cheia de trailers. Atrás de um deles, viu um varal com roupas penduradas. Apanhou um casaco vermelho e branco e jogou fora a camisa cor de oliva.

O centro da cidade não passava de duas quadras com lojas, dois postos de gasolina, um banco, uma espécie de prédio da prefeitura e um correio. Ele comprou um short de jeans, uma camiseta com mangas curtas e trocou de roupa no banheiro dos empregados. Encontrou o correio dentro do prédio da prefeitura. Sorriu e agradeceu a seus amigos de Trumble quando deixou cair o precioso envelope deles na caixa de Outras Cidades.

Buster tomou um ônibus para Gainesville, onde comprou por 480 dólares o direito de andar de ônibus em qualquer lugar dos Estados Unidos durante sessenta dias. Foi para oeste. Queria se perder no México.

TRINTA

As primárias da Pensilvânia, no dia 25 de abril, deveriam ser o último grande esforço do governador Tarry. Sem se deixar abalar por seu desempenho desanimador de três semanas antes, fez a campanha com entusiasmo, mas com pouco dinheiro. "Lake está com tudo", ele declarava em todos os discursos, fingindo orgulhar-se da própria pobreza. Durante onze dias seguidos permaneceu no estado. Reduziu as viagens a um grande acampamento em Winnebago, fazia as refeições nas casas dos seus eleitores, hospedava-se em motéis baratos e trabalhava arduamente, apertando mãos e percorrendo as vizinhanças.

— Vamos falar sobre os problemas — ele pedia. — Não sobre dinheiro.

Lake também trabalhou arduamente na Pensilvânia. Seu jato era dez vezes mais rápido do que o RV de Tarry. Lake apertou maior número de mãos, fez mais discursos e certamente gastou muito mais dinheiro.

O resultado era previsível. Lake recebeu 71 por cento dos votos, uma derrota tão embaraçosa para Tarry, que ele falou abertamente em desistir. Mas estava comprometido a ficar pelo menos mais uma semana, até as primárias de Indiana. Sua equipe o abandonou. Devia 11 milhões. Foi despejado do quartel-general da campanha, em Arlington.

Sim, ele queria que o bom povo de Indiana tivesse oportunidade de ver seu nome nas urnas.

E, quem sabe, o jato novo de Lake podia pegar fogo, como o anterior.

Tarry tratou das feridas profundas e no dia seguinte às primárias prometeu continuar lutando.

Lake quase tinha pena dele e admirava sua determinação de
agüentar até o dia da convenção. Mas Lake, como todo mundo,
podia fazer as contas. Lake precisava apenas de mais quarenta
delegados para conseguir a nomeação e havia quase quinhentos
ainda. A corrida tinha acabado.

Depois da Pensilvânia, todos os jornais do país confirmaram
sua nomeação. Seu rosto feliz e bonito estava em toda a parte, um
milagre político. Era elogiado por muitos como um símbolo do
funcionamento do sistema — um desconhecido com uma mensagem, vindo do nada, capturou a atenção do povo. A campanha
de Lake deu esperança a todos que sonhavam em se candidatar
a presidente. Não precisou percorrer durante meses as estradas
secundárias de Iowa. Ignorou New Hampshire que, afinal, era
um pequeno estado.

E foi censurado por comprar a nomeação. Antes da
Pensilvânia, seus gastos eram estimados em 40 milhões. Era
difícil um cálculo mais preciso porque o dinheiro era queimado
em tantas frentes. Mais 20 milhões foram gastos pelo D-PAC e
meia dúzia de outros grupos de lobby poderosos, todos trabalhando para Lake.

Nenhum outro candidato na história havia gasto tanto.

A crítica atingiu Lake e o perseguia dia e noite. Mas ele
preferia ter o dinheiro e a nomeação a sofrer a alternativa.

Muito dinheiro não era um tabu. Empresários online estavam ganhando bilhões. O governo federal, uma das mais comen-
tadas entidades, mostrava que tinha um superávit. Quase todo
mundo tinha emprego, uma hipoteca módica e dois carros. A
pesquisa constante o fazia acreditar que muito dinheiro não era
ainda um problema para os eleitores. Nas pesquisas de opinião
para novembro, contra o vice-presidente, Lake estava quase
empatado.

Mais uma vez ele voltou para Washington, depois das
batalhas no Oeste, como um herói triunfante. Aaron Lake, um
pequeno congressista do Arizona, era o homem do momento.

Durante um café da manhã tranqüilo e longo, a Confraria leu o jornal matutino de Jacksonville, o único permitido em Trumble. Ficaram muito felizes por Aaron Lake. Na verdade ficaram entusiasmados com sua nomeação. Estavam agora entre seus mais ardentes seguidores. Corra, Aaron, corra. As notícias sobre a fuga de Buster não geraram muitos comentários. Melhor para ele, os outros detentos diziam. Não passava de um garoto com uma sentença longa. Corra, Buster, corra.

A fuga não era mencionada no jornal da manhã. Leram cada palavra menos os classificados e obituários. Agora estavam esperando. Não seriam escritas outras cartas, nenhuma seria recebida porque não tinham mais o mensageiro. O pequeno golpe foi interrompido até terem mais notícias do Sr. Lake.

Wilson Argrow chegou a Trumble numa van verde, sem nada escrito nas portas, algemado, com dois policiais um de cada lado, segurando seus cotovelos. Tinha viajado com a escolta de Miami para Jacksonville, é claro que à custa dos contribuintes.

De acordo com seus registros, cumprira quatro meses de uma sentença de sessenta meses por fraude bancária. Pediu transferência por razões não muito claras, mas isso não interessava a ninguém em Trumble. Era apenas outro prisioneiro de segurança mínima no sistema penitenciário federal. Eles estavam sempre mudando de prisão.

Tinha trinta e nove anos, divorciado, curso superior e seu endereço, para os registros da prisão, era em Coral Gables, Flórida. Seu nome verdadeiro era Kenny Sands. Um veterano de onze anos de trabalho para a CIA, e, embora nunca tivesse visto o interior de uma prisão, tivera missões muito mais difíceis do que Trumble. Ficaria ali um ou dois meses e pediria nova transferência.

A atitude fria de Argrow era a de um veterano em cadeia, porém, enquanto era registrado, sentia um aperto no estômago. Garantiram que violência não era permitida em Trumble e ele certamente podia cuidar de si mesmo. Mas prisão era prisão. Suportou uma hora de orientação dada por um assistente do diretor, depois deu um rápido passeio pelo prédio. Começou a relaxar quando conheceu Trumble. Os guardas não portavam armas e a maioria dos prisioneiros parecia bastante inofensiva.

Seu companheiro de cela era um velho com barba branca manchada, uma carreira de crimes, que passara por várias prisões e adorava Trumble. Disse para Argrow que pretendia morrer ali. O homem levou Argrow para almoçar e explicou os caprichos do cardápio. Mostrou a sala de jogos, onde grupos de homens jogavam cartas em mesas de armar, todos com um cigarro na boca.

— O jogo é ilegal — seu companheiro de cela disse, piscando um olho.

Foram para a área de ginástica, fora do prédio, onde os mais jovens suavam no sol, conservando o bronzeado e aumentando os músculos. Ele apontou para a pista distante e disse:

— Você tem de amar o governo federal.

Mostrou a biblioteca, um lugar que nunca visitava, apontou para um canto e disse:

— Aquela é a biblioteca de obras de direito.

— Quem usa essa biblioteca? — Argrow perguntou.

— Geralmente temos alguns advogados por aqui. No momento, temos alguns juízes também.

— Juízes?

— Três.

O velho não estava interessado na biblioteca. Argrow o seguiu até a capela, depois fora do prédio outra vez.

Argrow agradeceu o passeio, pediu licença e voltou para a biblioteca, que estava vazia, a não ser por um prisioneiro que lavava o chão. Argrow foi até o canto e abriu a porta da biblioteca de direito.

Joe Roy Spicer ergueu os olhos da revista e viu um homem desconhecido.

— Procurando alguma coisa? — ele perguntou sem demonstrar vontade de ajudar.

Argrow reconheceu a foto do dossiê. Um ex-juiz de paz preso por roubar dinheiro do bingo. Que baixeza.

— Sou novo — ele disse, forçando um sorriso. — Acabo de chegar. Esta é a biblioteca de direito?

— Sim, é.

— Suponho que qualquer um pode usar, certo?

— Acho que sim — Spicer disse. — Você é advogado?

— Não, negócios bancários.

Alguns meses antes Spicer o teria recrutado para algum trabalho jurídico, às escondidas, é claro. Mas não agora. Não precisavam mais daquele negócio mesquinho. Argrow olhou em volta e não viu Beech nem Yarber. Pediu licença e voltou para sua cela.

O contato estava feito.

O plano de Lake para se livrar de qualquer lembrança de Ricky e da sua malfadada correspondência dependia de alguém mais. Ele, Lake, era assustado e famoso demais para sair outra vez sorrateiramente num táxi, no meio da noite, atravessar os subúrbios e chegar a uma caixa postal vinte e quatro horas. Os riscos eram grandes demais, além disso ele duvidava que pudesse enganar outra vez o serviço secreto. Não podia nem contar o número de agentes designados para sua proteção. Contar? Ele nem podia ver todos.

O nome da moça era Jayne, tinha entrado recentemente para a campanha, no Wisconsin, e chegou rapidamente ao topo. Começando como voluntária, ganhava agora 55 mil dólares por ano como assistente pessoal do Sr. Lake, de quem tinha toda a confiança. Raramente saía do lado dele e já haviam tido duas pequenas conversas sobre o futuro posto de Jayne na Casa Branca.

Na hora certa, Lake daria a Jayne a chave da caixa alugada pelo Sr. Al Konyers com instrução para apanhar a correspondência e quitar o aluguel, sem deixar outro endereço. Diria a ela que era uma caixa alugada para monitorar a venda de contratos secretos da defesa, da época em que ele estava convencido de que os iranianos estavam comprando informações que não deviam saber. Ou uma história parecida. Ela ia acreditar porque queria acreditar em Lake.

Se tivesse muita sorte, não haveria nenhuma carta de Ricky. A caixa seria fechada para sempre. E se uma carta estivesse esperando por Jayne e despertasse sua curiosidade, Lake simplesmente diria que não tinha idéia de quem podia ser. Ela não ia fazer mais perguntas. Dedicação cega era seu forte.

Ele esperou a hora certa. Esperou demais.

TRINTA E UM

A carta chegou com um milhão de outras, toneladas de papel enviadas para a capital para sustentar o governo por mais um dia. Eram separadas pelo código de zona, depois por rua. Três dias depois de Buster a deixar no correio, a carta de Ricky para Al Konyers chegou a Chevy Chase. Uma verificação de rotina na Mailbox America, feita pela equipe de vigilância, a encontrou. O envelope foi examinado e levado rapidamente para Langley.

Teddy estava num intervalo de relatórios, sozinho no escritório por um momento, quando Deville entrou com uma pasta fina.

— Apanhamos esta há trinta minutos — ele disse, entregando três folhas de papel. — É uma cópia. O original está no arquivo.

O diretor ajustou seu bifocal e olhou para as cópias antes de começar a ler. Viu o carimbo da Flórida, como sempre. A letra era muito familiar. Ele sabia que era encrenca das grandes.

Querido Al

Na sua última carta você tentou terminar nossa correspondência. Desculpe, mas não vai ser assim tão fácil. Vou direto ao assunto. Eu não sou Ricky e você não é Al. Estou em uma prisão, não numa clínica sofisticada de reabilitação.

Sei quem você é, Sr. Lake. Sei que está tendo um ano grandioso, com a nomeação e tudo o mais, e que tem dinheiro jorrando por todo lado. Eles nos dão jornais aqui em Trumble e temos acompanhado seu sucesso com muito orgulho.

Agora que eu sei quem é, Al Konyers, tenho certeza de que gostaria que eu não dissesse nada sobre nosso pequeno segredo. Será um prazer para mim, mas vai lhe custar um bocado.

Preciso de dinheiro e quero sair da prisão. Posso guardar segredos e sei negociar.

O dinheiro é a parte mais fácil, porque você tem tanto. Minha liberdade vai ser mais complicada, mas você está colecionando todo o tipo de amigos poderosos. Tenho certeza de que pensará em alguma coisa.

Não tenho nada a perder e estou disposto a arruinar sua vida se não negociar comigo.

Meu nome é Joe Roy Spicer. Sou um detento na prisão federal de Trumble. Arranje um jeito de entrar em contato comigo e faça isso depressa.

Eu não vou desistir.

Sinceramente,

Joe Roy Spicer

O relatório seguinte foi cancelado. Deville se encontrou com York e dez minutos depois estavam os três fechados no *bunker*.

Matar os juízes foi a primeira opção discutida. Argrow podia fazer isso com comprimidos, veneno e coisas assim. Yarber podia morrer dormindo. Spicer podia cair morto na pista de corrida. Beech, o hipocondríaco, podia ter uma receita errada da farmácia da prisão. Não estavam particularmente em forma ou saudáveis e certamente não eram páreo para Argrow. Uma queda feia. Um pescoço quebrado. Havia muitos meios de fazer com que parecesse acidental ou natural.

Tinha de ser feito rapidamente, enquanto estavam ainda esperando a resposta de Lake.

Mas ia ser um trabalho sujo e complicado. Três corpos de uma vez, numa pequena e inofensiva prisão como Trumble. Os três eram amigos, passavam a maior parte do tempo juntos, e morreriam de modos diferentes num pequeno espaço de tempo um do outro. Ia criar uma avalanche de suspeitas. E se suspeitassem de Argrow? Para começo de conversa, sua verdadeira identidade estava muito bem escondida.

E o fator Trevor os assustava. Onde quer que estivesse, podia saber das mortes. Ia ficar mais assustado ainda, o que podia torná-lo imprevisível. Era possível que ele soubesse mais do que pensavam.

Deville podia elaborar os planos para tirá-los da prisão, mas Teddy relutava em fazer isso. Não tinha nenhum problema para mandar matar os três, mas não estava convencido de que isso protegeria Lake.

E se a Confraria contou para mais alguém?

Havia muitos fatores desconhecidos. Faça os planos, disseram para Deville, mas só seriam usados quando não houvesse mais nenhuma opção.

Todos os cenários estavam na mesa. York sugeriu que a carta podia ser devolvida à caixa, para que Lake a encontrasse. Afinal, fora ele quem criara a confusão.

— Ele não vai saber o que fazer — Teddy disse.

— E nós sabemos?

— Ainda não.

A idéia de Aaron Lake reagir a essa armadilha e tentar silenciar a Confraria era quase cômica. Mas havia nela um forte elemento de justiça. Lake tinha criado a confusão, ele que a resolvesse.

— Na verdade, nós criamos essa confusão — Teddy disse — e vamos resolver.

Não podiam fazer previsões e, portanto, não podiam controlar o que Lake faria. De alguma maneira o imbecil enganara sua rede o tempo suficiente para pôr uma carta para Ricky no correio. E foi tão idiota que agora a Confraria sabia quem ele era.

Para não falar no óbvio: Lake era do tipo que trocava cartas secretamente com um correspondente gay. Estava levando uma vida dupla e não merecia muita confiança.

Por um momento, discutiram a conveniência de falar abertamente com Lake. York era a favor de abrir o jogo desde que viu a primeira carta de Trumble, mas Teddy não estava convencido. As noites de sono que perdeu preocupado com Lake eram sempre cheias de pensamentos e esperanças de parar com aquela correspondência. Resolver o problema silenciosamente, depois ter uma conversa com o candidato.

Ah, como queria encostar Lake na parede. Gostaria de fazer o congressista sentar-se em uma cadeira ali no *bunker* e mostrar cópias de todas aquelas malditas cartas na sua tela. E uma cópia do anúncio da revista *Out and About*. Falaria sobre o Sr. Quince Garbe em Bakers, Iowa, outro idiota que caiu no golpe, e sobre Curtis Vann Gates, de Dallas. "Como você pode ser tão burro?", ele queria gritar para Aaron Lake.

Mas Teddy concentrava-se no quadro maior. Os problemas de Lake eram pequenos, comparados à urgência da defesa nacional. Os russos estavam chegando e, quando Natty Chenkov e o novo regime tomassem o poder, o mundo mudaria para sempre.

Teddy havia neutralizado homens muito mais poderosos do que três juízes criminosos que apodreciam numa prisão federal. Planejando meticulosamente com sua equipe. Planejamento tedioso e paciente.

A reunião foi interrompida por uma mensagem do escritório de Deville. O passaporte de Trevor Carson apareceu entre os que partiam do aeroporto em Hamilton, Bermudas. Ele saiu em um vôo para San Juan, Porto Rico, que devia pousar dentro de cinqüenta minutos.

— Nós sabíamos que ele estava nas Bermudas? — York perguntou.

— Não, não sabíamos — Deville respondeu. — Evidentemente ele entrou sem usar o passaporte.

— Talvez não seja tão bêbado quanto pensamos.

— Temos alguém em Porto Rico? — Teddy perguntou, com uma leve excitação na voz.

— É claro — disse York.

— Vamos seguir a pista.

— Mudamos os planos para o velho Trevor? — Deville perguntou.

— Não, de modo nenhum — Teddy disse. — De modo nenhum.

Deville saiu para tratar da nova crise Trevor. Teddy chamou um assistente e pediu chá de hortelã. York lia a carta outra vez. Quando ficaram sozinhos, ele perguntou:

— E se nós os separássemos?

— Sim, eu estava pensando nisso. Fazer depressa, antes que tivessem tempo para conversar. Mandar para três prisões diferentes, isolar por algum tempo, retirando qualquer privilégio como telefonemas ou correspondência. E o que aconteceria então? Continuariam com o segredo. Qualquer um deles pode arruinar Lake.

— Não tenho certeza de termos os contatos necessários na administração federal de penitenciárias.

— Pode ser feito. Se for necessário, eu falo com o procurador-geral.

— Desde quando é amigo do procurador-geral?

— É uma questão de segurança nacional.

— Três juízes criminosos numa prisão federal na Flórida podem afetar a segurança nacional? Eu gostaria de ouvir essa conversa.

Teddy tomou um pequeno gole de chá, devagar, com os olhos fechados, segurando a xícara com os dez dedos.

— É muito arriscado — ele murmurou. — Nós os enfurecemos, eles ficam mais erráticos. Não podemos correr riscos.

— Suponha que Argrow encontre os arquivos deles — York disse. — Pense nisso, eles são criminosos condenados. Ninguém vai acreditar na sua história sobre Lake a não ser que tenham provas. As provas são documentos, papéis, originais e cópias da correspondência. Essa prova está em algum lugar. Nós a encontramos, as tiramos deles, quem vai ouvir?

Outro gole de chá com os olhos fechados, outra longa pausa. Teddy mudou de posição na cadeira, com uma careta de dor.

— Verdade — ele disse, em voz baixa. — Mas me preocupo com alguém no lado de fora, alguém de quem não sabemos. Esses caras estão um passo à nossa frente, e sempre estarão. Estamos tentando imaginar o que eles sabem há algum tempo. Não tenho certeza de que chegaremos a alcançá-los. Talvez já tenham pensado na possibilidade de perder seu pequeno arquivo. Estou certo de que a prisão tem regulamentos contra a guarda de papéis, por isso já estão escondendo tudo. As cartas de Lake são por demais valiosas para não serem copiadas e guardadas fora da prisão.

— Trevor era o pombo-correio. Vimos todas as cartas que ele levou para fora de Trumble neste último mês.

— Pensamos que vimos. Mas não temos certeza.

— Mas quem?

— Spicer é casado. A mulher o tem visitado. Yarber está se divorciando, mas quem sabe o que estão fazendo. Ela o visitou nos últimos três meses. Ou talvez estejam subornando guardas para levar a correspondência. Essa gente está entediada e é esperta e muito criativa. Não podemos simplesmente supor que sabemos de tudo e então o Sr. Aaron Lake acaba tendo sua vida dupla revelada.

— Como? Como eles fariam isso?

— Provavelmente entrando em contato com um repórter, mostrando uma carta de cada vez, até ele ser convencido. Funcionaria.

— A imprensa ia enlouquecer.

— Isso não pode acontecer, York. Simplesmente não podemos permitir.

Deville voltou apressado. A alfândega dos Estados Unidos fora notificada pelas autoridades das Bermudas dez minutos depois da partida do avião para San Juan. O avião de Trevor ia pousar em dezoito minutos.

Trevor estava apenas seguindo a rota do seu dinheiro. Depois de compreender tudo sobre transferências à distância, estava aperfeiçoando a arte. Nas Bermudas, enviou metade do dinheiro para um banco na Suíça e a outra metade para a Grande Caimã. Leste ou oeste? Essa era a grande questão. O vôo mais rápido para fora das Bermudas ia para Londres, mas a idéia de passar sorrateiramente por Heathrow o assustava. Não era um homem procurado, pelo menos não pelo governo. Nenhuma acusação fora registrada ou estava pendente. Mas os britânicos eram tão eficientes na alfândega. Iria para oeste e se arriscaria no Caribe.

Desembarcou em San Juan e foi direto para o bar onde pediu uma cerveja e estudou os vôos. Não precisava ter pressa, nada de pressão, com o bolso cheio de dinheiro. Podia ir a qualquer lugar, fazer qualquer coisa e levar o tempo que quisesse. Tomou outra cerveja e resolveu passar alguns dias na Grande Caimã, com seu dinheiro. Foi à Air Jamaica e comprou uma passagem, depois voltou para o bar, porque eram quase cinco horas e o vôo só sairia dali a trinta minutos.

É claro que a passagem era de primeira classe. Embarcou cedo para ter tempo de outro drinque e quando os passageiros entraram ele viu um rosto que já vira antes.

Onde foi mesmo? Há alguns momentos, no aeroporto. Um rosto comprido e magro, com uma barbicha grisalha e olhos muito pequenos atrás de óculos com armação quadrada. Os olhos voltaram-se rapidamente para ele, o tempo suficiente para encontrar os seus, e depois se desviaram, como se não tivesse visto nada.

Foi perto do balcão da companhia aérea, quando Trevor acabava de comprar a passagem. O rosto o estava vigiando. O homem estava de pé ali perto, estudando os avisos de horários dos vôos.

Quando você está fugindo, os olhares vagos, os segundos olhares e os olhos que se desviam parecem mais suspeitos. Você vê um rosto uma vez e nem percebe. Se o vir outra vez, meia hora depois, é porque alguém está vigiando seus movimentos.

Pare de beber, Trevor ordenou a si mesmo. Pediu café depois que o avião levantou vôo e tomou rapidamente. Foi o primeiro passageiro a desembarcar em Kingston e caminhou rapidamente pelo terminal, na direção da imigração. Nem sinal do homem atrás dele.

Apanhou as duas pequenas malas e correu para o ponto de táxi.

TRINTA E DOIS

O jornal de Jacksonville chegava a Trumble todas as manhãs, mais ou menos às sete horas. Quatro exemplares eram levados para a sala de jogos onde eram lidos pelos prisioneiros que se importavam com a vida fora da prisão. Quase sempre, Joe Roy Spicer era o único que esperava ali às sete horas e lia o jornal sozinho porque precisava estudar os jogos de Las Vegas daquele dia. O cenário raramente mudava. Spicer, com um grande copo de café, os pés na mesa de jogo, esperando pelo jornal levado pelo guarda Roderick.

Assim, Spicer foi o primeiro a ler a notícia na parte inferior da primeira página. Trevor Carson, um advogado local, desaparecido por alguma razão vaga, encontrado morto com dois tiros na cabeça, ontem, no começo da noite, na calçada de um hotel em Kingston, Jamaica. Spicer notou que não havia nenhuma foto de Trevor. Por que o jornal teria uma nos seus arquivos? Por que alguém ia se importar com a morte de Trevor?

De acordo com as autoridades jamaicanas, Carson era um turista e aparentemente fora roubado. Uma fonte não identificada, perto da cena do crime, identificou o morto como o Dr. Carson. Sua carteira tinha desaparecido. A fonte parecia saber muita coisa.

O parágrafo descrevendo a carreira de Carson era curto. Uma ex-secretária, Jan alguma coisa, não tinha nada a declarar. A história estava na primeira página só porque a vítima era um advogado assassinado.

Finn estava na outra extremidade da pista de corrida, fazendo a volta, caminhando rapidamente no ar úmido da manhã, já sem camisa. Spicer o esperou na reta de chegada e entregou o jornal para ele, sem uma palavra.

Encontraram Beech esperando na fila da lanchonete, com a bandeja de plástico, olhando desanimado para as pilhas de ovos mexidos feitos na hora. Sentaram-se juntos num canto, longe de todos, comendo sem vontade, falando em voz baixa.

— Se ele estava fugindo, de que diabo fugia?

— Talvez de Lake.

— Ele não sabia que era Lake. Não tinha nenhuma pista, tinha?

— Tudo bem. Então, estava fugindo de Konyers. A última vez que esteve aqui ele disse que Konyers era a maior de todas as vítimas. Disse que Konyers sabia de nós, e no dia seguinte desapareceu.

— Talvez só estivesse assustado. Konyers o enfrentou, ameaçou contar seu papel no golpe e Trevor, que não era o cara mais estável do mundo, para começo de conversa, resolveu roubar tudo que pudesse e desaparecer.

— O dinheiro de quem desapareceu? Era o que eu queria saber.

— Ninguém sabe do nosso dinheiro. Como podia estar faltando?

— Trevor provavelmente roubou todo mundo e desapareceu. Acontece sempre. Advogados se metem em encrenca, e desmoronam. Eles se apossam do dinheiro dos clientes e fogem.

— É mesmo? — Spicer perguntou.

Beech lembrava de três exemplos e Yarber acrescentou mais alguns.

— Então, quem o matou?

— É muito possível que ele estivesse na parte errada da cidade.

— Na calçada do hotel Sheraton? Acho que não.

— Muito bem. E se foi Konyers quem o liquidou?

— Isso é possível. Konyers descobriu Trevor. Pressionou o advogado. Ameaçou denunciá-lo ou coisa parecida e Trevor fugiu para o Caribe. Trevor não sabia que Konyers é Aaron Lake.

— E Lake certamente tem o dinheiro e o poder para descobrir um advogado bêbado.

— E nós? A esta altura, Lake sabe que Ricky não é Ricky, mas Joe Roy, e que ele tem amigos na prisão.

— A questão é: ele pode chegar até nós?

— Acho que vou descobrir isso primeiro — Spicer disse, com um riso nervoso.

— E sempre há a possibilidade de Trevor estar na parte errada da cidade, provavelmente bêbado, tentando arrumar uma mulher, e por isso foi morto.

Os três concordaram que Trevor era perfeitamente capaz de ser morto.

Que descanse em paz. Mas só se não tivesse roubado o dinheiro deles.

Separaram-se por uma ou duas horas. Beech foi para a pista, andar e pensar. Yarber estava trabalhando a vinte centavos por hora tentando consertar um computador no escritório do capelão. Spicer foi para a biblioteca, onde encontrou o Sr. Argrow lendo livros de direito.

A biblioteca de direito era aberta, não era preciso marcar hora, mas a regra tácita determinava que pedissem a um membro da Confraria para usar os livros. Argrow era novo e não conhecia ainda as regras. Spicer resolveu deixar passar.

Cumprimentaram-se com uma inclinação de cabeça e Spicer começou a arrumar as mesas e os livros.

— Ouvi dizer que vocês dão consultoria jurídica — Argrow disse do outro lado da sala, onde estavam só os dois.

— Ouve-se muita coisa por aqui.

— Meu caso está no tribunal de apelações.

— O que aconteceu no julgamento?

— O júri me considerou culpado em três acusações de fraude bancária, por esconder dinheiro nas Bahamas. O juiz me deu sessenta meses. Já cumpri quatro. Não tenho certeza de durar por mais cinqüenta e seis. Preciso de ajuda com minha apelação.

— Que tribunal?

— Ilhas Virgens. Eu trabalhava para um grande banco em Miami. Muito dinheiro de drogas.

Argrow era articulado, rápido e muito ansioso para falar, o que irritou um pouco Spicer. A referência às Bahamas chamou sua atenção.

— O caso é que fiquei fascinado com a lavagem de dinheiro. Eu lidava com dezenas de milhões todos os dias, o que era embriagador. Eu podia movimentar dinheiro sujo com maior rapidez do que qualquer executivo de banco no sul da Flórida. Ainda posso. Mas fiz algumas amizades erradas e más escolhas.

— Você admite que é culpado?

— Claro que sim.

— Isso o classifica numa minoria por aqui.

— Não. Eu errei, mas acho que a sentença foi dura demais. Alguém disse que vocês podem diminuir o tempo da pena.

Spicer não estava mais interessado na limpeza das mesas e na organização dos livros. Sentou-se e começou a falar.

— Podemos dar uma olhada no seu processo — ele disse, como se lidasse com milhares de apelações.

Seu idiota, Argrow teve vontade de dizer. Você abandonou a escola no segundo grau e roubou um carro quando tinha dezenove anos. Seu pai usou alguma influência e o livrou das acusações. Você foi eleito juiz de paz por eleitores mortos e ausentes e agora está enfiado numa prisão federal tentando bancar o importante.

E, Argrow admitiu, você, Sr. Spicer tem poder para derrubar o futuro presidente dos Estados Unidos.

— Quanto vai custar? — Argrow perguntou.

— Quanto você tem? — Spicer quis saber, como um verdadeiro advogado.

— Não muito.

— Pensei que soubesse como esconder dinheiro no exterior.

— Ah, eu sei, acredite. E cheguei a ter uma boa bolada, mas deixei que se fosse.

— Então, não pode pagar nada?

— Não muito. Talvez uns dois mil, por aí.

— E seu advogado?

— Ele deixou que me condenassem. Não tenho o suficiente para contratar outro.

Spicer pensou na situação por um momento. Admitiu que, na verdade, sentia falta de Trevor. As coisas eram muito mais simples quando eles o tinham no lado de fora, cuidando do dinheiro.

— Você ainda tem contatos nas Bahamas?

— Tenho contatos em todo o Caribe. Por quê?

— Porque tem de enviar uma transferência. Dinheiro é proibido por aqui.

— Quer que eu faça uma transferência de dois mil dólares?

— Não. Quero que faça uma transferência de cinco mil dólares. Esse é nosso honorário mínimo.

— Onde é o seu banco?

— Nas Bahamas.

Argrow entrecerrou os olhos. Franziu as sobrancelhas e os dois mergulharam nos próprios pensamentos. Suas mentes estavam para se encontrar.

— Por que as Bahamas? — Argrow perguntou.

— Pelo mesmo motivo que você usou as Bahamas.

Os pensamentos se agitavam nas duas cabeças.

— Deixe-me fazer uma pergunta — Spicer disse. — Você disse que podia movimentar dinheiro sujo com mais rapidez do que qualquer outra pessoa.

Argrow assentiu.

— Sem problema.

— Ainda pode?

— Quer dizer daqui?

— Sim. Daqui.

Argrow riu e deu de ombros, como se não existisse nada mais fácil.

— Claro. Ainda tenho alguns amigos.

— Encontre comigo, aqui, dentro de uma hora. Posso ter um negócio para você.

Uma hora depois, Argrow voltou à biblioteca de direito e encontrou os três juízes em posição, atrás de uma mesa com papéis e livros de direito espalhados, como se a Suprema Corte da Flórida estivesse em sessão. Spicer o apresentou a Beech e Yarber e ele sentou-se no outro lado da mesa. Só os quatro estavam presentes.

Falaram por um breve momento sobre sua apelação e ele foi suficientemente vago na descrição dos detalhes. O arquivo de seu processo estava ainda para chegar da outra prisão e eles não podiam fazer muita coisa sem ele.

A apelação foi o assunto preliminar da conversa, como os dois lados da mesa sabiam que seria.

— O Sr. Spicer disse que é especialista em movimentar dinheiro sujo — Beech disse.

— Eu era, até ser apanhado — Argrow disse modestamente.

— Suponho que os senhores têm algum dinheiro.

— Temos uma pequena conta no exterior, dinheiro ganho com consultoria jurídica e algumas outras pequenas coisas, sobre as quais não podemos ser específicos. Como sabe, não podemos cobrar por nosso trabalho.

— Mas cobramos assim mesmo — Yarber acrescentou. — E somos pagos por ele.

— Qual o saldo da conta? — Argrow perguntou sabendo exatamente o saldo até o dia anterior.

— Vamos deixar isso para depois — Spicer disse. — Há uma possibilidade de o dinheiro ter desaparecido.

Argrow deixou a palavra ecoar por um segundo fingindo surpresa.

— Eu sinto muito — ele disse.

— Nós tínhamos um advogado — Beech disse lentamente, medindo cada palavra. — Ele desapareceu e pode ter levado o dinheiro.

— Compreendo. E essa conta está num banco nas Bahamas?

— Estava. Agora, não temos certeza.

— Duvidamos que o dinheiro ainda esteja lá — Yarber acrescentou.

— Mas gostaríamos de saber — Beech disse.

— Que banco? — Argrow perguntou.

— Geneva Trust, em Nassau — Spicer disse, olhando para os companheiros.

Argrow balançou a cabeça astutamente, como se soubesse algum segredo sujo sobre o banco.

— Você conhece o banco? — Beech perguntou.

— Claro — ele disse, deixando que digerissem a informação por alguns segundos.

— E então? — Spicer disse.

Argrow queria parecer astucioso e cheio de informações privilegiadas, por isso levantou-se dramaticamente e andou pela pequena biblioteca por um momento, mergulhado em pensamentos, depois se aproximou da mesa.

— Escutem, o que vocês querem que eu faça? Vamos direto ao assunto.

Os três olharam para ele, depois de um para o outro, e era evidente que não tinham certeza de duas coisas: (a) o quanto confiavam naquele homem que acabavam de conhecer e (b) o que realmente queriam dele?

Mas achavam que o dinheiro tinha desaparecido, portanto nada tinham a perder. Yarber disse:

— Não somos muito sofisticados nesse negócio de movimentar dinheiro sujo. Não faz parte da nossa vocação original, você compreende. Perdoe a nossa ignorância, mas há algum jeito de verificar se o dinheiro ainda está lá?

— Não temos certeza se o advogado roubou o dinheiro — Beech explicou.

— Querem que eu verifique o saldo de uma conta secreta? — Argrow perguntou.

— Sim, é isso — disse Yarber.

— Uma vez que você ainda tem alguns amigos no negócio — Spicer disse, tateando. — E estamos curiosos para saber se há algum meio de fazer isso.

— Estão com sorte — Argrow disse e deixou que as palavras fossem gravadas em suas mentes.

— Como assim? — Beech quis saber.

— Escolheram as Bahamas.

— Na verdade, o advogado escolheu as Bahamas — Spicer explicou.

— Seja como for. Os bancos são bastante descuidados por lá. Muitos segredos são revelados. Muitos funcionários são subornados. A maior parte dos lavadores de dinheiro ficam longe das Bahamas. Panamá é o lugar quente para eles no momento e, é claro, a Grande Caimã, que ainda é uma fortaleza.

É claro, é claro, os três concordaram. Uma conta no exterior era uma conta no exterior, não era? Apenas outro exemplo do que dava confiar num idiota como Trevor.

Argrow olhou para os rostos confusos, vendo o quanto estavam no escuro. Para três homens com a habilidade de desmontar o processo eleitoral dos Estados Unidos, pareciam extremamente ingênuos.

— Não respondeu à nossa pergunta — Spicer disse.

— Qualquer coisa é possível nas Bahamas.

— Então, pode fazer?

— Posso tentar, sem garantias.

— O negócio é o seguinte — Spicer disse. — Você verifica a conta e tratamos da sua apelação de graça.

— Não é um mau negócio — Argrow admitiu.

— Foi o que pensamos. Combinado?

— Combinado.

Por um segundo embaraçoso, eles se entreolharam, orgulhosos do acordo, mas sem saber o que fariam agora. Por fim, Argrow disse:

— Preciso saber alguma coisa sobre a conta.

— Por exemplo? — Beech perguntou.

— O número ou um nome.

— O nome da conta é Boomer Realty Ltd. O número é 144-DXN-9593.

Argrow anotou num papel

— Só por curiosidade — Spicer disse, os três observando Argrow atentamente. — Como planeja se comunicar com seus contatos lá fora?

— Telefone — Argrow disse, sem erguer os olhos.

— Não estes telefones — Beech respondeu.

— Estes telefones não são seguros — Yarber explicou.

— Não pode usar o telefone — Spicer disse, irritado.

Argrow sorriu compreendendo a preocupação deles, depois de olhar para trás, e tirou do bolso da calça um instrumento não muito maior do que um canivete. Segurando-o entre o polegar e o indicador, disse:

— Isto é um telefone, senhores.

Os três olharam incrédulos, e o viram abrir rapidamente o aparelho embaixo, em cima e num dos lados. Mesmo aberto, parecia pequeno demais para uma conversa.

— É digital — ele disse. — Muito seguro.

— Quem paga a conta? — perguntou Beech.

— Tenho um irmão em Boca Raton. O telefone e o serviço foram presentes dele. — Fechou o aparelho rapidamente e ele desapareceu. Então apontou para a pequena sala de reunião atrás deles, a sala de audiências da Confraria. — O que tem ali? — perguntou.

— Só uma sala de reunião — Spicer disse.

— Não tem janelas, certo?

— Nenhuma, a não ser a portinhola na porta.

— Tudo bem. Que tal eu ir lá dentro, usar o telefone e começar a trabalhar? Vocês três ficam aqui vigiando. Se alguém entrar na biblioteca batam na porta.

A Confraria concordou imediatamente, embora sem acreditar que Argrow pudesse fazer o trabalho.

A ligação foi para a van branca, estacionada a dois quilômetros de Trumble, numa estrada de terra. Ficava perto de uma fazenda de um homem que ainda não conheciam. O limite da propriedade com as terras do governo federal ficava a quatrocentos metros, mas de onde a van estava não se avistava a prisão.

Só dois técnicos estavam na van, um dormindo profundamente no banco da frente, o outro no banco de trás, com os fones no ouvido. Quando Argrow apertou o botão SEND do seu pequeno aparelho, um receptor na van foi ativado e os dois homens acordaram.

— Alô, aqui fala Argrow.

— Sim, Argrow, Chevy One atendendo, prossiga — disse o técnico no banco de trás.

— Estou perto dos três patetas, fingindo que estou telefonando para amigos fora da prisão, para verificar a existência do dinheiro deles na conta no exterior. Até agora, as coisas foram mais depressa do que esperávamos.

— É o que parece.

— Ligo mais tarde. Câmbio. — Apertou o botão END, mas ficou com o fone no ouvido, fingindo conversar. Sentou-se na ponta da mesa, depois deu alguns passos pela sala, olhando ocasionalmente para os membros da Confraria e além deles.

Spicer não pôde evitar uma olhada pela portinhola.

— Ele está telefonando — ele disse, entusiasmado.

— O que esperava que ele fizesse? — Yarber perguntou, enquanto lia decisões da corte.

— Relaxe, Joe Roy — Beech disse. — O dinheiro desapareceu com Trevor.

No fim de vinte minutos tudo voltou à pasmaceira de sempre. Enquanto Argrow usava o telefone, os juízes matavam o tempo, primeiro esperando, depois voltando a negócios mais urgentes. Há seis dias Buster tinha fugido com a sua carta. Nem uma palavra dele significava que Buster estava livre, que pôs no correio a carta para o Sr. Konyers e estava longe dali. Três dias para a carta chegar a Chevy Chase e calculavam que o Sr. Aaron Lake estaria agora pensando num plano para tratar do caso deles.

A prisão tinha lhes ensinado a ter paciência. Só uma data os preocupava. Lake conseguira a nomeação, o que significava que estaria vulnerável à extorsão até novembro. Se ele ganhasse, teriam quatro anos para atormentá-lo. Mas se perdesse, desapareceria rapidamente, como todos os outros.

— Onde está Dukakis agora? — Beech perguntou.

Não tinham nenhum plano para esperar até novembro. Paciência era uma coisa, liberdade era outra. Lake era a única oportunidade passageira de sair da prisão com dinheiro para viver o resto dos seus dias.

Pretendiam esperar uma semana, depois escrever outra carta para o Sr. Al Konyers, em Chevy Chase. Não sabiam ainda como a mandariam, mas pensariam em algum modo. Link, o guarda da frente, que Trevor subornava há meses, era sua primeira opção.

O telefone de Argrow era outra opção.

— Se ele nos deixar usar — Spicer disse —, podemos telefonar para Lake, para o escritório da campanha, para seu escritório no Congresso, para qualquer maldito número que conseguirmos na lista telefônica. Deixar a mensagem de que Ricky, na clínica de reabilitação, precisava vê-lo com urgência. Iam matá-lo de medo.

— Mas Argrow terá uma gravação dos nossos telefonemas, ou pelo menos seu irmão deve ter — Yarber disse.

— E daí? Pagaremos os telefonemas e que mal faz que eles saibam que estamos tentando ligar para Aaron Lake? Neste momento, metade do país está tentando falar com ele. Argrow não vai ter idéia do que estamos fazendo.

Uma idéia brilhante e eles pensaram nela por um longo tempo. Ricky, na reabilitação, podia dar os telefonemas e deixar as mensagens. Spicer, em Trumble, podia fazer o mesmo. O pobre Lake ia ficar apavorado.

Pobre Lake. O dinheiro do homem entrava tão depressa que ele nem podia contar.

Depois de uma hora, Argrow saiu da sala e anunciou que fazia progresso.

— Tenho de esperar uma hora, e então dar mais alguns telefonemas — ele disse. — Que tal o almoço?

Estavam ansiosos para continuar a conversa e continuaram, comendo feijão sem sabor e salada de repolho.

TRINTA E TRÊS

Seguindo exatamente as instruções do Sr. Lake, Jayne foi sozinha de carro até Chevy Chase. Encontrou o shopping center na Western Avenue e estacionou na frente da Mailbox America. Com a chave do Sr. Lake, abriu a caixa, retirou oito envelopes de folhetos de propaganda e os guardou numa pasta. Não havia nenhuma carta pessoal. Ela foi até o balcão e informou ao funcionário que queria terminar o aluguel da caixa, por ordem do seu patrão, o Sr. Al Konyers.

A funcionária digitou alguma coisa no teclado. O registro indicava que um homem chamado Aaron Lake tinha alugado a caixa em nome de Al Konyers há sete meses. O aluguel estava pago por doze meses, portanto não devia nada.

— Aquele cara candidato a presidente? — o funcionário perguntou, passando um formulário para ela.

— Sim — Jayne disse, assinando onde estava indicado.

— Nenhum endereço para enviar a correspondência?

— Não.

Ela saiu com a pasta e seguiu para o sul, para a cidade. Não tinha parado para perguntar a Lake sobre a história da caixa postal alugada clandestinamente numa tentativa de descobrir alguma fraude no Pentágono. Não era importante para ela, nem tinha tempo para perguntas. Lake mantinha todo mundo numa roda-viva dezoito horas por dia, e Jayne tinha coisas muito mais importantes com que se preocupar.

Ele a esperava no escritório da campanha, sozinho. Os escritórios e os corredores estavam repletos de assistentes de toda a espécie, correndo de um lado para o outro como se estivessem na iminência de uma guerra. Mas Lake desfrutava de um breve descanso. Ela entregou a pasta e foi embora.

Lake contou oito folhetos — entrega de tacos, serviço interurbano, lavadora de carro, cupons para isto e aquilo. E nada de Ricky. A caixa estava fechada, sem outro endereço. O pobre garoto teria de encontrar outra pessoa para ajudá-lo na sua nova vida. Lake jogou os folhetos e o documento de cancelamento da caixa em um pequeno picador de papéis debaixo da sua mesa, depois parou por um momento para contar suas bênçãos. Tinha pouca bagagem na sua vida e havia cometido poucos erros. Escrever para Ricky fora uma estupidez, mas estava se livrando ileso. Era um homem de sorte!

Sorriu, quase riu vitorioso, depois levantou-se da cadeira, pegou o paletó e reuniu seu séquito. O candidato tinha reuniões, depois almoço com empresários da defesa.

Ah, que homem de sorte!

De volta ao canto da biblioteca de direito, com seus três novos amigos guardando a entrada como sentinelas adormecidas, Argrow fingiu usar o telefone o tempo suficiente para convencê-los de que tinha usado sua influência no mundo sombrio dos bancos no exterior. Duas horas andando de lá para cá, murmurando, com o fone encostado no ouvido como um atarefado corretor da bolsa, e finalmente saiu da sala.

— Boas notícias, senhores — ele disse, com um sorriso cansado.

Eles se amontoaram em volta dele, ansiosos pelo resultado.

— Ainda está lá — Argrow disse.

Depois a pergunta que haviam planejado para verificar se Argrow era uma fraude ou se estava jogando limpo.

— Quanto? — perguntou Spicer.

— Cento e noventa mil e um troco — ele disse e os três respiraram aliviados. Beech desviou os olhos. Yarber olhou para Argrow, franzindo a testa numa expressão satisfeita.

Segundo os cálculos deles, o saldo era de 189 mil, mais os juros que o banco estava pagando.

— Ele não roubou o dinheiro — Beech murmurou e compartilharam uma boa lembrança do advogado morto, que de repente não era mais o demônio que estavam imaginando.

— Eu gostaria de saber por que — Spicer disse, pensativo.

— Bem, ainda está lá — Argrow repetiu. — Foi um bocado de consultoria jurídica.

Sem dúvida era o que parecia e, como nenhum dos três foi capaz de inventar uma mentira, deixaram passar.

— Sugiro que tirem o dinheiro de lá, se posso dar uma opinião — Argrow disse. — Esse banco é famoso por seus vazamentos.

— E mandar para onde? — Beech perguntou.

— Se o dinheiro fosse meu, eu faria uma transferência para o Panamá imediatamente.

Era um novo problema, uma idéia que não haviam estudado de tão obcecados que estavam com a certeza de terem sido roubados por Trevor. Mas eles a examinaram cuidadosamente, como se tivesse sido discutida muitas vezes.

— Por que faria isso? — Beech perguntou. — O dinheiro está seguro, não está?

— Acho que sim — Argrow respondeu rapidamente. Ele sabia para onde estava indo, eles não sabiam. — Mas viram a falha no sigilo. Eu não usaria os bancos das Bahamas, nos dias de hoje, especialmente esse banco.

— E não sabemos se Trevor falou para alguém do dinheiro — Spicer disse, sempre ansioso para culpar o advogado.

— Se querem o dinheiro protegido, tirem de lá — Argrow disse. — Leva menos de um dia e não precisarão se preocupar mais. E ponham para render. Essa conta está parada no banco. Recebendo alguns centavos de juros. Apliquem num fundo gerenciado, deixem que renda quinze ou vinte por cento. Vocês não vão usá-lo logo.

É o que você pensa, amigo, eles pensaram. Mas o que ele dizia tinha sentido.

— E suponho que você pode movimentar o dinheiro? — Yarber perguntou.

— É claro que posso. Tem alguma dúvida ainda?

Os três balançaram as cabeças. Não, senhor, não tinham dúvida.

— Tenho bons contatos no Panamá. Pensem nisso. — Argrow consultou seu relógio de pulso, como se o interesse pela conta deles fosse substituído por uma centena de assuntos urgentes. O resultado final estava próximo e ele não queria forçar a barra.

— Já pensamos — Spicer disse. — Vamos transferir o dinheiro agora mesmo.

Argrow olhou para os três pares de olhos pregados nele.

— Mas mediante o pagamento de honorários — ele disse, como um experiente lavador de dinheiro.

— Que tipo de honorários? — Spicer perguntou.

— Dez por cento, para a transferência.

— Quem recebe os dez por cento?

— Eu.

— É um preço bastante alto — Beech disse.

— É uma escala ascendente e descendente. Qualquer coisa abaixo de um milhão paga dez por cento. Qualquer coisa acima de cem milhões, paga um por cento. É muito comum nos negócios e a razão pela qual estou usando a camisa cor de oliva da prisão e não um terno de mil dólares.

— Mas é uma exploração — disse Spicer, o homem que tinha se apossado do dinheiro de um bingo de caridade.

— Não me venham com sermões, certo? Estamos falando de uma pequena comissão de dinheiro sujo, tanto aqui quanto lá. É pegar ou largar. — Seu tom era de indiferença, um veterano empedernido que havia feito negócios muito maiores.

Eram apenas 19 mil dólares e de um dinheiro que eles já tinham dado como perdido. Ficariam ainda com 170 mil dólares, quase 60 mil para cada um e seria mais se o traidor do Trevor não tivesse tirado tanto de comissão. Além disso, estavam certos de ganhar mais muito em breve. O dinheiro da extorsão, nas Bahamas, não passava de uns trocados.

— Negócio fechado — Spicer disse, olhando para os outros dois, para aprovação. Eles assentiram com uma lenta inclinação da cabeça. Os três estavam pensando a mesma coisa agora. Se o golpe em Aaron Lake tivesse o resultado sonhado, iam receber uma senhora bolada. Iam precisar de um lugar para esconder e talvez de alguém para ajudá-los. Queriam confiar nesse novo cara Argrow. Vamos dar uma chance a ele.

— Além disso, vocês vão tratar de minhas apelações — Argrow disse.

— Sim, vamos tratar disso.

Argrow sorriu e disse:

— Não é um mau negócio. Deixem-me dar mais alguns telefonemas.

— Há uma coisa que você precisa saber — Beech disse.

— Tudo bem.

— O nome do advogado era Trevor Carson. Ele abriu a conta, tratou dos depósitos, na verdade fez tudo. E foi assassinado anteontem em Kingston, Jamaica.

Argrow olhou interrogativamente para os três. Yarber deu a ele o jornal que Argrow leu cuidadosamente.

— Por que ele fugiu? — perguntou, depois de um longo silêncio.

— Não sabemos — Beech disse. — Ele saiu da cidade e o FBI nos avisou que estava desaparecido. Pensamos que tivesse roubado o nosso dinheiro.

Argrow devolveu o jornal para Yarber e cruzou os braços. Inclinou a cabeça para o lado, entrecerrou os olhos, com ar de suspeita. Deixe que eles suem um pouco.

— Até que ponto esse dinheiro é sujo? — ele perguntou, como se afinal não quisesse se envolver.

— Não é de droga — Spicer esclareceu, rapidamente, na defensiva, como se qualquer outro dinheiro fosse limpo.

— Na verdade, não podemos dizer — Beech respondeu.

— Estamos propondo um negócio — Yarber disse. — É pegar ou largar.

Bela saída, meu velho, Argrow pensou.

— O FBI está envolvido? — quis saber.

— Só no desaparecimento do advogado — Beech disse. — Os federais não sabem da nossa conta no exterior.

— Vamos passar isso a limpo. Vocês têm um advogado morto, o FBI, uma conta no exterior para esconder dinheiro sujo, certo? O que vocês andaram fazendo?

— Você não queira saber — Beech disse.

— Acho que tem razão.

— Ninguém o está obrigando a se envolver — Yarber disse.

Tinha de tomar uma decisão. Para Argrow, os sinais vermelhos estavam hasteados, o campo de minas marcado. Se fosse adiante, ia saber que seus três novos amigos podiam ser perigosos. Isso não significava coisa alguma, para Argrow, é claro. Mas para Beech, Spicer e Yarber a abertura na sua amizade fechada, por menor que fosse, significava que estavam admitindo outro conspirador. Jamais falariam sobre o golpe e certamente não sobre Aaron Lake, nem ele partilharia da bolada, a não ser que ganhasse com sua habilidade de providenciar ordens de pagamento. Mas ele já estava sabendo mais do que devia. Eles não tinham escolha.

O desespero desempenhou um papel importante na sua decisão. Com Trevor tinham acesso ao mundo lá fora, algo que consideravam uma certeza. Agora, sem ele, seu mundo estava consideravelmente menor.

Embora ainda não admitissem, despedir Trevor fora um grande erro. Sabiam agora que o certo teria sido avisá-lo e contar tudo sobre Lake e o engano nos cartões. Ele não era perfeito, mas precisavam de toda a ajuda possível.

Talvez o tivessem contratado outra vez um ou dois dias depois, mas não tiveram oportunidade. Trevor fugiu e agora estava morto.

Argrow tinha acesso. Tinha um telefone e amigos, tinha coragem e sabia como fazer as coisas. Talvez viessem a precisar dele, mas iriam devagar.

Ele coçou a cabeça e franziu a testa como se estivesse prevendo uma dor de cabeça.

— Não me digam mais nada — ele disse. — Eu não quero saber.

Ele voltou para a sala de reunião, fechou a porta, sentou-se na ponta da mesa e mais uma vez fingiu telefonar para todo o Caribe.

Eles o ouviram rir duas vezes, provavelmente uma brincadeira com algum amigo surpreso por ouvir sua voz. Eles o ouviram praguejar uma vez, mas não tinham idéia com quem ou por quê. Sua voz subia e descia de tom e por mais que tentassem ler decisões da corte, tirar o pó de velhos livros e estudar as apostas em Las Vegas, não podiam ignorar o barulho na outra sala.

Depois de um espetáculo perfeito, e de uma hora de conversa inútil, Argrow saiu da sala, dizendo:

— Acho que posso terminar amanhã, mas precisamos de uma declaração por escrito, assinada por um de vocês de que são os únicos donos da empresa Boomer Realty.

— Quem vê a declaração? — Beech perguntou.

— Só o banco das Bahamas. Vão receber uma cópia da reportagem sobre o Dr. Carson e querem verificar a quem pertence a conta do banco.

A idéia de assinar qualquer tipo de documento admitindo que tinham algo a ver com o dinheiro sujo os apavorou. Mas o pedido era lógico.

— Tem um fax por aqui? — Argrow perguntou.

— Não, não para nós — Beech disse.

— Tenho certeza de que o diretor tem um — Spicer disse.

— Vá até lá e diga que precisa mandar um documento para seu banco no exterior.

Foi um sarcasmo desnecessário e Argrow olhou friamente para ele.

— Tudo bem. Digam-me como posso enviar a declaração daqui para as Bahamas. Como funciona o correio?

— O advogado era o nosso mensageiro para a correspondência — Yarber disse. — Todo o resto é sujeito a revista.

— Com que rigor eles inspecionam a correspondência legal?

— Eles dão uma olhada — Spicer disse. — Mas não podem abrir.

Argrow deu uns passos pela sala, pensando. Então, para benefício dos espectadores, parou entre duas estantes de livros, de modo a não ser visto do lado de fora da biblioteca de direito.

Rapidamente abriu seu aparelho, digitou os números e levou o telefone ao ouvido. Ele disse:

— Sim, Wilson Argrow. Jack está ainda aí? Sim, diga a ele que é importante. — Ele esperou.

— Quem é Jack? — Spicer perguntou do outro lado da sala. Beech e Yarber ouviam, vigiando a porta.

— Meu irmão, em Boca — Argrow disse. — Ele é advogado especialista em direito imobiliário. Vem me visitar amanhã. — Depois, no telefone: — Oi, Jack. Sou eu. Você vem amanhã? Ótimo, será que podia vir na parte da manhã? Ótimo. Mais ou menos às dez horas. Tenho de enviar alguma correspondência. Muito bom. Como está a mamãe? Bom. Vejo você amanhã.

A perspectiva de retomar o movimento da correspondência entusiasmou a Confraria. Argrow tinha um irmão que era advogado. E tinha um telefone e cérebro e coragem.

Argrow guardou o telefone no bolso e saiu do meio das estantes.

— Dou a declaração para meu irmão amanhã. Ele manda por fax para o banco. Ao meio-dia do dia seguinte, o dinheiro estará no Panamá, seguro e inteiro, rendendo quinze por cento. Fácil demais.

— Supomos que podemos confiar no seu irmão — Yarber disse.

— Com sua vida — Argrow disse, quase ofendido. Estava indo para a porta. — Vejo vocês mais tarde. Preciso de ar fresco.

TRINTA E QUATRO

A mãe de Trevor chegou de Scranton. Estava com a irmã, Helen, tia de Trevor, ambas perto dos setenta anos e razoavelmente saudáveis. Elas se perderam quatro vezes entre o aeroporto e Neptune Beach, depois rodaram por uma hora até encontrar a casa de Trevor, que a mãe não via há seis anos. Há dois anos ela não via Trevor. A tia Helen não o via pelo menos há dez anos. Não que sentisse falta.

A mãe estacionou o carro alugado atrás do pequeno Fusca e parou para chorar, antes de entrar na casa.

Que espelunca, pensou a tia Helen.

A porta da frente não estava trancada. A casa estava abandonada, mas muito antes de o dono fugir pratos foram amontoados na pia, o lixo acumulado, o aspirador há muito tempo não saía do armário.

O cheiro fez a tia Helen sair primeiro e a mãe de Trevor logo a seguiu. Não sabiam o que fazer. O corpo de Trevor estava ainda na Jamaica, num necrotério lotado e, segundo o jovem pouco amistoso com quem falaram no Departamento de Estado, teriam de pagar 600 dólares para levá-lo para casa. As companhias aéreas iam cooperar, mas a papelada estava presa em Kingston.

Depois de se perder pela cidade uma porção de vezes, chegaram ao escritório. A essa altura, os agentes já sabiam da presença delas. Chap, o paralegal, esperava na recepção, tentando parecer triste e ocupado ao mesmo tempo. Wes, o chefe do escritório, estava na sala dos fundos, só para ouvir e observar. O telefone tocou constantemente no dia em que souberam da notícia, mas depois das condolências de amigos advogados e de um ou dois clientes, silenciou outra vez.

Havia uma coroa barata na porta da frente, paga pela CIA.

— Que coisa bonita — a mãe de Trevor disse, na calçada.

Outra espelunca, pensou a tia Helen.

Chap as recebeu e se apresentou como o paralegal de Trevor. Estava providenciando o fechamento do escritório, uma tarefa das mais difíceis.

— Onde está a moça? — a mãe perguntou, com os olhos vermelhos de tanto chorar.

— Ela foi embora há algum tempo. Trevor a pegou roubando.

— Oh, que coisa!

— Aceitam café? — ele perguntou.

— Seria ótimo, sim. — Sentaram-se no sofá empoeirado e bambo, enquanto Chap servia três xícaras de café, que por acaso era fresco. Sentou-se de frente para elas numa cadeira de vime torta. A mãe estava confusa, a tia, curiosa, olhando em volta à procura de algum sinal de prosperidade. Não eram pobres, mas na sua idade jamais seriam ricas.

— Eu sinto muito a morte de Trevor — Chap disse.

— É simplesmente horrível — a Sra. Carson disse, com lábios trêmulos. Sua xícara tremeu, derramando café no vestido. Ela não notou.

— Ele tinha muitos clientes? — perguntou a tia Helen.

— Sim, ele estava sempre muito ocupado. Um bom advogado. Um dos melhores com quem já trabalhei.

— E o senhor é secretário? — perguntou a Sra. Carson.

— Não, sou paralegal. Estudo direito à noite.

— Está tratando dos negócios dele? — a tia Helen quis saber.

— Bem, na verdade não — Chap disse. — Eu estava esperando que as senhoras fizessem isso.

— Nós somos muito velhas — disse a mãe.

— Quanto dinheiro ele deixou? — perguntou a tia.

Chap prestou mais atenção. Aquela velha era um perdigueiro.

— Não tenho idéia. Eu não mexia com o dinheiro.

— Quem fazia isso?

— Acho que o contador.

— Quem era seu contador?

— Eu não sei. Trevor era muito discreto com certas coisas.

— Sem dúvida era — a mãe disse, tristemente. — Mesmo quando era pequeno. — Deixou cair o café outra vez, agora no sofá.

— Você paga as contas do escritório, certo? — perguntou a tia.

— Não. Trevor cuidava do dinheiro.

— Muito bem, ouça, meu jovem, eles querem seiscentos dólares para trazer o corpo de avião, da Jamaica.

— Por que ele estava lá? — a mãe perguntou.

— Umas férias curtas — Chap disse.

— E ela não tem seiscentos dólares — a tia explicou.

— Sim, eu tenho.

— Bem, há algum dinheiro aqui — Chap disse e a tia Helen ficou satisfeita.

— Quanto? — ela perguntou.

— Um pouco mais de novecentos dólares. Trevor gostava de ter sempre dinheiro para despesas.

— Dê-me o dinheiro — exigiu a tia Helen.

— Acha que devemos? — perguntou a mãe.

— Acho melhor — disse Chap. — Do contrário vai para a relação dos bens e o imposto de renda fica com tudo.

— O que mais vai para a relação dos bens? — quis saber a tia.

— Tudo isto — Chap disse, indicando o escritório com um gesto, enquanto ia até a mesa de Trevor. Tirou um envelope amarrotado cheio de notas de valor variado, dinheiro trazido do chalé, no outro lado da rua. Entregou para Helen, que o abriu e contou o dinheiro.

"Novecentos e vinte e pouco", Chap disse.

— Que banco ele usava? — perguntou Helen.

— Não tenho idéia. Como já disse, ele era muito discreto com seu dinheiro. — E de certo modo, Chap estava dizendo a verdade. Trevor havia transferido 900 mil dólares das Bahamas para as Bermudas, e a partir daí a pista desaparecia. O dinheiro estava agora escondido num banco, em algum lugar, numa conta numerada, acessível somente a Trevor Carson. Sabiam que ele estava indo para a Grande Caimã, mas os banqueiros de lá eram famosos por respeitar o sigilo. Dois dias de intensa procura não revelaram nada. O homem que atirou nele levou sua carteira e a chave do hotel e, enquanto a polícia estava examinando a cena do crime, ele revistou o quarto do hotel. Havia cerca de oito mil dólares em dinheiro escondidos numa gaveta e nada mais. Nem uma pista de onde Trevor estava guardando seu dinheiro.

Em Langley, a idéia geral era de que Trevor, por algum motivo, suspeitava que estava sendo seguido. O total do dinheiro não foi encontrado, mas podia estar em um banco nas Bermudas. O quarto do hotel foi conseguido sem reserva — ele simplesmente entrou e pagou em dinheiro por uma noite.

Uma pessoa em fuga, transferindo 900 mil dólares de uma ilha para outra, teria no bolso ou na sua bagagem, alguma evidência de suas movimentações bancárias. Trevor não tinha nada disso.

Enquanto a tia Helen contava o que seria talvez o único dinheiro que teriam da herança, Wes pensava na fortuna perdida em algum lugar do Caribe.

— O que fazemos agora? — perguntou a mãe de Trevor.

Chap deu de ombros e disse:

— Acho que devem enterrar o corpo.

— Pode nos ajudar?

— Na verdade, não faz parte das minhas atribuições. Eu...

— Devemos levá-lo para Scranton? — Helen perguntou.

— Isso as senhoras decidem.

— Quanto vai custar? — quis saber Helen.

— Não tenho idéia. Nunca fiz nada desse tipo.

— Mas todos os amigos dele estão aqui — disse a mãe, tocando os olhos com um lenço de papel.

— Ele deixou Scranton há muito tempo — Helen disse, revirando os olhos, como se houvesse uma longa história sobre a saída de Trevor da cidade. Sem dúvida havia, pensou Chap.

— Estou certa de que seus amigos vão querer uma cerimônia fúnebre — disse a Sra. Carson.

— Na verdade, já planejamos isso — informou Chap.

— Já mesmo? — ela disse, entusiasmada.

— Sim, amanhã, às quatro horas.

— Onde?

— Num lugar chamado Pete's, nesta mesa rua. A algumas quadras daqui.

— Pete's? — Helen disse.

— É, bem, uma espécie de restaurante.

— Um restaurante. Que tal uma igreja?

— Não creio que ele freqüentasse igrejas.

— Freqüentava quando era pequeno — a mãe disse, na defensiva.

Em memória de Trevor, a *happy hour* das cinco começaria às quatro horas e iria até a meia-noite. Cerveja de cinco centavos, a favorita de Trevor.

—Devemos ir?—perguntou Helen, antecipando problemas.

— Eu acho que não.

— Por quê? — perguntou a Sra. Carson.

— Podem encontrar gente grossa. Um bando de advogados e juízes, a senhora sabe. — Olhou para Helen com a testa franzida e ela entendeu a mensagem.

Perguntaram sobre uma funerária e sobre terrenos no cemitério e Chap sentia que cada vez mais se envolvia nos problemas delas. Trevor fora morto pela CIA. Será que esperavam que ele se fosse sem uma cerimônia formal?

Klockner achava que não.

Depois que as mulheres saíram, Wes e Chap terminaram a retirada das câmeras, dos fios, microfones e escutas nos telefones. Arrumaram tudo e quando trancaram a porta pela última vez, o lugar estava mais limpo do que nunca.

Metade da equipe de Klockner já havia deixado a cidade. A outra metade monitorava Wilson Argrow, em Trumble. E esperava.

Quando os falsificadores de Langley concluíram o processo de Argrow, ele foi colocado numa caixa de papelão e enviado para

Jacksonville, num pequeno jato, com três agentes. Continha, entre muitas outras coisas, um sumário de culpa de cinqüenta e uma páginas de um grande júri do condado de Dade, um arquivo de correspondência com cartas do advogado de defesa de Argrow e do gabinete do promotor federal, um grosso arquivo de moções e outras manobras pré-julgamento, memorandos de pesquisa, uma lista das testemunhas e sumários dos seus testemunhos, resumo do julgamento, análise do júri, relatórios pré-julgamento e a sentença final. Era razoavelmente bem organizado, mas não a ponto de despertar suspeitas. Cópias estavam borradas, faltavam páginas e alguns pontos básicos estavam inacabados, toques de realidade, cuidadosamente acrescentados pelo bom pessoal da seção de documentos para criar a ilusão de autenticidade. Noventa por cento não seriam de utilidade para Beech e Yarber, mas o volume do material impressionava. Até a caixa de papelão estava envelhecida.

Foi levada para Trumble por Jack Argrow, advogado especialista em direito imobiliário aposentado, de Boca Raton, Flórida, e irmão do prisioneiro. O certificado da ordem dos advogados de Jack Argrow foi enviado por fax para o burocrata encarregado de Trumble, com seu nome na lista dos advogados aprovados pela ordem.

Jack Argrow era Roger Lyter, agente há treze anos e diplomado em direito pelo Texas. Não conhecia Kenny Sands, que era Wilson Argrow. Trocaram um aperto de mãos sob o olhar desconfiado de Link para a caixa de papelão sobre a mesa.

— O que tem aí? — ele perguntou.

— Meu processo — Wilson disse.

— Só papelada — acrescentou Jack.

Link enfiou a mão na caixa e mexeu nos papéis, terminou a revista em poucos segundos e saiu da sala.

Wilson passou um papel por cima da mesa e disse:

— Esta é a declaração. Transfira o dinheiro para o banco no Panamá, depois me mande comprovante por escrito para mostrar a eles.

— Menos dez por cento.

— Sim, é o que eles pensam.

O Geneva Trust Bank, em Nassau, não foi contatado. Seria inútil e arriscado. Nenhum banco liberaria fundos sob as circunstâncias criadas por Argrow. E questões seriam levantadas se ele tentasse.

A ordem de transferência para o Panamá era de outro dinheiro.

— Langley está ansioso — disse o advogado.

— Estou adiantado no plano — respondeu Wilson.

A caixa foi esvaziada numa mesa da biblioteca de direito. Beech e Yarber começaram a selecionar o conteúdo, enquanto Argrow, o novo cliente, observava com interesse fingido. Spicer tinha coisas melhores para fazer. Estava no meio do seu jogo semanal de pôquer.

— Onde está o relatório da sentença? — Beech perguntou, procurando na pilha de papéis.

— Quero ver o sumário da culpa — Yarber murmurou, para ninguém em particular.

Encontraram o que queriam e sentaram-se para uma longa tarde de leitura. A escolha de Beech era bastante tediosa. Mas a de Yarber não era.

O sumário da culpa parecia a narrativa de um crime. Argrow, com mais sete outros executivos de banco, cinco contadores, cinco agentes da bolsa, dois advogados, onze homens identificados apenas como traficantes de drogas, e seis cavalheiros da Colômbia, havia organizado e dirigido um empreendimento complexo para ficar com o lucro das drogas sob a forma de dinheiro e transformá-lo em depósitos respeitáveis. Pelo menos 400 milhões de dólares foram lavados antes de a rede ser desbaratada e, ao que parecia, seu homem, Argrow, estava bem no centro da coisa. Yarber o admirava. Se a metade das alegações eram verdadeiras, então Argrow era um financista muito inteligente e talentoso.

Entediado com o silêncio, Argrow saiu para passear pela prisão. Quando Yarber terminou de ler o sumário de culpa, interrompeu Beech e o fez ler também. Beech se deliciou com a leitura.

— Certamente — ele disse — ele tem uma parte desse dinheiro escondido em algum lugar.

— Você sabe que sim — Yarber concordou. — Quatrocentos milhões, e isso foi o que puderam encontrar. E quanto à apelação?

— Não parece muito boa. O juiz seguiu as regras. Não vejo nenhum erro.

— Coitado do cara.

— Coitado uma ova. Ele vai sair quatro anos antes de mim.

— Não acho, Sr. Beech. Passamos nosso último Natal na prisão.

— Você acredita mesmo nisso? — perguntou Hatlee.

— É claro que acredito.

Beech pôs o sumário na mesa, levantou-se, espreguiçou-se e andou pela sala.

— A esta altura já devíamos ter alguma notícia — ele disse em voz muito baixa embora não tivesse mais ninguém ali.

— Paciência.

— Mas as primárias estão quase terminando. Ele está em Washington a maior parte do tempo. Há uma semana que recebeu a carta.

— Ele não pode ignorar, Hatlee. Está tentando imaginar o que vai fazer. Nada mais.

O último memorando da administração de penitenciárias em Washington deixou o diretor confuso. Algum infeliz lá em Washington não tinha mais nada o que fazer do que olhar para um mapa das prisões federais e resolver com qual ia se meter naquele dia. Seu irmão ganhava 150 mil dólares vendendo carros usados e ele ganhava a metade disso dirigindo uma prisão e lendo memorandos idiotas de burocratas que ganhavam 100 mil dólares sem fazer nada de produtivo. Estava farto daquilo tudo!

RE: Visita de advogados, Prisão Federal de Trumble.
Ignore ordem anterior que restringe a visita dos advogados
às terças, quintas e aos sábados, das 15 às 18 horas.
Os advogados agora podem visitar nos sete dias da semana,
das 9 às 19h.

"Foi preciso um advogado morto para mudar as regras", ele
resmungou.

TRINTA E CINCO

Na garagem do subsolo, puseram a cadeira de Teddy Maynard numa van com televisão, som estéreo e um frigobar com garrafas de água e de soda, ignoradas por Teddy, e fecharam as portas. York e Deville sentaram-se ao lado dele. Um motorista e um guarda-costas sentaram-se na frente. Teddy estava calado, temendo a próxima hora. Estava cansado — cansado do trabalho, cansado da luta, cansado de se forçar a viver um dia depois do outro. Lute por mais seis meses, ele pensava constantemente, depois desista e deixe para outra pessoa a preocupação de salvar o mundo. Iria para sua fazenda no Oeste da Virgínia para sentar-se na margem do lago e ver as folhas caírem na água, esperando o fim. Estava muito cansado de sentir dor.

Um carro preto ia na frente, um carro cinzento atrás e o pequeno comboio fez a volta no Cinturão, depois seguiu para o leste, atravessou a ponte Roosevelt e entrou na Constitution Avenue.

Teddy estava calado, logo York e Deville também estavam. Sabiam o quanto ele odiava o que ia fazer.

Ele falava com o presidente uma vez por semana, geralmente às quartas-feiras de manhã, por telefone, sempre que podia. Os dois homens tinham se encontrado há nove meses quando Teddy estava no hospital e o presidente precisava de um relatório.

Os favores geralmente estavam no mesmo nível, mas Teddy detestava estar em pé de igualdade com qualquer presidente. Ia conseguir o favor, mas era o fato de pedir que o humilhava.

Em trinta anos sobrevivera a seis presidentes e sua arma secreta eram os favores. Coletar informações, organizá-las, raramente contar tudo ao presidente e ocasionalmente envolver em papel de presente um pequeno milagre e entregar na Casa Branca.

O presidente atual ainda se ressentia da derrota humilhante do projeto que proibia testes nucleares, que Teddy ajudara a sabotar. Um dia antes de o senado rejeitar a proposta, a CIA deixou vazar uma informação secreta demonstrando uma legítima preocupação com o tratado, e o presidente foi espetacularmente derrotado. Ele estava terminando o mandato, um presidente não-reeleito, mais preocupado com seu legado do que com os assuntos urgentes do país.

Teddy havia tratado com não-reeleitos antes e sabia que eram impossíveis. Como não teriam de enfrentar os eleitores outra vez, adoravam lidar com questões de "grande âmbito". Nos seus últimos dias de governo, gostavam de viajar com muitos amigos para terras distantes onde faziam reuniões de cúpula com outros não-reeleitos. Preocupavam-se com as bibliotecas da presidência. Com seus retratos. Com suas biografias, e passavam grande parte do tempo com seus historiadores. A cada hora que passava, tornavam-se mais sábios e mais filósofos e seus discursos ficavam mais grandiosos. Falavam do futuro, dos desafios e do modo que as coisas deviam ser, ignorando, como lhes convinha, o fato de que tiveram oito anos para fazer todas as coisas que precisavam ser feitas.

Não havia nada pior do que um presidente em fim de mandato. E Lake seria tão impossível quanto os outros se e quando tivesse a oportunidade.

Lake. O verdadeiro motivo pelo qual Teddy fazia aquela jornada à Casa Branca, chapéu na mão, para se humilhar por algum tempo.

Sua entrada foi liberada na Ala Oeste, onde Teddy suportou a indignidade de ter sua cadeira de rodas revistada por um agente do serviço secreto. Eles o levaram para um pequeno escritório perto da sala do gabinete. Uma secretária muito apressada explicou, sem se desculpar, que o presidente estava atrasado. Teddy sorriu e resmungou alguma coisa sobre o presidente nunca ter chegado na hora em lugar algum. Havia suportado uma dezena de secretárias tão afobadas como ela, na mesma posição que ele ocupava agora, e todas já faziam parte do passado. Ela levou York, Deville e os outros para a sala de jantar, onde fariam a refeição separados do presidente e de Teddy.

Teddy esperou, como sabia que ia esperar. Leu um grosso relatório, como se o tempo não tivesse importância. Dez minutos passaram. Serviram café. Há dois anos o presidente havia visitado Langley e Teddy o fez esperar vinte e um minutos. O presidente precisava de um favor, e queria que fosse guardado sigilo sobre um certo assunto.

A única vantagem de ser inválido era não ter de levantar-se de um salto quando o presidente entrava na sala. Ele finalmente chegou, afobado, com vários assistentes se atropelando atrás dele, como se isso pudesse impressionar Teddy Maynard. Trocaram um aperto de mãos e as gentilezas de praxe enquanto os assistentes desapareciam. Surgiu um garçom e pôs uma pequena salada na frente de cada um.

— É bom ver você — o presidente disse, com voz suave e um sorriso meloso.

Guarde isso para a televisão, Teddy pensou, incapaz de retribuir aquela mentira.

— O senhor está ótimo — ele disse, porque, em parte, era verdade. Com o cabelo tingido recentemente, o presidente parecia mais jovem. Comeram as saladas e um silêncio os envolveu.

Nenhum dos dois queria prolongar o almoço.

— Os franceses estão vendendo brinquedos para os norte-coreanos outra vez — Teddy disse, oferecendo uma migalha.

— Que tipo de brinquedo? — o presidente perguntou, embora soubesse perfeitamente do tráfico de armas. E Teddy sabia que ele sabia.

— A versão deles de radar invisível, o que é uma estupidez porque ainda não o aperfeiçoaram. Mas os norte-coreanos são mais idiotas porque estão pagando. Compram qualquer coisa da França, especialmente se os franceses tentam esconder. Os franceses, é claro, sabem disso, portanto é tudo um jogo de capa e espada e os norte-coreanos pagam em dólares.

O presidente apertou um botão e o garçom apareceu para tirar os pratos. Outro garçom serviu frango e macarrão.

— Como vai a saúde? — o presidente perguntou.

— Na mesma. Provavelmente vou embora quando o senhor for.

Essa perspectiva agradou a ambos. Sem nenhum motivo o presidente começou uma longa consideração sobre seu vice-presidente e o maravilhoso trabalho que ele faria no Gabinete Oval. Ignorou o almoço, entusiasmado em descrever as qualidades maravilhosas do vice, um belo ser humano e pensador brilhante. Teddy brincava com o frango no prato.

— Como você vê as eleições? — o presidente perguntou.

— Sinceramente, não me importo — Teddy mentiu outra vez. — Como já disse, vou deixar Washington quando o senhor deixar a presidência. Vou me aposentar e morar em minha pequena fazenda onde não há televisão, jornais, nada além de um pouco de pescaria e muito descanso. Estou cansado, senhor.

— Aaron Lake me assusta — disse o presidente.

O senhor não sabe nem a metade, Teddy pensou.

— Por quê? — perguntou, comendo uma garfada. Coma e deixe que ele fale.

— Seu programa só tem um tema: a defesa. Você dá recursos ilimitados ao Pentágono e eles gastam o suficiente para alimentar o Terceiro Mundo. Tanto dinheiro me preocupa.

Nunca o preocupou antes. A única coisa que Teddy queria era uma longa e inútil conversa sobre política. Estavam perdendo tempo. Quanto antes terminasse seus negócios, mais cedo poderia voltar à segurança de Langley.

— Estou aqui para pedir um favor — ele disse lentamente.

— Sim, eu sei. O que posso fazer por você? — O presidente sorria, mastigando, sentindo prazer tanto com o frango quanto com o raro momento de estar por cima.

— É um pouco incomum. Quero clemência para três prisioneiros.

O presidente parou de sorrir e de mastigar, não só por causa do choque, mas também por estar confuso. Clemência era geralmente uma coisa simples, a não ser que envolvesse espiões, terroristas ou políticos infames.

— Espiões? — ele perguntou.

— Não. Juízes. Um da Califórnia, um do Texas, um do Mississippi. Estão cumprindo pena juntos, numa prisão federal da Flórida.

— Juízes?

— Sim, senhor presidente.

— Eu conheço essa gente?

— Duvido. O da Califórnia era chefe do Supremo. Foi destituído depois que teve problemas com o imposto de renda.

— Acho que me lembro disso.

— Foi condenado por evasão de impostos e sentenciado a sete anos. Já cumpriu dois. O do Texas era um juiz criminal, designado por Reagan. Bebeu demais e atropelou dois garotos numa estrada em Yellowstone.

— Lembro disso vagamente.

— Foi há alguns anos. O do Mississippi era juiz de paz, apanhado roubando o dinheiro de um bingo.

— Acho que desse eu não cheguei a saber.

Uma longa pausa enquanto consideravam o assunto. O presidente estava confuso, sem saber por onde começar. Teddy não tinha certeza do que viria a seguir, por isso terminaram de comer em silêncio. Nenhum dos dois quis sobremesa.

O pedido era fácil, pelo menos para o presidente. Os criminosos eram praticamente desconhecidos, bem como suas vítimas. Qualquer erro seria rápido e indolor, especialmente para um político cuja carreira estava a menos de sete meses do final. Fora pressionado para aceitar pedidos de clemência muito mais difíceis. Os russos sempre tinham alguns espiões pedindo para serem mandados de volta. Havia dois executivos mexicanos presos em Idaho por tráfico de drogas e sempre que um tratado aparecia nas reuniões a clemência para eles estava em pauta. Havia um judeu canadense cumprindo pena máxima por espionagem e os israelenses estavam resolvidos a libertá-lo.

Três juízes desconhecidos? O presidente podia assinar três documentos e o assunto estaria resolvido. Teddy ficaria devendo a ele.

O fato de ser simples não era motivo para facilitar as coisas para Teddy.

— Tenho certeza de que há uma boa razão para esse pedido — ele disse.

— É claro.

— Uma questão de segurança nacional?

— Na verdade, não. Apenas alguns favores a velhos amigos.

— Velhos amigos? Você conhece esses homens?

— Não. Mas conheço seus amigos.

A mentira era tão evidente que o presidente quase insistiu no assunto. Como Teddy podia conhecer os amigos de três juízes que cumpriam pena juntos?

Mas interrogar Teddy Maynard só traria frustração. E o presidente não se curvaria tanto. Não ia pedir uma informação que jamais seria dada. Fossem quais fossem os motivos, Teddy os levaria para o túmulo.

— É um pouco confuso — o presidente disse, dando de ombros.

— Eu sei. Vamos deixar como está.

— Quais podem ser as conseqüências?

— Não grande coisa. As famílias dos garotos atropelados e mortos em Yellowstone podem reclamar e eu não os culpo por isso.

— Há quanto tempo aconteceu?

— Três anos e meio.

— Quer que eu perdoe um juiz federal republicano?

— Ele não é republicano agora, senhor presidente. Eles têm de jurar ficar fora da política quando são eleitos juízes. Agora que foi condenado, não pode nem votar. Tenho certeza de que, se o senhor conceder a clemência, o homem vai ser um grande fã seu.

— Tenho certeza disso.

— Se isso facilita as coisas, os três se comprometem a ficar fora do país pelo menos por dois anos.

— Por quê?

— Pode pegar mal se voltarem para casa. O pessoal vai saber que saíram mais cedo da prisão. Isto deve ser mantido em segredo.

— O juiz da Califórnia pagou os impostos que devia?

— Pagou.

— E o cara do Mississippi devolveu o dinheiro roubado?

— Devolveu.

Todas as perguntas eram superficiais. Mas tinha de perguntar alguma coisa.

O último favor teve a ver com espionagem nuclear. A CIA possuía um relatório documentando uma extensa infiltração de espiões chineses em praticamente todos os níveis do programa nuclear dos Estados Unidos. O presidente soube do relatório apenas alguns dias antes da sua visita à China para uma reunião de cúpula. Pediu a Teddy para almoçar na Casa Branca e, comendo o mesmo frango com macarrão, pediu para a CIA segurar o relatório por mais algumas semanas. Teddy concordou. Mais tarde ele quis que o relatório fosse modificado atribuindo a maior culpa ao governo anterior. Teddy fez as modificações pessoalmente. Quando foi finalmente publicado, o presidente ficou livre da maior parte da culpa.

Espionagem chinesa e segurança nacional versus três obscuros ex-juízes. Teddy sabia que ia conseguir o perdão.

— Se deixarem o país, irão para onde? — o presidente perguntou.

— Não sabemos ao certo ainda.

O garçom serviu café. Quando ele saiu, o presidente perguntou:

— Isso vai prejudicar o vice-presidente de algum modo?

E, com a mesma cara-de-pau, Teddy respondeu:

— Não. Como poderia prejudicá-lo?

— Você é quem sabe. Não tenho a mínima idéia do que está fazendo.

— Não precisa se preocupar, senhor presidente. Estou pedindo um pequeno favor. Com alguma sorte, a notícia não aparecerá em lugar algum.

Tomaram o café, os dois ansiosos para sair dali. O presidente tinha uma tarde cheia, com assuntos mais agradáveis. Teddy precisava dormir um pouco. O presidente ficou aliviado com a pouca importância do pedido. Teddy pensava: Se ele soubesse!

— Dê-me alguns dias para preparar tudo — disse o presidente. — Tenho muitos pedidos desse tipo, como deve saber. Parece que todo mundo quer alguma coisa, agora que meus dias estão contados.

— Seu último mês será o mais feliz — Teddy disse, com um dos seus raros sorrisos. — Já vi muitos presidentes para saber disso.

Depois de quarenta minutos juntos, trocaram um aperto de mãos e prometeram conversar dali a poucos dias.

Havia cinco ex-advogados em Trumble e o mais novo estava usando a biblioteca quando Argrow entrou. O pobre homem estava atolado em depoimentos e anotações, trabalhando freneticamente, sem dúvida examinando suas últimas e fracas apelações.

Spicer arrumava os livros de direito, conseguindo parecer suficientemente ocupado. Beech estava na sala de reunião, escrevendo. Yarber estava ausente.

Argrow tirou do bolso um papel dobrado e o entregou a Spicer.

— Acabo de ver meu advogado — ele murmurou.

— O que é isto? — Spicer perguntou, segurando o papel.

— O comprovante. Seu dinheiro está agora no Panamá.

Spicer olhou para o advogado no outro lado da sala, mas ele estava mergulhado nos seus papéis.

— Obrigado — ele murmurou.

Argrow saiu da biblioteca e Spicer levou o papel para Beech, que o examinou cuidadosamente.

O produto da extorsão estava agora seguro, guardado pelo First Coast Bank do Panamá.

TRINTA E SEIS

Joe Roy perdeu mais quatro quilos, diminuiu o cigarro para oito por dia e estava andando uma média de quarenta quilômetros por semana. Argrow o encontrou na pista de corrida, andando no calor do fim da tarde.

— Sr. Spicer, precisamos conversar — Argrow disse.

— Mais duas voltas — Joe Roy disse sem diminuir o passo.

Argrow o observou por alguns segundos, depois correu cinqüenta metros até alcançá-lo.

— Se importa se eu o acompanhar?

— De modo algum.

Entraram na última volta, passo a passo.

— Acabo de estar com meu advogado outra vez — Argrow disse.

— Seu irmão? — Spicer perguntou, ofegando um pouco. Seus passos não eram tão graciosos quanto os de Argrow, um homem vinte anos mais moço.

— Sim. Ele falou com Aaron Lake.

Spicer parou como se tivesse batido numa parede. Olhou para Argrow, depois para longe.

— Como eu disse, precisamos conversar.

— Acho que precisamos — Spicer disse.

— Eu o encontro na biblioteca de direito em meia hora — Argrow disse e se afastou. Spicer manteve os olhos grudados nele até ele desaparecer.

Não havia nenhum Jack Argrow, advogado, nas páginas amarelas de Boca Raton e isso, a princípio, os preocupou. Finn Yarber usou freneticamente o telefone não seguro, pedindo informações por todo o sul da Flórida. Quando perguntou por Pompano Beach, a telefonista disse: "Um momento, por favor", e Finn sorriu. Anotou o número, depois fez a ligação. Uma secretária eletrônica atendeu: "Escritório de advocacia de Jack Argrow. O Dr. Argrow atende com hora marcada. Por favor deixe seu nome, seu telefone e uma breve descrição da propriedade na qual está interessado que entraremos em contato." Finn desligou e atravessou rapidamente o gramado para a biblioteca de direito, onde os companheiros o esperavam. Argrow já estava atrasado dez minutos.

Um momento antes de ele chegar, o mesmo ex-advogado entrou na biblioteca com uma pasta grossa, evidentemente pronto a passar horas tentando se salvar. Pedir que saísse ia provocar uma briga e levantar suspeitas e além disso ele não era o tipo que respeitava juízes. Um a um eles se retiraram para a pequena sala de reunião, onde Argrow os encontrou. A sala era apertada quando Beech e Yarber trabalhavam ali, escrevendo suas cartas. Com Argrow como o quarto homem, trazendo não pouca pressão, a sala nunca pareceu tão pequena. Sentaram-se em volta da pequena mesa, cada um podendo tocar facilmente no outro.

— Só sei o que me contaram — Argrow começou. — Meu irmão é advogado semi-aposentado em Boca Raton. Ele tem algum dinheiro e há alguns anos se envolve na política republicana do sul da Flórida. Ontem ele foi procurado por algumas pessoas que trabalham para Aaron Lake. Tinham investigado e sabiam que eu era seu irmão e que estava aqui em Trumble, com o Sr. Spicer. Eles fizeram promessas, o fizeram jurar guardar segredo e agora ele me fez jurar a mesma coisa. Agora que tudo está bem e confidencial, acho que vocês podem unir os pontinhos.

Spicer não tinha tomado banho. Sua camisa e seu rosto estavam ainda molhados de suor, mas a respiração mais calma. Nenhum som de Beech ou de Yarber. A Confraria estava em transe coletivo. Continue, diziam seus olhos.

Argrow olhou para os três e continuou. Tirou do bolso uma folha de papel que desdobrou e pôs na frente deles. Era uma cópia da sua última carta para Al Konyers, a carta com a extorsão, assinada por Joe Roy Spicer, endereço atual, Prisão Federal de Trumble. Eles a sabiam de cor, por isso não precisavam ler outra vez. Reconheceram a letra do pobre pequeno Ricky e compreenderam que a carta tinha percorrido todo o círculo. Da Confraria para o Sr. Lake, do Sr. Lake para o irmão de Argrow, do irmão de Argrow de volta a Trumble, tudo em treze dias.

Finalmente Spicer a pegou e olhou rapidamente para ela.

— Suponho que agora você sabe de tudo, certo? — ele perguntou.

— Não sei o quanto eu sei.

— Diga o que eles disseram.

— Vocês três estão aplicando um golpe. Colocam anúncios em revistas gay, procurando por relacionamentos com homens mais velhos, por correspondência, de certo modo descobrem sua verdadeira identidade e depois exigem dinheiro deles.

— Um bom resumo do jogo — Beech disse.

— E o Sr. Lake cometeu o erro de responder a um dos seus anúncios. Não sei quando ele fez isso, e não sei como descobriram quem ele era. No que me diz respeito, há algumas partes em branco.

— É melhor que continuem assim — Yarber disse.

— É justo. Não me apresentei como voluntário para este trabalho.

— O que você pode ganhar com isso? — Spicer perguntou.

— Diminuição da pena. Passo mais algumas semanas aqui, então eles me transferem outra vez. Vou até o fim do ano e se o Sr. Lake for eleito consigo o perdão total. Não é um mau negócio. Meu irmão recebe um grande favor do próximo presidente.

— Então você é o negociador? — Beech disse.

— Não. Eu sou o mensageiro.

— Então, podemos começar?

— O primeiro movimento é de vocês.

— Você tem a carta. Nós queremos algum dinheiro e queremos sair daqui.

— Quanto dinheiro?

— Dois milhões para cada um — Spicer disse e era evidente que tinham discutido o assunto. Os três pares de olhos observavam Argrow esperando o espanto, a interrogação, o choque. Mas não viram nenhuma reação, apenas uma pausa e ele retribuiu os olhares.

— Não tenho nenhuma autoridade no assunto, certo? Não posso dizer sim ou não às suas exigências. Tudo que faço é transmitir os detalhes para o meu irmão.

— Nós lemos os jornais todos os dias — Beech disse. — No momento, o Sr. Lake tem mais dinheiro do que pode gastar. Seis milhões são uma gota no oceano.

— Ele tem setenta e oito milhões nas mãos, sem nenhuma dívida — Yarber acrescentou.

— Seja como quiserem — Argrow disse. — Eu sou apenas o mensageiro, o pombo-correio, mais ou menos como Trevor.

Eles ficaram tensos outra vez à menção do advogado morto. Olharam para Argrow que estava examinando as unhas e imaginaram se o comentário sobre Trevor era uma espécie de aviso. Até que ponto o jogo se tornara mortal? Estavam atordoados com a idéia do dinheiro e da liberdade, mas o quanto estavam seguros agora? E quanto estariam no futuro?

Sempre saberiam o segredo de Lake.

— E os termos do pagamento? — Argrow perguntou.

— Muito simples — Spicer disse. — Todo ele adiantado, todo ele enviado eletronicamente para algum delicioso lugarzinho, provavelmente o Panamá.

— Tudo bem. Agora, e sobre sua libertação? — Argrow perguntou.

— O que tem a nossa libertação? — Beech quis saber.

— Algumas sugestões?

— Na verdade, não. Pensamos que o Sr. Lake podia se encarregar disso. Ele tem uma porção de amigos atualmente.

— Sim, mas ainda não é presidente. Não pode ainda pressionar as pessoas certas.

— Não vamos esperar por sua posse em janeiro — Yarber disse. — Na verdade não vamos esperar até novembro para ver se ele ganha ou não.

— Então querem sair da prisão agora?

— Rapidamente — Spicer disse.

— Tem importância o modo pelo qual isso for feito?

Pensaram por um momento e então Beech disse:

— Tem de ser limpo. Não vamos fugir pelo resto da vida. Não vamos viver na paranóia de ter alguém sempre atrás de nós.

— Vocês saem juntos?

— Sim — Yarber disse. — E temos alguns planos definidos de como deve ser. Mas primeiro precisamos acertar as coisas importantes: dinheiro e exatamente quando sairemos daqui.

— É justo. Deste lado da mesa eles querem seus arquivos, todas as cartas, notas e registros do golpe. Evidentemente o Sr. Lake precisa de garantias de que o segredo será enterrado.

— Se tivermos o que queremos — Beech disse —, ele não precisa se preocupar. De bom grado esqueceremos tudo que ouvimos sobre Aaron Lake. Mas queremos avisar você para que possa avisar o Sr. Lake, se qualquer coisa acontecer conosco, toda a história será revelada.

— Temos um contato lá fora — Yarber explicou.

— É uma reação em cadeia — Spicer acrescentou, como se estivesse tentando explicar o inexplicável. — Alguma coisa acontece conosco, como por exemplo o que aconteceu com Trevor, e alguns dias depois a bomba explode. Todo mundo vai ficar sabendo quem é o Sr. Lake.

— Isso não vai acontecer — Argrow disse.

— Você é o mensageiro. Não sabe o que vai ou não acontecer — Beech disse, didaticamente. — Essa é a mesma gente que matou Trevor.

— Vocês não têm certeza disso.

— Não, mas temos nossa opinião.

— Não vamos discutir uma coisa que não podemos provar, senhores — Argrow disse, encerrando o assunto. — Vou estar com meu irmão de manhã. Vamos nos encontrar aqui às dez horas.

Argrow saiu, deixando-os quase em estado de transe, pensando profundamente, contando o dinheiro, mas com medo de começar a gastá-lo. Ele foi para a pista de corrida, mas mudou de direção quando viu um grupo de detentos correndo. Andou até encontrar um lugar isolado atrás da lanchonete e telefonou para Klockner.

Em menos de uma hora, Teddy recebeu o relatório da reunião.

TRINTA E SETE

A campainha das 6 horas soou em Trumble, nos corredores dos dormitórios, nos gramados, em volta dos prédios, nos bosques próximos, durante exatamente trinta e cinco segundos, qualquer prisioneiro podia atestar isso, e quando parou ninguém estava dormindo. Ela os acordava de repente, como se coisas importantes estivessem planejadas para aquele dia e todos tivessem de se aprontar apressadamente. Mas a única coisa urgente era o café da manhã.

A campainha sobressaltou Beech, Spicer e Yarber, mas não os acordou. O sono era impossível por razões óbvias. Estavam em dormitórios diferentes, mas se encontravam na fila do café às seis e dez. Com as canecas na mão, sem uma palavra, foram para a quadra de basquete e sentaram-se em um banco de frente para o terreno da prisão, com a pista de corrida atrás.

Quantos dias mais usariam a camisa cor de oliva e se sentariam no calor da Flórida, recebendo centavos por hora para não fazer nada, tomando inúmeras xícaras de café? Um mês, dois? Estavam falando em dias, agora? As possibilidades roubavam seu sono.

— Só tem dois modos possíveis — Beech disse. Ele era o juiz federal e eles ouviram atentamente, embora fosse assunto conhecido. — O primeiro é voltar à jurisdição da sentença e entrar com uma moção de redução da pena. Sob limitadas circunstâncias, o juiz do processo tem autoridade para libertar um prisioneiro. Mas isso raramente acontece.

— Você fez isso alguma vez? — Spicer perguntou.

— Não.

— Cretino.

— Quais são as circunstâncias? — Yarber quis saber.

— Só quando o prisioneiro conseguiu novas informações sobre crimes antigos. Se o prisioneiro der ajuda significativa às autoridades, pode ter alguns anos diminuídos da pena.

— Isso não é nada encorajador — Yarber disse.

— Qual é o segundo? — Spicer perguntou.

— Somos enviados para uma casa de readaptação, onde não esperam que sigamos nenhuma regra. Só a administração de penitenciárias tem autoridade para fazer isso. Se nossos amigos de Washington pressionarem bastante, a administração pode nos tirar daqui e praticamente esquecer de nós.

— Não teremos de morar numa casa de readaptação? — Spicer perguntou.

— Sim, na maioria dos casos. Mas são todas diferentes. Em algumas ficamos presos à noite, com regras rigorosas. Outras são mais condescendentes. Podemos telefonar uma vez por dia ou uma vez por semana. Tudo depende da administração de penitenciárias.

— Mas continuamos como criminosos condenados — Spicer observou.

— Isso não me preocupa. Nunca mais vou votar.

— Ontem à noite tive uma idéia — disse Beech. — Como parte das nossas negociações, faremos Lake concordar em nos conceder o perdão, se for eleito.

— Eu também pensei nisso — Spicer revelou.

— Eu também — disse Yarber. — Mas quem se importa se temos ou não uma ficha policial? A única coisa que importa é sairmos daqui.

— Não custa perguntar — Beech opinou. Concentraram-se no café por alguns minutos.

— Argrow está me deixando nervoso — Finn disse, finalmente.

— Como assim?

— Bem, ele aparece aqui vindo de não sei onde e de repente se torna nosso melhor amigo. Faz uma mágica com nosso dinheiro, e o transfere para um banco mais seguro. Agora ele é o mensageiro de Aaron Lake. Não esqueçam de que alguém lá fora estava lendo nossas cartas. E não era Lake.

— Ele não me incomoda — Spicer disse. — Lake tinha de encontrar alguém para falar conosco. Ele usou alguma influência, fez alguma investigação, descobriu que Argrow estava aqui e que tem um irmão com quem eles podem falar.

— Isso é muito conveniente, não acham? — Beech observou.

— Você também?

— Talvez. Finn não deixa de ter razão. Sabemos com certeza que alguém mais está envolvido.

— Quem?

— Essa é a grande questão — Finn disse. — Por isso não durmo há uma semana. Tem mais alguém lá fora.

— E o que importa? — Spicer perguntou. — Se Lake nos tirar daqui, ótimo. Se alguém mais pode nos tirar daqui, o que há de errado com isso?

— Não esqueça de Trevor — Beech disse. — Dois tiros na nuca.

— Este lugar pode ser mais seguro do que pensamos.

Spicer não estava convencido. Terminou o café e disse:

— Vocês pensam mesmo que Aaron Lake, um homem prestes a ser eleito presidente dos Estados Unidos, mandaria matar um advogado inútil como Trevor?

— Não — disse Yarber. — Ele não faria isso. É muito arriscado. E ele não vai nos matar. Mas o homem misterioso pode fazer isso. O cara que matou Trevor é o mesmo que leu nossa correspondência.

— Não estou convencido.

Estavam reunidos onde Argrow esperava que estivessem, na biblioteca de direito, e pareciam estar esperando há algum tempo. Ele entrou apressadamente e depois de se certificar de que estavam sozinhos, disse:

— Acabo de falar com meu irmão outra vez. Vamos conversar.

Foram para a pequena sala de reunião, fecharam a porta e sentaram-se em volta da mesa.

— As coisas estão acontecendo muito depressa — Argrow disse, nervosamente. — Lake pagará. A transferência será feita para qualquer lugar que escolherem. Posso ajudar, se quiserem, do contrário podem fazer o que acharem melhor.

Spicer pigarreou.

— Dois milhões para cada um?

— Foi o que vocês pediram. Não conheço o Sr. Lake, mas sem dúvida ele age depressa. — Argrow olhou para o relógio, depois para a porta atrás dele. — Há algumas pessoas de Washington aqui que querem falar com vocês. Gente importante. — Tirou alguns papéis do bolso, desdobrou e pôs uma folha na frente de cada um. — São os perdões presidenciais, assinados ontem.

Controlando-se, apanharam os papéis e tentaram ler. As cópias sem dúvida pareciam oficiais. Olharam boquiabertos para as letras grandes na parte superior, para os parágrafos de prosa rebuscada, para a assinatura compacta do presidente dos Estados Unidos, e não sabiam o que dizer. Estavam simplesmente atônitos.

— Fomos perdoados? — finalmente Yarber disse, com a boca seca.

— Sim. Pelo presidente dos Estados Unidos.

Continuaram a ler. Remexiam-se nas cadeiras, mordiam os lábios e apertavam os dentes, tentando esconder o choque.

— Vocês serão levados ao escritório do diretor, onde os homens de Washington darão a boa notícia. Finjam surpresa, está bem?

— Sem problema.

— Isso vai ser fácil.

— Como conseguiu as cópias? — Yarber perguntou.

— Foram dadas ao meu irmão. Não tenho a mínima idéia de como. Lake tem amigos poderosos. Bem, o negócio é o seguinte, vocês serão libertados em uma hora. Uma van os levará a Jacksonville. Para um hotel, onde vão se encontrar com meu irmão. Esperam lá até a confirmação da transferência do dinheiro, então entregam todos os seus arquivos sujos. Tudo. Compreendem?

Eles assentiram, inclinando as cabeças ao mesmo tempo. Por dois milhões eles podiam ficar com tudo.

— Concordarão em deixar o país imediatamente e não voltar antes de dois anos.

— Como vamos deixar o país? — Beech perguntou. — Não temos passaportes, nem os documentos necessários.

— Meu irmão tem tudo isso. Terão nova identidade, toda documentada, incluindo cartões de crédito. Tudo está à sua espera.

— Dois anos? — Spicer perguntou e Yarber olhou para ele como se tivesse enlouquecido.

— Isso mesmo. Dois anos. É parte do acordo. Combinado?

— Eu não sei — Spicer disse, com voz trêmula. Spicer nunca saíra dos Estados Unidos.

— Não seja idiota — Yarber disse zangado. — Um perdão completo, um milhão de dólares por ano, para viver no estrangeiro. Que diabo, sim, negócio fechado.

Uma batida inesperada na porta os deixou apavorados. Dois guardas estavam olhando para dentro da sala. Argrow apanhou as cópias dos perdões e as enfiou no bolso.

— Combinado, senhores?

Disseram que sim, inclinando a cabeça, e os três apertaram a mão dele.

— Ótimo — disse Argrow. — Lembrem-se de fingir surpresa.

Eles seguiram os guardas até a sala do diretor, onde foram apresentados a dois homens de rostos muito severos, de Washington, um do Departamento de Justiça, outro da administração de penitenciárias. O diretor completou a apresentação formal sem confundir nenhum nome, e depois entregou um documento legal a cada um. Os originais dos que Argrow havia mostrado.

— Senhores — o diretor anunciou do modo mais dramático possível —, foram perdoados pelo presidente dos Estados Unidos. — Sorriu calorosamente, como se fosse o responsável pela boa notícia.

Eles olharam para os perdões, ainda em choque, ainda atordoados com mil perguntas, a maior das quais era: como Argrow tinha conseguido as cópias dos documentos antes do diretor?

— Eu não sei o que dizer — Spicer murmurou, e os outros dois murmuraram alguma coisa mais.

O homem da Justiça disse:

— O presidente mandou rever seus processos e achou que já cumpriram tempo suficiente. Ele tem certeza de que vocês têm muito a oferecer ao país e às suas comunidades voltando a ser cidadãos produtivos.

Olharam atônitos para ele. Aquele imbecil não sabia que iam assumir novos nomes e fugir do país por dois anos. Quem estava de que lado ali?

E por que o presidente estava concedendo clemência quando tinham sujeira suficiente para destruir Aaron Lake, o homem que ia derrotar o vice-presidente? Era Lake quem queria o seu silêncio, não o presidente. Certo?

Como Lake conseguiu convencer o presidente a perdoar-lhes?

Como Lake podia convencer o presidente de qualquer coisa, a essa altura da campanha?

Seguraram o perdão, em silêncio, tensos com as centenas de perguntas que martelavam suas mentes.

O homem da administração da penitenciária disse:

— Devem sentir-se honrados. Clemência é muito raro.

Yarber conseguiu mostrar que tinha compreendido, inclinando a cabeça, mas pensava: Quem está à nossa espera lá fora?

— Acho que estamos em estado de choque — Beech disse.

Era a primeira vez que acontecia em Trumble. Prisioneiros tão importantes que o presidente decidiu perdoar-lhes. O diretor estava muito orgulhoso dos três, mas não sabia como o momento devia ser comemorado.

— Quando gostariam de partir? — ele perguntou, como se eles pudessem preferir ficar mais um tempo para a festa.

— Imediatamente — Spicer disse.

— Muito bem. Nós os levaremos a Jacksonville.

— Não, obrigado. Chamaremos alguém para nos apanhar.

— Tudo bem, então. Preciso tratar de alguns papéis.

— Faça isso depressa — Spicer disse.

Cada um recebeu uma sacola para seus pertences. Enquanto caminhavam muito juntos, com um guarda atrás, Beech disse, em voz baixa:

— Afinal, quem conseguiu o maldito perdão?

— Não foi Lake — Yarber disse, também em voz baixa.

— É claro que não foi Lake — Beech disse. — O presidente não atenderia a nenhum maldito pedido de Aaron Lake.

Andaram mais depressa.

— Que diferença faz? — Spicer perguntou.

— Não tem sentido — Yarber disse.

— Então, o que você vai fazer, Finn? — Spicer perguntou, sem olhar para ele. — Ficar aqui alguns dias e estudar a situação? E então se descobrir o responsável pelo perdão talvez não o aceite? Ora, dá um tempo.

— Alguém mais está por trás disso — Beech disse.

— Pois então eu adoro esse alguém, certo? — Spicer disse. — Não vou ficar por aqui fazendo perguntas.

Escolheram rapidamente o que iam levar. Não pararam para se despedir de ninguém. A maior parte dos seus amigos estava espalhada por toda a parte àquela hora.

Tinham de correr antes que o sonho acabasse, ou que o presidente mudasse de opinião.

Às onze e quinze, saíram pela porta da frente do prédio da administração, a mesma pela qual tinham entrado anos atrás, e esperaram a carona na calçada quente. Nenhum dos três olhou para trás.

Na van estavam Chap e Wes, embora com outros nomes. Eles usavam tantos.

Joe Roy Spicer deitou no banco de trás e cobriu os olhos com o braço, decidido a não ver nada até estar longe dali. Queria chorar e queria gritar. Mas estava atônito e eufórico — pura e total euforia. Com os olhos tapados, sorria como um idiota.

Queria uma cerveja e queria uma mulher, de preferência a sua. Telefonaria logo para ela. A van estava se deslocando rapidamente agora.

O inesperado da libertação os abalou. A maioria dos prisioneiros contam os dias sabendo assim com quase absoluta certeza quando chegará a hora. E eles sabiam para onde iam e quem os esperava lá fora.

Mas a Confraria sabia muito pouco. E, no pouco que sabia, não acreditava. Os perdões eram uma armadilha. O dinheiro não passava de isca. Estavam sendo levados para o matadouro, como o pobre Trevor. A van ia parar a qualquer minuto e os dois capangas lá na frente iam revistar suas sacolas, encontrar os arquivos sujos e assassinar os três numa vala ao lado da estrada.

Talvez. Mas no momento não sentiam falta da segurança de Trumble.

Finn Yarber, sentado atrás do motorista, olhava para a estrada na frente. Segurava o perdão pronto para mostrar a qualquer pessoa que os mandasse parar dizendo que o sonho tinha acabado. Hatlee Beech estava ao lado dele e, depois de alguns minutos na estrada, começou a chorar, não alto, mas com os olhos fechados e os lábios trêmulos.

Beech tinha razão para chorar. Com quase oito anos e meio de pena para cumprir, a clemência significava mais para ele do que para os dois companheiros juntos.

Nem uma palavra foi dita entre Trumble e Jacksonville. Quando se aproximavam da cidade, a estrada se alargou, o movimento ficou maior, os três olhavam a cena com grande curiosidade. Pessoas dirigiam carros, movimentavam-se por toda a parte. Aviões no céu. Barcos nos rios. Tudo voltara ao normal.

Seguiram devagar no trânsito congestionado do Atlantic Boulevard, adorando cada momento. Fazia calor, os turistas estavam nas ruas, mulheres com pernas longas e bronzeadas. Viam os restaurantes de frutos do mar e os bares com os luminosos anunciando ostras baratas e frescas. Quando a avenida terminou, começou a praia e eles pararam debaixo da varanda do Sea Turtle. Atravessaram o saguão, seguindo sua escolta, e foram alvos de um ou dois olhares porque ainda estavam com os uniformes da prisão. Quando saíram do elevador, Chap disse:

— Seus quartos são bem ali, aqueles três. — Apontou para o corredor. — O Sr. Argrow gostaria de vê-los o mais depressa possível.

— Onde ele está? — Spicer perguntou.

Chap apontou outra vez.

— Lá adiante, na suíte de canto. Está esperando.

— Vamos — Spicer disse, e seguiram Chap com as sacolas batendo umas nas outras.

Jack Argrow não era nem um pouco parecido com o irmão. Era muito mais baixo, o cabelo ondulado e louro, enquanto o do irmão era escuro e ralo. Era só uma observação casual, mas os três notaram isso e mencionaram mais tarde. Argrow apertou as mãos deles rapidamente, só por delicadeza. Estava nervoso e falava muito depressa.

— Como vai meu irmão? — perguntou.

— Ele vai muito bem — respondeu Beech.

— Nós o vimos esta manhã — Yarber disse.

— Eu o quero fora da prisão — Jack disse secamente, como se eles o tivessem posto lá. — É isso que ganho com este negócio, vocês sabem. Tirar meu irmão da cadeia.

Eles se entreolharam. Não tinham nada para dizer.

— Sentem-se — Argrow disse. — Ouçam, eu não sei como nem por que estou no meio disto, vocês compreendem. Esse negócio me deixa muito nervoso. Estou aqui em nome do Sr. Aaron Lake, um homem que acredito que vai ser eleito e será um bom presidente. Suponho que então poderei tirar meu irmão da prisão. Não conheço pessoalmente o Sr. Aaron Lake. Alguém da equipe dele me procurou mais ou menos há uma semana e pediu para interferir num assunto muito secreto e delicado. Por isso estou aqui. É um favor, certo? Não sei de tudo, compreendem?

— As sentenças foram anuladas rapidamente. Ele falava com as mãos e com a boca, e não parava quieto.

A Confraria não deu nenhuma resposta. Nenhuma era esperada.

Duas câmeras ocultas captavam a cena e a enviavam diretamente para Langley, onde Teddy e Deville viam, numa grande tela no *bunker*, os ex-juízes, agora ex-prisioneiros, que pareciam prisioneiros de guerra recentemente libertados, atordoados e quietos, ainda de uniforme, ainda incrédulos. Sentaram-se muito perto um do outro, vendo o esplêndido desempenho do agente Lyter.

Depois de tentar superá-los estratégica e taticamente durante três meses, era fascinante conhecê-los afinal. Teddy estudava os rostos, admitindo a contragosto sua admiração. Eles foram astutos e tiveram sorte bastante para fisgar a vítima certa. Agora estavam livres e prestes a ser bem recompensados por sua engenhosidade.

— Muito bem, vejamos, a primeira coisa é o dinheiro — Argrow rosnou. — Dois milhões para cada um. Onde querem que seja depositado?

Não era o tipo de coisa de que tinham muita experiência.

— Quais são as opções? — Spicer perguntou.

— Vocês têm de mandar depositar em algum lugar — Argrow disse, irritado.

— Que tal Londres? — Yarber perguntou.

— Londres?

— Gostaríamos de que todo o dinheiro, os seis milhões fossem enviados de uma vez só para uma conta num banco de Londres — Yarber disse.

— Podemos enviar para qualquer lugar. Qual banco?

— Pode nos ajudar com os detalhes? — Yarber perguntou.

— Disseram que podem fazer o que quiserem. Preciso dar alguns telefonemas. Por que não vão para seus quartos, tomam um banho, trocam de roupa? Dêem-me quinze minutos.

— Não temos outra roupa — Beech disse.

— Tem alguma coisa nos quartos.

Chap os conduziu pelo corredor e entregou as chaves.

Spicer deitou na cama *king size* olhando para o teto. Beech foi para a janela do seu quarto olhando para o norte, para quilômetros de praia, vendo a água azul rolando na areia branca.

Crianças brincavam com as mães. Casais passeavam de mãos dadas. Um barco de pesca navegava devagar, seguindo a linha do horizonte. Livre afinal, ele pensou. Livre afinal.

Yarber tomou um longo banho quente de chuveiro — privacidade completa, sem tempo marcado, muito sabonete, toalhas felpudas. Havia uma variedade de artigos de toalete na pia — desodorante, creme de barbear, aparelho de barba, pasta de dentes, fio dental. Ele não se apressou e vestiu uma bermuda, uma camiseta branca com mangas curtas e calçou sandálias. Seria o primeiro a sair para procurar uma loja de roupas.

Vinte minutos depois se encontraram novamente na suíte de Argrow, levando a coleção de pastas de arquivo, arrumadas numa fronha. Argrow estava tão ansioso quanto antes.

— Há um grande banco em Londres chamado Metropolitan Trust. Podemos mandar o dinheiro para lá e depois vocês fazem o que quiserem com ele.

— Está ótimo — Yarber disse. — A conta deve ser no meu nome.

Argrow olhou para Beech e Spicer e eles assentiram com um gesto.

— Muito bem. Suponho que tenham um plano.

— Temos — Spicer disse. — O Sr. Yarber, aqui, irá para Londres esta tarde e quando chegar lá vai ao banco e se encarrega do dinheiro. Se tudo correr bem, então iremos logo depois.

— Garanto que tudo vai dar certo.

— Nós acreditamos. Estamos somente sendo cautelosos.

Argrow entregou duas folhas de papel para Finn.

— Preciso de sua assinatura para abrir a conta. — Yarber assinou.

"Já almoçaram?", ele perguntou.

Balançaram as cabeças. Certamente estavam pensando em almoço, mas não sabiam como iam fazer isso.

— São homens livres agora. Há alguns bons restaurantes perto daqui. Vão se divertir. Dêem-me uma hora para fazer a transferência. Nos encontraremos aqui às duas e meia.

Spicer segurava a fronha. Ele acenou com ela para Argrow e disse:

— Aqui estão as pastas.

— Certo. Pode deixar naquele sofá.

TRINTA E OITO

Saíram do hotel a pé, sem escolta, sem restrições, mas com os perdões no bolso, para o caso de precisarem. E, embora o sol estivesse mais quente perto da praia, o ar era mais leve, o céu mais claro. A esperança enchia o ar. Sorriam e riam quase por qualquer coisa. Andaram pelo Atlantic Boulevard, misturando-se facilmente com os turistas.

O almoço foi bife e cerveja num café na calçada, debaixo de um guarda-sol. Pouco falaram enquanto comiam e bebiam. Mas olhavam para tudo, especialmente para as jovens mulheres de short e pequenos tops. A prisão os transformou em homens velhos. Agora sentiam a urgência de se divertir.

Especialmente Hatlee Beech que teve riqueza e ambição e como juiz federal tinha o que era praticamente impossível perder — um compromisso para toda a vida. Caiu do alto, perdeu tudo e viveu os dois primeiros anos em Trumble num estado de depressão. Aceitou o fato de que ia morrer ali e pensou seriamente em suicídio. Agora, com cinqüenta e seis anos, emergia esplendidamente da escuridão. Estava oito quilos mais magro, bronzeado, com boa saúde, divorciado de uma mulher que tinha dinheiro mas pouco mais para oferecer, e ele estava prestes a receber uma fortuna. Uma meia-idade invejável, ele pensou. Sentia falta dos filhos, mas eles preferiram o dinheiro e esquecer do pai.

Hatlee Beech estava pronto para se divertir.

Spicer também procurava uma diversão, de preferência num cassino. Sua mulher não tinha passaporte, portanto teriam de esperar algumas semanas para que ela pudesse se encontrar com ele em Londres ou onde quer que ele fosse parar. Havia cassinos na Europa? Beech achava que sim, Yarber não tinha idéia e não se importava.

Finn era o mais reservado dos três. Tomou uma soda em vez de cerveja e não estava tão interessado no desfile das beldades. Finn já estava na Europa. Jamais voltaria à sua terra natal. Estava com sessenta anos, em boa forma, agora com muito dinheiro, e pretendia vaguear pela Itália e pela Grécia nos próximos dez anos.

No outro lado da rua encontraram uma pequena livraria e compraram vários guias de viagem. Numa loja especializada em artigos para praia, encontraram os óculos escuros perfeitos. Então, estava na hora de encontrar com Jack Argrow outra vez e fechar o negócio.

Klockner e companhia os viram andar de volta para o Sea Turtle. Klockner e seu pessoal estavam cansados de Neptune Beach, do Pete's, do Sea Turtle e do pequeno chalé alugado. Seis agentes, incluindo Chap e Wes, ainda estavam lá, todos ansiosos para outra missão. A unidade tinha descoberto a Confraria, tirado os três de Trumble, os levado para a praia e agora só queriam que eles deixassem o país.

Jack Argrow parecia não ter tocado nas pastas de arquivo. Estavam ainda dentro da fronha, no sofá, onde Spicer as havia deixado.

— O dinheiro está a caminho — Argrow disse quando chegaram à sua suíte.

Teddy ainda assistia a tudo em Langley. Os três usavam agora as mais variadas roupas de praia. Yarber tinha um boné de pescador com aba de quatorze centímetros. Spicer estava com chapéu de palha e uma camiseta amarela. Beech, o republicano, vestia short cáqui, uma camisa de malha e um boné de golfe.

Havia três envelopes grandes na mesa. Argrow entregou um para cada um dos membros da Confraria.

— Aí estão suas novas identidades. Certidão de nascimento, cartões de crédito, cartão de seguro social.

— E os passaportes? — perguntou Yarber.

— Temos uma câmera no quarto ao lado. Os passaportes e carteiras de motorista precisam de fotografias. Levará trinta minutos. Há também cinco mil dólares em dinheiro naqueles pequenos envelopes ali.

— Eu sou Harvey Moss? — Spicer perguntou, olhando para a certidão de nascimento.

— Sim. Não gosta de Harvey?

— Acho que agora eu gosto.

— Você tem cara de Harvey — Beech disse.

— E você, quem é?

— Bem, eu sou James Nunley.

— É um prazer conhecê-lo, James.

Argrow não sorriu, não relaxou por um segundo.

— Tenho de saber seus planos de viagem. O pessoal em Washington quer realmente que saiam do país.

— Preciso verificar os vôos para Londres —Yarber disse.

— Já fizemos isso. Um vôo para Atlanta sai de Jacksonville dentro de duas horas. Às sete da noite há um vôo saindo de Atlanta para Londres, que chega amanhã de manhã em Heathrow.

— Pode me arrumar uma passagem?

— Já está comprada. Primeira classe.

Finn fechou os olhos e sorriu.

— E vocês dois? — Argrow perguntou, olhando para eles.

— Eu gosto daqui — Spicer disse.

— Sinto, mas temos um acordo.

— Embarcaremos amanhã à tarde — Beech disse. — Se tudo for bem com o Sr. Yarber.

— Querem que a gente faça as reservas?

— Sim, por favor.

Chap entrou silenciosamente na sala e apanhou a fronha do sofá. Saiu com as pastas.

— Vamos tirar as fotos — Argrow disse.

Finn Yarber, viajando como o Sr. William McCoy, de San Jose, Califórnia, voou para Atlanta sem incidente. Durante uma hora andou no aeroporto, desceu ao subsolo e sentiu imenso prazer no frenesi e no caos de estar no meio de um milhão de pessoas apressadas.

Sua poltrona de primeira classe era de couro e reclinável. Depois de duas taças de champanhe, cochilou e sonhou. Temia dormir, com medo de acordar. Estava certo de que acordaria no beliche de cima, olhando para o teto, contando outro dia em Trumble.

De um telefone público perto de Beach Java, Joe Roy finalmente conseguiu falar com a mulher. A princípio ela pensou que o telefonema fosse uma brincadeira e se recusou a pagar a ligação.

— Quem está falando? — ela perguntou.

— Sou eu, querida. Não estou mais na prisão.

— Joe Roy?

— Sim, agora escute. Estou fora da prisão, certo? Você ainda está aí?

— Acho que sim. Onde você está?

— Estou num hotel perto de Jacksonville, Flórida. Saí da prisão esta manhã.

— Saiu? Mas como...

— Não pergunte, está bem? Explico tudo mais tarde. Amanhã parto para Londres. Quero que você vá ao correio amanhã bem cedo e dê entrada num passaporte.

— Londres? Você disse Londres?

— Sim.

— Inglaterra?

— É isso, sim. Tenho de ficar lá por algum tempo. É parte do acordo.

— Por quanto tempo?

— Uns dois anos. Escute, sei que é difícil acreditar, mas eu estou livre e vou viver no estrangeiro por uns dois anos.

— Que tipo de acordo? Você fugiu, Joe Roy? Você disse que era fácil fugir.

— Não, eu fui libertado.

— Mas tinha mais de vinte meses de pena.

— Não tenho mais. Escute, dê entrada no passaporte e siga as instruções.

— Para que preciso de um passaporte?

— Para nos encontrarmos na Europa.

— Por dois anos?

— Sim, é isso.

— Mas minha mãe está doente. Não posso ir embora e deixar minha mãe.

Ele pensou em todas as coisas que gostaria de dizer sobre a mãe dela, mas não disse. Respirou fundo, olhou para a rua.

— Tenho de ir — ele disse. — Não tenho escolha.

— Venha para casa.

— Não posso. Explico depois.

— Eu gostaria de uma explicação.

— Telefono amanhã.

Beech e Spicer comeram frutos do mar num restaurante cheio de jovens. Andaram pelas ruas e encontraram o caminho para o Pete's, onde assistiram ao jogo dos Braves deliciando-se com o barulho.

Finn estava em algum lugar sobre o Atlântico, na rota do dinheiro.

O agente da alfândega em Heathrow mal olhou para o passaporte de Finn, uma maravilha de falsificação. Parecia bem usado e tinha acompanhado o Sr. William McCoy pelo mundo todo. Aaron Lake certamente tinha amigos poderosos.

Finn tomou um táxi para o Basil Street Hotel, em Knightsbridge, e pagou em dinheiro pelo menor quarto disponível. Ele e Beech haviam escolhido o hotel ao acaso, num guia de viagem. Era um lugar pretensioso, com antiguidades espalhadas por todos os andares. No pequeno restaurante, ele tomou café com ovos e salsichão, depois saiu para um passeio. Às dez horas, seu táxi parou na frente do Metropolitan Trust, no centro da cidade. A recepcionista olhou com desdém para sua roupa, calça jeans e pulôver — mas quando viu que era americano deu de ombros e resolveu tolerar.

Eles o fizeram esperar uma hora, mas Finn não se importou. Estava nervoso, mas não demonstrava. Esperaria dias, semanas, meses, para receber o dinheiro. Tinha aprendido a ser paciente. O Sr. MacGregor, encarregado da transferência, finalmente o atendeu. O dinheiro acabava de chegar, desculpe a demora. Os seis milhões tinham cruzado o Atlântico em segurança e estavam agora em solo britânico.

Mas não por muito tempo.

— Eu gostaria de enviar o dinheiro para a Suíça — Finn disse, com a dose apropriada de confiança e experiência.

Naquela tarde, Beech e Spicer viajaram para Atlanta. Como Yarber, andaram pelo aeroporto em plena liberdade enquanto esperavam o vôo para Londres. Sentaram-se lado a lado na primeira classe, comeram e beberam por horas, assistiram a filmes e tentaram dormir enquanto cruzavam o oceano.

Para surpresa dos dois, Yarber os esperava quando passaram pela alfândega em Heathrow, com a maravilhosa notícia de que o dinheiro tinha chegado e partido. Estava escondido na Suíça. Yarber os surpreendeu outra vez com a idéia de partirem imediatamente.

— Eles sabem que estamos aqui — ele disse, enquanto tomavam café num bar do aeroporto. — Vamos enganá-los.

— Acha que estão nos seguindo? — Beech perguntou.

— Vamos supor que estão.

— Mas por quê? — Spicer quis saber.

Discutiram o assunto por meia hora e começaram a examinar os horários dos vôos. Alitalia para Roma chamou sua atenção. Primeira classe, é claro.

— Falam inglês em Roma? — Spicer perguntou quando estavam embarcando.

— Na verdade falam italiano — Yarber disse.

— Acha que o papa nos receberá?

— Provavelmente está muito ocupado.

TRINTA E NOVE

Buster ziguezagueou para o oeste durante dias até a parada final do ônibus em San Diego. O oceano o atraía, a primeira água que via em meses. Andou pelas docas à procura de empregos temporários e conversando com o pessoal do lugar. O capitão de um barco de aluguel o empregou como ajudante de bordo e ele desembarcou em Los Cabos, México, no extremo sul de Baja. O porto estava cheio de sofisticados barcos de pesca, muito melhores do que os que ele e seu pai negociavam. Conheceu alguns dos capitães e em dois dias arrumou um emprego como taifeiro. Os clientes eram americanos ricos do Texas e da Califórnia e passavam a maior parte do tempo bebendo e não pescando. Ele não tinha ordenado nem salário, mas trabalhava pelas gorjetas, que invariavelmente cresciam à medida que os clientes bebiam. Num dia de menor movimento, tirava 200 dólares, num bom dia, 500, tudo em dinheiro. Hospedou-se num hotel barato e depois de alguns dias parou de olhar para trás. Los Cabos logo se tornou seu lar.

Wilson Argrow foi repentinamente transferido de Trumble e mandado para uma casa de readaptação, em Milwaukee, onde ficou exatamente uma noite antes de ir embora. Como não existia, não podia ser descoberto. Jack Argrow encontrou com ele no aeroporto com as passagens e voaram juntos para Washington. Dois dias depois de sair da Flórida, os irmãos Argrow, Kenny Sands e Roger Lyter, se apresentaram em Langley para sua próxima missão.

Três dias antes da sua partida para a convenção em Denver, Aaron Lake chegou a Langley para almoçar com o diretor. Era para ser uma ocasião festiva, o candidato vencedor, mais uma vez agradecendo ao gênio que armou sua candidatura. Seu discurso de aceitação da nomeação estava escrito há um mês, mas Teddy queria discutir algumas sugestões.

Foi conduzido à sala de Teddy, que o esperava sob sua manta, como sempre. Parecia pálido e cansado, Lake pensou. Os assistentes desapareceram, a porta foi fechada e Lake notou que não havia nenhuma mesa preparada. Sentaram-se longe da mesa de Teddy, um na frente do outro, muito juntos.

Teddy gostou do discurso e fez uns poucos comentários.

— Seus discursos estão ficando longos demais — ele disse, em voz baixa. Mas Lake tinha tanto para dizer ultimamente.

— Estamos revisando ainda — ele justificou.

— A eleição é sua, Sr. Lake — Teddy afiançou, com voz fraca.

— Sinto-me bem, mas vai ser uma senhora briga.

— Vai vencer por quinze pontos.

Lake parou de sorrir e ouviu com atenção.

— É uma margem e tanto.

— O senhor está um pouco na frente nas pesquisas. No próximo mês, o vice estará mais acima. Ficarão nesse vaivém até meados de outubro. Então, haverá um conflito nuclear que vai apavorar o mundo. E o senhor, Sr. Lake, se tornará o messias.

A perspectiva assustou até o messias.

— Uma guerra? — Lake perguntou em voz baixa.

— Não. Haverá mortes, mas não serão de americanos. Natty Chenkov levará a culpa e os bons eleitores desta república voarão para as urnas. O senhor pode ganhar até por vinte pontos.

Lake respirou profundamente. Queria fazer mais perguntas, até talvez condenar o derramamento de sangue. Mas seria inútil. Fosse qual fosse o terror planejado por Teddy para outubro, já estava em andamento. Lake não podia dizer ou fazer nada para evitar.

— Continue batendo na mesma tecla, Sr. Lake. A mesma mensagem. O mundo está prestes a ficar cada vez mais louco e temos de ser fortes para proteger nosso modo de vida.

— A mensagem funcionou até agora.

— Seu oponente ficará desesperado. Vai atacá-lo por estar batendo na mesma tecla e vociferar por causa dos seus fundos de campanha. Vai conseguir alguns pontos. Não entre em pânico. O mundo vai virar de cabeça para baixo em outubro, confie em mim.

— Eu confio.

— O senhor tem essa eleição ganha, Sr. Lake. Continue pregando a mesma mensagem.

— Oh, eu continuarei.

— Ótimo — Teddy disse e fechou os olhos por um momento, como se precisasse de um cochilo rápido. Depois abriu-os e disse: — Agora, um assunto completamente diferente. Estou um pouco curioso a respeito de seus planos para quando estiver na Casa Branca.

Lake ficou intrigado e demonstrou isso.

Teddy continuou com a armadilha.

— O senhor precisa de uma companhia, Sr. Lake, uma primeira-dama, alguém para dar graça à Casa Branca com sua presença feminina. Alguém para receber e decorar, uma bela mulher, jovem o bastante para ter filhos. Há muito tempo não temos crianças na Casa Branca, Sr. Lake.

— Deve estar brincando. — Lake estava atônito.

— Gosto dessa Jayne Cordell da sua equipe. Tem trinta e oito anos, é inteligente, articulada, bem bonita, embora precise perder uns sete quilos. Seu divórcio foi há doze anos e está esquecido. Acho que seria uma ótima primeira-dama.

Lake inclinou a cabeça para o lado, zangado de repente. Queria atacar Teddy, mas não encontrou palavras. Conseguiu murmurar:

— O senhor ficou louco?

— Nós sabemos de Ricky — Teddy disse, friamente, com os olhos penetrantes fixos em Lake.

O ar foi sugado dos pulmões de Lake e quando exalou, disse:

— Oh, meu Deus. — Olhou para os pés por um momento, o corpo todo paralisado com o choque.

Para piorar as coisas, Teddy estendeu para ele uma folha de papel. Lake a apanhou e imediatamente a reconheceu. Uma cópia da sua última carta para Ricky.

Querido Ricky
    Acho melhor terminarmos nossa correspondência. Desejo que tudo corra bem na sua reabilitação.

Sinceramente, Al

Lake quase disse que podia explicar, que a coisa não era o que parecia. Mas resolveu não dizer nada, pelo menos por algum tempo. As perguntas inundavam sua mente. — Quanto eles sabiam? Como diabos tinham interceptado a correspondência? Quem mais sabe?

Teddy o deixou sofrer em silêncio. Não tinha pressa.

Quando sua cabeça clareou um pouco, o político que havia em Lake apareceu. Teddy estava oferecendo uma saída. Teddy estava dizendo: "Faça meu jogo, filho, que tudo vai ficar bem. Faça do meu modo."

Então Lake engoliu em seco e disse:

— Na verdade eu gosto dela.

— É claro que gosta. Ela é perfeita para a posição.

— Sim, ela é muito leal.

— Está dormindo com ela?

— Não. Ainda não.

— Comece logo. Ande de mãos dadas, durante a convenção. Deixe que comecem a falar, deixe que a natureza siga seu curso. Uma semana antes da eleição, anuncie um casamento no Natal.

— Grande ou discreto?

— Enorme. O evento social do ano em Washington.

— Gosto disso.

— Faça com que ela fique grávida. Um pouco antes da sua posse, anuncie que a primeira-dama está esperando um filho. Será uma história maravilhosa. E vai ser tão bom ver crianças na Casa Branca outra vez.

Lake sorriu, assentiu com uma inclinação da cabeça, parecendo gostar da idéia, então franziu a testa de repente.

— Alguém vai saber sobre Ricky? — perguntou.

— Não. Ele foi neutralizado.

— Neutralizado?

— Nunca mais escreverá outra carta, Sr. Lake. E o senhor estará ocupado demais com todos os seus filhos pequenos para ter tempo de pensar em gente como Ricky.

— Que Ricky?

— É assim que se fala, Lake. É assim que se fala.

— Eu sinto muito, Sr. Maynard. Sinto muito mesmo. Não tornará a acontecer.

— É claro que não. Eu tenho o arquivo, Sr. Lake. Lembre sempre disso. — Teddy começou a levar a cadeira para trás, como se o encontro tivesse terminado.

— Foi um momento isolado de fraqueza — Lake disse.

— Deixe para lá, Lake. Tome conta de Jayne. Compre um novo guarda-roupa para ela. Ela trabalha muito e parece cansada. Faça com que descanse. Ela vai ser uma maravilhosa primeira-dama.

— Sim, senhor.

Teddy estava na porta.

— Nenhuma outra surpresa, Lake.

— Não, senhor.

Teddy abriu a porta e saiu da sala.

No fim de novembro, estavam instalados em Monte Carlo, especialmente por causa da beleza do lugar e da temperatura amena, mas também porque falavam muito inglês ali. E havia cassinos, uma necessidade para Spicer. Nem Beech nem Yarber podiam dizer se ele estava ganhando ou perdendo, mas certamente estava se divertindo. A mulher de Spicer continuava a tomar conta da mãe, que não morria nunca. As coisas andavam tensas porque Joe Roy não queria ir para casa e ela não queria sair do Mississippi.

Moravam no mesmo pequeno e belo hotel, perto da cidade, e geralmente tomavam o café da manhã juntos, duas vezes por semana, antes de ir cada um para seu lado. Com o passar dos meses, à medida que se acomodavam à nova vida, viam-se cada vez menos. Tinham interesses diferentes. Spicer queria jogar, beber e passar o tempo com mulheres. Beech preferia o mar e gostava de pescar. Yarber viajava e estudava a história do sul da França e do norte da Itália.

Mas cada um sempre sabia onde os outros estavam. Se um deles desaparecesse, os outros iam querer saber.

Não leram nada sobre os perdões. Beech e Yarber passaram horas numa biblioteca em Roma, lendo jornais americanos, logo depois de saírem de Trumble. Nem uma palavra sobre eles. Não tinham contato com ninguém dos Estados Unidos. A mulher de Spicer afirmava não ter contado para ninguém sua saída da prisão. Ainda pensava que Spicer tinha fugido.

No dia de Ação de Graças, Finn Yarber estava tomando um expresso num café na calçada no centro da cidade de Monte Carlo. Fazia calor e ele tinha uma idéia vaga da importância da data no seu país. Não se importava porque não pretendia voltar. Beech dormia em seu quarto de hotel. Spicer estava num cassino a três quadras dali.

Um rosto vagamente familiar surgiu do nada. O homem sentou-se na frente de Yarber e disse:

— Olá, Finn, lembra de mim?

Yarber calmamente tomou um gole de café e estudou o rosto visto pela última vez em Trumble.

— Wilson Argrow, da prisão — o homem disse e Yarber pôs a xícara na mesa antes que ela caísse da sua mão.

— Bom dia, Sr. Argrow — Finn disse, lenta e calmamente, embora quisesse dizer muitas outras coisas.

— Aposto que está surpreso por me ver.

— Sim, para ser sincero, estou.

— Não foi formidável a vitória espetacular de Aaron Lake?

— Acho que sim. O que posso fazer por você?

— Só quero que saiba que estamos sempre por perto, para o caso de precisarem de nós.

Finn riu e disse:

— Isso não me parece provável. — Estavam livres há cinco meses. Tinham ido de país para país, da Grécia para a Suécia, da Polônia para Portugal, seguindo lentamente para o sul, à medida que o tempo mudava. Como Argrow podia ter descoberto onde estavam?

Era impossível.

Argrow tirou uma revista do bolso do paletó.

— Encontrei isto na semana passada — ele disse, estendendo a revista para Finn, aberta numa página onde havia um anúncio pessoal circulado por tinta vermelha.

Rapaz solteiro de 20 e poucos anos procura
um senhor americano discreto de 40 ou 50
anos para se corresponder.

Yarber certamente tinha visto o anúncio antes, mas apenas deu de ombros.

— Parece familiar, não parece? — Argrow perguntou.

— Para mim são todos iguais — Finn disse. Jogou a revista na mesa. Era uma edição européia da *Out and About*.

— Nós rastreamos o endereço até o correio daqui de Monte Carlo — Argrow disse. — Uma caixa recentemente alugada, com um nome falso e tudo o mais. Que coincidência.

— Olhe aqui, eu não sei para quem você trabalha, mas tenho um forte palpite de que não estamos na sua jurisdição. Não violamos nenhuma lei. Por que não dá o fora?

— Claro, Finn, mas dois milhões de dólares não foram suficientes?

Finn sorriu e olhou em volta. Tomou um gole e disse:

— Preciso me manter ocupado.

— A gente se vê — Argrow disse, levantou-se de um salto e se foi.

Yarber terminou de tomar o café como se nada tivesse acontecido. Olhou para o movimento da rua por algum tempo e depois saiu para se encontrar com os companheiros.

Este livro foi composto pela MG Textos Editoriais Ltda.
Av. Venezuela, nº 131/813
e impresso na Editora JPA Ltda. Av. Brasil, 10.600 - Rio de Janeiro - RJ
em outubro de 2000 para a Editora Rocco Ltda.